江戸の春風

鈴木良三
Suzuki Yoshizo

文芸社

Peter Rodrik殿

恵存

鈴木良三

江戸の春風

目次

第一部　霊峰富士

江戸の春風

第一部　霊峰富士

出　立

三月初旬、明け六つ（午前六時頃）朝霧が立ち込める肌寒い中、佐々倉荘一郎は千住大橋を渡り終え、そして元来た橋を振り返った。向こうの橋の袂には弟の荘二郎が手を振っている。その後ろには江戸の家並みが霞んで見え、その上を見上げると、まだ雪を抱いた富士の山が微かに浮かんで見えた。荘一郎は左手に持った塗り笠を弟の荘二郎にしばらく振って見せ、くるりと向きを変え江戸を後にし、歩き始める。

荘一郎は、このとき弱冠十八歳。月代《さかやき》も青く、眉毛濃く目はどちらかと言えば大きく、鼻は高く面長な顔で、まだ幼さは残っているが、いつも剣術の稽古で歯をくいしばるせいか、口をきっと結んでいるところは男らしく見えた。その顔が父親の上背、五尺七寸より一寸以上高い、怒り肩の上に載っているので、道場への行き帰りには、若い娘に何度も声を掛けられたが、当人は異性には無頓着で、いつも通り過ぎた。

旅立つ日よりちょうど一ヶ月前、荘一郎は両親を前に、これからの行動について語った。
「私、これより向こう三年、剣術の武者修行に出たいと考えています」

「何！　三年？」

「はい、父上」

　すると、母の玲が、

「貴方は道場から、免許皆伝を貰ったのでしょう」

「はい母上、でも剣術の修行はこれからです、机上の勉学は歳を取ってからでもできますが、身体を使う剣術は、若いときにみっちり修行しないと成就できません」

　それまで、じっと息子の顔を見ていた父が、

「相分かった、それでは二年だな。二年後はお前も二十歳で、一家を構えても良い歳であり、秋には妹の愛と三田家の婚儀もある、やはり二年で帰って来なさい」

　と言った。

「さっそくのお許し、ありがとう存じます」

「お前が二年も留守にすると、お婆様が寂しがるだろう、よく話をしておきなさい。それに荘二郎と愛にもな」

「はい父上、私から三人には話します。それに私の剣術が上達しましたら、荘二郎にも伝授します」

「うん！　楽しみに待っている」

父は今、佐々倉周防守荘右衛門正行と名乗り、二千七百石の北町奉行に任じられている。元々、佐々倉家は石高の少ない旗本だったが、荘右衛門の二代前の当主、荘太郎が書院番衆のとき、警護で二度も手柄を立て、八百石の書院番組頭に任じられた。その後、荘右衛門の父、荘佐衛門が時の将軍が狩りに出かけた折、狼藉者が吉宗将軍に襲い掛かった。荘佐衛門は身を挺して将軍を庇い逃がしたが、しかし当人は大きな痛手を受け、三日後に落命してしまった。まだ四十五歳だった。

そのとき、父の荘右衛門は二十二歳、北町奉行所の同心だったが、与力に昇格し、石高も一千二百石頂けるようになった。荘右衛門はそれより二年前に、上司の北町奉行所筆頭与力、浅野源平衛の息女である玲と結婚していて、荘一郎が生まれていた。荘右衛門も玲もどちらかというと身体は大きいほうだが、赤子の荘一郎は普通だった。それでも祖父の荘佐衛門は孫の荘一郎を抱いて、いや良い男の子ではないか、と喜んでいた。今ではそれが後に残った者の唯一の慰めになった。

さて、荘一郎は今年、町奉行同心見習いの見習いが取れ、同心になれるのを棒に振って、旅に出てきたのである。今、日光街道を歩いているが、本来なら剣術修行であれば、あの碁石まじりの土地、熊谷、深谷など、町道場が多いところに行くべきで、中山道《なかせんどう》を採るのが普通だが、荘一郎が弟、荘二郎と妹、愛の二人を前にして剣術修行の話をしたら、荘二郎が言った。

「兄上、分かった、でも寂しくなるなあ！」

すると妹の愛が、

「お兄様、初めはどこへ行くの、道は中山道？　それとも東海道？」

「そうだなあ、町道場の多い熊谷、深谷辺りかな、つまり中山道だな」

「それなら日光も近いのでしょう？　あの有名な東照宮をお参りすれば？」

「いや、道が違う、日光は日光街道だ」

「でも兄上、愛の言う通り、初めに日光東照宮に行って、権現様にお参りすれば？」

「うん、そうするか。日光でお前達のお土産にお守りでも買って来るか」

そいうわけで荘一郎は今、日光街道を採り、千住大橋を渡って、北に向かって歩き始めた。

荘一郎の旅の計画では熊谷、深谷、そして大きく回り、甲州街道を甲府、諏訪に出てから木曽街道を塩尻から南下して奈良井、木曽、妻籠、多治見、そして名古屋に出てから東海道を下って、江戸に入る。

つまりはあの霊峰、富士をぐるりと大きく回って来ようという計画である。果たして二年で帰って来られるか？

旅は道連れ

荘一郎は歩き始めて気が付いた。さすがは日光街道、結構人の往来が多い。武士、商人、飛脚、駕籠、馬、そして近在の農家の女が大勢、背に竹籠いっぱい野菜を積んで大橋に向かって行く。

先ほど、荘一郎が弟に手を振っていたとき、その横を荷をいっぱい積んだ荷車二台が幟旗《のぼりばた》を何本も立てて通って行った。小さい子供も二人ばかり乗っていて、その荷車の周りを十数人の男女が、わいわい話をしながら通って行ったが、荘一郎が歩き出して間もなく追い抜いた。そのとき、女の声で何か言われたような気がしたが、そのまま通り過ぎた。

道は広いところもあれば狭いところもあり、真っ直ぐなところもあれば曲がりくねっているところもある。道の両側には低い木や太くて高い木が植わっていたり、また、木のないところは遠くまで見渡せ、昨年、稲を刈ったままで土が見える田んぼや畑、雑木林が見えたりで、荘一郎は江戸ではめったに見られない辺りの景色を楽しみながら、歩を進めていた。

草加《そうか》の茶屋で少し休み、家を出るとき、女中の七重が渡してくれた握り飯を食べる。それから、まだ明るかったが、急ぐ旅でもなし、越谷宿で呼び込みに案内されるまま、最初の宿をとることにした。

翌日は、春日部の宿まで六里。荘一郎の男の足であれば、辺りの景色を観ながら、また、街道を行き交う人を観察しながら歩を進めても、夕方申の刻（午後四時頃）には春日部に着いた。

翌日は旅に慣れたので、暁七つ（午前五時頃）の早立ち、栗橋宿の関所前まで、十里と少しとなった。途中の杉戸宿で饂飩屋があったので、そこで饂飩を頼み、宿で結んでもらった握り飯を交互に食べる。その後、用を足したくなったので、店の女に声を掛けた。

「相すまぬが、厠《かわや》を貸してはくれないかな」

「厠なら、外へ出て右に曲がって行った、この屋の裏にありますだ」

　すると饂飩屋の亭主が、

「こらこら、そったら失礼なこと言うでねえ、お武家様、ここの廊下を行って、突き当たったら右にありますだ、どうぞごゆっくりなすって下せえまし」

　荘一郎がゆっくり用を足して店表に戻って来たら、客がいっぱい縁台に座っていて、握り飯やら饂飩やら、お団子などを老若男女、わいわい賑やかに食事をしていた。荘一郎は、ああ、旅芸人の一行だなと思った。そして廊下から足を下ろして、ゆっくり草鞋の紐を結び、脇に置いていた両刀を腰に差し、自分の荷が置いてある縁台に歩いて行った。

　荘一郎が座っていた縁台の反対側に、男ばかり六人が背中を向けて、一服したり、握り飯を食べたりしていた。女達は隣の縁台に、また、母親らしき女は別の縁台で、子供達に饂飩を食べさせていた。

　荘一郎は着替えやら何やら入っている背負い袋を袈裟がけに背負ったとき、こちらに背を向けて座っていた、歳のいった座長らしき男が立ち上がって向き直り、荘一郎に挨拶をした。

「お武家様とは、これで三度お会いしましたね」

「はあ……」

「三日前、千住大橋を過ぎたところで、お武家様に追い抜かれたとき、うちの娘達が声を掛けましたが、大変失礼致しました」

「いや、気が付きませんでした」

荘一郎は気が付いていたが嘘をついた。

「お武家様は、今日はどちらまで行くのですか？」

荘一郎は黙って、五十歳は過ぎているだろう、相手の顔をじっと見ていた。役者だけに目は大きく鼻も高い。頭には柄入り手拭いを折って載せている。座長らしき男は気が付いたのか、

「これは失礼しました。手前は怪しい者ではありません。この一座を束ねている三益屋源平衛と申します。どうかお見知りおきを」

相手が名乗ったので荘一郎も、

「私は、佐々倉荘一郎と申します」

「佐々倉様と申しますと、北町のお奉行様も佐々倉様でしたね。何か縁者でいらっしゃいますか」

「ああ、それは私の父上です」

近くにいる男達も吃驚した様子で後ろを向き、荘一郎の顔を眺めた。

「ええ！　それではお奉行様の若様でいらっしゃいますか……それにしてもよく旅に出してくれましたね」

「ええ、まあ、私は小さい頃から剣術ばかりやっていましたから」

「そうですか。でも剣術修行なら中山道の熊谷、深谷の方に行かれるのでは？」

「いや、これでも旗本の息子ですから、日光の権現様に旅の安全祈願をしてからと」

「それなら道は私どもと同じですね。今市で十日程興行しますんで、今日は幸手泊まりですが、私どもと同道願えませんか？」

「同道は構わないですが、もう少し、先に行きたいと考えていますが」

「実は、手前どもは芝居を遣りますが、そのとき、刀での立ち回りを遣りますので、宿場宿場で道場を見付けては、剣術の手ほどきを受けています。これから行く幸手にも手前どもが懇意にしている道場がありますが、ご紹介しましょうか？」

「それは願ってもないこと、その道場は何流ですか？」

「何流だったかな、おい三吉、幸手の剣術道場は何流だった？」

「たしか、香取神道流でしたよ」

「私は小野派一刀流ですが、他流の者でもお手合わせ願えますか？」

「ええ、大丈夫だと思いますよ、橘先生はなかなかの人格者ですから」

「橘道場ですか、ではお願いしましょうか」

座長がくるりと皆の方に向き直り、大きな声で、

「おおい！　皆！　聞いてくれ！」

それまで、がやがや騒いでいた女や子供達が静かになった。

「いいか！　よく聞け！　こちらのお武家様は佐々倉荘一郎様と申して、江戸は北町のお奉行様の若様だ。これから今市まで私達と同道してくれる。いいか！　くれぐれも粗相のないように！」

今まで静かに座長の話を聞いていた女達から、わあ！　と歓声が上がった。すると三吉が、

「あの、佐々倉様、その袋の中は木太刀でしょう、私に手ほどき願えませんでしょうか？」

すると座長の源平衛が、

「この三吉は、ある道場では、目録の腕があると言われましたよ」

「そうですか、三吉さん、私は構わないですよ」

「それでは、今からこの隣の神社の境内で、一、二手お願いできますか？」

「良いでしょう」

荘一郎は、そのように言い、店の亭主に饂飩代を払って表に出た。座長の源平衛も皆の饂飩代、お団子代をまとめて払いながら、

「おおい！　みんな！　出立《しゅったつ》の支度をしなさい、これから佐々倉様と三吉が木太刀で手合わ

せをするから、それを観てから幸手まで行くぞ！」

一同、はあーい、へーいと返事をして身支度を始めた。

三吉は、荷車から木太刀を取り出し、荘一郎の後について神社の境内へ歩いて行った。そこで二人は左右に分かれ、蹲踞《そんきょ》して木太刀を正眼に構えて立ち上がった。その頃には、旅芸人一座の者ばかりでなく、饂飩屋の亭主、女達や他の旅人、馬を曳いた馬子やら何やら見物人が大勢集まって来た。

荘一郎と三吉は、双方二間くらい離れて見合っている、そのうち、荘一郎が、つつ！と前に出た。互いの木太刀の切っ先が一尺近くなった。三吉は、む！と耐え、荘一郎の出方を見ようとした。そのとき、再び荘一郎が前へ出て、えい！と声を出した瞬間、荘一郎の木太刀が三吉の頭上に、寸止めされていた。三吉は遅れて木太刀を撥ね上げたが、間に合わなかった。

「参りました、もう一本お願いします」

「三吉さん、これが真剣であれば、双方の剣先が一尺を切ったら、どちらかが斬るか、斬られるかです。分かりますか」

「はあ……はい、分かります」

「では、改めて、もう一本」

二人はまた二間に分かれ、蹲踞して立ち上がった。そしてまたすぐに、荘一郎が間合いを詰めて来た。今度は三吉が一歩後退した。また荘一郎が間合いを詰めたとき、三吉が小手を狙って打ったが、荘一郎に軽く払われた。三吉がすぐに、執拗に面を打ちにきたが、ぱん！と打ち返され、またも三吉の頭上に、荘一郎の木太刀が寸止めされていた。

「参りました、ありがとうございました、今日はこれまでと致します、またお願いします」

「良いですよ、二、三日道連れですから、休みのときにでもまた、手合わせしましょう」

座長の源平衛が荘一郎のところへ寄って来て、

「さすが小野派一刀流、三吉じゃ相手になりませんね」

「いいえ、そんなことはないですよ、三吉さんは今、幾つですか？」

「あれは確か、今年で二十二歳ですが」

「では、まだまだ伸びますよ、努力次第ですが」


一座一行は体格の良い男が荷車を曳き、その周りを皆が押したり曳いたりして歩き出した。荘一郎と座長は、前の荷車の先に出て歩きながら話し始めた。

「あの三吉は、奥州八戸の庄屋の倅でして、四年前、たまたま手前どもが八戸で興行したとき、観ていたのでしょう、手前どもがそこを畳んで、仙台近くの村で小屋掛けしていたら、三吉が突然現れまして、私の前で土下座して、八戸の家を飛び出して来ました、どうか一座に入れて下さい、と言うもんで、追い返すわけにもいかず、一座に入れてしまいました。あんときはそう、今の佐々倉様と同じ位で十八歳でした。身体も顔も役者向きだったもんで」

「そうですか、私も十八歳です。三吉さんは四年も芝居をやっているのですか」

「ええ、実は私の娘、ほら、左後ろから来る、あの三味線を抱えている娘」

荘一郎が後ろを向いたら、その娘と目と目がばったり合った。

「あれと三吉とを夫婦にさせようと思いまして、これから小屋掛けしながら北上して八戸まで行き、三吉の実家に行って、詫びやら、お願いやらしようと思っています」

そう言ったとき、話題の娘が寄って来て、

「父さん、私に佐々倉様とお話しさせて」

「しょうがないなあ、まだ話があるのに、佐々倉様、これが娘の奈緒です」

そう言って、源平衛は後ろへ下がって行った。娘の奈緒は急に荘一郎の肘を掴み、どんどんと歩を進めて、一行より大分離れてから頭を下げた。奈緒は日除けの菅笠をかぶっているので、顔は見えない、それから荘一郎へ顔を見上げて、

「どうも失礼しました、父は私のことを何か言っていたでしょう？」

「ああ、いいや、ただ、貴方と三吉さんとを夫婦にさせるようなことを言っていましたが」

「やっぱり。でも私はまだ承知してないいんですよ」

「そうですか、でも三吉さんは良い人ではないですか」

「ええ、まあ……あの！　千住大橋を過ぎたところで、佐々倉様が私達を追い抜いて行ったとき、声を掛けたのは私です、どうも失礼しました」

「いいえ、気が付きませんでした、こちらこそ」

荘一郎はまたも嘘をついた。ただ、荘一郎にとって初めて女性と二人して歩き、それに話をするのも初めてだったが、胸の高鳴りもなく、自然に妹の愛と話しているように会話ができた。これは奈緒さんのせいか？　それともお婆様と字違いの名前、奈央だからか？

「奈緒さんは何歳になられますか？　ああ、これは失礼なことを申しました」

「いいえ、良いですよ、もうすぐ十六歳になります」

「そうですか、妹より二歳上ですが」

「妹様がいらっしゃるのですか」

「ええ、弟もいますよ」

「ああ、千住大橋で手を振っていらっしゃった方でしょう。あの方はお幾つですか」

「弟は私より二歳下、ああ、ちょうど貴方と同い年です」

「そうですか、ご次男ですと、許嫁の方はいらっしゃらないのでしょう」

「いいえ、いますよ。実は、初め私の許嫁だったのですが、我が家に遊びに来たとき、私は剣術ばかしで、もっぱら弟がお相手をしていたので、先方から弟にと言ってきました」

「それなら、荘一郎様にはまだ、決まったお方はいらっしゃらないのですか？」

「はい、おりません」

「でも、いつかは奥方をお貰いなさるのでしょう？」

「ええ、まあ」

「それなら、その後、私を側室に迎えてくれません？」

「ええ！　ご冗談を、貴方には三吉さんがいるでしょう」

「いいえ、私は小さいときからお武家様に憧れていました、ですから」

そんな話をしていたら、今度は三吉が声を掛けてきた。

「奈緒さん、母さんが、話があるって言ってますよ」

「本当？　話なんかないのに」

と言いながら、後ろへ下がって行った、代わって三吉が話し掛けてきた。何となく一座の皆は荘一郎が気になるらしく、座長の源平衛も、母のところへ行った奈緒も、皆に荘一郎のことを話しているようだ。荘一郎が後ろを向くと、皆一斉に荘一郎を見詰める。

「先ほどは、お手合わせありがとうございました」

「ああ、いいえ、ところで、三吉さんは囲碁をやりますか？」

「いや、囲碁はしません。でも、将棋は雨などで旅籠に足止めになったとき、下手同士やっていますが？」

「それなら分かると思いますが、初めに駒を並べ、先手で打つとき、どこから駒を進めるか考えるでしょう。角道を開けるか、飛車の頭の歩を上げるか、その他、色々考えるでしょう」

「ええ、でも私どもはせいぜい考えて五、六手ですが」

「剣術も同じです。例えば面を打ちに行ったら、相手はどう出るか、受けるか、避けるか、それとも空き胴を打ちに来るか。色々あるでしょう」

「ええ、まあ」

「詰まるところ、将棋も囲碁も相手より数多く、先の手を考えた方が勝者となります。でも剣術は先の手を考える他に、太刀捌きの速さが加わります。分かるでしょう?」

「ええ、はい」

「これからは、寝る前に半刻でもいいですから素振りをしましょう。太刀捌きをなるべく速くするよう心掛け、今までに立ち合って負けたときの相手の太刀捌きを念頭に入れて素振りすれば、三吉さんなら本目録になれますよ」

「本当に本目録になれますか」

「ええ、なれますよ、それに一刀流の型を教えますから、それも素振りするといいです」

「ありがとうございます、でも一刀流の型を私などに教えていいのですか?」

「型は何十もあり、その一部ですから」

そんな話をしているうちに、幸手宿に近くなってきた。街道の両脇には畑や田んぼが見えなくなり、家並みが増えてきた。そしてまた、座長の源平衛が近寄って来て、荘一郎に声を掛けた。

「佐々倉様、今夜の泊まりは本通りの旅籠《はたご》でしょう」

「皆さんは、どちらにお泊まりですか？」

「私どもは、通り一本奥に入った木賃宿《きちんやど》です。大部屋に雑魚寝ですよ」

「源平衛さん、私もご一緒に泊まってはいけませんか？」

「ええ！　お旗本の若様が木賃宿に泊まるなんて、聞いたことありませんよ」

「いけませんか？」

木賃宿は旅籠と違って、お風呂もなければ食事も出ない。自炊が一般である。つまり、ただ寝泊まりするだけである。三益屋などの旅芸人一座は、米、味噌など持ち歩くわけにもいかないので、木賃宿で古々米などを安く買って自炊している。風呂もないので、お湯を沸かして身体を拭くだけである。

「たまたま、皆さんと道連れになったのですから、それに木賃宿に泊まるのも旅の修行と考えていますが」

「そうですか、でもねえ！　佐々倉様、女どもと一緒に雑魚寝ですよ」

するとと後ろから歩いて来た三吉が、

「大丈夫です、私がちゃんと見張っていますから」

源平衛が、わはははは、と笑いながら、

「三吉！　頼むよ！　それから佐々倉様、あの荷車を曳いている男、名を五助と言いますが、寝ると大きな鼾をかきますよ」

「いいですよ、私もかくかもしれません」

一行は、木賃宿の前に着いた。座長が皆を前にして一言、言った。

「佐々倉様は、今晩、私どもと一緒にお泊まりになる、いいか皆！　くれぐれも粗相のないように！　特に、女達は静かに寝なさい。分かりましたか！」

皆は、初めは吃驚したのか静かだったが、そのうち、わいわい、がやがや、と騒ぎ出した。

「こらこら！　静かにしなさい！　女達は自炊の支度をしなさい。米などの材料は宿の主から買い求めなさい。母さん、財布を渡しますから、お願いしますよ。男達はいつも通り、荷の整理を。三吉、お前は佐々倉様を橘道場へお連れしなさい。一緒に汗をかいてきてもいいですよ」

荘一郎は座長に不要な荷物を預かって貰い、袋に入った木太刀を持って、三吉と橘道場へ出向いた。

道場は街道の反対側で、やはり通り一本奥に入ったところにある。入り口には一応、冠木《かぶき》門《もん》があり、右側は人の背よりは高い板塀が連なり、その内側には大きな木が生い茂っている。多分、中庭があるのだろう、左側は塀がなく、少し内に入っていて、武者窓がある道場が長く建っている。

三吉が門から入り、開いている玄関に立ち、内に向かって言葉を掛けた。

「お頼みします！　三益屋の三吉です！　お願いします！」

荘一郎も三吉の後について玄関に入った。玄関の石畳の先には低い板敷き、その先一段高く、板の間、正面には竹林の絵が描かれた衝立があり、さらにその先は廊下のようだが、見えない。左側の廊下から、稽古着を着た侍らしき偉丈夫が出てきて、二人をじっと見て、

「何用かな？」

「私は旅芸人一座の三吉と申します、こちらで時々、手合わせをさせて貰っている者ですが」

するとまた廊下から、やはり稽古着を着た若者が出てきた。荘一郎より二、三歳上のようだ。

「やあ！　三吉さんじゃあないですか！」

「これはこれは若先生、ごぶさたしています」

「勘太郎君、お知りあいか？」

「はい、この人は旅の途中、時々ここに来て手合わせをしています」

「左様か」

と言って、偉丈夫は道場へ戻って行った。三吉は改めて荘一郎を紹介する。

「若先生、ここにおります方は、佐々倉荘一郎様と申しまして、江戸の北町奉行様の若様で、江戸から武者修行の旅に出てきまして、たまたま、千住大橋から私どもと道連れになりまして……」

「では、当道場で試合を所望なさるお積もりか？」

「いえいえ、佐々倉様はただ、お手合わせをして、汗をかきたいだけだそうです」

「相分かり申した。で、佐々倉殿は何流をやりますかな？」

「小野派一刀流を学びました」

「承知しました。ではまず、父上のところへ参りましょう」

二人は草鞋、足袋を脱ぎ、荘一郎は袴の裾を手で払ってから板敷きに上がった。そのとき、また廊下から、やはり稽古着を着た別の偉丈夫が出てきた。すかさず三吉が言葉を掛けた。

「これは師範代、ごぶさたしています」

「おお！　三吉！　話は聞いた、私も一緒に大先生のところへ行こう」

勘太郎を先頭に、荘一郎は一番後ろに付き廊下を行く。しばらくして、とある部屋の前で勘太郎は片膝をつき、部屋に向かって声を掛けた。

「父上、客人をお連れしましたが、お会いになりますか？」

「客人？　いいでしょう、入りなさい」

勘太郎が障子を開け、四人は順に部屋に入った。そこには壮年とはいえ、頭には少し白いものが見える、落ち着いたこの屋の主、橘勘兵衛が妻女と並んで茶を飲んでいた。勘兵衛は風呂に入った後らしく、顔の汗を手拭いで拭いていたが、三吉を見て、

「おお、三吉ではないか」

「大先生、ごぶさたしています」

「何の何の、してそちらの若い衆はどなたかな?」

「こちらは、江戸は北町のお奉行様の若様で、剣術の修行に出てきました。たまたま千住大橋から私ども一座と道連れになり、座長が当道場にお連れしなさいと申しますので……」

そこで荘一郎は両手を畳につき、頭を下げ、改めて挨拶をする。

「初めて御意を得ます、佐々倉荘一郎と申します、ご無礼とは存じましたが、ご門弟衆と少しばかり、お手合わせ願えればと、厚かましく参上致しましたが、お許し願えましょうや?」

「相分かり申した、頭を上げなされ。ところで、これからどこへ参られるのかな?」

「はい、この先、三吉さん達と今市まで同道し、私は旗本ですので、日光東照宮を参拝してから熊谷、深谷辺りへ行こうかと考えています」

「おお! 深谷にもか……勘太郎も深谷の井口道場では、半年間修行したな」

「はい、父上、でも本当は一年だったのに……」

「わはは! 佐々倉君、よくご両親は旅に出してくれたね。反対はしなかったかな?」

「私は嫡男ですが、しっかりした弟がおりますので。あの、三吉さんのところの座長にも、

同じことを言われましたが、私の行動は無謀なのでしょうか？」

「ああ、いいや、ただ、世間一般、親というものは、我が子の安否をいつも気に掛けているもので」

そして隣に座っている妻女を見ながら、

「これなどは、勘太郎が深谷に行ったときは、心配で心配で、夜も眠れず病気になるんじゃないかと思った。勘太郎はよく便りを寄こしたが、そのようなわけで、半年で帰してしまった。しかし、かわいい子には旅をさせよとも言うしな、佐々倉君のご両親の気持ちは、五分五分だったのではないかな」

荘一郎は、両親を前にして、三年の剣術修行の話をしたとき、父上がしばらく上を向いて考えていたようだったが、しだいに顔を下げ、荘一郎を見て、それなら二年だな、と言ったときの顔を思い出した。そして、複雑な顔をしていたことを思い、今日までの出来事を便りにしたため、江戸に送ろうと思った。

「佐々倉君が深谷に行くのであれば、井口道場主、弥五郎殿に紹介状を書いて進ぜよう」

「ありがとうございます、楽しみが一つ増えました」

「ところで、佐々倉君は何流を遣いますかな」

「はい、小野派一刀流を学びました」

「おお、有名な小野派一刀流……では、佐々倉君の技量を見せて貰いましょうかな」

そのように言いながら、立ち上がる。続けて四人も立ち、大先生の後について道場へ向かう。外はすでに薄暗くなっていた。


道場には、壁四面に十数本、太めの蝋燭が胸位の燭台に載り、辺りを明るく照らしている。道場はかなり広い。幅四間半、奥行き七間、いや、見所を含むと八間はある。まだ四人が打ち合いをしていたが、大先生が入って来たので、皆、打ち合いを止めて壁際に正座した。その四人に大先生が荘一郎を紹介する。

「こちらの若衆は佐々倉荘一郎君といって、江戸は北町の奉行様のご子息だ、小野派一刀流を遣う。三吉君はどうするのかな」

「私は、見切り稽古にします」

「左様か、では最初に勘太郎、そなたから始めなさい」

「はい、大先生」

勘太郎は木太刀を持ち、左側に行って座った。荘一郎は懐から襷《たすき》と鉢巻を取り出し、身支度をして、自分の木太刀を持って右側に座る。大先生が二人に声を掛ける。

「それでは、三本勝負、始めなさい」

二人は互いに蹲踞して立ち上がる。お互い相正眼《あいせいがん》に構え、少しずつ寄る。しばらく見合っていたが、勘太郎から、つつ、と前へ出て、えい！　やあ！　と声を出しながら、攻め掛かってきた。二合、三合、そして鋭い突き。また、面、面と二合、三合。荘一郎は、それを木太刀で受け払いする。勘太郎が二回目の突きに出たとき、荘一郎、左に避けながら小手を打つ。勘太郎、それを返したが、大先生が、

「小手一本！　もう一本始め！」

また、二人は蹲踞して再び立ち上がり、今度は荘一郎のほうから間合いを詰める。またしても勘太郎が打ってきた。二合、三合、荘一郎はそれを受けながら逆に攻めに転じる。三合、四合、勘太郎が必死に受けながら、また突きに来たところを、荘一郎、木太刀で右に撥ね返し、身体を左に移動させながら、またも小手に寸止めした。

「お見事！　小手二本！　次は鷲見君、お相手しなさい」

鷲見某というのは、三吉が玄関で、お頼みします、と声を掛けたとき、最初に現れた偉丈夫である。身長は荘一郎より一寸ほど低いが、身体は肉付き良く顔も引き締まり、いかにも偉丈夫に見える。

「鷲見君は栗橋の関所の役人で、今日は非番なので、こうやって剣術修行に来ている。なかなかの遣い手でもある。それでは始めなさい」

互いに蹲踞して立ち上がる。二合、三合と何回も打ち合う。鷲見某の木太刀はしっかりしていて、荘一郎の打ち込みにも崩れない。それでも、勘太郎との手合わせより時間がかかったが、何とか荘一郎の抜き胴と面の寸止めで勝負あり。

「お見事！　佐々倉君は、なかなかお強い。どうかな師範代、一手、手合わせしますかな」

「ええ、やりましょう、佐々倉君、よろしいかな？」

「はい、お願いします」

さすがは師範代、上背は鷲見某と同じくらいだが少し痩せぎみ、しかし正眼に構えた姿は、肩は引き締まり、両腕の筋肉も逞しい。毎日、相当に素振りをやっているようだ。

お互いに見合って動かない。荘一郎、やたらに仕掛けるのを躊躇している。やはり師範代、うかつには動けない。そして四半刻位過ぎただろうか、師範代から仕掛けてきた。二合、三合と打ち合う。

荘一郎も負けじと打ち返すが、双方、一本がなかなか決まらない。そうこうしているうち、師範代が突きにきた。速かったので荘一郎は身体を後ろへ引いた。だが、すかさず足を送って二段突きが来た。荘一郎、かろうじてそれを避けたが、不覚にも足を滑らせ、尻餅をついた。

「参りました」

荘一郎は両手を床につけ、頭を下げた。大先生が、

「もう一本、どうかね？」

「いえ、師範代の二段突き、良い勉強になりました、今日はこれで充分です」

「左様か、師範代はどうかね」

「はい、私は佐々倉君次第ですから」

「左様か、それでは今日はこれまでと致そう」

荘一郎は大先生と師範代に礼を言い、その他の者にも頭を下げ、

「二年後かいつか分かりませんが、修行を終えましたなら、また、当道場に寄らせて貰いたいと思いますが、よろしいでしょうか？」

「ああ、良いとも。技量が上がった佐々倉君が楽しみだな」

荘一郎は三吉を待たせ、水場で汗を拭き、着替えてから宿に帰った。


部屋では皆、食事を終えて、わいわい、がやがや騒いでいた。二人はとりあえず座長の部屋に行き、帰って来たことを告げてから、台所へ行って食事をした。白いご飯に香の物、冷めた味噌汁。荘一郎は黙って、師範代の二段突きを考えながら食べる。自然に腹に収まった。それからまた寝る部屋に戻ったら、男達は一台の将棋盤を囲んでわいわいやっている。女達は衝立の向こうで何やら絵札らしきもので遊んでいる。荘一郎と三吉が空いている畳に座ったら、二人から道場の話が聞きたいらしく、皆寄って来る。座長の娘、奈緒が寝間着が入った薄い箱を持ってきて、

「佐々倉様、これに着替えて寝て下さい」

荘一郎は黙って頷き、立ったまま、その場で羽織、袴、着物を脱ぎ、肌襦袢の上から寝間

着を着て、その場に座った。奈緒は、荘一郎が脱ぎ捨てた着物を綺麗に畳み、薄い箱に収める。三吉も寝間着に着替えて皆の前に座る。皆、荘一郎と三吉の顔を見比べて、何か話し出すのを待っている様子。三吉が皆の顔を見渡し、得意げに話し出す。

「分かった、道場でのことは、私から話そう。良いですか、佐々倉様?」

荘一郎は、正面の少し汚れた壁を見ながら頷いた。そして三吉に、私はこれから家へ便りを書くと言い、紙、矢立《やたて》を取り出して書き始める。そこで、三吉が話し出す。

「初めに、橘の大先生に許しを得てから、道場に行った。もう辺りは暗かったが、道場内は蝋燭が灯されていて明るい。最初は若先生の勘太郎さんと手合わせをして、荘一郎様が小手二本を取って勝った。次に栗橋関所のお役人、鷲見様と手合わせをした。少し時間がかかったが荘一郎様の抜き胴と面で勝負あり。最後は師範代と手合わせをして、二合、三合と付いては離れ、また付いての打ち合い、最後師範代の二段突きで荘一郎様が足を滑らせ、尻餅をついて勝負あり。でも佐々倉様、あれは負けたわけではないですよね」

「いや、あの二段突きは鋭かった、私にとっては良い勉強になりましたよ」

それまで黙っていた、三十代半ばの男が、荘一郎に質問してきた。

「あの、佐々倉様は二千七百石のお旗本でしょう?」

「ええ、父上がですが」

「それなら、お父上は江戸城には何度も上がるでしょうが、貴方様は上がったことはあるのですか」

「ええ、父上と一緒に大城には、何度も行きましたよ」

するとまた別の女から、

「まさか、将軍様にはお会いしてないでしょう?」

「いえ、上様にはこれまで二度会っています」

荘一郎が言ったら、皆、わあ！　と騒ぎ、本当ですかとか、どのようでしたかとか、勝手にわいわいがやがや騒ぎ出した。隣の部屋から座長が出てきて、子供が寝ているから静かにしなさい、明日は早いからもう寝なさい、と叱られた。皆静かになったので、荘一郎、静かに話し始める。

「私が六歳のとき、若君様十歳のお遊び相手の小姓として、大城に上がりました、そのときは、私を含めて四人いましたが、後で父上より聞いた話ですが、皆千石以上の旗本の子息で、私が、一番年齢が低かったそうです。上がったのは通常の謁見の間ではなく、別の間だったそうです。私の記憶では、今の上様の他にご正室様、そのお供の方々、それにご重役の方々も何人かいました。上様は終始にこにこしていて、私達それぞれにお言葉を掛けてくれました、でも結局、私は歳が一番下だったので、小姓にはなれませんでした。

二度目は私が元服したとき、やはり父上に連れられて上様にお目見えしました。そのときも、他に一人同伴者がいました。上様は私達に直接声を掛けて下さって、記念に脇差を一振り賜りました。ああ、これは違います。今は家にあります」

皆は納得したようで、それぞれ明かりを消して寝床についた。荘一郎は、自分のところの明かりは消さず、家への便りを最後まで書き終えてから、床についた。


荘一郎の便りは、三日後の夕刻には、江戸小川町の家に届けられた。受け取ったのは女中の一人、七重で、すぐに荘一郎の母、玲に届けたが、しかし宛名には、荘一郎のしっかりした字で『佐々倉荘右衛門殿』と書かれているので、荘右衛門が帰って来るまで開けられないということになった。そのうち、妹の愛がお婆様を連れて母の部屋に入ってきた。机の上に置いてある書状を見てお婆様が、

「それかい、荘一郎からの便りは？」

「ええ、お婆様、でも宛名が旦那様なので、お帰りになってから開けましょう」

「でも玲さん、待ち遠しいね。荘一郎の字は久し振りに見るけど、しっかりしているね」

今、荘一郎の後を引き継ぎ、北町の同心見習いをしている弟の荘二郎は、父より先に帰って来たが、開封していないので、がっかりして座り込んだ。それから夕餉《ゆうげ》の支度ができた頃、ようやく荘右衛門が大城から帰って来た。玲と荘二郎が玄関に迎えた。荘右衛門が、無言で玲に両刀を手渡したところ、荘二郎が父を見上げながら、

「父上、今日兄上から便りが来ました。父上宛てになっているので、まだ見ていません」

そうか、と言って廊下を歩き出したが、すぐ立ち止まり、前を向いたまま、

「夕餉《ゆうげ》の前に読むことにしよう。岡用人と女中頭の芳野には、次の間で聞いてもいいと言いなさい」

と言った。荘二郎がそれを告げに行き、荘右衛門は裃、袴を脱いで部屋着に着替えてから、食事部屋へ行き、いつものところへ座った。そして、皆を見渡し、便りを開いた。

「さて、読むとしようか……。荘一郎の旅、第一回目の便りを父上にご報告申し上げ候。今、幸手の木賃宿の行灯の明かりでこれをしたため候……」

するとお婆様が、

「何！　荘一郎は木賃宿に泊まったというのか？　銭を渡さなかったのかえ？」

と言った。そこで母の玲が、

「お婆様、荘一郎には十両近く渡してありますよ。多分、何か理由があるのでしょう」

妹の愛が先を聞きたくて、

「父上、先を読んで下さいな」

「お婆様、玲の言う通りですよ。では先を読もう……千住大橋の両端で、荘二郎と互いに手を振り、別れを惜しんでいるとき、その横を旅芸人一座と思しき多数の男女が、幟旗を揚げた荷車二台を囲みながら通り過ぎ候。その後、越谷の茶屋で昼食をとっているとき、また旅芸人一座の者達が立ち寄り候……ところで荘二郎、この旅芸人一座は記憶にあるのか？」

荘二郎は少し考えてから、

「ええ、父上、覚えています、男女大勢で荷車を曳いていきましたから。確か幟旗に、三益屋源平衛一座と書かれていました」

「荘二郎、よく見た。これからも、雑踏の中の異常を見て記憶すること肝要ぞ」

「はい、父上。でも、また愛に叱られますから、先をどうぞ」

荘右衛門、頬を膨らませている愛を笑いながら見て、再び読み始める。

「座長らしき男に挨拶をされ候。彼は一座を束ねている三益屋源平衛と申し候、今市で十日程興行する由、道は同じ、同道を願い出られ候。一座は、今日は幸手泊まりで、座員の中に三吉と申す者あり、彼の者剣術を少々遣い候。幸手に懇意にしている剣術道場を紹介してくれる由、当方渡りに船と思い、一座と同道を決め候。三吉さんとは途中、木太刀による手合わせを行い候、目録並みの技量あり候。幸手宿までの道中、座長と歩きながら一座のことを聞けば、三吉さんと一人娘の奈緒殿を夫婦にするとのこと。お婆様とは一字違い、その奈緒殿とも語り合う……」

またお婆様が、

「何と、あの荘一郎が女子と語り合ったと！」

玲がにこにこしながら、そのようですねと言えば、愛が、

「荘一郎兄さんは、許嫁の井関佳代様とは、一言も話さなかったのに」

と、荘二郎を見る。彼女は、今は荘二郎の許嫁でもある。隣の座敷で、岡用人も芳野も笑っている。荘右衛門も笑いながら、先を読むぞと言う。

「お婆様と名が同じで、姿かたちが愛に似ていて、自然と語り合い候。三吉さんとも剣術談義をしているうちに、幸手宿の皆が泊まる木賃宿に着き候。自分も旅の経験と、皆と一緒に泊まることを座長に願い出たところ、座長いわく、大部屋に男女共々雑魚寝候とのこと、それを承知候……お婆様、良いではないですか……三吉さんと、橘道場へ向かい候。道場主、橘勘兵衛殿、手合わせの儀、快く了承し候。初めは勘兵衛殿のご子息、勘太郎殿と三本勝負、何とか小手二本取る。次は、栗橋の関所の役人、鷲見某と勝負、少し時間がかかったが、抜き胴と面を取り勝負あり。最後は師範代と勝負、やはり師範代、なかなか一本が取れない。そのうち、師範代の突きが来た。すぐに身を引いたが、すかさず二段突きが来た。また身を引いたが、足を滑らせ尻餅をついて参りまして候。二段突きの技、予測すれば、返し技思い浮かび候……さすが荘一郎、その場で会得しおる……さて、父上、母上に申し上げたき儀あり候、お聴き下され候。座長の源平衛殿も橘勘兵衛殿も、私の素性を知り、開口一番申されたことは、ご両親はよく旅に出してくれましたねと言われ候。橘勘兵衛殿に言わせると、親というものは、いつも子の安否を気遣っているとのこと、一ヶ月前、無謀にも武者修行の旅を申し出で候ときのお二人のお顔を思い浮かべ、ありがたくもまた、反省もし申し候……」

母の玲が身を屈めて泣き伏し、愛も目に涙を溜め、母の背を撫でている。岡用人も芳野も

目頭を押さえている様子。毅然としているのはお婆様で、

「荘一郎にしてはよく、しかも分かりやすく書かれている。のう！　荘右衛門や」

「ええ、お婆様、これからも荘一郎の便りを楽しみに待ちましょう」


さて、旅芸人一座一行は次の朝七つ立ち、皆騒がしく身支度をしている。荘一郎は、やっと目を覚ました。すぐ傍で三吉が、食事なしで間もなく出発です、と声を掛けてくれたので、慌てて身支度をし、昨夜書いた家への書状を宿の亭主に飛脚便で出して貰うよう、三十文を添えて頼み、表に出たら、そこには座長を先頭に皆待っていた。荘一郎、軽く頭を下げ、挨拶をする。

「皆さん！　お早うございます」

座長が笑いながら、昨夜よく寝られましたかな？　と言い、さあ！　出発！　と声を張り上げた。空はまだ暗かったが、雲はないようだ。

栗橋の関所も無事通り過ぎ、古河《こが》宿の茶屋で軽く食事をして、野木の宿で泊まり、夜、食事の後に、三吉と半刻近く月明かりの下で立ち合う。これが毎夜の日課となった。

翌日も早立ちで、間々田《ままだ》、小山《おやま》宿を過ぎ、新田《にった》宿に泊まる。そして明日は、宇都宮へと向かう。荘一郎は、後ろの荷車を押しながら歩く。荘一郎の隣には、入れ替わり立ち替わり、座員が来て、一緒に後押ししながら話をする。

むろん、座長が一番長くいて、色々話す。今日は宇都宮の手前の雀宮宿で泊まりだとか、そこの庄屋の庭を借りて影絵をするとか、先乗りが先に行っていて手筈を整えてくれているとか、そこには剣術道場はありませんとか、この分だと村に着くのは暮れ六つだろうとか言った。荘一郎は一つ質問をした。

「昨日までは道程が短かったようですが、今日は長丁場ですね」

「ああ、それは女が一人、初めての旅で、今まで様子を見ていたのですが、大分慣れたので……ほら、奈緒と一緒に前の荷車を押している紫色の着物を着ている女、歳が近いので奈緒と気が合うんでしょう」

荷車を曳いている男の前を見ると、左側では奈緒が左手に三味線を抱えて右手で荷車を押している。奈緒の話だと抱えている三味線はかなり高額らしく、荷車に積めないそうだ。そして、奈緒の右側に紫色の着物を着た、奈緒より少し背が高い女がいた。背中だけしか見えないが、何となくしなやかに荷車を押している。しかし今日は荷車を押している位だから、歩くのに慣れたのだろうと荘一郎は思った。

一行は小金井の茶屋で少し休息して、その後、一気に歩き、暮れ六つ前に、宇都宮の在所、結構大きな庄屋の屋敷に着いた。まだ日が完全には落ちておらず、中庭には、老若男女がむしろに座っていた。子供達も大勢集まっていて、そこいらじゅう飛び回っていたが、一座の者が入って行ったら、皆静かに座った。座員達は急いで、影絵の準備に取り掛かる。荘一郎は部外者なので、何もせずにただ見ていた。

二本の竹竿に巻かれた、幅一間、長さ二間半位の白い幕が、集まった人達の前に高く掲げられ、それに、やはり二本の竹竿に巻かれた半間幅の黒幕が白幕の下に張られた。幕の内側には大きな高張り提灯に明かりが灯され、日がいつの間にか沈み、白幕が透けて見える。出し物は『花咲か爺』で、爺さんや婆さん、犬や桜の木などをただ、薄い板にかたどったものを、一人ないし二人で持ち、動かしながら物語を語り進める。荘一郎は、世の中には面白いものがあると感じいった。

その晩は皆、庄屋宅で夕餉を馳走になり二日振りに風呂にも入って、そこに泊まった。荘一郎、今日は道中が長く、一日中、荷車を押していたせいか、床についたらすぐ寝付けた。

明くる日は、徳次郎宿までおよそ六里なので、やはり早起きして朝餉《あさげ》を馳走になる。荘一郎は座長と並んで座り、食する。反対側には、この屋の主が座っている。

食事の後、茶を飲みながら、向かいの主と色々話をする。最後に、今度またこちらに来ることがありましたなら、必ず立ち寄って下されと言われた。荘一郎は、もうここには来ないだろうと思ったが、はい、そのときは寄らせて頂きますと言った。しかし、数年後にまたここに立ち寄ろうとは、今の荘一郎、夢にも思っていない。

庄屋門前から徳次郎宿へ向かう。途中、宇都宮の繁華街を通ったら、荷車に幟旗が立っているのが珍しいのか、一行の前や後ろに子供ばかりか大人までぞろぞろついてきた。そこを無事に通り過ぎ、なだらかな登り坂を歩き、徳次郎宿に着いた。

今日はいよいよ今市。女どもや荷車を曳く者達もよく頑張ってこられた。馬市が立つせいか、馬を曳く馬子が多く行き交う。その雑踏の中、日の明るいうちに、結構立派な芝居小屋に着く。そこには、三十代半ばの日焼けした顔、いかにも賢そうな男が待っていた。

座長は男に近付き、何ごとか話をしてから、皆に荷解き、持ち運びを指示する。荘一郎も荷運びを手伝い始めたら、座長と先ほどの男が寄って来て、

「佐々倉様、これが先乗りの嘉助という者です。私達は明日までに準備を終わらせ、明後日、初日開演です。手前どもは、この芝居小屋の後ろにある宿に十三日間泊まりますが、荘一郎様はこれからいかがなされますか？　今夜は取りあえず一緒に泊まりましょう」

「あの、せっかくお近付きになったのですから、私にお手伝いできることがありましたら、したいと思っていますが」

先乗りの嘉助が、

「貴方様はこれから東照宮を参拝してから、上州、武州へ行かれるそうですが、そうなのですか？」

「ええ、そのように考えていますが、何か？」

「それなら、東照宮から中禅寺湖方面への登りの山道を行きますと、その途中に清滝という

在所があります。その少し先に左へ折れる道があり、それを行きますと、足尾へ出られる山越えの道がありますが、貴方様はお若いから無事に行けるでしょう」

「しかし、そのような山道、何も知らない私では道に迷うでしょう」

「むろん、貴方様一人では道に迷います。でも安心して下さい。この今市でも、また東照宮でも、何日かおきに足尾銅山方面へ行く、飛脚や荷運びの歩荷《ぼっか》がおります。その者達と行けばいいでしょう。その者達もお侍様と道連れなら喜びますよ。よろしければ、私が紹介しましょうか?」

荘一郎は剣術修行もさることながら、旅の思案も自分なりに考え、経験を積まねばと思っていたのに、ここ幾日か他人に頼ってきたので、それでよいものかとちょっと迷った。しかし、また日光街道を小山まで戻り武州へ行くよりは、危険な山越えを経験するのも良いと考え、嘉助に任せることにした。だが、荘一郎がこの危険な山越えを経験したことが、その後の荘一郎の人生に大きく影響をもたらすことになるのである。さて、荘一郎の今後の予定が決まったので座長が、

「それでは、道案内の手筈がつき次第、出発なさるといいでしょう、嘉助、頼みますよ」

「あの、座長! 私は皆さんの芝居が終わるまで、ここにいたいと思っています。それに先ほど通って来た道に、道場があったように見えましたが、あれは違いますか?」

「ええ、道の左手にあったのは、間違いなく剣術道場です。ただ、あすこはお代官所のお役

人様方がなさっているところでして、手前どもは懇意にしていませんが」

座長はそのように言ったが、横で聞いていた嘉助が、

「実はここで私どもが芝居をするお許しを頂く為、この芝居小屋の主、吉田忠左衛門さんと一緒にお代官様に会いに行きました。お代官様は結構気さくな方でしたよ。何なら私が道場への出入りをお代官様に頼んでみましょうか？」

と言ってくれた。荘一郎は、午前中は剣術の稽古、午後は芝居の手伝いをしてもいいと考え、全て任せることにした。それを聞いた座長が、

「佐々倉様、芝居が終わるまでここにいて下さるなら、いかがでしょう？　一度でいいですから私どもの芝居に出て頂けないでしょうか？」

「ええ！　芝居などしたことはありませんが」

「いいえ、台詞はなくてもいいのです。佐々倉様の剣捌きを披露するだけですから」

するとと嘉助が、

「それは良い思い付きです。例えば主役の女が無頼の徒に絡まれているとき、佐々倉様が助けに入るなど、絵になりますよ」

と言った。荘一郎は、道場への仲立ちや宿での厄介などを思い、一度だけならばと芝居に出ることを約束した。

荘一郎は宿に行き、久し振りに一人だけの風呂に入り、のんびりと旅の垢を落とした。

皆は暮れ六つ過ぎに宿に帰って来た。荘一郎が玄関で出迎えたら皆にこやかな顔をして、ここに最後までいらっしゃると聞きましたが、まことですか？　とか、私達の芝居に出て下さるのは本当ですか？　など、荘一郎が先に宿でくつろいでいたにもかかわらず、歓迎してくれているようだった。その夜は皆、荘一郎をなかなか寝かせてくれなかった。

翌日は皆、朝餉《あさげ》もそこそこに開演の準備で早朝から忙しく働いていた。荘一郎は朝餉を済ませ、嘉助と代官所へと向かった。代官所屋敷は街道に面しており、道場と隣り合わせであった。嘉助が門番衆に挨拶をする。

「私は三日前、芝居小屋の持ち主、吉田忠左衛門さんとともに、芝居のお許しを願いに来ました、旅芸人一座三益屋の嘉助と申します。今日は別件でお願いの儀あり、参上致しました。お代官様にお取次ぎをお願いします」

嘉助は門番衆にいくばくかの手土産を渡した。

「そちらにいる方はどなたですか？」

「これは申し遅れまして失礼しました。この方は江戸の北町奉行様のご子息で、名を佐々倉荘一郎様と申します。先ほど別件と申しましたが、佐々倉様が隣の道場で、ご門弟衆とお手合わせ願えればと、参上した次第です」

「分かりました。では上役に申し上げるので、しばしお待ちを」

門番衆が内側に入っていったが、なかなか出てこない。もう四半刻（三十分）は経っている。

嘉助がいらついて、もしかすると、お許しが出ないかもしれませんね、と言った。荘一郎も同じ思いで、嘉助にこの今市には道場はここだけかと聞いたら、私は道場のことはよく分かりません、三吉なら知っているでしょうという返事であった。荘一郎は少しやけぎみになり、どうでもいいという気になった。そんなとき、やっと門番衆が一人の侍を連れて戻って来た。

「お待たせしました。この方は与力の田島様です」

「貴方が佐々倉殿か？」

「初めて御意を得ます、佐々倉荘一郎です」

田島某は荘一郎を眺めて、

「お代官は貴方のお父上、すなわち周防守様と、かつてお会いしていたそうです。お代官は佐々倉殿のみお会いします。その方はしばらく待たれよ」

荘一郎は嘉助に目配せをして、田島某の後について行く。そして先日、嘉助達がお代官に会ったであろう、裁き部屋の前のお白州を通り過ぎ、潜戸《くぐりど》を開けて中庭に入った。田島某が廊下に上がり部屋の前で座り、声を掛けた。

「お代官、佐々倉殿をお連れしました」

内から、遠慮なく入りなさいと言う声があり、二人は障子を開けて中に入った。そこには初老の代官が端座していて、荘一郎を見るなり、

「おお！　貴方はかつての周防守殿の面影があるわ！」

荘一郎は頭を下げ、改めて挨拶をしてから代官を見た。にこやかに荘一郎を見ている顔、それに以前父に会っているとのことで、何となく親しみが湧いてくる。代官は名を永山清左衛門といい、五十二歳であった。旗本四百五十石、荘一郎の父に会ったのは十年前、書院番組頭をしていたときで、荘右衛門が書院番頭見習いとして赴任してきたという。荘右衛門は当時三十歳。二年程、書院番を務めてその後、お小姓組番頭に、それから今の北町奉行に任じられているという。永山代官がにこにこ笑いながら言うには、上司であった荘一郎の父は、歳が若いにもかかわらず、下の者に分け隔てなく、公平な人だったそうだ。そのような成り行きだから、荘一郎の道場への出入りについては、許可されるというよりも、むしろ代官のほうから、びしびし指導して貰いたいと言われた。

荘一郎は嘉助に道場への出入りが許可されたことを告げ、その場で帰した。

さっそく、道場で稽古をする。十人程と手合わせをして良い汗をかいたが、ほとんどが、本目録がどうかというところである。師範代の田島某とは、手合わせをしなかった。荘一郎の技量を見極めているようで、ここを離れる前に、彼とは必ず手合わせをしようと心に決める。

宿へ帰る途中、芝居小屋に立ち寄ったら、開演の準備は既に終わっていて、荘一郎は座長と嘉助に改めて礼を述べた。

翌日は快晴。皆初日ということで、緊張している者、やる気満々で元気はつらつとしている者、食後は三味線や尺八などの音曲を稽古する者、芝居小屋へ確認に行く者、それぞれ慌ただしい。

荘一郎はその中を一人抜け出し、道場へ行く。午前中、みっちり稽古をしてから宿に帰り、少し休んでから芝居小屋を見に行ったら、客席は子供達でいっぱいだった。

初日、中日、千秋楽と早い時刻に無料で子供達を入れ、例の影絵を見せる。辺りが暗くなった頃に入れ替えて大人達を入れ、音曲による女達の踊りや、民謡などを歌い、それから一刻弱（二時間弱）続き、芝居を演じるらしい。

芝居の筋書きはある大店《おおだな》の物語で、主人公はその大店の一人娘である。それを座長の娘奈緒が演じる。一人娘には実母はなく、その為、父が後妻を娶る。その後妻に連れ子がいる為、一人娘と後妻との間で権力争いが絶えない。店の使用人も二分され、大きな問題に発展してしまう。最後は、三吉が演じる一人娘が心を寄せている使用人の機転で、一人娘が後妻を追い出すことに成功する筋書きで、どこかの大名のお家騒動に似ている。

荘一郎は宿に帰り、一風呂浴びて少し早めの夕餉をとっていたら、皆が代わる代わる食事をしては小屋へと行く。

荘一郎は暗くなってから夜着の上に羽織を着込み、楽屋裏へ行き、袖から一人、女達の踊りなどを見る。そろそろ歌と踊りが終わる頃、荘一郎の傍に近付いて来て、今晩は！　と声を掛けてきた者がいる。振り向くとそこには、奈緒と一緒に歩いていた、一座に初めて加わったという女がいた。着物は黒地で、裾のほうに赤や黄色の花が綺麗にあしらわれている。髪は島田髷、顔は色白で、ただ唇に紅を差しただけだが、舞台からの明かりで美しく見える。荘一郎はこのような美しい女を身近に見たのは初めてで、顔は火照り、どぎまぎしてしまった。ただ、逆光なので相手に見られなかったのが幸いした。そして女のほうから話し掛けてきた。

「私は綾といいます。深川は矢倉下にいましたから、荘一郎様とは通りのどこかでお会いしているかもしれませんね」

深川は、荘一郎が同心見習いのとき、深川本所界隈をよく先輩と昼夜見回りをしたところである。むろん、芸者が大勢いる矢倉下がどんなところか百も承知だ。つまり、彼女は辰巳芸者なのだ。

深川本所界隈の探索、警戒の見回りで確かに綺麗な女を見るが、不審者かどうかを見極めるのに忙しく、美しいかといったことに関心はなかった。しかし、今宵は荘一郎、この女に異性を感じてしまう。

「私はこの踊りが終わった後の幕間に、芸者踊りをします」

なるほど、手には扇を持っている。荘一郎は彼女が見上げる顔に圧倒されて、言葉が出ない。ただ、彼女の話を聞くだけである。

「私の実家は上野で、父は刀研ぎ師をしていました。職人は一人と弟がいました。そう、弟は佐々倉様と同い年、それが昨年暮れに押し込み強盗に入られ、母も含めて全員、殺されてしまいました。佐々倉様はご存じでしょう？」

綾は、目に涙をいっぱい溜めて荘一郎を見上げた。その顔を見て荘一郎は胸に、ぐっ！と来るものを感じて、黙って頷き、

「ええ、存じ上げています。私は担当外でしたが、本当に悲惨な事件でした。犯人は今でも分からず、上司の話では浅草へ出て、猪牙舟《ちょきぶね》などで品川辺りまで行き、沖船に乗り替えて上方へ行ったのではと申していましたが、何か金目のものがあったのですか？」

「何でも、名刀が三振りあったそうです。さる大名からの預かりものもあり、盗まれた刀だけでも相当な額になると聞きました」

「そうでしたか……お気の毒をしました」

「ありがとうございます、あの……佐々倉様が江戸にお帰りになりましたなら、お屋敷にお伺いしてもよろしいでしょうか？」

「ええ、いいですよ、でも一応、武家屋敷なので、勝手口からお願いします」

そんな話をしているうちに幕間になり、綾は袖から出て行った。反対の袖から二人の女が三味線と太鼓を持って出てきて奏で、綾はそれに合わせて踊り出した。何となく艶っぽかっ

た。

実は、中日に荘一郎が飛び入り芝居をしたが、この綾と武家の若夫婦の役で、墓参りをしているとき、綾が扮する若妻が、三人の無頼の徒に絡まれる。それを若侍の荘一郎が刀の棟を返して打ち払うという場面、荘一郎は無頼の徒に扮する三人に、何でもいいから長短刀で斬り掛かって来て下さいと頼んであり、荘一郎はそれらの打ち掛かって来る刃を、ちゃりん、ちゃりん、と打ち返しながら、僅かに身体に当てて倒して行く大立ち回り。その真剣で激しい打ち合いで刀と刀がちゃりんと当たるとき、火花がぱち！　と出て芝居とは思えず、観客はただ、固唾を呑んで見守っていた。無頼の徒がうめきながら、覚えていろよ、と捨て台詞を言って去っていく。荘一郎と綾が扮する若夫婦が手をとり合って袖に消え、その場面が終わったら、客席は一時、しーん、と静かだったが、一斉に拍手喝采された。成功だったので、座長から千秋楽にもお願いしますと言われ、荘一郎が困った顔をして綾を見たら、綾が微笑んで頷いた。何か荘一郎と夫婦役になるのを望んでいるようだ。

剣術稽古の最後の日、荘一郎は師範代と手合わせをした。念流のそくい付けに遭い、足を絡められて倒され、一本取られた。二本目もそくい付けに遭い、なかなか離れられない。結局、双方疲れ果てて引き分けとなった。荘一郎は、そくい付けに遭わない方法を考えねばと思う。それにしても上に立つ者は、橘道場の師範代といい、何か得意技を持っているものだと感じいった。

芝居も無事に千秋楽を終え、翌日、皆と別れるときが来た。足尾への繋ぎも嘉助が手配してくれ、心置きなく日光へと旅立つことができた。

日光

今市から日光までは二里と少しだが、ずっと登り道である。今は三月下旬、まだ日が完全には上っていない。辺りは薄暗く、両側の山々は新緑の季節になろうとしているが、肌寒く感じる。大谷川を時々見ながら、誰にも声を掛けられずに、黙々と登り道を歩く。

荘一郎は、今市で足尾へ行く道案内の者と、日時と待ち合わせ場所を約束した。日時は三日後、場所は清滝の宿、武蔵屋で、夕暮れどきに合流して翌朝早立ちしようと打ち合わせをした。つまり荘一郎は、日光東照宮を参拝し、更に上に行き、華厳の滝を見て中禅寺湖で一泊して、また清滝まで引き返し、道案内の者と合流しようという計画である。

今までは何となく他人任せの旅だったが、今度は自分の考えで旅するので、日光への登り道も、あまり苦にならない。日がやっと上った頃、日光の休み茶屋に着いた。まだ早朝だが、茶屋は開いている。そこで一休みして、茶屋の女に奉行所はどこかと尋ねたら、この上の輪王寺の右手の横道を登って行った右手にあるが、でもまだ開いていませんよ、と言われた。

荘一郎はやむを得ず、輪王寺を参拝してから東照宮へと向かう。右に輪王寺の甍を見ながら緩やかな石畳の坂道を歩いていくと、五重塔が見えてきた。朝早いのに参拝する者も多いが、中には降りて来る者もいる。多分、昨夜宿に泊まったのだろう。表門を入ったら社務所があったので、荘一郎は、佐々倉家の永代安泰祈願と自分の剣術修行の大願成就、それに弟と妹のお守り祈願を願った。全部で三百文だった。

荘一郎、受付してくれた巫女に、奥社に行き、神君家康公の墓をお参りしたいができますか？　と聞いたら、一般の方はできませんと断られた。それでも荘一郎、私は江戸からはるばる旅をして来た旗本の嫡男ですが、それでもいけませんかと言ったら、巫女はしばらくお待ち下さいと言って奥へ入って行き、しばらくして一人の禰宜《ねぎ》を連れて来た。

「貴方はお旗本の嫡男だそうですが、ご当主は何と言われますか？」

「佐々倉荘右衛門と申します」

禰宜は、これは二年前の家系図鑑ですがと断り、調べ出した。

「ああ、佐々倉周防守正行様、二千七百石、北町のお奉行様ですね。貴方の通行手形をお見せ願えませんか」

荘一郎は背負い袋から通行手形を取り出して渡したが、禰宜はちょっと見て、すぐに返してくれた。

「分かりました。ただ、私は奥社を開ける権限はありません。宮司だけが開けられます。宮司は本殿におりますので、お供しましょう」

禰宜はそのように言い、荘一郎が依頼したお札などを三方に載せ、表に出てきて歩き出した。荘一郎は禰宜の後を、周りの建物を見ながら歩く。神厩舎、鐘楼、薬師堂など、禰宜の説明を受けながら、あの有名な陽明門まで来た。

「ああ！　これが有名な陽明門ですか。彫刻が見事ですね、色彩も素晴らしい。圧倒されます」

「三年前、一部修復しましたが、見ていて飽きないでしょう。お時間はあるのですか」

「ああ！　いいえ、参拝し終えたら、清滝に行かねばなりません」

「それでは、また帰りに見ましょう」

二人は唐門の横を通り、拝殿の前に来た。禰宜はそこで沓《くつ》を脱ぎ、拝殿に上がった。荘一郎も続いて、草鞋、足袋を脱いで上がると、左横に巫女が正座していたので、両刀と木太刀を預かって貰った。正面には十数人が正座して、お祓いを受けている。一緒に来た禰宜は奥へ行ってしまったので、荘一郎も横に正座して待つことにした。しばらくして禰宜が肩衣を着て、烏帽子をかぶった、かなり年配の老人を連れて来た。宮司であろう、顔は面長、鼻は高く、眉毛が目を塞ぐ位長い。立ったまま、黙って荘一郎を見下ろしていたが、それからおもむろに、荘一郎に話しかけた。

「そなたが周防守の嫡男か」

「はい、佐々倉荘一郎と申します。このたびは難題を願い出て、恐縮に存じます」

「うむ、奥社参拝の件か、だがその若さで奥社を参拝したいとは殊勝なことよ。構わぬ、禰宜、案内しなさい。終わり次第、鍵は持ってくるように」

宮司はそう言って、奥へ帰っていった。禰宜はその後ろ姿へ深々と頭を下げ、荘一郎に向き直り、

「これは御札の引き換え札です、奥社を参拝し終えました頃には、下の社務所に届いています」

禰宜が段を降り、石畳で沓を履き出したので、荘一郎も慌てて巫女から刀などを受け取り、禰宜を追った。陽明門を右手に見ながら石畳を歩いて行くと、回廊に突き当たる。そこを右に折れたところに閉ざされた門扉があり、禰宜がそこの扉の鍵を開け、二人は内に入った。禰宜はまた内側から鍵を閉め、坂下門を潜り、左に曲がった。長い登りの石畳を行くと石段がある。その先が宝蔵、右に曲がって拝殿、その上に奥院があり、真ん中に宝塔が高く建っているのが見える。禰宜が、

「貴方はお旗本のご子息なので、この宝蔵で参拝して下さい、拝殿へはお大名、奥院へは上様だけが上がれます」

荘一郎は正座して両刀、荷物などを脇に置き、両手をつき、宝塔に向かって頭を下げて祈った。

私、佐々倉荘一郎は徳川家の旗本として、本殿において佐々倉家の安泰と私の剣術修行の成就を祈願してきました。剣術修行大願成就の暁には、徳川家安寧の為、終生、力を尽くすことをここに誓います——荘一郎は黙って立ち上がり、再度宝塔に向かって頭を下げ、奥社を後にした。

禰宜と別れ、陽明門を素通りし、社務所でお札を貰い受ける。そして、茶屋で昼餉を食べていたら、空模様が怪しくなってきたので、油紙の雨合羽を着込み清滝に向かった。途中から本降りになり、草鞋はむろん、足袋、脚絆も濡れてしまう。霧も出てきて辺りが見えにくいが、ただ、道は整備されていて一本道なので、宿までは迷わなかった。

清滝の宿といっても茶店も兼ねていて、着いたときにはまだ申の刻にはなっていないのに、辺りは真っ暗で、店の中には明かりが灯されていた。すぐに女が二人、濯ぎ桶《おけ》と夜着を持って出てくる。荘一郎、合羽と足袋脚絆を脱ぎ、女に渡す。女が、

「これは手洗いして乾かしておきます。それに袴の裾も濡れていますよ、脱いで下さいね」

荘一郎、言われるままに袴も脱いで渡す。

「お風呂が沸いていますが、今、誰も入ってねっす。どうぞこちらへ、風呂から上がりましたら茶店の方に夕餉の膳を用意しておきますだ」

荘一郎、ゆっくり風呂に入り、茶店に行ったら男達が六人程、酒を飲んでいる。それらに

は構わず食事をして温かい茶を飲んでいたら、番頭が来て、

「部屋へ案内します。ただ、申し訳ありませんが相部屋となりますです」

案内された部屋には二家族がくつろいでいた。

「こちらは江戸のお武家様です。あちらは水戸から来ました商人のご夫婦、こちらは会津福島から来ました名主様ご一家です。皆さん、よしなに」

番頭はそのように言って出ていった。荘一郎は自分の夜具が敷かれているところに行き、荷物を置き、木太刀を持って下に行き、半刻程、素振りをしてから部屋に帰った。行灯の明かりで家へ二回目の便りを書き、お札とお守りを一緒に飛脚に託した。この荘一郎からの便りが着いたのは五日後であった。


だが、佐々倉家ではそれより大変なことが起きていた。たまたま荘一郎の便りが着いた日、当主の荘右衛門が奉行所で執務中、老中から直ちに大城へ上がるよう、使いの者が知らせに来た。

ただごとではないと思われ、荘右衛門、後のことは筆頭与力に任せ、家へは荘二郎に伝言を頼み慌てて大城に向かった。荘二郎が見回りを終え、暮れ六つ頃帰宅したが、親父殿は帰っていなかった。母の部屋には愛とお婆様と三人、にこにこしながら荘一郎の小包を見詰めている。だが荘二郎、ここは意を決して言わねばと、

「お父上が執務中、午の刻頃、急ぎ大城へ上がるよう、ご老中様の使いの者が見えましたが、お帰りは遅いですね」

「兄上！　お父上は何か失態でもしましたか？」

「いや、そのようなことはない。ないと思うよ」

お婆様が、今まで前もって知らせがなく、お城へ上がるようなことはなかったのにと言い、母の玲が、荘二郎が言う通り、何もないなら良いのだけれど、でも心配だねと言った。そのようなわけで、荘一郎の便りどころではなくなってしまった。

荘右衛門が大城より帰って来たのは暮れ六つ過ぎで、皆、玄関に出迎えたが、荘右衛門が複雑な顔をしているが、悲壮ではないので、一応、ほっ！　とする。荘右衛門、両刀を玲に渡しながら、

「皆、夕餉は済んだのか」

「いえ、貴方のことが気がかりで食事など、ねえ！　皆」

「父上、ご老中から何を言われましたか」

「うん、まあ、悪い話ではないから安心しなさい。とにかく腹が減った。何か食べさせてくれ」

「はい、さっそく、膳の支度をさせましょう、お婆様も一緒にね」

食膳は前もって準備してあったので、久し振りに家族揃って食事をした。それから荘右衛

門、ゆっくり茶をすすりながら大城での出来事を話し始める。

「大城の広間にはご老中を始め、若年寄、ご重役の方々、それに何人かの大目付、目付、それから書院番頭、小姓番頭など十数人がおって、ああ、そういえば南町奉行はおらなんだ、うん、そうか……」

「父上、それでいかがなのですか？」

「うん、南町は就任して日が浅いからか。とにかく三日後、人事の発表があるが、そのとき私は大目付を仰せ付けられる。それに私だけは特別に八百石、加増されるようだ……」

「まあ！　荘右衛門！　それは確かなのかえ？」

「ええ、お婆様、加増の件はご老中の井伊様から、後で別室へ呼ばれて直接に耳打ちされましたから、間違いはないと思いますよ」

皆、荘右衛門の顔を眺めるだけで、言葉が出ない。ただ、言葉小さく母の玲が、

「おめでとうございます」

「ああ、そうそう、私の後の奉行は、書院番頭見習いでいた、そなたの弟、源之輔殿に決まるだろう。石高も役料が上がるので、二千石になるのではないかな。そのうち挨拶に来るやもしれぬ」

「貴方が推挙して下さったのでしょう」

「いやいや、源之輔殿の実力よ、歳は何歳になるのかな」

「私と年子ですから、今年、三十五歳です」

「そうか、私が奉行になったのと、それ程、変わりはないか」

荘右衛門が帰って来るまでは心配だったが、それが荘右衛門の出世と石高加増の話で、皆、安堵し、結局、荘一郎の便りは後日、荘右衛門が大目付に就任し、禄高も加増され、その内祝いの席で披露されることになった。むろん、その席には玲の両親、それに源之輔夫婦、娘の弥生、嫡男の源一郎が出席したのは言うまでもない。

さて、宴も終わる頃、荘右衛門、懐より荘一郎の便りを取り出す。むろん、佐々倉家の永代安泰祈願の御札とお守りは、それぞれに渡されている。

荘一郎、二回目の便りをしたため参らせ候、から始まり、旅芸人一座と今市まで同道し、芝居の千秋楽まで滞在したこと、飛び入りで芝居にも出たとの文のところでは、母の玲が荘一郎は何てことをするのでしょうと言えば、実父の源兵衛に、旅に出したのだから荘一郎のなすことを信じてあげなさいと諌められた。叔父の源之輔が、

「それにしても義兄は、よく荘一郎君を旅に出しましたね。荘二郎君がいるからですか？」

「いや、そういうわけでは……」

母の玲が話を継ぎ、

「旦那様は私と夫婦になっても剣術修行はなされたかったようで、それが、お義父様があのようなことになって、職務に身を入れねばならなくなり……」

そこで源兵衛が、

「そうだったなあ、荘佐衛門殿は惜しいことをした。それにしても、あの頃の荘右衛門殿は、ただ黙々と職務遂行していたな。もっともその為、上役の心証を良くしたので、今の荘右衛門殿があるのだが」

「ええ、確かに今でも剣術には未練があります……まあ、とりあえず荘一郎の便りを読みましょう……私と一緒に芝居をした綾と申し候辰巳芸者は、お父上がご存じの上野広小路、刀研ぎ師一家が押し込み強盗に入られ、一家全員殺害された生き残りの娘にて候。江戸の悪夢を忘れたく旅に出申し候……源之輔殿、この件は未解決だが、一応、江戸はむろん、諸藩の刀研ぎ師、それに刀収集家にも手配済みなので、以後よしなに」

「はい、まだ資料を読み始めたばかりでして、これからです」

「お父上！　お先を」

「うん、今市の代官は、これもお父上がご存じの永山清左衛門殿で、十年前、お父上が書院番頭見習いの折、下役として仕えていた由に候……うん、実直な人だったが、世間は広いようで狭いものよ……日光東照宮で佐々倉家永代安泰と私の修行成就を祈願し候、そして、奥社の神君家康公の墓塔を特別に参拝得申し候……うん、良くした……お札と荘二郎、愛のお守りは、便りと同封し候。この後は清滝、華厳の滝を見、中禅寺湖に泊まり、また清滝に戻り、近在の歩荷なる者と山越えして足尾へ行く予定にて候……」

皆それぞれ荘一郎への思い、静かに千差万別に思う。

山越え

荘一郎、清滝から中禅寺湖へと向かう。空は小雨が降っている。中禅寺湖までは二里と少しだが登り道で、半分以上つづら折りの道であるため、二刻半は掛かりそうだ。途中、見晴らしの良いところで食事をする。竹筒の水を飲んでいたら、ところどころ雲が切れ、薄日が射してきたが、華厳の滝が見えるところでは霞んでいて、結局見ることができなかった。そのまま、明るいうちに中禅寺湖の宿に着く。

翌朝は天気良く、湖畔を散策した後で清滝へ戻る。帰りは華厳の滝がよく見えて、水が勢いよく流れ落ち、下の方では霧となり、舞い上がる様は、荘一郎を感動させた。見物人も大勢集まってきて眺めている。

清滝の宿には明るいうちに着いた。そこには、三人の道連れが待っていた。歩荷で先達の嘉蔵と弥助は今市で顔見知りだが、出で立ちは嘉蔵達と変わらないが髭だらけの男については、初めて見る顔だ。

「やあ、三人も行くのですか」

先達の嘉蔵が、

「ええ、今年初めての峠越えなので、道を切り開いて進まねばなりません」

「そんなに凄いところなのですか？」

「いや、大丈夫ですよ、ただ時間が掛かるので、途中山小屋で一泊しますよ。覚悟して下さい」

一人、顔じゅう髭だらけの男が、鉄砲を持って黙って立っている。つまり、またぎが加わっているので、荘一郎、不審に思いながら眺める。嘉蔵がすぐに気付き、

「これは、名を与一どんと申しまして、親父が、鉄砲が上手くなるように、那須の与一の名を付けたがや。この清滝で、代々またぎを生業としていますだ、今はこの辺では熊は見かけなくなりましたが、もしものことを考えて参加して貰いました。明日は早立ちなので、今晩は飯食ったら早寝としましょうや」

そのようなわけで、四人一つの部屋で早々に床につく。


翌朝明け六つに起き、すぐに出発、荘一郎はいつもの身支度のほかに、長めの脚絆を袴ごと膝上まで巻き、襷を掛け、長めの手甲を着け、先達から二重底の足袋と革の手袋を貰い身に着ける。草鞋も底が厚めで、しっかりしたのを履く。他の三人の身支度は荘一郎と変わりはないが、二人の歩荷は背負い梯子を背負いそれに大きな袋を括っていて、その横に短めの櫂みたいなものを立て、手には一尺半はあろう山刀を持っている。またぎは背負い袋を背負

い、鉄砲を持っていた、荘一郎、熊が出ても驚きはしないが。

出発して四半刻、先達が脇の茂みを山刀で切り開いたら、その先に道らしきものが見えてきた。荘一郎、この道を往復したが、脇道への入り口を見付けることができなかった。このように半年で木々や草が生い茂ったら、土地の者しか脇道を見分けることはできないだろう。ただ荘一郎、この後の旅で、これと似たような左への脇道へ入ることにより、人生が大きく変わることになるのだが、今は何も考えず、皆の後について行く。

さて、これからが大変である、二人の歩荷が先頭を交替で、木の枝や蔦、高く伸びた雑草などを汗だくで倒し、道を切り開く。荘一郎は三番目、殿《しんがり》には、またぎがつく。荘一郎とまたぎは、切り倒された枝や雑草を木太刀程の棒で脇へ寄せながら進む。人の頭ほどの石も転がっていて、それを転がり落とす。

それよりももっと大きな石が道を塞いでいて、四人掛かりでやっと下へ落としたこともあった。そのうち渓流近くまで来たので、そこで汗を拭い、宿から持って来た握り飯を食べる。荘一郎、剣術とは異なる筋肉を使ったので、身体全体が疲労しているが、何となく爽快感がある。先達が荘一郎に話しかける。

「佐々倉様、疲れたでしょう」

「ええ、いやいや、ところで、小屋まで半分以上は来たでしょうか？」

「いや、ここまででやっと半分だでなあ」

「今年は今のところ、なんだあ、崖崩れがないのでいがったが、これからだで」

「熊の様子はどうだんべえ、与一どん」

「うん、熊の足跡はながったなあ、ここらへんじゃ、もういねえべえ。昨年は福島で一頭仕留めたと聞いたが、これからおら達は山形、秋田さあ呼ばれて行くだあ」

「そうけえ、ほんでも今日は無駄足かも知れねえが、頼まあ」


それからも同じように道を切り開いて、何とか日のあるうちに、丸木で板囲いした山小屋に着いた。嘉蔵が開き戸を開け、中にゆっくりと入り、谷川に面した窓を押し開いて、

「大丈夫だ」

と皆に声を掛けた。弥助が、

「以前に、鼠が巣を作ったり蛇がいたりしたときもあるだ」

と言った。荘一郎も中に入って見渡す。小屋の中は三畳程の土間があり、それと四畳半位の板の間がある。隅に布団が積み上げられていた。板の間の真ん中に囲炉裏があり、天井から鍋かけが吊り下がっている。土間には竈《かまど》が一つ、煙突は外に出ている。その他、水瓶、桶、鍋、木の椀、それから掃除用具もあった。嘉蔵が布団を表に運び始めた。

「私も手伝いましょう」

「それなら、小さいほうの桶に、下の川で水を汲んで来て下せえまし、雑巾拭きしますんで、

川はすぐ下だが、下り道は分かりますだよ」

荘一郎、桶を持って外へ出たら、弥助が背負い梯子を壁に架けて屋根に登り、屋根の傷みぐあいを確かめている。荘一郎は、ただの山越えと考えていたが、道の切り開きやら山小屋の手入れやら、つくづく大変だと思った。とにかく桶を持ち、水汲みに行く。しかし、またぎの与一はどこへ行ったのか、いつの間にかいなくなっていた。川には、ところどころ歩けるように手入れしてあり、難なく桶に水を汲んで上がって来たら、岩や木の枝に布団が干されていた。また、弥助より、水汲みに行くときに椀やお玉、箸、柄杓などを川で洗うように言われる。

飲料水は小屋の先、少し行ったところに、岩の割れ目から清水が噴き出しているという。荘一郎、そこへ二度も行く。その帰り道、またぎの与一と会う。彼は、漁師が使う網袋を持ち、そこには、山菜や荘一郎が見たことがない茸も入っている。相変わらず肩に鉄砲を担いでいるが、荘一郎を見て無言で頭を下げる。二人は黙々と小屋まで歩いた。

小屋では、嘉蔵が竈に火を点け、鍋で飯を炊いている。弥助は囲炉裏の火を見ていたが、与一が持って来た山菜や茸を見て、

「これは与一どん！　すまねえな、俺がちょっくら川で洗ってくるべえ」

「いや、俺が洗ってくるだよ」

そう言って与一は、荷物や鉄砲を置いて川へ行った。荘一郎は水瓶に水を入れるが、囲炉

裏からの煙で咳き込む。弥助が申し訳なさそうに、

「これは申し訳ねっす。ただ、初めは蚊燻《かいぶ》ししねえとなんねっす」

と言った。そのうち、与一も山菜を洗ってくる。それを手でちぎりながら鍋に放り込む。鍋には、米が水の半分くらい入っている。多分、七草粥と同じだろう。夜になって提灯が二つ灯され、囲炉裏の火も熾火《おき》になり、煙は出ないようになった。四人で囲炉裏を囲んで。鍋の粥を食べる。粥といっても塩味で、餅が入っているようで美味しい。荘一郎、大きな椀で三杯も食べ、皆に笑われた。

「すみません、私達は食べ物を批評することは法度ですが、でもこの粥は美味しいです」

「お褒めにあずかって光栄だす、塩加減がいがったかな」

「塩以外にも何かあるのですか?」

「ええ、味噌、醤油、酒もあるだよ」

「ええ！　酒もですか?」

「儂《わし》らは、酒はめったに飲まねっす、なあ、与一どん」

「ああ、酒飲んで山歩きはできねっす」

そこで嘉蔵が、

「佐々倉様、与一どんの言う通りだで、俺達は酒も煙草もやんねっす。煙草は無用心だで。あすこの背負い梯子に竹筒が括ってあるべえ、あれさ酒が入っているだよ、あっしらは、酒

は傷口の消毒と火がないとき、腹さおさめて暖を取るだけだで」

弥助が思い付いたように、

「ところで与一どん、上のほうは、熊はどうだったかね」

「影も形もねえな」

「影も形もかあ、足跡も爪跡もねえかえ」

「ああ、糞も見あたらねえなあ」

「うんだども、昔はいたべえ」

「親父の若い頃は、年に二、三頭は取ったそうだが」

「与一どんも取ったかや」

「俺はこの辺りじゃ二頭しか取ってねえもんな。それも親父と一緒のときだあ」

そこで嘉蔵が、

「そうけえ、そんなら安心して寝るべえ」

あのとき、嘉蔵や弥助が小屋の掃除を始めたのに、与一は皆に何も言わず黙ってどこかへ行ってしまった。今までの協力の和が崩れてしまうのでは、と荘一郎は思ったが、与一は辺りを色々見て歩き、熊の生態を調べていたのだ。その道すがら、食べられる野草や茸を採ってもきた。荘一郎の心配は杞憂に終わった。

食事も済み、皆で後片付けを済ませて、囲炉裏を囲んで寝ることにする。荘一郎は寝る前に少し素振りをしようと、今夜は長刀を持って表に出た。今日一日、色々なことを体験して、身体全体が筋肉痛だが、素振りを始めたら、身体も太刀捌きも不思議と軽やかに早く動く。なぜだろう、四方を山に囲まれた谷間で、月明かりの中での素振りだからか？　荘一郎、川の流れの音、木の葉のざわめきも耳に入らず、無心に半刻以上、小野派一刀流の型を素振りする。嘉蔵が小屋から出てきて、あるときは、白刃が早くて見えず、またあるときは、ゆっくりと剣舞を舞っているように見える。そして、荘一郎の一挙手一投足を見て、お侍とはいえ、何と美しいものかと感じいった。

「佐々倉様！　神秘的な剣の技を見せて貰いました、ですが、明日はまた早いのでもう寝ましょうや」

と言われて、荘一郎やっと我に返った。

「ああ、これはつい夢中になって、お恥ずかしいところをお見せしました。申し訳ない」

「いやいや、実に素晴らしかったです、目の保養をさして貰いましたよ」

荘一郎、かつて小野派道場で免許皆伝を得るのに、三日間の立ち切り稽古をしたときは、最後には朦朧として木太刀を動かしていたが、今夜の素振りにおいては、あのときとは違った何か、あれを超えた無を意識した。むろん、太刀捌きに間違いはなかったが、夢の中で自分が動いているのを見るように「素振りをしている自分を見詰めている自分」を意識したのである。荘一郎、感動して、その夜はなかなか寝付けなかった。

翌朝、荘一郎は嘉蔵にゆり起こされ、目を覚ます。皆は既に出発の支度をしている。荘一郎も昨日と同じ手甲、脚絆などを着けて身支度をしていたら、弥助に竹の子の皮で包んだ握り飯を手渡された。それを背負い袋に収めて表へ出る。嘉蔵が、

「今日も天気は良いようだ、頑張って行くべえ」

と言い、その掛け声で出発する。

歩く順は昨日と同じで、昨日、荘一郎が水汲みに来たところに来たので、皆、竹筒に飲み水を入れて通り過ぎる。道は急な登りもあれば、谷川近くまで下りるところもある。そのうち、荘一郎が嘉蔵に、自分も先頭をやりたいと願い出ると、弥助が笑いながら山刀を渡してくれた。先頭に出たが初めはこつを掴めず、木の枝を、後ろを歩く嘉蔵のほうへ切り飛ばしてしまったりしたが、すぐにこつを掴む。弥助から、

「さすがお侍様、刃物の扱いはお手のものだわ」

と褒められた。しばらく順調に進み、見晴らしの良いところで食事をする。荘一郎、梅干の入った握り飯を頬張りながら、何とはなしに辺りの山々を見渡す。空は雲一つなく遠くまで見え、西の方の高い山と山との間に小さく、まだ雪を載せた山が見えたので、

「あれは富士山ですか！」

と聞くと、皆、一斉に荘一郎が指さすほうを見た。嘉蔵が、

「ああ！　富士の山だ！　佐々倉様は運がいいっす、俺は何度もここを通っているが、これで二度目だ」

と言い、弥助も感動して初めて見たと言った後、

「与一どんは何度も見たかね？」

「ああ、何度かな？　もっと奥の太平山でも見えたが」

「与一どんはもっと奥まで、何度も歩き回っているもんな」

荘一郎は、初めてなのに富士山を見られたことといい、昨日の素振りといい、この山越えでは良い機運を得られたと思った。そこを出発するときにはもう雲が出て、富士山は見えなかった。

また、先頭を三人で交替しながら進む。たまたま先頭が荘一郎のとき、崖崩れのところに出た。嘉蔵が前に出てしばらく見詰めていたが、後ろを向いて与一に、

「与一どん、上のほうを見てきてくれねえか、俺は下さ見てくるだよ」

二人は上と下へ行った。弥助が荘一郎を誘い、今来た道を引き返した。やっと持てるような石を何度も運び、腕ほどもある木を切り倒して運ぶ。そのうち、上と下へ行った二人も帰ってきた。嘉蔵が、

「下は駄目だな、危なくて歩けねえ、上はどうかね」

三人が髭もじゃの顔を見詰める。彼は何か考えていたが、

「そうだなあ、上は大丈夫だんべえ、もう落ちてくる気配はねえなあ」

「それじゃあ、上への道を造るべえ」

先ほど、与一は少し戻ってから上へ行ったが、そこでも這い上がらねばならず、結局、今立っているところへ石積みし、例の小さな櫂のようなもので土を掻き落として道を造った。荘一郎はそれを見て、ああ、このようなときに使うものかと感じいった。しかし何遍も石を運んだり、杭を打ち込んだりで、ここで一刻近くときを費やした。そこを通り過ぎた頃には日も沈みかけていて、辺りは薄暗くなっていた。

結局、足尾には着けず、その手前の間藤《まとう》という村で樵《きこり》小屋に厄介になる。小屋といっても大きくて、十数人は寝泊まりできる。今は、荘一郎達と、小屋を下見に来たらしき三人しかいなかった。こちらの者とは顔馴染みらしく、一人が竈に火を入れて、食事の支度に取り掛かる。荘一郎が紹介されると樵達は、

「ひゃあ！　よくまあ、こったら山道を！」

と言って感じいっていた。とにかく、食事ができて寝られて助かった。

足尾

翌朝は、足尾が近くなので日が昇ってからゆっくり起きる、樵のうち二人はもう出かけていなかった。樵達の作ってくれた朝餉を、何度も礼を言いながら食べて、そこを出発する。

荘一郎は道々三人に礼を言いながら、足尾銅山について聞いた。

「皆さん、この二日間の山越えは、私にとって良い経験でした。ありがとうございました」

「いやいや、私らこそ良い経験をさせて貰いましたよ、なあ！　弥助どん」

「うんだあ！　お侍様とは初めて切り通ししたが、上手く言えねえが、心強かっただ」

「そうですか、ありがとうございます。ところで足尾銅山は、今はどんな様子なのですか？」

「そうさなあ、最盛期には鉱山師も三十数軒もあり、銅産出量も年四十万貫位あったそうだが、それが五十年も前のこと、今じゃあ鉱山師も十数軒弱、銅産出量も二十万貫あるかどうか……」

　すると弥助が、

「半分は廃坑だなあ！」

「ちなみに銅山を見ることはできますかね」

「いやあ、俺らは見たことねえで分からねえが、やっぱお奉行様のお許しが要るべえ」

　そんな話をしているうちに、足尾の入り口、北木戸へ来た。そこには六尺棒を持った番人が立っていて、案内の三人は何も言われず通されたが、荘一郎は通行手形を見せてもすぐには通されず、相棒と何か話をしてから、

「お侍様は、私らにはお通しする権限がありませんで、奉行所まで同道願えませんか？」

と言われた。荘一郎は黙って頷き、三人に目配せをして番人の行く方に歩いて行く。三人

も荘一郎の後についてきた。道の右手の山の方に銅山があるようだが、長屋や一膳飯屋などが建ち並んでいて、完全には見えない。そのうち、街中に一際、立派な建物が見えて来た。それが銅山奉行所だった。

大分古いが大きな門を入ったところで荘一郎は待たされたが、すぐに番人が出てきてお白州へと導かれた。今市でも荘一郎は代官所に行ったが、ここは何となく雰囲気が違う。お白州の前の座敷には誰もおらず、真ん中奥と右手に座布団が置いてあり、左に書記の机が置かれているだけだ。荘一郎の通行手形は奉行に渡っているわけで、こちらの身分も分かっているのに、なかなか出てこない。なぜなのだ！　第一、白州に連れてこられたのも気に入らないが、それよりもいつまで白州に立たせるのか！　荘一郎は、だんだん腹が立ってきた！だが荘一郎、若気の至りと言われるのも業腹なので、ここは我慢する。

四半刻は待った頃、やっと二人の同心を従えて奉行が出てきて、慇懃に中央の座布団に座る。四十歳代、いかにも横柄な態度が見える。二人の同心は左右に分かれて座る。いつの間にか荘一郎の後ろに、六尺棒を持った番人が四人も立っている。奉行が右側の同心に何事か話をする。同心が頷き、荘一郎の通行手形を持ってきて、通行手形を荘一郎に渡しながら話す。

「本日は、お奉行は江戸に戻られているので、代理の与力様が吟味します」

と言って、上の座敷へと戻って行った。おもむろに奉行代理が話し出す。

「そのほうは、いかなる理由で足尾に来たのか？」

と声を荒らげ、居丈高に尋問してきた。荘一郎はそれには答えず、

「私はなぜ、この白州に置かれているのか。こちらからお尋ねしたい」

「来るべき道から来ていないから、不審である」

「それなら、桐生から来れば不審ではないのか」

「いや、そのほうは山越えをして来た。部下の話だと、銅山を見たいと言ったそうだが……」

荘一郎は、後学のため、銅山はどのようなものか見てみたかったが、見るのは止めようと心に決め、

「足尾へ山越えをして来たのは、日光東照宮で剣術修行の成就を祈願してきたので、深谷へ行くのに、小山へ戻るよりも近道だったからです。また後学のため、ただ、銅山を見たかっただけです」

「ただ、見たかっただけではなかろう、探索する気でいたのではないのか」

多分、ここの銅山奉行は短期就任で、六百ないし七百石くらいの旗本だろうと考えられる。それなら荘一郎の前で傲慢に座っている奉行代理は、御家人上がりの百ないし百五十石の旗本と思われる。荘一郎の通行手形を見ているのだから、こちらの身分も分かっていて横柄に

対応しているわけで、荘一郎はまた腹が立ってきた。

「貴方も江戸の旗本でしょう！　私は東照宮で宮司にお願いして奥社への鍵を開けて貰い、宝蔵で奥院の宝塔・神君家康公の墓前に、徳川家の安寧の為、終生尽力することを誓って来た者！　これ以上、私を愚弄するなら、こちらにも考えがありますぞ！」

と激しい口調で言って、奉行代理を見据えた、相手も睨み返してきたが先に目を逸らし、先ほどの同心に何事か話をして、黙って奥へ行ってしまった。耳打ちされた同心が下へ降りて来て、

「申し訳ありませんが、佐々倉様、ここは穏便に足尾を通り抜けては頂けませんか。まだ日がありますので……今はこの足尾銅山も問題が多々ございまして、代理も気が立っていて申し訳ありません。どうか、お気を悪くなさいませんように」

「相分かり申した、貴方に免じて、ここは穏便に引き下がりましょう」

「お聞き届けありがとうござります」

　奉行所の門の外には、例の三人がまだ待っていた。荘一郎は手短に話をして、ここでお別れだと言ったら、皆名残惜しいらしく、南木戸までついて行きますと言った。それに例の同心と六尺棒を持った二人の番人が、後からついてくる。荘一郎が南木戸から確かに出るのを見届けるようだ。途中、道の両側を見ると旅籠も何軒かあるが、二、三軒は戸を閉めている。芝居小屋もあったが、看板も揚げてない。無人の長屋も多く、道を歩く人も少なく、子供が

三、四人、犬を追っかけているのを見かけただけで、足尾は寂れているなと荘一郎は思った。
南木戸でいよいよ、三人と別れるときがきた。三日間とはいえ、寝起きを共にした仲間、何とはなしに別れを惜しむ。

「皆さん、今までありがとうございました。ご縁がありましたなら、また会いましょう」

荘一郎、別れを惜しみ、手を振りながら後ろ向きに歩く。それからくるりと向きを変えて暗くならないうちに今夜の宿を見付けなければと、足早に歩き始める、幸いにも道は広く、銅塊を運ぶためか整備されている。それに下りなので、沢入という村落に明るいうちに着いた。小さな旅籠が一軒あり、荘一郎、ほっとする。


旅籠の番頭に聞くと、銅山の役人が三人とその小者が、やはり三人だけ泊まっていると言った。荘一郎、銅山の役人と聞いて、泊まる部屋が役人の部屋と離れていれば良いがと思う。番頭に二階に案内され、街道沿いの部屋に通されて、筆と宿帳を出される。江戸旗本子息、佐々倉荘一郎と記す。

「お役人様は、湖が見える向こうの部屋です。佐々倉様、明日はどこへ向かわれますか？」

「深谷へ行きます」

「ああ、それなら、お役人様が銅舟で桐生方面へ下りますので、便乗すれば早いですよ」

荘一郎は、足尾の奉行代理のことがあり、同じ銅役人とは顔を合わせたくないので、

「お役人は杓子定規で、見ず知らずの者は同道しないでしょう」

「いえいえ、与力様は気さくな方ですよ、大丈夫です。私が話をつけましょう」

このように親切に言ってくれる番頭には、確信があるのだろうし、まだ会っていない人物を推量するのは良くない。それに断られても歩いていけば済むことであり、番頭に任せることにした。その夜は部屋で食事をし、いつものように道に出て、月明かりの中、半刻ほど本身で素振りを行い、風呂にゆっくり入って寝た。その夜は、役人と顔を合わせることはなかった。


翌朝、荘一郎は部屋が明るくなった頃に、下で戸の開け閉めをする音と、人の足音などで目を覚ました。身支度をして階下に降りて行ったら、役人が三人食事をしていて、番頭がすかさず奥から出てきて、

「この方が佐々倉様です」

「おお、貴方が佐々倉殿か、江戸の旗本と聞くが、ご当主はどなたかな」

「荘右衛門正行と申します」

「もしや、北町のお奉行様ではないかな」

「ええ、そうです」

「ほお！　左様か、人物は確かだ。私は木村房之輔という者です。半刻後に舟は出る、便乗

なされよ、ただし、揺れるから覚悟しなさい」

「ありがとうございます、ご好意に甘えます」

荘一郎、木村某を一目見て、昨日の足尾銅山の奉行代理とは全く違う御仁なので気に入り、便乗することにした。一同旅籠を出て、草木湖の船着場へ向かう。そこには吃水の浅い、しかし幅広で頑丈な舟が一艘、舫《もや》われていた。舟の中央には、こんもりと焙焼された銅塊が菰《こも》を被っている。役人三人と荘一郎は舳先《へさき》に陣取り、小者三人は艫《とも》に控えた。船頭と水手《かこ》一人が舳先に、艫に二人の水手がいて、それらが左右に分かれて、今にも櫓を漕ぎ出そうとしている。船着場で舳先と艫を舫っている綱を外した。水手がその綱を手繰り寄せ巻き上げる。艫で櫓を漕ぎ始め、草木湖の水面を滑り出す。荘一郎、湖面からそそり立つ両側の岸辺の木々、山並みを眺めていたら木村某が話し掛けてきた。

「今は湖面で波がないが、渡良瀬川に入ったら舟が揺れますよ」

と言われた。ここで荘一郎、昨日の足尾奉行所でのことを木村某に話すことにした。

「実は私、日光から清滝を経て足尾へ、歩荷の道案内で山越えしてきました。ところが、足尾の奉行所で名は聞きませんでしたが、奉行代理が私を怪しいと申され、足尾で泊めてくれませんでした。なぜなのでしょう」

「ああ、左様なことがありましたか、それは失礼申した。同僚のことゆえ何も申し上げられぬが、貴方も無事、このように旅をなされているのだから、そのことはご放念下され」

「ええ、忘れます。奉行所を出るとき、同心の方が貴方と同じようなことを申していました。今は遺恨は持っていません」

「それはありがたい、お父上には、どうぞよしなに」

そのように言って木村某は、わははは！　と笑った、荘一郎もつられて笑う。同じ与力でもこれほど違うものか、とつくづく思った。舟はいつの間にか川に入り、揺れ出した。船頭は舵を取り、三人の水手は一人が舳先に、他の二人は面舵、取り舵に竹竿を持って舟を操っている。川の両側は、山が切り立っているところは流れが速く、川原があるところは緩やかだ。そのうち、山が低くなり、川幅も広がり二刻位過ぎた頃、葉鹿という船着場に着いた。

木村某の話だと、いったん銅塊を陸揚げして、利根川沿いの古戸《ふると》まで馬車に載せていくそうで、対岸の登戸は熊谷、深谷の中間だそうだ。ただ、銅塊の陸揚げは一日掛かるので、私達はここで泊まることになる。貴方は、まだ日があるから古戸近くまで行けるでしょう。道標があるので迷うことはないとのことであった。荘一郎は皆と軽く食事をし、その後、馬車道を確認しながら歩き、暗くならないうちに旅籠に入る。番頭が言うには、ここは高林というところで、古戸はすぐ近くだということであった。

井口道場

翌日は古戸に行き、渡し舟で利根川を渡り深谷へ向かう。後は町人らに道を聞きながら、昼前にやっと井口道場に着いた。

元々、深谷、熊谷、前橋、高崎など、武州は碁石まじりといい、天領、旗本領、小藩領、寺社領等小地が入り交じっていて、そこを各代官が治めているが、それは名ばかりで地役人の同心が支配しているのが現状である。小者も少人数なので、犯罪者が他領へ逃げ込んでしまえば、追いようがなく、押し込み強盗、切った張ったや、やくざ者の温床の地となり、自然と町の衆は自ら身を守らねばならず、そのため、剣術が盛んなところなのである、深谷は桐生と同じく絹織物が盛んで、幕府直轄地でもあり、代々三百石位の旗本が代官として治めている。

荘一郎は、井口道場の近くに一膳飯屋があったので、そこで腹ごしらえしてから道場へ行く。

「お頼みします」

内へ声を掛けたら、すぐに取次ぎの老人が出てきた。荘一郎は姓名を名乗り、橘勘兵衛からの紹介状を井口先生に渡して貰うよう頼む。老人は少々お待ちをと言って奥へ消えたが、間もなく現れて、

「主がお会いします、どうぞお上がり下さい」

と言った。荘一郎、草鞋を脱ぎ、板の間に上がって老人の後を歩く。右手の道場からは、

掛け声や竹刀の打ち合う音が激しく聞こえる。その中廊下を進み、部屋の前へと案内された。老人が内に声を掛け、許しを得てから部屋に入った。そこには大きな膳を前にして、髪を総髪にしている初老の人が端座していた。その横に、三十代半ばの男と若者が一人いた。

「初めて御意を得ます、佐々倉荘一郎と申します」

「まあまあ、堅苦しい挨拶は抜きにして。私が井口弥五郎です。これが師範代、私の娘婿で、こちらがこの深谷の代官の子息、斉藤小三朗君。貴方のことは幸手の橘殿から書状が届いている、それにしても、大分遠回りをして来たようだな」

「はい、日光東照宮を参拝し、山越えして足尾から桐生へと来ましたから」

「左様か、貴方は橘殿の書状によれば、なかなかの遣い手とある。しばらくここに泊まって門弟達を指導して貰いたいが、いかがかな」

「いえいえ、橘先生の書状にどのように書かれているか分かりませんが、あすこでは師範代の二段突きで負けましたから」

「いやいや、橘殿は左様には見ていないぞ。佐々倉君はこちらに着く頃には、二段突きの防御も会得しているだろうと書き送ってきている」

「いえいえ、左様なことは……」

「まあまあ、いずれそれは分かること、今日はゆっくり休みなさい。小三朗君、部屋へ案内して差し上げなさい」

荘一郎と小三朗は、これから共に寝起きする部屋へと行く。八畳間で、机が二脚あり、一脚は小三朗が使っているらしい。この部屋にはもう一人、寝泊まりしている浪人、進藤某がいるが、昼間は道場に来るが、夜は絹製品問屋の用心棒をしているので、めったに寝に来ないらしい。しかし腕は立つとのこと。この部屋は以前、橘勘太郎が寝泊まりしていたところでもある。

「本来なら同席は許されないところですが、よろしくお願いします」

「いやいや、今はお互い修行中の身ですし、そのようなしきたりはなしにして、こちらこそよろしくお願いします」

そのような理由でお互い打ち解け合い、当道場でのしきたりや深谷の状況、江戸の斉藤家の屋敷は芝の増上寺の近くだとかいったことを、色々話し合う。佐々倉家は御茶の水の近くなので、大城を挟んで北と南で、お互いに会う機会はなかったろう。

小三朗の父は斉藤帯刀《たてわき》といい、三百七十石の旗本で二年前に深谷へ就任してきた。小三朗は荘一郎より二歳上で、部屋住みの身分だが剣術が好きで、昨年、父の後を追って深谷へ来てしまった。

江戸でも念流の道場に通っていたので、ここでも同じ念流の井口道場に住み込んだのである。今年の秋には同じ旗本の祐筆係、藤田某の息女へ婿入りすることになっているのだが、本人は、祐筆係への婿養子など不承知と言っている。

その夜は荘一郎、三回目の家への便りを書いた。歩荷やまたぎの道案内で清滝から足尾への山越え、山小屋での夜、本身での素振りで無の境地に入れたこと、足尾は素通りし、草木湖から銅舟に乗り渡良瀬川を下り桐生近くで下船し、利根川を渡り、深谷の井口道場に着いたこと、井口弥五郎師匠は気さくな方で、さっそく当道場へ住み込みなされと言われ、これも深谷の代官の子息、斉藤小三朗なる者と相部屋になり色々世話になる由、この便りもその部屋で書き申し候……。

井口道場は、門弟の名札が壁に架かっていて五十人以上いるが、常時来ているのは三十人くらいで、ほとんど町人である。何人かは進藤某のような浪人や、渡世人もいる。ここでは面、胴、籠手《こて》など防具を着けて、竹刀で打ち合いをする。荘一郎はほとんど、防具なしで打ち合う。小三朗とは毎日打ち合うが、技量は本目録がやっとである。腕は、師範代を除けば進藤某が次か。彼とは何度か手合わせし、初めの頃は、彼は相手の裏を取る癖があり、油断すると三本中一本取られたが、終わり頃には一本も取られなくなった。ただ、進藤某は人を斬ったことがあるようだ。

師範代は門弟の指導で手いっぱいで、荘一郎とは手合わせできない。それよりも荘一郎自身も門弟衆を指導することが多く、上手の者とは手合わせできない。しかし、下手の者を指導しているときも学ぶところがあり、これも修行と割り切ることにした。そのような理由で井口師匠にも印象が良く、結局ここに一ヶ月以上の長逗留となる。

井口道場に滞在中、道場破りか、他流試合所望の者が七回あった。二回は小三朗が、三回は進藤某が退けたが、後の二回を荘一郎が立ち合った。最初は仙台願立流と称し、髭が伸び放題のいかにも武者修行中の者。師範代が初め目録の者を当たらせたが、竹刀が折れんばかりの突きで負ける。その日はまたも進藤某は不在で、師範代が小三朗では危ないと思ったのか、荘一郎に目配せして来たので受けることにした。

荘一郎と髭武者、互いに蹲踞して立ち上がる。荘一郎の方が上背はある。髭武者、左上段に構える。荘一郎は先ほどの突きを見ているので、無理な仕掛けをせず、静かに正眼に付ける。荘一郎、橘道場での師範代の突きを思い出す。あのときは二段突きを予想していなかったので、不覚を取ったが、髭武者は二段、三段突きも考えられるので、荘一郎、無理をせず見合って動かない。

荘一郎、下段に構えて相手を誘う。髭武者すかさず突いてきた。荘一郎、一歩下がる。髭武者、やはり早業のごとく足を送って、二段突きを仕掛けてきた。荘一郎、身を反らし、胸元近くで切っ先を受けながら左に回り、相手の小手を思い切り打ち下ろす。小手が決まって髭武者堪らず竹刀を落とす。防具の上とはいえ手が痺れて、当分、竹刀は持てないだろう。髭武者、参った、とも言わず、両刀を抱えるようにして帰って行った。しばらく門弟衆は呆気に取られて見ていたが、髭武者がいなくなったら、わあ！　と叫び、拍手喝采した。井口

師匠も見ていて、

「やはり佐々倉君、二段突きの返し技を会得していたではないか、お見事！」

と褒められた。二回目は井口道場へ来て一ヶ月も過ぎた頃、農民のような身なりの兄弟武者が道場破りに来た。最初は弟武者が立ち合う。防具が変わっていて、面は付けずただ、綿が入った防具を頬被りしている。無胴で多分、内に何か着込んでいるのだろう、籠手は肩まである。それに足を膝上まで防護している。最初はやはり、目録の者を当たらせたが、簡単に二本取られる。そのうちの一本は、膝頭を打たれて立てない。次に小三朗が立ち合う。見事な面を二本取り、勝ちを収める。

代わって、兄武者が出てきた。小三朗、蹲踞して再び立ち合う。二合、三合するうち、兄武者が小手を一本取る。二本目は突いては絡み合い離れることを繰り返していたが、一瞬をついて、小三朗が面を取り、一対一となる。三本目は互いに蹲踞して立ち上がったら、兄武者、今までとは違い、がむしゃらに打ち掛かってきた。小三朗は懸命に防戦するだけで、そのうち、また鍔《つば》迫《ぜ》り合いとなり、身体と身体を押し合ううち、兄武者が足搦《あしがら》を掛けてきた。小三朗は堪らず後ろへ倒れ、そこをすかさず兄武者、面を打ってきて、敢えなく小三朗、二本取られた。

この日も進藤某は不在で、師範代より荘一郎に目配せがあり、頷いて防具なしのまま、竹刀を持って中央に出る。兄武者、身体は大きいが防具を着けずに出てきた若者に、この若造が……と目を見据えて立ち上がり、すぐ右上段に構えて、また、がむしゃらに打ち掛かってくる。荘一郎、それを後退しながら難なく受ける。それから小三朗のときと同じように、左足で、足搦を掛けてきた。二度三度、いずれも難なく外す。荘一郎、最後の足搦がきたとき、絡んだ右足を任せながら、相手の内股を思い切り掬い上げた。兄武者、堪え切れず両足を天井へ上げて後ろへ倒れ、強く後頭部を床に叩き付ける。兄武者、むうん……と言って目を白黒させ、気を失ってしまった。

弟武者、慌てて兄に駆け寄り、兄やん、兄やんと言いながら頬を叩くが、目を覚まさない。荘一郎、弟武者を退けて兄武者を半身起こし、右手で鳩尾を二回程強く押したら、また、むうん……と言って意識を回復した。兄弟武者、荷物を持ってこそこそと帰って行く。井口師匠から、またもお褒めの言葉を貰う。

「佐々倉君！　お見事！　天晴れである」

「いいえ、師匠、小三朗さんの試合が見られたからです」

「おお！　小三朗君の三本目の試合を参考にしたというのか、皆の者聞いたか！　佐々倉君は小三朗君の足搦で一本取られたのを見て、すぐ学び創意工夫して、臨機応変の返し技を考えて実行する。本当にお見事！　皆も参考にするように」

荘一郎、井口師匠に褒められ、自分なりに技が上がったように実感する。荘一郎、この一ヶ月には充実したものを感じ、次へ移動しようと決心する。

「井口師匠、私、大分、長逗留と相なりました。ありがとうございました。そろそろ所沢、八王子、甲府へと移動しようと考えています」

「左様か、佐々倉君にはこちらこそ世話になった。それでは明日、師範代と壮行試合を行うことにしよう。師範代、よろしいかな？」

「はい、師匠、私は喜んで。佐々倉君、よろしく」

「ありがとうございます、お願いします」

「皆の者！　明日午前中、巳の刻に行うことにする、良いな！」

荘一郎、急ではあるが二日後、井口道場を離れることにする。すると小三朗が寄って来て、

「相すまないが、明日の夜、私の父に会ってはくれないかな？」

「ええ、お父上に？　私に異存はありませんが」

「ありがたい、では明日の夜、ご案内する」

それを聞いた師範代が、

「それなら、当道場でも歓送会を致しましょう、いかがです師匠？」

「よかろう、明後日夕に、この道場で致そう、皆よしなにな」

翌日、大勢が居並ぶ中で、荘一郎と師範代の手合わせが行われた。井口師匠より、三本勝負始め！　の合図でお互い立ち上がったが、共に正眼に構えたまま、なかなか動かない。そのうち四合、五合と打ち合うが、すぐ見合いとなり、時間ばかり経つ。既に半刻は過ぎた。

師範代、詰めてきてそくい付けに入ろうとするが、荘一郎、身をかわしてそくい付けに遭わないようにする。結局、井口師匠が、引き分け！　と宣言して終わりとした。

その日の夕方、荘一郎と小三朗はある料亭へ出向き、小三朗の父、斉藤帯刀と会う。五十歳は過ぎている。ここの役目が終われば引退して、嫡男に斉藤家を任せるらしい。代官は名ばかりといわれるが、斉藤代官、なかなかどうして、年貢取り立てや、支配地の治安に精力的に働いているらしい。


「貴方が佐々倉周防守様のご嫡男か、小三朗に剣術の指導をして貰い、かたじけない」

「いえいえ、こちらこそ小三朗さんには、色々お世話になりまして」

「いやいや、それより小三朗が、貴方のような剣術の達人がいるのに感じいり、自分の剣術修行を諦め、かねてより秋と決めていた藤田家への婿入りを考え直してくれたよ。本当にかたじけない」

「ええ！　小三朗さん、本当ですか？」

「ええ、でも剣術は、これからもやりますよ。ところで荘一郎さん、お願いが二つありますが、聞いて頂けますか？」

「何を言います、どうぞ遠慮なく」

「一つは、江戸に帰っても朋輩としてお付き合い願いたいこと、もう一つは私も貴方と共に八王子まで同道したいが、いかがでしょうか？」

「むろん、私に異存はありません、それに、聞けば私の妹が嫁ぐ三田家と藤田家は目と鼻の先、こちらこそお願いしたいくらいです。小三朗さんの気心も分かりましたし」

「おお、ありがたい。ささ、膳に箸を付けて下され、私は飲みますよ」

女がすぐに寄って来て酌をする。

「そうそう、言い忘れるところだった。荘一郎君、貴方の父君は、今は北町のお奉行ではありませんぞ」

「ええ！　父が何か失態でもしましたか？」

「わはははは！　いやいや、これは失礼……その逆で江戸からの知らせによれば、この四月、ちょっとした江戸の支配体制が変わったそうだが、貴方の父君は大目付に就任なされ、八百石加増の出世頭だそうだ」

「はあ、父が大目付……」

「何でも噂によれば、いずれ若年寄になるやもしれぬそうだ」

「それは？　若年寄は大名の役職ではありませんか？」

「いや、既に一人いるではないか、旗本で長瀬駿河守が」

「父上、今夜は実にめでたい、さあ私らは腹いっぱい食べましょう」

「小三朗、今夜は許すぞ、祝い酒だ。荘一郎君もささ、猪口を取って」

「はい、かたじけのうござります」
荘一郎、家でも祝いごとには酒を飲むことはあったが、酔うことはなかった。しかし今夜はさすがに酔い潰れ、小三朗共々、料亭で翌朝まで寝てしまった。むろん、小三朗の父上は昨夜帰っていていない。また、翌日の夕方は、小三朗も井口道場を離れることになり、道場いっぱいに皆、集まり、酒も出て、料理も外から取り寄せたらしく豪勢で、賑やかな宴となった。上州、武州は気の荒い土地と聞いてはいたが、気心が知れるとこんなに親しくなれるものかと、荘一郎は感じいった。

五月も半ば、桜も散り新緑の季節、荘一郎と小三朗の二人は、とりあえず八王子に向かって歩を進める。二人とも懐ぐあいは良い。井口師匠から餞別として一両ずつ貰う。また、小三朗は父からも一両貰い受け、懐には今までの分を合わせて三両持っている。荘一郎も、江戸を出るときの十両が減らない。そのようなわけだから、二人とも自然と気楽に旅を楽しんでいる。空は五月晴れ、そこを鳥が飛び交う。地は畑や田んぼ、雑木林、しかも高い山はなく、時々富士山が見える。腰にぶらさげた竹筒の水を飲みながら、昼に握り飯を食べたりで、道々二人色々なことを話し合う。小三朗は母や兄のこと、実は二番目の兄がいたが小さいときに亡くなったとか、藤田家へは二度ほど行っていて、二人姉妹で夫婦となる娘とも会っている、これから義父を見習い、顔真卿の書でも習おうか、だが祐筆は速記が第一だとかいったことを話した。荘一郎は、母やむろん、婆様、弟、妹のこと、同心見習いのときの本所見回り組のこと、小野派一刀流道場でのこと、そこで免許皆伝を得たので、武者修行の旅に出ることを両親に打ち明け、許可を得て今年三月、旅に出たこと、千住大橋で旅芸人一座と道連れになり芝居にも出たこと、日光東照宮では奥社へ行き、神君家康公の墓前に参拝して、そこから足尾へ山越えをしたことなどを話す。

一日目は、滑川という集落の農民の家に厄介になる。翌日も天気良く、同じに毛呂という農民の家に泊めて貰う。次も瑞穂の雑貨屋に泊まる。この三日間、二人は江戸育ちの若侍なので怪しく見えないのか、いずれも些少の銭を渡すだけで、喜んで泊めてくれた。

いよいよ明日は、八王子である。加住丘陵と多摩丘陵に挟まれた盆地で、戸数四千戸、人口二万人以上、四の日と八の日に市が開かれる。紬、繰り物、麻、太物、紙、穀、魚塩の七座があり、関東でも名高い市場圏である。町の自衛が徹底していて、剣術道場も数軒あるらしい。二人共心弾ませて多摩川を渡り、明るいうちに宿に着いた。

風呂に入り、夕食どきに番頭を呼び、八王子の剣術道場のことを聞いたら、四軒あるが流派は分からないとのこと。二人とも明日から道場破りではないが、全部訪ねてみようと話が決まる。しかし四軒とも、これはという師匠には会えなかった。門弟衆はほとんど町人で、ときに大店の用心棒の浪人がいるくらいである。

それでも一軒だけ師匠から、どうかここに滞在して門弟を指導して貰いたいと言われ、結局二人とも宿を引き払い、そこへ一ヶ月以上住み込むことになった。そこはやはり、門弟衆は町人が多く、木太刀での打ち合いは怪我をするので、防具を着けて竹刀での打ち合いである。また、そこにも浪人が二人いて、一人は師範代らしく振舞っている。だが少し腕を上げた小三朗と良い勝負で、むろん、荘一郎は一本も取られない。ただ荘一郎は門弟衆への当たりが良く、指導も当を得ているので、皆から好かれ、いつの間にか長逗留となってしまった。荘一郎、時は七月、梅雨も上がり、頃は良しと思い、次への旅立ちを決心する。

甲府にて

荘一郎は小三朗と江戸での再会を約して、八王子を後にする。道は甲州街道、とりあえず宿場の与瀬まで行こうと決める。約五里、しかしずうっと登り道である。初めはなだらかな登りで、道は整備されていて歩きやすい。空は快晴で、ときには富士山の頭が見える。人の往来も多く、農民、町人、飛脚、武士も馬子も、それに長野の善光寺参りか、先達に連れられた大勢の白装束の者達もいた。あの者達と宿が一緒だとうるさいかな、と思いながら彼らを追い抜く。明るいうちに宿場の与瀬に着く。旅籠も数軒あり、呼び込みも出ている。荘一郎はどこでもよいので、男に呼ばれたのでその宿に入る。宿には中庭があり、南の方はなだらかな坂で下の方に何軒かの明かりが見えるが、その先は川のようで微かに音が聞こえる。荘一郎、夕食後、いつもどおり、そこで本身の素振りを一刻ばかり行う。途中、あの足尾への山小屋で実感したのと同じ無の境地に入れた。今までも毎夜素振りをしていたが、いつも隣に斉藤小三朗がいたので、無の境地に入れなかった。まだまだ修行が足りないと思う。

明日は大月まで九里、番頭の話だと川沿いの道だそうだが、短い間隔で上り下りがあるので疲れるとのこと。荘一郎、暁七つ、暗いうちに旅籠を出る。途中二里くらい行ったところに上野原という宿場があった。昨日ここまで足を伸ばしていれば、このように早立ちしなくてもよかったのにと思う。そこで荘一郎、この先のことを土地の者に聞いてみようと決め、向こうから背に薪を背負って来る男に話しかけることにした。

「もし、相すまぬ、ちょっとものを尋ねたいがよろしいか？」

「へえ、何でごぜえやす？」

「この先、大月まで旅籠はないかな？」

「いや、二里半くらい行ったところに鳥沢という宿場がありますだ。ただ、旅籠は少ねっす」

「では、大月の先はどうかね？」

「ああ、大月の先は初狩と笹子の温泉宿があるだが、おら行ったことないんで、よく分からねっす」

「ありがとう、では頑張って行きます」

やはり鳥沢宿で日が山の陰に落ちて薄暗くなってきたので、荘一郎、急ぐ旅でなし、まあよかろうと草鞋を脱ぐ。番頭は忙しそうなので、食膳を持って来た女にこの辺りのことを聞くことにした。

「ちょっと聞きたいことがあるがいいかな？」

「へい、何だべ？」

「大月の先に温泉宿があるそうだが、どのくらいの道のりかな？」

「温泉宿は二つあるが、初狩温泉はここからだと二里と少しだ、笹子までは五里くらいあるべえ」

「その先はどうかね？」

「笹子の先は少し登るが、後は下りだし甲府まで行けべえ。その手前に石和という畑湯があるだが」

「ありがとう、参考になった、明日は笹子温泉に泊まろう」

そのようなわけで、翌日は笹子に泊まる。結構混み合っていて、荘一郎がゆっくり温泉に浸かっていたら、混浴なので女も入ってきて、目のやり場に困った。それでも荘一郎、いつもの素振りを終えてから二回目の湯に浸かる。誰も来ないので、充分、身体をほぐした。

明日は、待望の甲府にやっと着ける。甲府は武士、町人まで武田家の気質が強かったが、元禄の頃、柳沢吉保が封を受け、経営の努力により商人の町になった。排他的な気質はなくなったが、それでも武田信玄の伝統はあり、流祖川崎鑰之助《かぎのすけ》の東軍流、梶新左衛門の梶派一刀流、無外流など、剣術道場も十軒位あるようだ。今の甲府は幕府直轄地で、三千石くらいの旗本が甲府勤番として代官政治を行っている。

荘一郎、笹子から甲府まで八里、しかし下りでもあり大股で歩き昼少し過ぎに着いた。とりあえず長逗留になるやもしれないので、なるべく街中の宿に入る。まだ早いせいか立て込んでいない。部屋に案内してくれた女中に剣術道場のことを聞こうとしたら、私は知りませんので後で番頭さんを来させますと言われた。荘一郎、風呂に入り、夕餉を済ませ素振りも終えて部屋に来ても、番頭はなかなか来ない。相部屋でないので寝ようとして明かりを消そうとしたら、遅くなりましてと言って、番頭が現れた。

「何か剣術道場のことを知りたいそうで」

「ええ、この甲府にある道場のことを全部知りたいのだが」

「それでは、お武家様は全部の道場破りをなさいますので」

「いやいや、そうではない。私は良い師匠を探しているのです。それに色々な人と手合わせをしたいだけです」

「ああ、それなら私が若い時通っていた無外流の道場があります。師匠は植村十兵衛様と申しますが、もうお歳でお子の友之輔さんが師範代としてやっています。なかなか、やりますよ」

「では、そこは最後にして、他の道場を教えて下さい」

「いや、三軒くらいは分かりますが全部は分かりませんので、明日、他の者に聞いてからにしましょう。それで佐々倉様は、こちらに何日くらい、お泊まりで？」

「はい、ここ甲府での見極めが付くまでと思っていますが、十日以上は厄介になるかも……それが何か？」

「それなら宿代は安くしますよ、一日二食付けて二百文のところ、百五十文にしときます」

「それはどうも、よしなに」

「この部屋は手狭なので相部屋には致しませんが、どうしてもののときは勘弁願います」

荘一郎、それを了承して、その夜、四回目の家への便りを書く。初めに父上が大目付になられ、加増もされた由、めでたく存じ上げ申し候……と記し、さらに、深谷から八王子まで斉藤小三朗君と同道し、そこの道場に二人とも住み込み、一ヶ月半滞在したこと、その後、梅雨も明けたので小三朗君とは江戸での再会を約し、私一人、三日掛けて与瀬、鳥沢、笹子を経て甲府に着いたこと、旅籠は甲府常盤の旅籠、山城屋にしばらく滞在し申し候……。

その夜はぐっすり寝る。翌日から番頭に道場の名前と場所を聞き、道場通いをする。確かに十軒、剣術道場はあったが、手合わせしてくれた道場は六軒で、三軒は丁重に断られた。

手合わせできた六軒の中には手強い相手は見つからなかったし、いずれも門弟衆は町人が多く、防具を着け、竹刀での稽古である。ただ一軒、念流の道場だけは、師匠からどうか門弟衆の指導に来て貰いたいと言われ、深谷のこともあり、手隙のときは参上つかまつると約束した。そんなわけで結局、番頭が通っていた植村道場に通い詰めることになった。

植村十兵衛師匠は六十代で、ほとんど見所に座っていて手合わせはしない。もっぱら子息の師範代、友之輔と、甲府勤番の与力川田某が指導に当たっている。ここは竹刀の打ち合いではなく木太刀での稽古で、荘一郎はよかったと思う。

実は荘一郎、九軒の道場通いをしているとき、父から旅籠の山城屋へ荘一郎宛ての便りが届き、その文面にはむろん、自分が大目付になり加増されたこと、荘一郎より二年遅いが、荘二郎が小野派道場で本目録になったことが記されていた。その他家族の近況、江戸の情勢などの他に、甲府勤番の代官、青山孫兵衛殿は私と懇意の間柄、早めに挨拶に行くようしたためてあり、荘一郎、直ちに甲府勤番が詰めている甲府城へおもむいた。

この甲府城は、武田氏が没落後、徳川家康が甲斐の領主になり、天正十三年（一五八五年）旧一条忠頼居館跡へ起工したが、豊臣秀吉により江戸へ移封され、その後、城主となった羽柴秀勝、加藤光秦、浅野長政と浅野幸長《よしなが》の代で完成した。本丸の西に二の丸、清水曲輪《くるわ》、楽屋曲輪があり、東から北に巡らせた稲荷曲輪、数寄屋曲輪、鍛冶曲輪が連なっている。その後、徳川の時代になり、家康は甲斐の国を重要視したため、幕府は初め家康の子義直を、その後、秀忠の子忠長、家光の子綱重と、次々に城主にした。その後、柳沢吉保が入府したが、以降、甲斐は幕領となり甲府勤番が在城している。

青山代官はすぐに会ってくれ、父の大目付就任の祝いや、荘一郎が半年もの間、どこを旅して来たのかなど、あれこれ聞かれる。昼餉の馳走にも与《あずか》り、その後、与力の川田某を始め、他の与力、同心などを紹介してくれ、また甲府滞在中は時々会いに来るよう約束させられた。

植村道場は木太刀による稽古で、荘一郎を喜ばせる。荘一郎は川田某にはめったに一本も取られないが、師範代とはお互い、勝負が付かない。師匠の話だと師範代も若いとき、武者修行に出ていたとのこと、なかなかの遣い手で荘一郎、良い相手に巡り合ったと心底思う。

師範代と荘一郎の手合わせを見ていた植村師匠が目を細めて、

「荘一郎君は、その若さでなかなかやるではないか。小野派道場で基本を厳しく指導されたか、剣捌きが間違いなくて、非常に良い。貴方はもしかすると天才かもしれないな」

と褒められ、毎日、片道四半刻も掛かる宿から道場までの道を、暑い夏過ぎ頃まで通う。ときには荘一郎、武田神社に行ったり、また代官所の地役人の同心と信玄秘蔵の湯へも行ったりする。

あるとき、朝餉を済ませて宿の玄関に降りて来たら、ここ二、三日、風呂で見かけた武士が、部屋代が高い、まけろと怒鳴っている。帳場にはたまたま若主人がいて、

「何を仰いますか、当初から貴方様もご承知のはず、三日分六百文、高くはありません」

「何を！」

今にも刀を抜こうとしているところに、荘一郎が出くわした。番頭や手代、女中も大勢、出てきた。荘一郎、足袋のまま土間に飛び降り、武士が右手で今にも刀を抜こうとするのを押さえて、

「抜いてはなりません！」

と声を荒らげ、番頭に目配せをする。番頭は慌てず女中頭に若主人を連れて行かせ、板の間に座り直して両手をつき、

「申し訳ありませんでした。ただ、手前どもも銭勘定が商売、ここは五百三十文ではいかがでしょう」

武士はしばらく番頭の顔を睨んでいたが、

「良かろう」

と言って懐から財布を取り出し、銭を払って出て行った。荘一郎、さすが番頭だと感心する。例の武士も初めから、宿代は一日二百文と知っていただろう。しかし、いざ宿を引き払う段になって、何か不測の銭が必要になったやもしれない。そこを番頭が五百文でもいいところ、三十文上乗せさせた。荘一郎は一日百五十文を十日ごとに前払いで、千五百文払っている。既に一ヶ月過ぎたので一両と五百文支払っているわけである。そう考えると、このた

びの事件は四百五十文でも宿にとっては不足ではないはず、それを間髪を入れず番頭の機転で五百と三十文、支払わせた。荘一郎、そこに剣道にも通じる商道というか、人と人とが相対峙したときの気合いを見て、色々なところでも、人生学ぶことがあるものだと実感した。

荘一郎、足袋に泥が付いたので板の間に上がろうか迷っていたら、女中が気を利かせて真新しい足袋を持ってきた。番頭が頭を下げ、

「ありがとうございました、あやうく血を見るところでした、後ほど主人共々、お礼に伺いますが、とりあえず、どうかお出かけ下さい」

そのように言われ、足袋は少し小さめだったが何とか履けたので、道場へ出かける。その夜に番頭が主人と若主人を伴い、荘一郎の部屋に来て、主人は特に何遍も頭を下げ、後ろにいる若主人を指して、

「手前どもの商売は、百人百通りのお相手をせねばなりません。これは、まだまだ修行が足りない。貴方様の仲裁でことを避けられまして、ありがとうございました」

若主人はしょんぼりとして、反省しているようだ。その後、番頭といつもの女中が膳を持って来た。銚子が二本載っている。

「いや、これは……私はそれほど飲めません、修行中の身ですから」

「でも、少しはお飲みになるでしょう」

「それでは、一本だけ頂きましょう」

それからは色々な面で、宿の待遇が良くなった。宿も道場も荘一郎にとって居心地が良く、またもすっかり、長逗留になってしまった。暑い夏も終わりで、そろそろ諏訪を回り、木曽路へ行かねばと思い、師匠に別れを告げたら、では最後に立ち合いましょうと言われた。

大勢が居並ぶ中で、道場中央に荘一郎と師匠が蹲踞して立つ。しばらくお互い正眼のまま動かない。いや、荘一郎が動けないのである。師匠が木太刀をただ、ふわっ、と正眼に構えているだけなのに打ち込めない。そのうち、師匠が、むっ！ と言ったら、面に木太刀が寸止めされていた。木太刀の動きが速く、荘一郎、木太刀が面に来るのが見えなかったのである、二本目も同じく師匠から面が来た。今度は見えたので、その木太刀を受けたら、師匠の木太刀が空き胴に入っていた。間違いなく、師匠の木太刀を頭上で受け、かぁん、と音もしたがそれから先は見えなかった。

「参りました、ありがとうございました。良い勉強になりました」

「うむ、一度受けた技は見えるということか、これからも精進なされよ。まあ、修行を終えたらもう一度来られよ、二年、三年後が楽しみだな」

とうとう師範代とは決着付かず甲府を後にする。

九月も半ば、早めに旅をしないと木曽辺りで、雪で動けなくなるかもしれない。しかし、荘一郎の足なかなか速まらず、小渕沢で五日ほど泊まり、上諏訪でも神社仏閣などに寄り、また諏訪湖なども散策して、下諏訪に来たときには十月になっていた。それに下諏訪に気さくな道場があり、そこに立ち寄り手合わせをしたため、気が付いたら十一月になり、辺りは白く雪景色になっていた。

その道場は、甲府の植村道場のように卓越した師匠、師範代がいるわけではなく、場所も町外れにあり、道場に通って来る門弟衆も皆、農民か町人で、初老の師匠も若いときは武士だったかどうかという様子であった。荘一郎も、ただぶらりと立ち寄ったが、皆に気に入られ、一晩厄介になったのが運のつきで、だらだらと長居してしまった。道場は、正面に母屋があり、その左に鍵形に以前は厩《うまや》だったのを道場に改造したらしい。昼時になると門弟衆が、個々に持ち寄った米、菜、干し物、餅などの食材を炊事場で調理して、師匠夫婦を始め、その老爺夫婦も一緒に賑やかに食する。ときには酒なども出て、午後からは稽古は中止となることも度々である。ただ荘一郎、このような庶民との付き合いは本所見回り組のときに経験していて、色々の人物と付き合うのにも興味があった。それに父上より役目がら、常に多くの人と接するようにいつも言われている。ただし荘一郎、異性、特に若い女には苦手意識があったが、旅芸人の三益屋一座との同道で、それもなくなった。とにかく長居も長居、半年も逗留してしまった。正月三が日は門弟衆、皆、集まり朝から酒を飲み始め、荘一郎、久々に酔い潰れる。その折、荘一郎の隣にいた者にこれから木曽街道を上がって塩尻から名古屋に行けないかと聞いたら、皆に笑われてしまった。

「佐々倉様、そりゃあ無理だべえ、この辺じゃあ雪はそれ程ねえが、木曽は相当深えやね」

「第一、木曽街道はこの甲州街道のように広いところばかしでねえがや」

荘一郎、仕方なくこのような日々を送っているが、毎夜寝る前に道場で長めの蝋燭を二本立て、その明かりの中、いや月明かりや雪明かりで道場内は結構明るい、蝋燭が消えるまで、初め柔軟に身体を四半刻掛けてほぐし、それから本身で一刻弱、素振りをやっているので、身体は鈍っていない。そして二月も過ぎ、三月も下旬になり、雪も少しずつ消えて旅立つことができるようになった。

この半年、このような道場でも道場破りが三人、いや四人来た。最初は年の暮れに、酔った浪人が二人。いつもは話の上手い門弟が適当に小銭を渡して帰って貰うが、荘一郎がいるので受けて立つ。むろん相手にならず、怪我をさせずに帰って貰う。次も浪人者で、同様に帰って貰う。ただ、三月半ば頃、最後に来た浪人は強かった。頭に白髪が見え痩せ型で目が鋭く、なかなかの遣い手に見える。木太刀で打ち合う。荘一郎、油断なくゆっくり相手を見ながら、正眼に構える。そのうち、白髪の浪人から打ち掛かってきた。二合、三合、木太刀捌きが鋭い。だが、浪人が突きにきたところを身体をかわし、相手の木太刀を上から叩き落とす。木太刀が床を、がたん、ころころと転がる。白髪の浪人、手が痺れて木太刀を持てない様子、しばらく荘一郎を睨んでいたが、何も言わずに帰って行った。

木曽路

四月の吉日、皆に惜しまれながら塩尻へ向けて旅立つ。空は青空、遠くに見える山々はまだ雪化粧で真っ白である。甲州街道も塩尻まで、街道の雪がなくなったせいか人の往来が多い。しかし所々水溜まりがあり、そこを避けながら、荘一郎は気分爽快に歩を進める。

岡谷も通り過ぎ、つづら折りの登り道も過ぎる。曲がりくねっている登り道を歩いているとき、背後であれえ！　と言う女の声、そして今度は、危ない！　と言う男の声、荘一郎、後ろを振り返るよりも、背に危険を感じ、先に身体を前屈みにしながら倒れ込むが、背中に激痛がはしり、血が流れ出るのを直感した。

だが、倒れながら後ろを振り向き、相手を見る。今にも大上段に構え、刀を荘一郎目掛けて振り下ろそうとしている白髪頭の浪人を瞬時に見て、ああ！　あのとき、諏訪の道場に最後に来た道場破りと瞬時に見極める。

しかし荘一郎、それは頭の中、身体は右手が素早く刀を抜き、相手の空いている左下腹から右胸へと白刃を斬り上げる。手応えはあった。荘一郎、再度右へ転がり半身を起こし、相手の出方を見る。白髪浪人が胸を押さえ前屈みに倒れて逝くのを見届けた後、荘一郎、完全に意識を失う。

荘一郎は、斬り合いをしてから三日後の朝に意識を回復した。むうん、と言って目を開けたら、一糸纏わぬ女に抱かれていた。荘一郎も裸で、ただ背中から胸にさらしが巻かれているだけで腰も足も何も身に着けていない。女は右腕を荘一郎の腰に置き、ふくよかな胸、腰を密着させ、足を大胆にも荘一郎の足に絡ませている。

荘一郎、驚いて、わあ！　と叫んで女をはねのけ、仰向けになった途端、背中に強烈な激痛がはしり、あまりの痛さに今度は、うおお！　と叫んで、また気を失ってしまった。再び荘一郎が目を覚ましたのは、一刻くらい経ってからで、相変わらず女に抱かれていたが、今度はゆっくりと荘一郎の胸に頭をつけ、すやすやと眠っている顔を静かに起こして揺さぶると、女は目を開いた。美しい顔だ。三益屋の綾が、十歳くらい歳を取ったような顔をしている。

「お目覚めになりましたか、このような恰好で申し訳ありません」

と言い、静かに寝床から立ち上がる、障子を通す昼間の明かりで女の二つの乳房、曲線の腰、そして黒毛の陰部まで、荘一郎、唖然と見守る。女の肌は甲府に来る途中、笹子温泉で見たが、これほど真面には見なかった。女は腰巻、肌襦袢を身に着けながら話す。

「佐々倉様は三日前、この塩尻へ来る途中、浪人の小出源蔵なる者に背後からお背中を斬られました。たまたま、この塩尻に長崎帰りの医師がおりまして、佐々倉様の背の傷を縫いました。血は止まりましたが、出血が多く、体温が上がらないとお命が危ないとのこと、ただお部屋を火で暖めるのはかえって良くないとのことで、それで私が佐々倉様のお肌を温めました。これからもお身体が回復なさるまで温めさせて頂きます。ただいま重湯をお持ちしましょう」

と言って、障子を開けて静かに出て行った。荘一郎、色々考え合わせる。小出浪人は私に遺恨があったのか？　死んだのか？　自分は初めて人を斬ったが役人は来たのか？　ここはどこか？　離れのようだが、他に人はいない。ただ、女が自分を佐々倉様と言ったから、通行手形は無事のようだ……など、背中の痛みに堪えながら、あれこれ考えていたら、先ほどの女が女中を伴って部屋に入ってきた。女は寝間着を持ち、荘一郎の枕元に座り、

「佐々倉様、起きられますか？」

と言う。荘一郎、痛みを堪え、右手一本でやっと裸の半身を起こす。直ちに女が荘一郎に寝間着を着せる、それから女中から重湯の入った椀を取り、荘一郎の口へと運ぶ。荘一郎、一口飲んだらすぐに吐き出してしまう。

「これは粗相をしまして、申し訳ない」

女中が夜具に掛かった重湯を前掛けで拭き取ろうとしたら、女が、

「代わりの上布団を持ってきなさい」

と言った。女中はすぐに出て行く。女は汚れた布団をどかし、下半身裸の荘一郎へ寝間着を掛け直し、改めて名乗った。

「私はこの屋の主、松川市助が女房、志乃と申します。ここは近在の者をおさめる庄屋ですが、脇本陣も兼ねていまして、主は藩主諏訪様のお呼び立てにより、江戸表へおもむいており、ただいまはご隠居様が管理なさっております」

「あの……私が斬った浪人は、その後どうなりましたか？　それに私は当地の役人に、どう扱われるのですか？」

「はい、あの小出浪人は貴方様の一振りで命を落としました。あの方は諏訪で辻斬りをしていて手配中だったそうで、佐々倉様には何のお咎めもありません。それより、群奉行様から直々に、ご隠居様に貴方様の看護を充分するように申し受けましてございます」

「左様でしたか、それはお手数を掛けます」

「それから医師の話ですが、お背中の切り傷は筋を切られていないそうで、元通りのお身体に治るとのこと、左様申しておりました」

「その医師は、まだ塩尻に？」

「いいえ、もう松代へ行かれましたが何か？」

「いや、ただ、礼を申そうかと思いまして」

　荘一郎、そのようなわけで、身体が回復するまで当分ここに厄介になる。意識を回復してから十日ほど経ったが、背中の痛みはまだあり、思うように身体を動かせない。ただ寝るときは相変わらず裸で志乃に添い寝されるが、ある日から荘一郎、身体の下の方がままならず、とうとう志乃と交わってしまう。朝、目を覚ますと、これは良くないと思うのだが、志乃には二人の子供もいるのに、多分、志乃も同じに思っているかも……。

起きられるようになったのは二十日以上も経ってからで、荘一郎、志乃に髭を剃って貰い、月代も剃りあげ、髪を櫛で梳かし、髷を綺麗に結い上げて貰った。そこで、やっとこの屋のご隠居に挨拶に行った。奥座敷に老夫婦が揃っており、頭を下げ、

「このたびは縁も所縁《ゆかり》もない某《それがし》をご親切にも看護頂き、しかも二十日以上も投宿させて貰い、真に感謝に堪えません、ありがとうございます」

「いやいや、お若いのにご立派な挨拶、こちらこそ恐縮です、何でも貴方様の父君は、幕府の大目付だそうで、そのような方のお子が泊まりになられて、当方こそ恐悦です」

一ヶ月過ぎても背中の痛みはまだあり、思うように身体を動かせない。刀も持てない。荘一郎、少しいら立つが、杖をついて、辺りをゆっくり散策する。雪はなくなり、新緑の季節、頬に当たる微風は心地よい。荘一郎の木太刀は、あの浪人に真ん中から切られて使えなくなった。もっとも、あの木太刀のおかげで一命を取り留めたのだが、今は、志乃との関係を早く終わりにして旅立ちせねばと思いながら、仕方なく木の枝でこしらえた棒で素振りをする。

塩尻に一ヶ月半も滞在してやっと元の身体になり、ときはもう六月、庄屋の人達に見送ら

れて旅立つ。その中、下の娘を抱いた志乃が名残惜しそうに、娘の手を持って振っていた。荘一郎、深々と頭を下げ、未練を断ち、向きを変えて歩き始める。初めは病み上がりなので無理をせず、塩尻から奈良井宿まで六里強で宿をとる。宿の番頭に奈良井の先はどうかと尋ねたら、

「奈良井の先、すぐに難所がありますだで、土地の者と一緒に行くのが一番だあ。何なら明日、木曽の福島へ行く土地の者がいるかどうか調べましょうか？」

「いや、それなら今日は疲れたので、明後日にしてくれないか？」

「へい、なら明後日ということで、分かりました」

荘一郎、奈良井に二日泊まり、体力を蓄え、道を知っている飛脚と行くことにした。同行者が他にもいる。若い夫婦者、妻籠の親戚に行く老人、母親と男の子……皆、朝早く宿の玄関に集合して出発する。直前になって土地の者が一人加わる。一行は全部で八人、飛脚が先頭で、後から参加した土地の者が殿を務める。荘一郎は殿の前を歩く。出発してすぐに、難所に差し掛かる。道は細く、一歩間違えると谷底に落ちそうだ。だが、荘一郎にはそれほどとは思えない。足尾の山越えのほうが、どれほど危険だったたか。しかし黙って前を歩く老人を見ながら、しっかりと歩を進める。奈良井から木曽の福島まで三里、だが上り下りの道、また、道幅が狭い難所もあり、子供もいるので、先達の飛脚も無理をせず、安全を意識して歩を進めているようだ。

そろそろ木曽の福島に着く手前で、見晴らしの良いところで昼餉をとる。荘一郎、すぐに食べ終え、杖を持って立ち上がり、離れたところで素振りをしていたら、例の男の子が側に寄って来て興味を持って見ている。荘一郎、男の子を見て、はっ！　と気付く、腰に脇差位の刀を差している。間違いなく侍の子である。朝、出がけに七人全部見た積もりだが、大人は見たが子供の様子は確認していなかった。むろん、この子は怪しくはないが、人物の見定めについては、子供でも何をするか分からないから注意を怠ってはならないと、荘一郎、父にいつも言われていた。まだ気の緩みがあるのか。

「坊やは、名は何というのかな」

「市村太郎、八歳！」

と大きな声でしっかりと答えた。荘一郎、八歳と聞き、自分は五歳の時には父に連れられ、小野派道場へ行っていた、太郎坊も既に剣術の手ほどきを受けているだろうと思いながら、

「太郎君か、この棒が欲しいか？」

「うん」

と言って頷く。荘一郎、しばらく辺りを見渡し、良い枝振りの木があったので、枝の下まで行き、脇差を抜き、枝の高さを測った。まだ一尺以上高いところにある。子供も他の者達も荘一郎がこれから何をするのか、握り飯を手に持ったまま、興味を持って見詰めている。荘一郎、枝下より少し離れてから助走を付け、えい！　と声を掛けて飛び上がり、目指す枝

を一刀のもとに切り落とす。しばらくして誰かが、お見事！　と言い、皆、拍手喝采する。

荘一郎、照れながら切り落とした枝を木太刀の長さに整えたら、大人にはちょうど良い太さだが子供には無理なので、今まで杖にしていたものを短く切り整えて、市村坊に手渡す。にっこり笑って、

「ありがとう」

と言って棒を振りながら母親のもとへ行く。母親は荘一郎へ顔を向け、声は聞こえないが、ありがとうございますと言って頭を下げた。荘一郎は会釈しながら自分のいたところに戻り、棒を木太刀に削り落とす。太さや重さといい、反りぐあいといい、実に良い感触である。問題は、乾燥していかに変化するかだと考えながら削っていたら、飛脚が、

「そろそろ、出発するべえ、木曽の福島はすぐだあ」

と言って立ち上がり、歩き出す。途中、奈良井に向かう者達と出会う。お互い、お気を付けて！　と挨拶して、通り過ぎる。そして、まだ日が高いうちに着いた。

木曽の福島は碓氷の関所と並んで中山道の二大関所の一つであり、木曽氏の臣である山村氏が代々、代官として関所の監をしている。一行は関所で通行の番を待つ。関所を出て行く者、入って来る者、結構多い。やっと順番が来た。飛脚は一番に通されて行った。荘一郎の番になったら、役人が通行手形を見て荘一郎の顔を見比べてから、見所の中央に座っている

者に通行手形を見せに行った。荘一郎、あの足尾の銅山奉行のことを思い出し、憮然とする。

見所に座っていた責任者が直々に下りて来て、

「確かに貴方は、佐々倉荘一郎殿で？」

「はい、そうですが、何か不審でも？」

「いやいや、貴方のことは塩尻からの連絡で承知しております。代官から貴方が通るならお連れするようにと言われていますので、代官所までご足労願えませんか？」

荘一郎は足尾のようにはならず、ほっとする。

「私は山村総一郎と申して、貴方とは字違いの総です。実は、代官とは伯父、甥の関係なのです。神部君、後は頼む」

と同僚に言い、荘一郎を連れて行く。代官所屋敷は街中といっても大きくなく、細長い街の中ほどにあり、二人は屋敷に入って玄関から上がり廊下を通り、部屋前で山村某が声を掛ける。

「御代官、佐々倉荘一郎殿をお連れしました」

「おお！　入りなされ」

代官は荘一郎を見るなり、

「怪我はもう完治したかね」

「はい、塩尻からここまで歩いて来ましたから」

「それは良かった、連絡書には貴方は剣術がなかなかの遣い手とある。屋敷の中にも小さいが道場があり、毎日稽古しているようだが、総一郎など儂から見ると下手に見える」

「何を言いますか！　伯父上！」

わはは、と笑いながら、

「どうだろう、ここにしばらく腰を据えて、少し厳しく指導してはくれぬかな」

と言われ、これでは、父上と約束した二年ではとても家に帰れないと思うが、旅に出れば不測のことが起きるもの、止むを得ないと心に決め、奉行宅に滞在する。荘一郎、道場へ出て総一郎殿を始め与力、同心、それに足軽など十数人と手合わせしたが、江戸の道場と比較すると、本目録くらいの者が二、三人というところ。その中で、一人の与力から挨拶された。

「私は市村与兵衛と申します、貴方にはせがれがお世話になりまして、お礼申します」

「ああ、太郎坊やが貴方のお子さんでしたか、剣術に興味があるようですよ」

「左様ですか、しかし私自身がもっと上達しなければと思うのですが」

「大丈夫です、毎日やっておれば、少しずつ上達しますよ」

ここでは市村氏が一番かもしれないが、指導者がいなければ上達は難しいと思った。荘一郎としては、皆、年長者ばかりで気を遣うが、ただ、寝る前にやる素振りは自然に身体も気力も充実するので、ここに十数日滞在してしまう。つまり、塩尻で怪我をして一ヶ月以上、身体を動かさなかったので、ここでの稽古は体力を元に戻すのにちょうどよかったのだ。

しかし荘一郎、木曽の山中でまた雪で足止めになったら、江戸にはますます帰れなくなるので、木曽を切り上げて妻籠宿へと旅立つが、途中、寝覚の床などの景勝地がたくさんあり、それらを観ながらで結局、妻籠に四日も掛けて着いた。妻籠でも空模様が悪くなり、宿に五日も足止めになった。暇なので、江戸の実家へ五回目の便りをしたためる。

この便りが江戸の実家に着いたのは、どこを回って来たのか八月の初旬で、その日、父の荘右衛門の帰宅は夕方で早かったので、食事前に両親の居間に集まり、荘右衛門に読んで貰うことになった。その前にお婆様が、荘一郎はだいぶ、便りを寄こさなかったねと言う。

「お婆様、それもこれで分かりますよ、ほら愛が睨んでいますから、さっそく読むとしましょう。いいですね……筆無精になり申し訳なく候、甲府では無外流を遣う植村十兵衛師匠のもと修行し、師範代がその子息で私とは良い勝負にて候。宿も居心地よく、私は長期滞在のため、一日二食付で二百文のところ百五十文に下げて貰い候……荘一郎は、算盤勘定もやるではないか、なあお婆様。さて、次は……甲府に二ヶ月ほど滞在し申し候、甲府勤番の青山様には、四回ほど会い申し候、そのうち一度は立派な料亭に招かれ、お酒も充分に飲まされ、そのまま料亭に泊まり候。このような失態申し訳なく、父上からも青山様にお礼と倅の失態を取り繕い下され候……しょうがない奴だな、儂に謝ってくれと言っておるわ、わはははは……」

「でも貴方、荘一郎は潰れるほどお酒を飲んで、大丈夫なのですか？」

「ああ、大丈夫だよ、青山氏と酒を飲み交わしている荘一郎が目に見えるようだ、青山氏は人当たりが上手いから、荘一郎も気を許してのことだよ」

「それなら良いのですが」

「まあ、先を読むぞ……さて、植村道場では結局師範代とは決着つかず、ただ、師匠に最後の日、三本勝負の立ち合いし候、結果二本取られまして候、しかし負けの原因はつかみて候……やはりな、少しずつ腕を上げているようだ……父上との二年の約束もあり、急ぎ諏訪へ参りましたが、大雪で中山道へは行けず、足止めとなり候。仕方なく気が置ける道場にて年を越して候、正月は美味しい餅の雑煮、それに諏訪の地酒も少々飲み申し候……」

「兄上は良いなあ！　やりたいことをやっているようですね、父上」

「わははは！　お前も旅に出たいのか、まあ、今は我慢せよ……分かった、次を読む……雪解けを待ち、塩尻から中山道へ行く途中、怪我をして候が、ご心配には及ばず旅を続け候、その先、木曽の福島で関所の代官、山村某氏の依頼で与力、同心方の剣術指導を致し候、その後、木曽の景勝地、寝覚の床などを観て回り、この便りは妻籠宿にてしたため候。今は七月、これより名古屋へ出て、急ぎ江戸へ向かう考えにて候が、もしかして愛殿の婚儀までに着かぬときは申し訳なく、愛殿にはその旨、お伝え願い奉り候。妻籠宿にて七月……」

　母の玲が愛の手を取り、

「愛よ、荘一郎は今、木曽路なれば、そなたが三田家へ嫁ぐ日には、間に合わぬやも知れぬ。そのときは勘弁してやりなされ」

「ええ、母上、私はお兄様の剣術が上達するのを楽しみにしていますから。今に江戸一番の剣術家になると信じていますもの」

「はは、それなら私は二番目か」

「そう、荘二郎兄さんは二番目」

その会話を聞いてお婆様が、

「何をたわいない話を。でも今度はいつ頃寄こすかね?」

「さあ、こればかりは荘一郎任せですから」

今のところ、佐々倉家では平穏無事である。

師　匠

さて荘一郎は、久し振りの快晴の下、木曽街道を行く。旅人の往来が多く、それらの旅人や辺りの木々の青々とした山々を観ながら歩を進めるうち、街道の左側を何気なく見たら、あの清滝から足尾へ向かう横道と同じようなところが目に付いた。

荘一郎、脇差を抜き、少し切り開いてから足を踏み入れる。その先に、確かに人が踏みつけた細道がある、街道からだんだん離れる、が構わず細道を進む。そのうち、山へと登り道になる。所々、石を積んだり杭を打ち込んだりしているところがある、絶対に獣道ではない。もう一刻は歩いているので、街道にはもう戻れない。野宿を覚悟で、歩を進める。昼近くなってやっと、分水嶺に出た。そこで岩に腰掛けて昼食をとる。

そこから確かに下へ行く道があり、この道は荘一郎をどこへ連れて行くのか、とにかく運を天に任せようと、ゆっくりと二丈以上もある木々の間を縫うように、つづら折りの細道を下山する。そのうち、遥か下のほうに、木々の間から白いものがひらひら、うごめいているのが見え隠れする。荘一郎、何だろうと見据えるが、よく分からない。道はそのほうへと向かっている。だんだん近くなってきた。白いものは着物のようだ。さらに近付いて、雑草の茂みに身をひそめて見る。あっ！　人だ、背が高く細身で、仙人のようだ。白刃で素振りをしているようだが、白刃がいつ抜かれたか見えない。ただ、白刃が鞘におさまるところは見える。居合抜刀術の素振りであろう、だが、よく見えないので、またさらに前へ進んだら、仙人は後ろを向いていないのに怒鳴られた。

「そこにいるのは誰か！　儂の技を盗もうというのか！」

荘一郎、身体を起こし、仙人の前に駆け寄り、地面に両手をつき、

「私は、江戸は北町奉行、佐々倉荘右衛門が嫡男、荘一郎と申す者、故あって武者修行の旅に出ている者、どうかこちら様のお弟子にして下され、お願い申します」

荘一郎、一気に話す。それをじっと見下ろしていた仙人が、

「儂は弟子をとる気は、毛頭ない」

と、にべもなく断られた。しかし、ここは引き下がれない。あの目にも見えない早業の居合抜刀術を、何が何でも教わらなければと、荘一郎も食い下がる。

「こちら様の居合抜刀術の素振り、申し訳ありませんでしたが、先ほどから何回も見ました。白刃がいつ抜かれたか見えませんでしたが、確かに白刃が鞘におさまるのが見えました。なぜなのかどうかお教え下され」

「何！　儂の刀が鞘におさまるのが見えただと！」

「はい、何度も」

「うーん、確かに見えたと……今まで儂の抜刀は師匠にしか見えなんだが、そなたは若いのによほど修行をしたと見える」

「はい、江戸では小野派一刀流を修めました」

「次郎右衛門は何代目か？」

「はい、五代目です」

「北町は大岡だったが」

「いえ、大岡様は南町奉行様ですが、今は違います。それと私の旅の途中、父は大目付に、そして北町奉行には叔父が就任しました」

しばらく仙人は荘一郎の顔をじっと見詰めて考えていたようだが、儂の技を伝承させるた

め、神がお前を儂に授けたのか、と呟き、

「よかろう、だがな、ここは剣術ばかりでは食ってはいけん。自給自足、それを覚悟せよ！」

「はい！　承知！」

荘一郎は即答したが、ここは山の中、田や畑があるわけでなし、いや、小さな畑はあるが、そこにはどこからかとってきた大根や葱が、泥をかぶって置かれているだけだ。自給自足に疑問を持ったが、とにかく弟子にして貰った。しかし、仙人は名乗らなかった。

ここは山の中腹にできた小さな台地で、山側は岩盤で、そこに自然に穿《うが》たれた洞窟があり、仙人は、そこを住居にしていた。入り口には薪が積まれ、洞窟の真ん中に囲炉裏があり、岩壁には弓矢、刀、砥石なども置かれてある。

師匠が火を起こし、鍋を温めだしたので、荘一郎、ここより右手に行ったところの崖に湧き水があるらしく、そこへ行き、桶で水瓶へと水を運ぶ。囲炉裏に掛かった鍋の中の米、麦も少々、それに芋、山芋らしきものも入っているごった煮を椀に盛り、二人黙々と食する。

荘一郎、洗い物を済ませ、師匠に教わりながら寝床を作る。と言っても囲炉裏の傍に莚《むしろ》を敷き、薄い布団を掛けるだけだ。今は七月、夏真っ盛りだが、真冬はどうなのか。冬になる前に師匠から居合抜刀術の極意を身に付けて旅立ちたいと頭をよぎるが、そうはならず、結局冬を越すことになる。荘一郎、寝る前に洞窟を出て、いつもの素振りを本身で行う。師匠も出てきて荘一郎の素振りをしばらく見ていたが何も言わず、洞窟に入り、寝てしまう。

翌日も昨日の鍋のごった煮を温め直し、それを食して片付けた後、師匠から、背負い梯子を指して、お前のこれを作るから枝を切って来い、と言われた。そこで脇差を持って行こうとしたら、この山刀を持って行けと言われた。荘一郎、真っ直ぐな枝を選び、切り落として持って来たら、師匠は竹を割り、それを囲炉裏にかざしながら曲げている。半弓を作るらしい。だが、背負い梯子が先らしく、荘一郎が持って来た枝棒を適当に切り、細い蔦で棒と棒を巻き付け、今度は少し太めの蔦で肩掛けを括り付ける。腰の辺りに荷が載るように、台も付けられた。

それから狩りに行く。荘一郎は襷を掛け、足尾越えで貰った手甲脚絆を着け、獣の皮鞘に入った山刀を腰に吊るす。師匠も出で立ちは変わらないが、弓を持ち、矢立を背負い梯子に括り付けている。その日の獲物は兎一羽。師匠、兎を水場に持って行き、小刀でさばく。内臓と骨は深く掘ってある穴に捨て、肉と毛皮を残した。しかし、頭はそのままである。荘一郎は毛皮を渡されたので血を洗い流し、綺麗にして洞窟へ持って行ったら、師匠は肉を囲炉裏で焙っていたが、荘一郎から兎の毛皮を受け取り、兎の両手に棒を差し込み、壁に立て掛けた。兎は壁に向かって謝っているようだ。荘一郎は思わず笑ったが、師匠から鍋に入れる米（麦も少し交じっているようだ）、それと大根や芋、初めて見る青菜を洗ってきなさいと言われる。その夜は、兎の肉が入ったごった煮を食べる。

食後、荘一郎は後片付けをして、いつも通り白刃で素振りをするため、夕闇迫る表へ出たら、師匠も出てきて、

「昨夜の素振りは、小野派一刀流の型か？」

「はい、師匠」

「では、今夜から儂の居合抜刀の型……といっても一つしかないが、それを毎夜千回、素振りせよ。なるべく素早く心掛けてだ……ゆっくりやるから、見ておれ」

と言って構えた。左手で鞘を外へ少し回し、右手が鍔元の柄を持つ。刀をゆっくり左脇から前方へ抜きながら、左手が柄を掴む。正面で刀を止め、顔を後ろに向けながら右足を後ろへとずらし、刀を反らして後方を突く。また、顔と身体を元に戻し、刀を大上段に構え、振り下ろして左手で鞘元を握り、右手一本で本身を鞘へおさめる。師匠は二回してくれたので、荘一郎、一連の動作は完全に理解できた。荘一郎、直ちに真似て見せる。それを見て、師匠は黙って頷いて洞窟へ入って行った。

その夜は荘一郎、居合抜刀の型、千回素振りをやるのに一刻半くらい掛かり、真夜中になってしまった。

明くる日も師匠は午前中、弓を調整してから荘一郎と狩りに出かけた。獲物はなかったが、大きな茸を見付けた。他にも生えていて、荘一郎には食べられるのかどうか分からないが、

師匠が、

「これは美味いぞ、それに身体にも良いのだ」

と言った。それを袋に入れて持ち帰り、少しちぎって鍋に入れて食べる。確かに朝食べた味とは違っているようだ。

それから数日過ぎたある日の狩りで、かなり太い木々が立ち並び、膝より高い雑草が生い茂っている中、師匠が突然立ち止まり、身を沈めた。師匠の先、十三間くらいの雑草の茂みの中で、何か黒いものがうごめいている。師匠、弓に矢をつがえ、きりきりと引く。荘一郎も山刀で身構える。師匠、矢を放ち、また矢をつがえ二番矢を放つ。手応えあるが、その獲物は、師匠目掛けて突進してきた。師匠、三の矢を放つ。当たるが、まだその獲物は突き進んできた。師匠、すかさず飛び上がったため、獲物は、もろに荘一郎の目の前に突然現れた。荘一郎は、とっさに左に倒れながら、獲物の頭を山刀で打ちすえる。手応え充分、獲物、ぐわあ！　と叫び、倒れた。二人とも落ち着いて獲物を見たら、十貫目近くある猪だった。師匠、それを見て、

「お前、なかなかやるではないか、まあ、頭に傷は付いたがな」

と言った。師匠は猪から矢を抜き取り、頭を下にして血を流す。荘一郎に少しここで待っておれと言って、どこかへ行った。しばらくして戻ってきて、荘一郎と二人掛かりで荘一郎の背負い梯子に猪を括り付けて、荘一郎に背負わせた。かなり重たく、やっと立ち上がれた。

何とか洞窟まで頑張ろうと師匠の後を歩くが、師匠は洞窟へは行かず、だんだん道を下りて行く。そのうち、木々の間から明るく開けたところが見えてきた。

家も何軒か建っているようだ。その下のほうには曲がりくねった川も見え隠れしている。

師匠は黙って下りて行くので、荘一郎も黙って後について行く。

とにかく、集落に着いたら、山賊のような、いや山賊であろう男が五人いた。目が鋭く身長は高くはないが、筋骨逞しい男達で、車掛かりに襲ってこられると厄介だなと思う。女も十三人ほどおり、何となく荘一郎を見る目が怪しい。今の荘一郎は、月代もぼさぼさで髭も伸び放題、顔は日焼けしていて、山賊男達と変わりはないが、姿かたちが江戸育ちで教養は抜けていないのか、女達は初めて見る顔を宝物でも見るように、しげしげと見詰めている。子供達も十五人ほどいる。一人は大きいが、大人達には入らず、他の子供達を纏めているようだ。一番の年配の男が、と言っても四十歳代くらいだろう、荘一郎の背負っている猪を見て、

「ほほう！　今日の獲物は猪か」

そう言って、他の者と共に、荘一郎の前に来てから後ろに回り、背負い梯子を肩から降ろして猪を外す。それから他の男四人掛かりで、下の川へと運んで行った。子供達もついて行く。年配者は女達を笑いながら見て、

「いつまで若いのを眺めているんだ、早く米、野菜を持って来い。今日は、米はかますで持

って行きな、持って行けべえ」

「いや、あの猪よりは軽くしてくれ。……そうだ」

と言い師匠、背負い梯子を降ろし、袋いっぱいの例の茸を取り出し、土産だと言って、一番年配の女に渡しながら、皆に聞こえるように、

「この若者は儂の弟子だから、時々一人で来させるが、お前ら！　悪さしてはいかんぞ！」

「当たり前だあな、俺がしっかりと見張っているべえ、頭にも言っとくがや」

米などを取りに行った女達が、戻ってきた。米が入ったかますは荘一郎の背負い梯子へ、野菜は師匠のほうへ、それに年配者が、竹筒に入った酒と刀二振りを師匠に渡す。なぜなのかすぐに分かる。一人の女がやはり刃欠けした包丁を持ってきて、師匠に渡した。つまり研いで貰いたいのだ。師匠と荘一郎、暗くならないうちに洞窟へと帰る。道々、師匠が集落について話をしてくれた。

「あすこの集落は、男があと六人はいる。今日はどこかへ出かけているようだが、その中に頭がいる。あの集落は、元々、昔は平家の落人が住んでいたのかもしれない。いつ頃からか分からんが、あれらが住み着いたようだ。儂がここへ来て四年になるが、来たときには、あれらは既にいた。一応儂には、毛皮や儂が届ける薬草を里へ持って行き、物々交換してくると言っているが、果たしてどうか。遠くの里では押し込み強盗をしているやもしれん、だが、儂には好意的だ。猪の肉は間に合わなかったが、まあいいか」

それからも毎日、荘一郎は、同じような日々を送る、狩りもあれから猪一頭、鹿も一頭、それから兎や雉、鹿は荘一郎が仕留めた。あの集落へも何度も行ったし、冬が間近なので、頭を先頭に手下四人が、米、塩、野菜、莚や藁などを運び上げて来てくれた。

荘一郎、居合抜刀の素振りも毎日欠かさないが、刀研ぎも上達する。冬支度のため、薪《たきぎ》を集めて薪《まき》割りをしたり、結構忙しくしているとき、とうとう雪が降ってきた。師匠の話だと、十月も終わりとのこと、荘一郎、ああ、とうとうここで越冬することになってしまった、もう父上との約束は絶対に守れない、申し訳ありません、と心で詫びる。

真冬になり、雪深く表に出られないときもあるが、水汲みには四日に一度は行かねばならないので、雪掻きは荘一郎の日課となる、しかし、このような真冬でも、洞窟の中は意外に暖かい。囲炉裏の熾《おき》火だけでも、寒さは凌げる。ある夜は、洞窟の入り口が大雪で完全に塞がれてしまったが、不思議にも窒息せずに済んだ。どこからか空気が入り、少しの煙ならどこかへ消えていくようだ。それなので、表で素振りができないときでも、洞窟の中で膝を立て、脇差で居合抜刀をやる。

そんなある日、久し振りに雪が止み、月明かりの中、凍て付く残雪の上で居合抜刀の素振りを始めて、六百回くらい数えて振っていたら、急に刀が軽くなった。だから思い切り素早く居合抜刀の素振りをやろうとするのだが、身体は逆に鈍くて、思うように振れない。何回も白刃を抜いてはまたおさめるが、やはり思うように素早く振れない。なぜなのか？　そうだ、荘一郎が小さいとき、よく夢の中で想像上の化け物や、悪い大人に追いかけられて、一生懸命に駆けて逃げるのだが、足が重たくて速く逃げられないときと同じようだ。しかし、不思議と疲れない。どのくらい素振りをしたか、どのくらい時が過ぎたのか見当が付かない。いつの間にか、洞窟の入り口に師匠が立っていて、荘一郎の居合の素振りを見据えていたが、

「もう、そのくらいで今夜は終わりにせよ！」

と言われて、荘一郎はやっと無の境地から覚めた。

「でも、師匠、まだ六百と少ししか素振りしていませんが」

「わはは！　お前は、六百どころか千、いや二千以上はやっているよ」

「ええ！　どういうわけですか？」

「そうだなあ、どう説明するか……お前が今、素振りしていたとき、刀を持っている感触はなく、身体の動きが鈍く感じたであろう」

「はい、師匠」

「うん、それが無の境地だ。お前はやっと刀捌きの極意を身に付けたのだ。そのうち、百、二百くらいで、無の境地に入れるようになったら、儂に知らせよ」

「はい、師匠、ありがとうございます。ですが師匠、喜んでいいのに、気が昂ぶりません」

「当たり前だ！　常時、平常心！　それが極意だ！　それからお前の刀は血を吸っている。

仕上げ砥石で、よく研いでおくように」

師匠は、静かに洞窟に入って行った。荘一郎は、その後ろ姿に深々と頭を下げる。さすがに師匠、この刀で塩尻において浪人を斬ったのが分かるようだ。その夜は、、荘一郎の人生二十年、三歳頃から木太刀を持ち始めたが、それからのことが走馬灯のように頭の中を回り、先ほど気は昂ぶっていないと言ったが、朝まで目が冴えて寝付けなかった。

次の日からも雪掻き、水汲み、そして素振りと日課は変わらないが、あの日から五日目の夜より、三日も続けて素振り百回くらいから、無の境地に入れるようになった。明くる日、師匠にそのことを告げる。

「師匠、素振り百回くらいから、無の境地に入れるようになりました」

「そうか、ではこれからは素振りを始める前に、意識して無の境地に入るよう心掛けよ」

「はい、ありがとうございます」

荘一郎、次の夜から意識して無の境地に入れた。昼間でも無の境地に入れるようになる。辺りをよく見ると、木の葉が風に揺れているのがいつもよりゆっくり見える。それよりも空を飛んでいる小鳥が遅く見え、羽の動きが一羽ばたきごとによく見える。荘一郎、感無量で、しばし立ち尽くす。

雪も降らなくなり、日も長く射し、雪が解け始め山も春めいてきたある日、師匠が洞窟か

ら出てきて荘一郎を呼び、

「今から、儂が居合抜刀をするから、よく見ていよ」

と言われ、師匠の前に荘一郎は正座する。師匠が、居合抜刀を五回素振りする。荘一郎には白刃が抜かれ、鞘におさまるまで全て見えた。あの木曽街道の横道に入り、この洞窟の前で師匠が居合抜刀をしていたときは、白刃が鞘に入るところしか見えなかったが、今は全て見える。師匠、荘一郎の目を確認して、黙って頷き、

「儂は、もう思い残すことは何もない、今夜から絶食する」

「ええ！　師匠！」

師匠は、その日から三日目の夜、荘一郎に看取られて逝った。悲しいのに涙は出ず、ただ明くる朝、日が昇るまで、師匠が横たわる傍らに座り、この半年間の動作や話を思い出していた。師匠はとうとう名前を教えてくれなかったが、生い立ちは話してくれた。これも藩名を告げてはくれなかったが、師匠の父上がさる大名の剣術指南役で、その三男で部屋住まいだったという。小さいときから剣術を仕込まれ、藩侯が参勤交代で江戸に向かうとき、剣術指南役の父上も同道することになり、そのとき師匠は二十歳、国表で養子の話もないので、父上に江戸の道場での剣術修行を願い出て、藩侯より許可されたので江戸に出てきたとのことであった。

師匠、江戸の道場もどこか荘一郎には告げてくれなかったが、そこでめきめきと腕を上げ、

藩侯に認められた。藩侯は幕府の重役と懇意であり、二人の話し合いで師匠はその重役の家来になった。そして、その幕府重役の意向で江戸城のお庭番についた。師匠そのとき、三十歳くらいだったそうだ。しかし結局、お庭番衆を牛耳っていたのは伊賀者で、師匠はそれらと気が合わず、幕府重役、藩侯、父上にも何も告げずに、出奔してしまったのである。だからこそ、それら全部の名を荘一郎に明かすことはできなかったのだろう。実に悲しくも惜しい人生だったと思う。


洞窟の前の地面は、まだ乾いていないので、遺体はそのままにしていた。三日目あたりから腐臭がしてきて、荘一郎、食欲がなくなる。そしてやっと地面が乾いたので、薪を積み上げ、その上に師匠を何とか担ぎ上げて、薪に火を点けようとしたら、崖下の方から、がやがやと男達の声が聞こえてきた。集落の者達五人が、荷物を背負い上がってきた。薪の上の師匠を見て頭が、

「親父は死んだか」

「ああ、四日前、亡くなった」

「ふうん、で、これからあんたはどうするえ？」

「茶毘を済ませたら下山して、名古屋へ行きます」

「分かった、じゃあ米などを運び上げたが、無駄だったなあ……洞窟の中のものは全部持っ

て行ってもいいかな?」

「ええ、でも師匠の刀と刃物の研ぎ道具は私が預かりますが、よろしいか?」

「ああ、いいとも」

　と言って、他の者としばし相談していたが、荘一郎の前に来て頭が、

「洞窟は、これからも儂らが使うので、さっき言ったもの以外は、そのままにしておいてくれや」

　と言った。荘一郎は、師匠を荼毘に付すため、火の点いた小枝で薪に火を点ける。煙が上がり、そのうち炎が師匠を包む。集落の者五人は、洞窟内を物色していたが、持ち帰るものが決まり、荷を担いで出てきて、炎に包まれている師匠に皆、両手を合わせて何事か呟いていたが、最後に頭が荘一郎に、火の始末は頼むでと言って、下山して行った。

　荘一郎、それから火を始末して師匠の骨を拾い上げ、小さい桶に入れる。眺めの良いところに穴を掘り、桶に蓋をしてそれを埋め、それから穴に土をかぶせ、小さい土饅頭《どまんじゅう》を作り、いつも愛用していた杖を立てる。荘一郎、土饅頭の前に両膝をつき、しばらく両手を合わせ、師匠の冥福を祈った。その夜は食欲がなく、夕餉のしたくをする気が出ないので、そのまま寝てしまう。


　翌日、荘一郎は腹が減っていたが、とにかく下山するため、背負い梯子に引き出し付きの

砥石箱、丸い砥石や金具、師匠の刀と木曽でこしらえた木太刀を括り付ける。それから囲炉裏の火を始末して、背負い梯子を担ぎ、片手に山刀を持ち、半年以上過ごした洞窟と師匠の墓に頭を下げて、下山する。途中、突然に猪が荘一郎に向かってきた。意識的に、無の境地に入る。猪と真正面に向き合う。猪の頭がゆっくりとこちらに迫ってくる。荘一郎、山刀で一刀のもと頭を打ちすえて避ける。猪はもんどり打って息絶えた。荘一郎、それを蔦で縛り、引き摺りながら下山した。

村の生活

集落に着いたら頭をはじめ、女や子供も出てきた。荘一郎、腹が減っているので女達に何か食べるものはないか聞こうとしたが、何となく荘一郎を見る目が怪しいので、言いそびれる。仕方なく、猪を渡して名古屋へ出る道を聞く。頭が、

「この道を行き、あの小高い山を越えたら二股の道に出るだ。右に行けば里に出るが、左は名古屋には早く着くべえ」

「ありがとう、世話になりました」

荘一郎、腹が減ってどうしようもないが、小高い山へと向かう。道は、彼らが何度も歩いているらしく、洞窟への道より歩きやすい。何とか山を越えて下って行ったら、確かに二股の分かれ道に出た。荘一郎、迷わず右の里への道をとる。少し歩いたら誰かが後ろから付け

て来る気配を感じた。だが荘一郎、後ろを振り向きもせず、同じように歩く。

そのうち、畑が見えてきて、道がだんだん低くなり、畑の中に入って行くようだ。そのとき！　左上の畑を何者かが駆け過ぎ、荘一郎の前に飛び降りた。荘一郎は、既に無の境地に入っており、曲者が荘一郎の前にゆっくりと降りて来るのが見えた。集落者だと確認して身構える。相手は飛び降りてすぐに斬りつけてきた。荘一郎、左に身をかわし、頭を山刀で斬りつけたが、頭には当たらず、首筋を斬る。そこから血が勢いよく迸る。荘一郎も返り血を浴びるが、畑の土手に背負い梯子をぶつけ、右側に転がりながら、山刀を相手に向ける。相手の頭が首のところにないのを見届けてから、ここでも荘一郎、空腹と気力を出し尽くしたので、また気を失う。


荘一郎、気が付いたときは、口が塞がれ肌着の前が開かれ、身体の上にやはり前をはだけた女が覆い被さっていた。荘一郎、あの塩尻の志乃かと思ったが、そうではないらしい。手を動かして避けようとするが、手も足もどこも疲労で動かせない。ただ、女のなすがままに身を委ねるしかなく、自分はなぜ、女にこのようにされるのか苦悩するが、ここは無の境地に入り、目を瞑り再び眠ることにした。再び目を覚ましたら、女が二人、荘一郎の横に座っていた。一人の女が話し掛けてきた。

「貴方様はこの里に入る道で、集落者を斬り殺しました。貴方は気を失っていましたので、この家に運び入れ、村人全員で集落者を墓に埋めました。道に血が飛び散っていましたので何もなかったように掃除してあります、安心して下さい。分かります？」

荘一郎、目で頷く。女は隣の女に重湯を持ってくるように言いつけ、

「貴方様は、食事をしたのはいつですか？」

荘一郎、口を動かすが言葉にはならない。そのうち、他の女が重湯を持ってくる。話し掛けた女が、荘一郎の半身を起こし、重湯を飲ませてくれる。椀一杯を飲み込んで再び眠る。一刻くらい経ってからまた目を覚まし、重湯を再び女に飲ませて貰う。やっと話せるようになった。

「ここは何処ですか？」

「ここは宮村と申し、十八軒ある村長の家で、私は嫁のお順と申します」

「私がここに運び込まれてから幾日経ちましたか？」

「斬り合いをなさったのは、昨日です」

荘一郎は、お順をしばらく見ていた。この女が先ほどまで自分の身体の上に乗っていたのだと実感する。だがそれとは別に、荘一郎は質問する。

「貴方はこのような里に住んでいるのに、言葉が訛っていないのはなぜですか？」

「はい、私は故あって小牧の実家から嫁いで参りました。ここは全て農家です。村長でも例外でなく、主人も舅、姑も今、昼間は田や畑に出ています。私はそのような農作業はしない

約束で、付き女中と共にこちらに参りました」

荘一郎は、納得する。それからお順が身体を拭きましょうと言って、荘一郎を裸にする。拭き終わったらお順も着物を脱ぎ、丸裸になり、荘一郎の上に横たわり愛撫し始める。口を吸われ、荘一郎は、このような女に玩弄され、屈辱感を味わい、女を放り投げようと思うのだが、実際はその反対で、荘一郎の手はお順の豊満な肉体、ふくよかな乳房をいつしか揉んでいて、結局下の方も女と交わってしまう。荘一郎、行為が終わった後に虚脱感を覚え、反省しきりである。三日目からお順の肩を借りて厠へ行けるようになり、五日目からは一人で立ち、歩けるようになった。むろん、それでもお順とは日課のごとく、毎日抱き合う。


荘一郎、昼間は木太刀で素振りを始めるが、暇なので、その辺りを見て回る。牛小屋もある。近くに刃こぼれした鎌が二本、置き捨てられていたので、自分の刀を研いでから鎌を研いでいたら、この屋の主、舅と姑が帰ってきた。舅が研ぎ終わった鎌を手に取り、刃を親指で確認していたが、

「あんたは、お侍なのに立派な研ぎ師だわ。どうかね、駄目になった刃物を研いでくれるかね?」

「ええ、いいですよ、持ってきて下さい」

「村中のものもいいかね、農機具や包丁もあるがや」

「ええ、構いません。どうぞ、世話になったお礼がわりですから」

そのようなわけで、荘一郎は忙しくなる。村中に知らせが行き、老若男女、子供まで村長の庭に、色々な刃物を持ってきた、包丁、出刃包丁、小刀、鋏《はさみ》、木鋏、鎌、鍬、手斧、樵斧、山刀、長短刀、本身の刀、太刀は二十振り、それに槍、大工道具の鑿《のみ》、錐《きり》、鉋《かんな》など、それぞれ持ち寄り、庭いっぱいになる。荘一郎、皆に注意事項を告げる。

「自分のものには印を付けておくこと。また、刀や大工道具は後回しとします。今、必要なものは、こちらに置いて貰いたい。それから、私は誰のものか分からないから、後先に文句を言わぬように」

舅が皆の前に立ち、

「ええか！　この方の言ったこと、分かったべ。そったらこっちは早く研いで貰いてえもん置けや」

「刀などは、私が預かります」

荘一郎は、何回も離れの部屋へ刀などを運び入れる。その夜は舅に呼ばれ、皆と一緒に食事をする。酒も少し出された。その後、子供は寝かせ、女中も椀や鍋などを洗いに流し場に行っていなくなった。舅夫婦とお順夫婦だけとなったので、荘一郎、集落について聞く。

「私はこの里の先から来た集落者を斬ってしまったが、あすこから探索には来ないのかな?」

「ああ、来たかもしんねえな」

「ええ！　それで大丈夫ですか？　私が昼間、庭に出ていても？」

「ええ、まあ、まんず聞いてけろ、以前、おらの父親と村の者、何人かであそこの集落へ行って談判して来たと。つまり、この宮村で悪さしたらば、お役人様にあそこに集落があることを告げると。それから、昼間は村を通ってはなんねえと。大人は一致団結でけるが、子供の口は塞がれねえべえ。だが、夜中は通っても構わねえことにしただ。うんだで、昼は大丈夫だ」

「だが、仲間が一人死んでいるが、それはどうなのかな」

「ああ、あれらは、帰って来ねえ者は気にしねえだよ」

それから舅殿は、この宮村について語る。宮村は岩村藩、以前は松平三万石の預かり領で、藩境の一番外れにあり、今は丹羽氏が藩主であるという。そして、ここ宮村は、米があまり多くは取れないので、山に育つ木材の管理や切り出しをして、年貢に換えているとのこと。だから代官やお役人は、木材の切り出しのときは来るが、後はめったにここには来ないとのことだった。


明くる日から荘一郎は、忙しくなる。朝から夕方まで、昼頃、お順が食膳を出してくれるが、すぐに刃物研ぎを始める。そのようなわけで、お順とは抱き合う暇がない。お順は不満そうだが、荘一郎、刃物研ぎをして色々気が付く。まず刃物類が多いということは、この村は、いざ！　というとき、一致団結して、不審者や押し込み強盗などに立ち向かうということである。それに、鞘に帯取りの紐を取り付ける佩《おびる》が付いていて、細身で反りが大きい太刀が数本あることは、よく見なければ断定できないが、源平の頃のものもあるやもしれず、居合抜刀の師匠が、あの集落は、昔は平家の落人が住んでいたと言ったが、頷けるように思える。

初めに、包丁から研ぎ出して気付いたのは、皆錆びついていること、つまり今まで使用していなかった包丁を持ってきてあり、研ぎ終わると、今使っている包丁を替わりに持ってくることが予想されるということであった。こんなに刃物が山のようになるほどあるのに、まだ家には刃物があるらしい。これは大変なことを引き受けてしまったと、荘一郎は思った。今は五月だが、これから名古屋へ出て東海道を下るとしても、秋には江戸に間違いなく帰れない。父上との約束よりも、妹の愛の婚儀に絶対に間に合わないのが申し訳なく、気に入らないと頬を膨らませてみせるかわいい愛の顔が目に浮かぶ。

荘一郎、とにかく引き受けたからにはやろうと決めて研ぎ始める。使い方が良いのか、使っていないのか、大きな刃こぼれがないのが多い。しかし、中には大きく刃こぼれしているのもある。そういうときは、丸い砥石を金具に取り付け、手回しで惰力をつけて刃を削るが、すぐに回転が止まってしまう。そんなとき、大勢の子供の中に、物珍しそうに見ている子供がいた。十歳くらいの男の子で、荘一郎が回転砥石の手回しを頼んだら、喜んで手伝ってくれた。そのおかげで大分刃物研ぎが捗る。荘一郎、この子に礼をせねばと思うが、何が良いか分からず、本人に聞いてみる。

「小父ちゃん、竹蜻蛉作れる？」

「うん、作れるよ。でもなあ、竹がないから作れないよ」

「明日、竹持ってくるよ」

「坊や、竹は重いぞ」

「お父に頼むからいいよ」

翌日の昼頃、親父らしい男が孟宗竹を一本引き摺ってきて、

「お侍さん、内の坊主が竹蜻蛉作ると言って、竹さ持って行ってくれろと言っていたが、こんなもんでいいがや？」

「ああ、ありがとう、充分です」

「いやあ、あんたさあ、研いでもろたこの山刀、よっぐ切れるだあよ、内のかみさんなんざあ、包丁が切れ過ぎて、指切らねえように注意しなきゃあなんねえと言っているだよ」

荘一郎の刃物研ぎは、評判が良いようだ。夕餉の後、囲炉裏の傍で竹を割り、小刀で竹蜻蛉の羽を削っていたら、舅殿が、

「何、作っているだあ？」

「昨日から子供達に刃物研ぎを少し手伝って貰っているので、その礼に竹蜻蛉を作ってやろうと思いまして」

「そりゃあ、なんだあ、子供達にも気遣うてくれて済まねえこった。あんたさんの刃物研ぎは、村中、評判いいだで」

「そうですか、それなら良かったです」

「あの、なんだあ、竹蜻蛉は男っ子の遊びだあ、女っ子はひがむがや」

「ああ、そうですね、何か考えましょう」

次の日も朝早くから、刃物類の研ぎに入る。夕方近くなって、お順が、

「湯を沸かしましたから、皆が帰って来る前に入って下さいな」

荘一郎、ちょうど刃物研ぎの区切りが良いので風呂に入る。板の間で身体を流し、皀莢《さいかち》の実を包んだ袋で身体を擦っていたら、お順が、

「お身体を流しましょう」

と言って裸で入ってきた。荘一郎、板の間に足を投げ出して座っていたが、お順は大胆にも前から荘一郎に抱き付き、この時を待っていましたと言いながら、身体を押し倒し、唇に吸い付いてきた。

荘一郎、止めて下さいと一瞬思うのだが、現実は、両手がいつの間にかお順のふくよかなお尻を激しく揉みながら、交わってしまう。最後には、お湯がなくなるのも気にせず、湯船に二人一緒に抱き合って、入ってしまう。

五日ごとに湯を点てるので、そのつど、お順に抱き付かれるが、毎日ではないので諦める。

村には湯を沸かせる家は四軒しかなく、この屋の者が入った後に、村の者が大人も子供も貰い湯に来る。だから、その日は夜遅くまで賑やかで、囲炉裏では皆に茶を出し雑談に興じるわけで、その中に例の男の子がいたので、竹蜻蛉を渡す。子供は喜んですぐに竹蜻蛉を両手で回し飛ばしたら、天井に当たって落ちてきた、親父が、

「危ねえじゃねえか、家さ帰ってからやれや。まんず、ありがとさんです。うんだども、女っ子には何かねえけ」

「今、考えていたのですが、弥次郎兵衛などはどうかな」

舅殿が、ぽんと膝を打ち、

「それは良かんべえ、十個くらい作ればいいだがや」

そのようなことになり、昼は刃物研ぎ、夜は竹細工、五日に一度はお順の相手と、いつしか一ヶ月以上、滞在してしまった。飛脚はないが、村の誰かが代表して何日か置きに下の里へと行くので、江戸の家に便りを出そうと思えば出せたが、とうとう出さずじまいになった。

幽霊との対話

宮村を旅立つときは、六月に入っていた。村の者が棚田の田おこし、土手の手直し、水入れ、田植えと忙しい中、荘一郎は旅立つことにする。見送りは、お順とその子供、女中だけだった。道の右手の方は、小川を挟んで棚田があり、左側は畑が小高く続き、その上には杉

の木の山が高くある。空は薄曇りだが、荘一郎、道が下りということもあり、久し振りに軽やかに歩を進める。お順から離れたことも、気を晴らしているようだ。それにしても、私はどうして女に対し、あのようにふしだらになってしまったのか、反省しきりである。

江戸にいたときは、女に興味がなかったのに……と考えてみると、ああ、そうか、三益屋の奈緒に話し掛けられてからかと思い至る。あの芝居小屋の袖で、綾が自分の家族の悲劇を語り、目にいっぱいの涙を溜めて自分に顔を向けたとき、綾が抱き付いてきたら、あのとき、どのようになっていたか。今思うと、自信がない。ただ、志乃のときもお順のときも、絶対に子供を作ってはならないと思ってはいた。こればかりは修行中の身、父上に顔向けができない。そのようなことを考えながら歩いてきたら、いつの間にか夕暮れになっていた。ちょうど農作業を終えた農民夫婦が前を歩いていたので、声を掛ける。

「あの、ちょっとお尋ねしてよろしいですか？」

「へえ、なんだべ」

「実は、この上の宮村から来ましたが、この辺りでは旅籠はありませんよね」

「へい、旅籠はねえが、まんず村長のところさ行くべえ、お前は先に帰っていろや」

荘一郎、村人に村長宅に連れて行かれる。村長宅は宮村の村長宅より大きく、建物も多い。そこでは、荘一郎のような旅人というか、多分、代官や役人の接待に慣れているみたいで、すぐ受け入れてくれた。女が二人出てきて、足の濯ぎ桶を持ってきて、足を洗い、雑巾で拭いてくれた。部屋に通され、この屋の主に会わされる、荘一郎、私は……と言おうとしたら、主が手で制止して、

「お客人、明日から天気は雨模様だな、どうなさる？」

「明日の朝からですか？」

「いや、昼過ぎからかな」

「では、今夜一晩だけ、厄介になります」

「まあ、この先は、家もちらほらあるから大丈夫だなや。うんだば、部屋へ案内してくれろ」

荘一郎、女中に案内されて部屋に入る。床の間付きの立派な部屋で、荘一郎は面食らい、

「泊まり代は、幾ら支払いすればいいのかな？」

すると女中は笑いながら、

「そったらもの、要らねえです。夜着はそこにありますだ、後ほど、膳をば持ってきますだに」

女中は出て行ったが、名も聞かず、見ず知らずの者をいきなり泊めるなんて、荘一郎、狐につままれたようだったが、身を任せることにする。

翌日は雨と聞いていたので、早めの出立、辺りはまだ暗いのに、主を始め、使用人も既に

起きて働いている、荘一郎、主に礼を述べて旅立つ。出際に昨日の女が、竹皮で包んだ握り飯を渡してくれた。昨日の夕餉、朝食、そして握り飯と、三食出され、しかも立派な部屋に泊めて貰い、幾ら何でもお礼の言葉だけで後にするのは気が引けるので、荘一郎は床の間に一朱銀一枚、懐紙に包んで置いてきたのでよかったと思う。

荘一郎、足早に歩いてきたが昼過ぎた頃、とうとう雨がぽつぽつ降ってきた。道の脇に地蔵堂らしきものがあったので、その庇《ひさし》で雨宿りをしようと思ったが、雨足がひどく、庇の濡れ縁では雨が当たるので、賽銭箱に五文を投げ入れ、観音開きの格子戸を開いて中に入った。すると、お地蔵様ではなく、木彫りの閻魔様が一尺半くらいの台座に、右手に笏を持って荘一郎を見据えていた。

台座の両側には、人ひとり寝られる位の板の間がある。荘一郎、肩から背負い梯子を外し、荷の中から竹の子の皮で包まれた握り飯を取り出して食する。竹筒の水を飲んだら満腹感を味わい、急に眠気に襲われる。荘一郎、荷袋を枕に、長々と横たわり寝てしまう。

それからどのくらい経ったのか、多分真夜中、つまり、丑三つ頃（現代の時刻で午前二時半くらい）だろう、荘一郎の右側に、何者かが荘一郎を見下ろしている気配を感じる。目は閉じたまま、静かに左側に置いてある刀を左手に持ち、さっと上半身を起こし、右手が刀の鍔元を握り、今にも居合抜刀しようと身構えたら、右側に居た何者かが、すーと荘一郎の足元へと音もなく移動した。

荘一郎、刀を何時でも抜ける体勢で、ゆっくりと両目を開く。初め、ぼんやりと足元に白いものが見えた。すぐに目を凝らして見ると、白い顔があり、髪の毛も白く、両眼は窪んでいて、顔全体から肉が削げ落ち、唇はなく、ただ、歯だけが長く見える。身体は白い着物を着ているようだ。そして正座をしているようだが、膝から下は足がよく見えず、ふわっと浮いている感じで、間違いなく、この世の者ではない。年老いた男の幽霊である……。

以前の荘一郎なら、このような幽霊に遭ったら臆してしまうところだが、あの木曽の山中で剣術の極意を悟って、師匠に礼を言い、でも喜んでいいのに気が昂ぶりません、と言ったら、当たり前だ！　常時、平常心！　それが極意だ！　と、叱られたときのことを思い出していた。だから今、現実に幽霊と相対峙しても、冷静に向かい合うことができるのである。

刀を抜いて幽霊を切り払おうとしたら、幽霊が右手で刀を指し、左手を顔のところで左右に振り、何度も頭を下げる。刀を抜かないでくれと言っているようだ。それでも荘一郎、刀に手を掛けたまま、幽霊に声を掛ける。

「そなたは、この世の者ではなかろう」

幽霊、何度も頭を下げる。

「ここは閻魔堂だ、閻魔様に、お前は極楽に行かせないと言われたか」

幽霊、骨だけの手を両耳に持って行き、首を縦に何回も振るが、右手で口を指し、歯だけの口を、ぱくぱくさせながら首を横に振っている。

「ふうん、耳は聞こえるが、話はできないのか」

幽霊、大きく首を縦に振る。

「分かった、それではこれから私が質問するから、合っていたら首を縦に振る、間違っていたら横に振る、それでいいな」

幽霊、頷く。

「私が先ほど、お前に言ったが、閻魔様に、極楽にも地獄にも行かせないと断られたのか？」

幽霊、首を横に振り、左手で閻魔様を指し、今度は両手で閻魔様を自分の前に持ってくるような仕草をした。

「何！　閻魔様を持ってくる？」

幽霊、首と手を横に振り、しばらく考えていたが、何を思ったか、座ったまま、すーと閻魔様の前に行き、左側を指さし、机のようなものがある仕草をしている。

「分かった、閻魔様の横に机が置いてあるのだな」

幽霊は頷き、そして机の先を指さしながら、自分の頭の白い髪の毛を両手で撫で下ろし、肩から腰まで下ろして机の先を指す。荘一郎、分からないので黙っていたら、幽霊、右手の骨だけの小指を立てて、また机の先を指す。荘一郎、ますます分からない。幽霊、何か考えていたが、左手で机の先を指し、両手で自分の胸のところで丸みを作った。やっと、荘一郎にも分かる。

「分かった、閻魔様の横にある机の前に、女が座っているのだな」

幽霊、今度も大きく頷くが、また、頭の髪の毛を触り、長く下まで髪の毛があるように、腰まで両手を下ろす。荘一郎、また、分からなくなる、幽霊、今度は杖をつき前屈みになって歩く仕草をしたので、

「そうか、閻魔様の横に老婆がいて、その老婆がお前を閻魔様に会わせないのか」

幽霊、大きく首を縦に振る。

「しかし、なぜ、お前は老婆に止められたのか?」

幽霊、胸の懐から何かを取り出し、逆さにして右手で何もない仕草をする。

「ははあ、お前は銭を持ってなかったのか。ふうん、銭がないと閻魔様に会わせて貰えないのか、そうだなあ、地獄の沙汰も金次第というしな、三途の川を渡るのも金が要るということか……」

幽霊、納得したように頷く。

「だが、まさか一両も出せとは言わないだろうが、一朱くらいか?」

幽霊、右手を何回も下へ、下げる仕草をする。

「では、二十文か」

幽霊、まだ下へ、

「ふうん、六文か」

幽霊、やっと頷く。荘一郎、懐から財布を出し、一文銭を六枚取り出し、

「これをやるから、老婆に見せて成仏しなさい」

幽霊、またも首を振り、今度は自分の着物を指し、両手で板の間の何かを寄せ集め、それを着物に振り掛けている。荘一郎、またも分からなくなり黙っていると、幽霊、何を思ったか、着物を持ち、ぺっ、と唾を掛ける仕草をした。荘一郎が思わず、

「何をするか、汚いではないか」

と言うと、幽霊、右手の骨だけの人指し指を荘一郎の顔に指し、それぞれと言っているようだ。

「分かった、だが、その骨だけの指を私に向けるな、気持ち悪くなる。とにかくお前の着物が汚れているから、お婆様は駄目だと言っているのだな」

幽霊、頷く。

「しかし、お前に与える着物は持ち合わせていないが」

幽霊、今度は後ろの方を指さし、左手を顔の鼻の近くへ持って行き、右手は何かを叩く仕草をし、ただ歯だけの口を、ぱくぱくさせている。荘一郎、おかしくて思わず笑いながら、

「分かった、この閻魔堂の先に、お寺さんがあるのだな。そうか、お前はそのお寺に無縁仏として葬られているのか」

幽霊、またも大きく頷き、後方を指し、今度は荘一郎の手にある一文銭六枚を指し、自分の着物をつまみ、前に置く仕草をして、右手で頭をくるくると撫でて、左手を鼻に持って行き、右手で何かを叩き、またも口をぱくぱくする。荘一郎、その仕草を見て、またも笑ってしまう。

「分かった、お寺さんに行き、お坊様に六文の銭と着物、あ！　そうか、白装束の着物をお前が埋められているお墓の前に置き、御経を上げて貰えば、お前は成仏できるのだな」

幽霊は、そうです、そうですと言っている様子。それから両手をつき、頭が床に当たるくらい、何度も下げて礼をしている。

「もう、分かった。明日お寺へ行き、お坊様に頼んでやるから、安心して私の見えないところへ行ってくれ。私は朝まで寝たいから」

幽霊、思い残すことはないのか、安心して右の方へ消えて行った。

荘一郎は朝、鳥の鳴き声で目を覚ます。辺りはまだ薄暗く雨も降っている。とにかくお寺に行かねばと身支度しながら、昨夜の幽霊は現実であったのだと実感する。油紙の雨合羽を着込み、閻魔堂を出る。近くの農家から親父が出てきたので、

「ちょっとお尋ねしたいが、この先にお寺はありますか？」

「へい、清徳寺がごぜえますが、何かお寺にご用でも」

「いや、何、昨夜あの閻魔堂で夜を明かしたら、夜中に幽霊が出てきて、成仏できないからお坊様にお経を唱えてくれと頼まれたので」

「ひええ！　何とまあ！　幽霊が……分かりましただ。すぐ案内すっぺ」

そう言って親父は、いったん家に入り、頭に笠を付け、蓑を着て出てきた。二人は雨の中を歩く。すると近くの農家から声が掛かる。

「平助さあ！　こったら朝早く何だべ」

「いやあ、何、このお侍さんがゆんべ閻魔堂に泊まったら、夜中に幽霊が出ただと、そんで清徳寺さ行くとこだ」

「ええ！　幽霊……そったら俺も行くべえ」

そのようなわけで、清徳寺に着くまでに村の者が何人もついてきた。道の左側にお墓が見えてくる。石塔はあまりなく、ほとんど木の墓標が多い。墓の先にお寺があり、一応、南側に柱に屋根を付けただけの小さな山門があり、そこから皆ぞろぞろと入る。右手にこれも小さいが、鐘楼もある。前方に本堂があり、賽銭箱が置かれ、その先一段高く祭壇が見える。だが、皆はそこへは行かずに右手の方丈へ行き、引き戸を開けて奥へ声を掛ける。

「道安和尚！　おるかや！」

奥から四十歳過ぎの御坊が出てきて、皆を眺めて、

「何だ、大勢でこんな朝早くに？」

「和尚、こちらのお侍様がゆんべ閻魔堂で幽霊に遭っただと」

「何！　幽霊！」

そのように声高に叫び、荘一郎を見詰めていたが、

「貴方はお若いのに相当、胆力がおありだな。剣の道も極意を得ているようだ」

「いえいえ、まだまだです」

「ほほう、お若いのに謙遜することも知っているか。分かった、詳しいことは部屋で聞くことにしよう。主だった者はいいが、その他は帰ってくれ。貴方は、朝餉はまだでしょう。一緒に食しましょう、美食ではないが」

「いえ、私は食のあれこれは申しません」

それから食事後、道安和尚に昨夜の出来事を包み隠さず話す。皆の中の一人が、

「和尚、半年前の行き倒れのご浪人じゃあねえかや」

「そうだな、閻魔堂の濡れ縁で倒れていた老人だろう。一応は墓に埋めて経も上げたが、成仏できなかったたか。では今日、銭六文と白装束を用意して経を唱えましょう。貴方はこの雨の中、どうしますかな」

「私は、もう一晩、あすこに泊まろうと思っていますが」

「うむ、また泊まるとな」

「ええ、幽霊が成仏できたかどうか、確認のため」

「ううん、儂は永平寺で七年の修行を終え、この寺へ来る前の寺で霊を見て成仏させたが、貴方はまだ若いのに、先ほども言ったが胆力のある方だ。道清、お前も泊まりなさい」

「はい、和尚」


その夜は三人で閻魔堂に泊まることになった。道清は道安の子息で、まだ十五歳だ。それともう一人は村の若者で、松治という。閻魔堂には夜具が三人分敷かれていたが、入るや否や松治は酒を飲み始め、荘一郎にも飲めと椀を出す。荘一郎、ではこれだけ頂きましょうと言って、飲み干す。その後、三人とも眠りに入る。夜中、丑三つ時になった頃、荘一郎、またもや何者かに見られているのを意識する。だが殺気もないし、危害を加えられる様子もないので、ゆっくりと上半身を起こし、目を開けたら足元にやはり、昨夜の幽霊が座っている。

「どうした、道安和尚に頼んで銭六文と白装束をそなたの墓の前にそなえ、経を唱えて貰ったが、まだ成仏できないか」

その声で道清が起きるが、自分の足元に白い幽霊がふわっと浮いているので、道清、身体が震えて声が出ない。幽霊、首を横に振り、荘一郎を指さし、両手を合わせて何度も頭を下げる。

「何だ、私に礼がしたいため、老婆に待って貰ったのか」

幽霊、また何度も頷く。

「そうか……道清さん、この人に最後のお経を唱えてあげなさい」

「は、はい……摩、摩、摩訶般若波羅蜜多心経。観自在菩薩、行深般若波羅蜜多時、照見五蘊皆空、度一切苦厄、舎利子、色不異空、空不異色、色即是空、空即是色、受想行識、亦復如是、舎利子、是諸法空相、不生不滅、不垢不浄不増不減、是故空中、無色無受想行識無眼耳鼻舌身意、無色声香味触法、無眼界、乃至無意識界、無無明亦無無明尽、乃至無老死、亦無老死尽、無苦集滅道、無智亦無得、以無所得故、菩提薩捶、依般若波羅蜜多故、心無罣礙無罣礙故、無有恐怖、遠離一切顛倒夢想、究竟涅槃、三世諸仏、依般若波羅蜜多故、得阿耨多羅三藐三菩提、故知、般若波羅蜜多、是大神咒、是大明咒、是無上咒、是無等等咒、能除一切苦、真実不虚、故説般若波羅蜜多咒、即説咒曰、羯諦羯諦、波羅、羯諦波羅僧羯諦、菩提薩婆訶、般若心経」

観自在菩薩……道清の二回目の般若心経で、幽霊、道清に向き直り何度も頭を下げ、また荘一郎へ向き直ったら、その身体がだんだんと薄れてきた。

菩提薩婆訶、般若心経……道清が般若心経を唱え終わったとき、幽霊の白い身体は完全に消えていた。しばらく二人は黙っていた。松治は道清のお経の声でも、とうとう最後まで起きなかった。

「佐々倉様、ありがとうございました、初めは心臓がどきどきしまして慌てましたが、佐々倉様にお経を唱えてあげなさいと言われ、般若心経を唱え出したら、心が落ち着きました。

本当に良い経験をさせて貰いました。ありがとうございます」

「いやいや、道清さんもよくやりましたよ。でもまだ私は寝足りないから、話はまた明日として寝ましょう」


翌日、三人ともまだ寝ていて朝、薄暗いうちに、近所の者ががやがやと閻魔堂に押し掛けてきて、三人を起こしてしまう。外はまだ雨が降っているというのに、道清が昨夜も幽霊が出た、詳しいことは寺で話すと言い、皆、表に出る。

「松治！　お前も幽霊を見たがや」

「いや、おら見てねぇ」

道清が笑いながら、

「あんなに鼾かいて寝ていれば、私のお経くらいでは起きられないよ」

「馬鹿が、酒さ飲んで寝るからだべ」

そのような話をしながら清徳寺に帰り、道清が父の道安に報告する。

「昨夜、真夜中に、痩せた浪人の幽霊が出て、佐々倉様が幽霊に声を掛けられたので、私も目が覚めました。幽霊は佐々倉様にお礼がしたいため、また、昨夜出たということです。私は、初めは心臓がどきどきしましたが、佐々倉様にお経を唱えてあげなさいと言われ、般若心経を唱え出したら、落ち着きました。二回目の般若心経から幽霊の身体が薄れ、唱え終わる頃には、完全にいなくなりました」

「そうか、ご苦労だった。さ！　向こうで食事としよう、松治は見なかったのか、わははは」

　荘一郎と道清は、その夜も閻魔堂に泊まる。二人は寝ながら色々と話をした。ここは山口村といい、道清は、今年の秋から永平寺に五年の修行に行くとのこと。また、何か用事で江戸に行くことがあれば会いに行ってもいいかとか、私は一人っ子なので兄弟が欲しいと小さいときから思っていて、佐々倉様を見て本当の兄のように思いますとか、そのような話をして二人は寝てしまうが、結局その夜は、幽霊は現れず、朝まで寝ることができた。

　荘一郎、清徳寺で雨が止むまで世話になり、六月下旬、天気がよくなり、旅立つ。道安和尚に、

「この道を少し行くと道にぶつかる。左へと行くと馬籠宿で、その先を行けば岩村の城下町に出られる。それから南へ行けば浜松で、東海道へ出られるが、右をとれば中山道に出られる。恵那、多治見、小牧を経て名古屋へ着く」

　と教えられた。

　確かに昼前に、左右に延びる道に出会う。荘一郎、確かに左へ行けば、今は六月下旬、浜松へ出て東海道を急ぎ、江戸へ向かえば八月には着き、妹の愛の婚儀には間に合うことは分

かっていた。しかし、名古屋には小野派一刀流、梶新左衛門の流れを汲む豊田孫兵衛殿の道場があり、荘一郎は江戸を出る前に剣術修行の途中に立ち寄ると書状を出しているので、愛には申し訳ないが右へと道をとる。まだ日のあるうちに、中山道に出られて大井の宿場で泊まる。

宿で、寝る前の素振りをしながら、色々なことが頭をよぎり、無の境地に入れない。そもそもこの中山道、塩尻で斬り合いをして怪我をして志乃と出会い、それから例の左への脇道に入り、山中で居合抜刀の師匠に教えを受け、剣術の極意を得たが師匠の最期を看取り、それから集落者を斬り捨てた。これで私は、二人も亡き者にしてしまった。また、お順との出会い、そこでの刃物研ぎ、研ぎ師としての腕が上がったこと、山口村での幽霊との出会いなど、さまざまなことがあった。そして、それがやっとまた、元の中山道へ戻ってきた。そのように考え終わったら、やっと無の境地に入れた。

翌日は、恵那峡という景勝地があると宿の番頭に言われたので、日帰りで見に行く。これから七月、夏に入る季節、山に囲まれた景勝地では、清流からの風が気持ち良い。そのようなところだから人出も多い。荘一郎、この中山道では木曽の寝覚の床など、色々な景勝地を見て回ってきたことが、江戸に帰ってから皆に話せる楽しみもあるが、それよりも自然の偉大さに触れた感動が自分を変えているのを実感する。そもそも、あの木曽の山中で剣術の極意を得たのも、自然の山々の霊気によるものだとしみじみ思う。それから二日ばかり、大井の周辺を散策してから旅立つ。

大井の宿から多治見まで約八里、荘一郎は、辺りの風景を見ながらゆっくり歩を進める。だんだんと高い山がなくなり、名古屋に近付いているのが分かる。多治見でも二泊して、周辺を散策して小牧へと向かう。小牧まで五里、道場がなければ、名古屋に向かってもいいいと思いながら歩を進める。

小牧の地名の由来は二説があり、昔、この辺りで馬市を立てたので駒来という説と、やはり昔は伊勢湾がこの小牧山近くまで入り江になっていて、山を見て入り船が帆を巻いたので、帆巻山と称され、付近を帆巻と呼ぶようになったという説がある。それからこれは、戦国時代、あの織田信長がこの小牧山に城を築き、辺りを城下町にしたのも、知る人ぞ知るである。その後、江戸時代に入り、尾張藩が東海道の別街道を造り、小牧を本宿の一つとした。

小牧には二軒、剣術道場があったが、どちらも門前払いで断られる。結局暗くなってしまい、仕方なく宿をとり、明日、名古屋に入ろうと決める。小牧はあの宮村のお順の里でもあるが、実家がどこか聞かなかったし、聞く気もなかった。

名古屋

小牧から名古屋の市街地まで約四里、ほとんど平地を行く。道は分かりやすい。南に向かって行けば、自然に名古屋に至る。道の両側は田や畑が多かったが、歩を進めるうちに家並みが多くなってきた。名古屋は徳川御三家の一つである尾張藩、六十二万石の城下町である。これもあの有名な賤ヶ岳《しずがたけ》七本槍の一人、加藤清正が築城した名古屋城がそびえ、その天守閣の上に金の鯱《しゃちほこ》が見えてきた、戦国時代、ここに駿河守護の今川氏親によって名古屋城が築かれていたが、天文七年（一五三八年）織田信秀に攻略され、信長が城主となった。しかし間もなく信長は清洲に移り、廃城となったが、徳川家康が慶長十五年（一六一〇年）豊臣秀頼を牽制するため、ここを西国大名に普請をさせて完成する。その大名の一人が、加藤清正なのである。家康は九男の義直を城主に置き、名を名古屋城とした、むろん、平城で本丸を中心に東に二の丸、北西に御深井丸、南西に西の丸、南東に三の丸、本丸は五重五階の天守と将軍上洛時の御成御殿をそなえ、二の丸は、今は第八代徳川宗勝従三位権中納言が藩主として居住していて、三の丸は重臣の侍屋敷となっている。

小野派一刀流、豊田孫兵衛の道場は、名古屋城と熱田神宮の間にあり、東海道の近くとも聞き及んでいる。もう名古屋の街中に出た、色々の商店が建ち並ぶ中に『美濃屋、刀研ぎ、刃物研ぎ』の看板が目に入った。荘一郎、今、肩に背負っている砥石道具は豊田道場には背負って行かれないと考え、この刃物研ぎ屋に一時預かって貰おうと、店の中に入る。

中は正面、土間より一段高く板の間に四十歳代半ばの親父が刀を研いでいる。右手に土間

が鍵形にあり、そこで丁稚《でっち》が二人、壁に向かって包丁と小刀を研いでいたが、その一人が立ち上がり、

「いらっしゃいませ、お刀を研ぎますか？」

「いや、そうではない」

と言い、荘一郎は親父に向かい、肩から背負い梯子を下ろし、

「実は、私は佐々倉荘一郎と申し、江戸の旗本の嫡男で小野派一刀流を修めた者。これから流派が同じ、豊田道場を訪れるのだが、これは刃物研ぎの道具で、これを持って行くわけにもいかず、こちらで一時預かって貰えないか、お願いに上がり申したが、いかがかな？」

「左様ですか、この刀も豊田道場で稽古していなさる、藩士のものでございますが、さてどうしたものですかな……」

「これは、ただの道具ではなく、私自身、これで刀を研いでいる、そこにいる丁稚よりは上手く研ぐ自信はあるが、どうかな」

親父は黙って荘一郎の顔を眺めていたが、おもむろに立ち上がり、奥へ行って一振りの刀を持ってきて、

「これは少し刃こぼれしているが、一刻は掛からねえで研げますが、やってみますか？」

「ええ、いいでしょう、水桶を頼む」

丁稚が桶に水を入れて持ってくる。荘一郎、丁稚と並んで座り、道具箱から砥石や木槌な

ど道具を取り出し、三人の見ている前で、刀の目釘を抜き、柄《つか》を外し、鍔《つば》とはばきを外す。それを黙って見ていた親父は、また元の研ぎ台に座り、刀を研ぎ出す。荘一郎、刀のなかごを右手で持ち、左手を棟に添え、真っ直ぐ刃先を鍔元から帽子まで調べる。荘一郎、先の方に小さいが二箇所、刃こぼれがある。だが、確かに親父が言ったとおり、粗砥石と仕上げ砥石で一刻くらい掛かると読む。粗砥石に水を掛け、静かに刀を砥石に置き、研ぎ始める。粗砥石で充分、刃こぼれがなくなるまで研ぐ。まだ半刻は掛かっていない。それから入念に仕上げ砥石で磨き上げる。その間、何遍も刃先を確認する。粗砥石の筋も消え、鮮やかな波紋がまた、滑らかに浮き出る。

荘一郎、頃は良しと後ろを向いたら、親父は煙管《キセル》で煙草を吸っていた。刀を持ち、立ち上がって親父の前に行き、刀を渡す、親父は両手で本身を受け、しばらく色々に方向を変え、刃先から帽子まで入念に調べていたが、ふうむ、と言い、

「いやあ、確かに家の若い者より腕は上だわ、これだば、依頼人に渡しても文句は来ねえやね。何年、修行致しましたかや?」

「そうですね、七ヶ月くらいですか、刀を研いだのも二十振りくらいですか」

「何! たった七ヶ月! うーん、貴方は天才かもしれねえな、お前達、見なさい」

親父は荘一郎が研いだ本身を丁稚に渡し、

「分かりましただ。その荷はお預かりしましょう。で、いつ頃まででしょう?」

「そうですね、行ってみないと何とも言えないが、まあ、一ヶ月は滞在しようと思っています」

「一ヶ月だすか、まあ、今日は大分日も暮れて来ましたし、どうだす、今夜はむさ苦しいところですが家へ泊まって、明日朝、豊田道場へ行くっていうのは」

「ええ！　見ず知らずの者を泊めてもいいのですか」

「見ず知らずじゃあないでしょう、貴方のことは、あの刀の研ぎ方で分かるべえ」

「確かに道場へは夜遅く訪ねるよりは、明日の朝がいいですが、よろしいですか」

「ああ、こちらからお願えしてえくれえだわ、それにこやつらに、刃物研ぎのこつなど教えてくれろ」


荘一郎、刃物研ぎ屋の美濃屋にその夜は泊まる。この家には親父夫婦と親父の母親、丁稚の一人が息子で、その妹もいる。もう一人の丁稚は畳屋のせがれだそうだが、三男なので畳屋よりは研ぎ師になるのを望んで、丁稚となっている。

夕餉は皆、賑やかに食事をする。荘一郎は江戸にいたときは静かに食事をしていたが、あの三益屋一座といい、庶民の食事は賑やかで楽しい。食材が粗末でも、賑やかに食べれば美味しいものかと思う。皆は円い膳を囲んで食している。ただ、親父と荘一郎は別膳で、銚子が二本ある。荘一郎、親父と酒を酌み交わしながら、木曽の山中での師匠との出会いなどを話す。親父も自分は研ぎ師として一人前になったのは二十歳のときで、十五年掛かったこと、父親にやっと追い付いたが、それから父親は酒に溺れ、手が震えて研ぎ師としての自信を失い、早く亡くなってしまったことなどを話した。

丁稚の二人が食事を終え、荘一郎の傍に来て、木曽の山中でのことを詳しく聞かせてくれとせがむ。荘一郎、それではまず、居合抜刀術を見せましょうと言って、脇差を腰に差し、膝立ちでゆっくりと二回行う。

「分かりましたね、では同じことを速く二回します、よく見ていて下さい」

二回とも、ぱちん、と音がするように、脇差を鞘におさめる。

「見えましたか?」

「いやあ、全然見えなかったな。音だけは聞こえたがや」

「親父殿はどうです」

「ううん、脇差が鞘におさまる寸前、見えたがや」

「さすが親父殿、それで充分です。まず百人中九十九人は見えないでしょう」

「ほほう、儂は百人の中の一人かや」

「そうです、親父殿も研ぎ師としての極意を得ているからです。私は木曽の山中で仙人、いや、ただの老人に出会い、その指導で先ほどの居合抜刀を毎夜寝る前に千回、素振りしました。あるとき、六百回くらい素振りをやったところ、刀が軽く感じ、一生懸命素振りをしても、身体は重くて速く素振りができなくなったのです。何回もやるが、やはり刀の動きは遅い。夢の中で何者かに追われているとき、逃げる足が思うように動かないときと同じです。分かる？」

二人の丁稚は大きく頷く。

「そのうち、仙人に、もう止めよ！　と言われて止めましたが、仙人から、お前は刀は軽いが身体は重く感じたであろう、それが剣術の極意だと言われたのです。実際に、刀の動きは遅く感じたが、本当は一振りが数十倍の速さで振っていたと言われました。刀研ぎも同じで、毎日同じ姿勢、同じ砥石、同じ方向に何回も何回も同じに手を動かす。いつしか研ぎの極意が得られます。でしょう、親父殿」

「全く、そのとおりだあ、儂は十五年掛かったが」

「いや、私も同じですよ、私が剣術を本格的に習い始めたのが五歳、今二十歳ですから、やはり十五年掛かっています」

「そうかあ、俺達はまだ三年だもんな、後十二年かあ」

「馬鹿こけ！　真剣に遣んなきゃあ、二十年、三十年掛かるど！　ええか、明日から真剣だぞ！」

「わあ！　大変だあ！」

二人は顔を見合わせる。親父が、当たり前だと言い、荘一郎に顔を向け、

「ところで、佐々倉様、豊田道場へは時々参りますが、道場へは入ったことはないんで、一度見てえと思っていますが、口さあ利いて、あ、いや、ここのことは秘密でやしたね」

「いいえ、豊田孫兵衛殿には包み隠さず話します。ですから、その話は頃合いを見て聞いてみましょう、多分大丈夫だと思いますよ」

その夜は荘一郎、二階で寝る。丁稚二人は、店先の板間に寝かされる。翌朝荘一郎、階下で人の足音や、ものの当たる音で目を覚ます。身支度をして下へ降りて行ったら、食事の支度ができていて、丁稚二人は店の掃除をしていた。荘一郎が降りてきたので、全員で朝食を静かに食べる。朝食は静かに食べるのかと分かり、庶民の暮らしは色々だなと思った。とにかく、親父に豊田道場への道順を聞き、美濃屋を出る。


名古屋城の外堀をぐるりと回り、東海道へと向かう、その手前に豊田道場があった。立派で大きな道場だ。小野次郎右衛門師匠の話だと、門弟は二百人以上はいるらしいとのこと、孫兵衛師匠は先代の尾張藩主、徳川宗春様の剣術指南役の一人で、今はご子息の右兵衛殿が現藩主、宗勝様の剣術指南役の一人としているとのこと。荘一郎、立派な冠木門を潜り、玄関で、

「お頼みします！　江戸は小野道場の佐々倉荘一郎が参りました！　お頼みします！」

すぐに用人らしき老人が出てきて、

「今、聞こえましたが、江戸の佐々倉様で」

「はい、そうです」

「ただいま主に知らせますので、しばしお待ちを」

と言って奥へ行く。間もなく、四、五人が用人と一緒に出てきた。真ん中にいる年配の総髪の御仁が口を利く。

「貴方が佐々倉君か？」

「はい、初めて御意を得ます、佐々倉荘一郎です、厚かましくも参上致しました」

「何の！　何の！　私が豊田孫兵衛だ、ささ、上がられよ。次郎右衛門殿から書状が一昨年に届いておる。話は書斎で聞こう」

荘一郎と孫兵衛が並んで前を歩き、他は後についてくる。道場の方では若年者の稽古のようで、えい、やああ、と掛け声と竹刀を打ち合う音が聞こえる。

「ささ、こちらへ」

と言われ、荘一郎をはじめ全員が書斎に入る。床の間を背に師匠の孫兵衛が座り、その右側に稽古着を着た四人が座る、荘一郎は師匠の前に座り、両手をつき、お辞儀をして顔を上げたら師匠がにこにこしながら口を開く。

「儂が江戸に行ったのは、そうだなあ！　十三年前かな、四代目次郎右衛門殿が健在だったな、荘一郎君は道場にいたかな」

「はい、十五年前に父上に連れられて入門したばかりで、幼年組でしたから多分お会いしてはいないでしょう」

師匠の一番近くにいる者から、話に割って入り、

「父上、まず私達の紹介をして下さい」

「ああ、そうだったな、これが儂の倅で名を右兵衛という。当道場の師範代の一人だ。次の怖そうなのは……まあ、そう睨むな、尾張藩剣術指南役の一人で、当道場でも師範代で、名は宮崎角之助殿。次が高弟の一人で、同じく尾張藩士で名を高木喜三朗殿、最後が同じく藩士で高弟の須田義助殿。これでいいかな、わははは……」

「はい、私は江戸に行ったのは五年前、でも佐々倉君には気が付かなかったが、宮崎さんはどうです、江戸に行ったのはいつです？」

「七年前と三年前です。七年前は何かと江戸と我が藩とが不穏なときで、一年も江戸にいたが殿の警護やら雑用が多くて、小野道場へはあまり行けなかった。三年前は大分道場へ通ったが……そうだ、お主とは一度手合わせしたな、確か」

「ええ、一度、師匠に呼ばれまして、この方は尾張藩の剣術指南役の方だ、少し揉んで貰いなさいと言われ、お手合わせさせて貰いました」

「やはりな、あのときも身体は大きかったが、あれからもまた伸びたかな」

「いえ、少しだけです」

「それでどうだったのかな、宮崎師範代、そのときの荘一郎君は」

「ええ、次郎右衛門師匠は近々、免許皆伝を与えるとか申していましたが、手合わせしてみて、癖のない、それでいて伸びのある遣い手と見ました」

「いえいえ、お褒め頂きありがとうございます。が、まだまだです」

「まだまだかどうか、これから分かるが、しかし江戸から書状が届いてから大分経つが、どこを回ってきたのかな」

荘一郎、昨日も二年の武者修行の遍歴を語ったが、ここにいる皆は初めてだし、また荘一郎の旅に興味があるようなので、手短に話すことにした。

「初め日光街道を北上し、東照宮を参拝して、そこから歩荷《ぼっか》の道案内で足尾へ出て」

「何です、その歩荷とは」

「山の一軒宿などの依頼で、重たい荷を背負い届けるのを生業にしている者達です。北のほうでは彼らをぼっかと呼んでいます。それにまたぎといって、鉄砲撃ちも一人加わりました」

「鉄砲などは必要なのかね」

「いや、一発も撃ちませんでした。ただ、熊が出たときの用心のためだとか言っていました」

話がなかなか進まないが、荘一郎、皆に納得して貰うよう、質問に応じながら話す。深谷にある念流の道場では、師範代のそくい付けに遭い、苦しめられたこと、それも後で披露すると約束する。八王子から甲州街道をとり、甲府の無外流の道場で一ヶ月以上滞在し、諏訪で冬になり年を越したこと、雪が溶けて街道も歩けるようになり、塩尻へ向かう途中、背後から斬られて背に傷を受けたことなどを話す。

「何か遺恨を与えたのかな」

「はい、諏訪の道場で明らかに道場破りとみえるご浪人が来まして、いつもはわずかの銭を渡して帰って貰うところ、私がいましたので立ち合いました」

「怪我をさせたのかな」

「いいえ、ただ、二合、三合するうち、ご浪人の木太刀を叩き落としましたが、手が痺れたようでそのまま帰りました」

「ふうん、それでも荘一郎君を後ろから斬りつけたか、正面では敵わぬと思ってか」

「でも、一つ学ぶことがありました。自分は正当と思っても、相手はそのようには受け取ってはくれないこともあるものだと」

「転んでも何かを拾うか、良い心掛けよ」

「それで相手はどうなったかな？」

「そのときは、背後で誰か、危ない！　と言う声と同時に背に危険を感じ、身を沈めて前へ転びながら、振り向きざまに相手の胸下から斬り上げました。しかし、自分も背に手傷を負い、多量の出血で意識を失いました。三日後に意識を回復しましたが、一ヶ月以上、元の身体に戻りませんでした。相手は私の一太刀で絶命したそうです。何でも諏訪で辻斬りをしていて手配中だったそうで、私はお咎めなしでした」

しばらく皆、自分の思いに耽っていたが、高弟の須田氏に、それからどうしたのかなと言われ、荘一郎、中山道を上がり名古屋に向かい、色々の景勝地などを散策し、妻籠を過ぎてから気が付いたらいつの間にか、中山道から外れ、木曽の山中に入っていたことを話した。そして、その山中で仙人に会い、その方に居合抜刀の術を教授されたこと、剣術の極意はそのときに得られたが、仙人、いや師匠は私が、居合抜刀の極意を得たのを確認して満足したのか、それから三日間絶食して亡くなったことなども話した。居合抜刀は後ほどお見せしますとも約束する。それから下山して元の中山道へ出る途中、雨に降られて、道脇に閻魔堂があったのでそこで雨宿りをしたところ、つい寝てしまい、真夜中に幽霊に出会った話をしたら、もっと詳しく聞かせてくれとせがまれる。

「はい、山村から山村へ通じる道を歩いて、ちょうど昼頃、とある村に通り掛かったら、空模様が怪しくなり、とうとう雨が降り出してきまして、道脇に閻魔堂があったので中に入り、雨宿りをしました。つい寝てしまい、真夜中に何者かに見られているのを意識して起きました。足元に全身、白い者が浮かんでいました。そなたはこの世の者ではないな、と言ったら大きく頷きまして、しかし、幽霊は耳は聞こえるが話せないとのことで、私が質問して色々尋ねて、成仏できない理由を聞き出しました。結局、幽霊は無縁仏でお寺に葬られたが、無一文であり、着物が汚れていたので、閻魔様に門前払いされて、この世に彷徨っていたとのことでした。寺の御坊に頼んで、六文銭と白装束を墓標の前に置き、経を唱えて供養して貰いました。その夜、再び閻魔堂に小坊主と一緒に泊まりましたら、幽霊、それがしにお礼を伝えるため、再び真夜中、現れましたが、小坊主の般若心経でだんだん身体が薄らいできて、成仏できました」

「佐々倉君は、幽霊と分かって驚かなかったかね」

「はい、木曽の山中で仙人から、常時、平常心と教えられましたので」

「ふうむ！　荘一郎君はこの若さで胆の据わった御仁よな。人生の多くのことを短期間で経験したということよ。では道場へ参ろうか」

「あの、師匠、実は私、木曽の山中で仙人から刀研ぎも教えて貰いまして、その道具を刃物研ぎの美濃屋に預かって貰っています。その美濃屋の主が、道場での皆さんの打ち合い稽古を見たいと申していますが、お許し願えましょうか」

「ほほう、あの美濃屋がの……よいよい、いつでも来て構わぬと申されよ」

「ありがとうございます、ではそのように」

「では、道場で荘一郎君の居合抜刀術を見せて貰いましょうかな」

師匠の孫兵衛が立ち上がったので、皆も後について道場へ行く。

そこには、二十数人の若者が竹刀による稽古をしていたが、師匠や師範代が入ってきたので、皆、壁際に寄って座る。師匠と他の四人も見所に座る。荘一郎は道場の真ん中に座り、師匠の孫兵衛が荘一郎を紹介するのを待つ。

「そこに座っている若者は、江戸の旗本で幕府の大目付をなさっておられる、佐々倉周防守様のご嫡男で、佐々倉荘一郎君である。我が道場と同流で、江戸は小野次郎右衛門殿に教えを受け、免許皆伝を授与された者である。それから二年の武者修行に出られ、やっと今日、我が道場に参られた。彼は旅の途中で木曽の山中で仙人……いや、まあ居合抜刀の達人に教わり、抜刀の極意を得たそうである。それを今ここで披露される。後学のため、皆よく見極めるように。では佐々倉君、よろしいかな」

「はい、では僭越ですが、居合抜刀を。初め二回、ゆっくり試技します。その後、素早く行います。では」

荘一郎、少し中腰になり、左手で鞘を握り少し外へ回し、右手で柄の鍔元をしっかり掴み、ゆっくり刀を抜き、前へ斬り払った。顔を後ろへ、右足を後ろへ引き、刀を後ろに突く。身体をまた前に戻し、刀を大上段から振り下ろす。後は静かに鞘へおさめる。もう一度ゆっくりと行い、しばし息を整え、一気に二回、居合抜刀を続けて、静かに座る。

「ふうん、なかなかの早業である。三人いや、四人斬られるか」

「師匠は初手から見えましたか」

「ああ、見えたよ、だがこちらが意識していないと、斬られるやも知れぬ」

隣に座っている宮崎師範代が、

「二回とも白刃が抜かれる寸前は見えなかったが、その後は全て見えた。右兵衛殿はどうかな」

「私も同じです、高木さん、須田さんはどうでした」

「後ろの突きから、大上段に振り下ろし、鞘におさまるのが見えましたが」

それを聞いて師匠が、

「他の者はどうなのだ、佐々倉君の居合術、見えた者はいるのかな」

誰も黙って師匠の顔を見ている。

「青木君、武田君はどうなのだ」

「いえ、恥ずかしながら。ただ、白刃が鞘におさまるところしか見えませんでした」

「左様か、他にはいないのか……ふうん！　佐々倉君の居合いで剣術の格差が分かるようだな、青木君、木太刀で佐々倉君とちょっと立ち合ってくれないかな」

「はい、師匠」

青木氏、壁に掛かっている木太刀を二本持ち、荘一郎の前に来て一本を渡し、左に座る。

荘一郎も両刀を端に置き、右に座る。

「一本勝負！　始め！」

掛け声で左右に分かれ、蹲踞して立ち上がる。荘一郎、既に無の境地に入り、静かに正眼に構える。青木氏も相正眼に構えるが、荘一郎には青木氏の息遣いが手に取るように分かる。先に青木氏から打ち掛かってくる。荘一郎、慌てず受け流す。師匠は既に、荘一郎の技量を見抜いているようだ。青木氏が二合、三合と打ってきたとき、荘一郎、青木氏の木太刀を横に払い、面に寸止めする。青木氏それを払い、胴に打ってきたが、荘一郎はそこにはおらず、空を切らす。師匠が、

「面！　一本！　お見事、いやあ、さすがになあ、両師範代と良い勝負よ。青木君、武田君、佐々倉君を居室に案内して下され」


荘一郎、青木氏と武田氏に案内され、今夜から寝泊まりする部屋へ通される。八畳の部屋で床の間があり、山水画の掛け軸が掛かっている。青木氏と武田氏は壁一つ隣の部屋で二人一組、四人が交替に泊まり込むようで、今夜は青木、須田の両氏が宿直とのこと。その隣は大部屋で、他藩の者達が十数人、住み込みで修行をしているらしい。厠や水場の場所などを教えて貰う。食事は、荘一郎は客人なので師匠や師範代と一緒と言われる。

その頃、師匠の孫兵衛と師範代二人は書斎に入り、荘一郎について話し合う。

「佐々倉荘一郎君、今は登り龍よ、儂でも立ち合いで油断すれば火傷をする」

「はい、師匠。確かにあの青木君と相対して、微動だにしませんでした」

「そなた達どちらと立ち合っても、勝ち負けどちらも痛手を受ける。いや、怪我をするのではなく、心に大きな禍根が残るということよ。そなた達が負ければ門弟達の手前、問題が残るし、荘一郎君が負ければ登り龍の頭を抑えられ、衝撃は大きく、三、四ヶ月は立ち直れないかも知れない。むろん、荘一郎君、登りばかしではなく、いつかは挫折を味わうだろう。儂の見るところ、ここ二年のうちに、それが訪れると思われる。だから、当道場で挫折を味わってもいいのだが、それでは江戸の次郎右衛門殿に申し訳ない。それよりも自然に挫折を受けたほうが、回復が早いように思われるのだ」

「では、私達は荘一郎君とは立ち合わないことにしますが、荘一郎君にはどうしますか」

「彼には、儂から話をする」


書斎でのそのような話を知る由もなく、荘一郎、背負い袋の荷を解き整理して、江戸の実家と小野次郎右衛門師匠に便りを書く。それが江戸に着いたのは十二日後だった。小野次郎右衛門師匠には、やっと名古屋の豊田道場に着いたこと、木曽の山中で隠遁していた老人から居合抜刀術を教わり、剣の極意を得られたこと、しばらく豊田道場に滞在する旨を書き送る。また、小川町の実家には、愛殿には申し訳ないが婚儀には出席できない旨を書き送る。

佐々倉家ではまた、お婆様をはじめ、皆が荘右衛門の帰りを待っている。今日は珍しく荘右衛門が早帰りで、さっそく便りを開き、読み始める。

「前回の便りから大分間が空きまして申し訳なき候。ただいまやっと、名古屋の小野派一刀流の同流で、豊田孫兵衛殿の道場へ身を寄せ候。そこでこれをしたため候……ほほう！　やっと名古屋に着いたか。前の便りでは、中山道の半分は来ていたのに」

「それにしましても、約束の二年は過ぎましたね、貴方」

「前の便りにも書いてあったではないか。……愛よ、止むを得ないな」

「私はいいのです、右京様には、荘一郎兄は出席できないと申してありますから」

「左様か、儂からも今のうちに与左衛門殿に申しておこう……さて、私は妻籠より中山道の脇道に入り候、その細道を行き、一山越えたところに仙人と思しき老人が隠遁生活をしており、その老人より、居合抜刀術を伝授され候、剣術の極意を木曽の山間で会得し候、ふうん……」

「兄上はとうとう、剣術の極意を見極めたようですね、父上。一人前の剣客ですね」

「いやいや、これからよ、さて次はどうかな……老人は私に居合抜刀術を伝授し候、その後、絶食してあの世へ旅立ち候……」

「荘一郎は師匠を亡くして大丈夫なのかね、荘右衛門や」

「後を読みましょう……止む無く下山し候、それからある村に差し掛かった折、空模様が怪しくなり、すぐに雨が降り出し、慌てて閻魔堂に入り、雨宿りをして候。そこで不覚にも夜中まで眠り候、私を見詰めている気配を感じ、半身を起こし刀に手を掛け、目を開けば、足元に全身白い幽霊が浮き申し候……何！　幽霊を見たダと！」

愛が母の玲に、母上怖い！　としがみ付く。

「大丈夫ですよ、愛、便りを書いてくるくらいですから、荘一郎は冷静に対処したと思いますよ」

「次を聞きなさい……幽霊、耳は聞こえるが話せないので、身振り手振りで成仏できない理由を聞き出し候。お寺のお坊様に依頼してお経をあげて貰い候、その夜もお坊様の子息と再び閻魔堂に寝候が、幽霊は真夜中、私に礼をするため、再び現れ候。お坊様の子息が般若心経を唱え候えば、幽霊の白い身体がだんだんと消え申し候。私の二十年間で一番の善行と思え候……」

「荘一郎は、なかなか胆力が付いたようだね。幽霊の話はよく聞くが、身内で見たなど、聞いたことがないよ、そうだろう、荘右衛門や」

「ええ、お婆様、しかし剣術の極意を得るということは、人を大きくするようですな」

荘二郎が、

「凄いや兄上は。早く帰ってこないかな。それでおしまいですか、父上」

「いや、まだある、その村を後にして、中山道へ再び入り候。ここには山間の景勝地が数多くあり、それらを見て回りながらの旅、その後、小牧、名古屋へと入り候。名古屋には我が小野派一刀流の同門で豊田孫兵衛師匠の道場がご座候えば、愛殿には、まことに申し訳なく候が、しばらく滞在し、孫兵衛殿の指導を受けたきにて候。皆々様にはよしなにお伝え申し上げ下さり候……いつも終わりは愛に謝っているが、儂には報告だけだ」

「良いではないか、無事の便りがあるだけでも。ねえ、玲さん」

「ええ、これで充分です」

これで便りは読み終わり、その後は佐々倉家、静かな夕餉となった。


荘一郎、翌日、孫兵衛師匠に直々、当道場でのしきたりについて教えられる、最後に師匠が、

「荘一郎君は今が上り調子であり、儂や師範代と打ち合いをすれば、どちらかが精神的に大きな痛手を受ける、逃げるわけではないが、それは避けようと思う。荘一郎君は次郎右衛門殿の預かり弟子で、今のままで江戸に帰したいと儂は望んでいるが、荘一郎君、分かって貰えないか」

と言い、大先輩の師匠の考え、自分に対して何か先のことが分かるのだろう、ここでの処遇については任せることにする。

最後に、孫兵衛師匠からただならぬことを聞く。

「これから二年の間で、大きな挫折を受けるだろう、だが荘一郎君は、いずれ立派に立ち直

る」

　とも言われ、荘一郎、挫折を受けることを知ったが、常時、平常心。今はそれを頭の隅に追いやる。

　荘一郎、道場に出て幼年組の指導にあたるが、他に青木氏ら他三人が指導にあたっているので、端の方で打ち合っている二組を見ていることになる。一組は互角に打ち合っているが、もう一組は、明らかに差があり過ぎる。というより、竹刀の重さに負けているのだ。荘一郎、二人を止めさせて聞く。

「君は幾つかな」

　と背の大きい方に聞く。

「僕は十一歳」

「君は？」

「僕も十一歳」

　小柄な方は頭一つとはいえないが、それに近い上背の差がある。

「二人は、生まれたのはいつかな？」

「僕、二月」

「僕、十一月」

「ふうむ、分かった、稽古を始めていいよ」

十年の年月では、九ヶ月の差は追い付かないのか。しかし、私はいつの間にか皆を追い抜いて、十五の歳には普通の大人と同じ上背になっていた。だが、この小さい方の少年は父親から授けられた竹刀だろうが、明らかに長過ぎる。身体に合っていない。大きい方の少年に、ぽん、ぽんと面や小手などを打ち込まれているが、受けが間に合わないのだ。今は十一歳弱、当道場に来ているのに、身体に合わない竹刀を遣わせているのには、何かわけがあるのだろうと荘一郎は考え、二人から離れて青木氏に聞きに行く。

「青木さん、一寸よろしいですか」

「ええ、何か?」

「あの、一番端で打ち合いをしている二人、小さい方の少年は、明らかに竹刀に負けていますが、ご存じなのですか?」

「ああ、確かに、あれは長過ぎますね。いや、今まで気が付きませんでした、あれは良くない、短いのに換えるよう、申し伝えましょう」

「親御さんをご存じなのですか?」

「ええ、私と同じ書院番の先輩のお子ですから。しかし見栄を張ったのかな、でもよく気が付いてくれましたね」

「いいえ、他にもいますが、ほら、反対の隅でやっている身体の大きい方。あれは、もう少し長めの竹刀を遣わせてもよろしいかと思いますが」

「ああ、確かに、目の付け所が違いますね。これからも何か気が付いたら知らせて下され」

この幼年組には、師匠や師範代はめったに顔を出さないようだ。荘一郎、青木氏にはできるだけ毎日早い時刻に出て、幼年組の稽古を指導するのを約束する。多分、荘一郎が道場に入る前には基礎の稽古は終わっていて、今日の稽古は打ち合いで終わりのようだ。幼年組、二十五組の打ち合いを全体的に見ても、指摘点は目に付くが、今日のところは黙っていよう。他人に注意されるのは嫌なものだから……と、荘一郎は思う。


翌日から荘一郎、客人というより、住み込みの者達と同じに寝起きし、食事も同じにして貰うよう、師匠に願い出るが、食事はいいとして寝起きする部屋はそのまま使用しなさいと言われる。その後、道場に出て、幼年組と十五歳までの少年組の指導にあたる。今日は青木氏と武田氏は出ておらず、四人のうち二人は初めて見るが、他の二人は昨日も荘一郎と共に午前中、指導していた。初めて見る二人が荘一郎のところに来て、挨拶される。

「私達は午前中、指導を任されている者です。青木、武田氏同様、皆伝を得ています。私は尾張藩の加納と言います。よろしく願いますよ」

「私は周防徳山の三木です。よろしく。ただ、あと一ヶ月もすれば徳山に帰りますよ」

二人とも三十歳は過ぎているようだが腕はどうか。

「こちらこそ、あの、私の父が周防守を名乗っています。何かの縁、よろしくお願いします」

「いやいや、昨日は早々に指摘されたとのことで、青木氏が申し送り帳に、佐々倉殿は目の付けどころが違うとも記してありましたよ」

「私は余計なことを申したかと、内心、心配していましたが」

「いやいや、そのような気遣いは無用です。当道場で良い門弟を育てるのが一番、これからもご意見を賜りたい」

そのようなわけで、高弟達と打ち解け合う。あとは住み込みの者達と一緒に食事をすることで打ち解け合うように心掛けようと思いながら、少年組の乱打を見る。やはり五十人くらいはいるようだ。確かに午後の青年、壮年の者を合わせれば、門弟二百人はいることになる。少年達はほとんど目録のようだが、中にはなかなかの遣い手の者も二、三人はおり、本目録下にしてもいいと思うがどうなのか。師匠の説明だと、目録前、目録、本目録、皆伝の四階級だそうだが、上中下はないようだ。しかし、あの三人は上に上げて打ち合わせたほうが、上達が早いと思うのだが。あとで加納、三木氏に聞いてから、師匠にお伺いしようと決める。

その後は住み込み組と共に、食堂で昼餉を食する。加納氏と三木氏も一緒で、他に十八人いる。彼らはほとんど西国藩の重役の子弟達で、因幡、備前、備中、長門、筑前、肥後や四国の讃岐、阿波などから、参勤交代で山陰、山陽から大坂を経て東海道を下り、名古屋を通って江戸へ行く道筋で、この小野派一刀流の豊田道場へ、自分の子弟を剣術修行に預けているのである。むろん、江戸にも道場は多くあるが、やはり青森、秋田、盛岡、仙台、新発田《しばた》、長岡等、奥羽、北陸などの子弟が多い。江戸の小野道場にもそれらの藩の子弟はいたが、荘一郎の今回の日光から甲州街道の甲府、中山道の塩尻、木曽の福島などから来ている同僚はいなかった。

夕餉も同じで、支度と後片付けは女衆にして貰う。惣菜は香の物、梅干、それにここは海に近いので、海苔、魚の干物がつく。ご飯や味噌汁など、各自とりそろえて食する。その後、道場へ行き、壁際に皆、正座して四半刻弱座禅をしてから、素振り、相手を見つけての手合わせを行う。荘一郎も小野派一刀流の型を一通り素振りし、それから居合抜刀の素振りを始めたら、皆、荘一郎の近くに寄って来て眺める。辺りは暗く、蝋燭の明かりだけなのでよく見えないらしい。荘一郎がやっと素振りを終えたので加納氏が聞く。

「今のが、木曽の山中で習得した抜刀術ですかな？」

「はい、そうです。白刃が見えましたか？」

「いや、見えなかった。鞘におさまるところは分かるが、途中は駄目だ、三木氏は？」

「私も同じだ。何回くらい抜刀したのかな？」

「私も分かりません」

「ええ！　分からない？　なぜです」

「無意識の境地に入りますと、刀の動きは遅いのです。自分の感覚では、十回くらいしたかどうかです」

「ふうむ、少なくとも百、いや二百回くらいしていたように思うが。そうだろう、皆！」

皆、黙って頷く。三木氏が、

「それでは佐々倉君、自分の動きがゆっくり見えるということは、相手の動きもゆっくり見えることになるのかな？」

「ええ、そういうことになります」

他の者から、

「それでは、佐々倉さんも相手も同じゆっくりなら、相打ちになるのでは？」

「はい、むろん、相手も私も同じ境地に入っていれば、そのようになります」

わはは、と加納氏が笑い、

「そなたと佐々倉君が相対したとしても、ゆっくりの差が違うから、相手にならないよ」

「ところで加納さん、今日の少年組の稽古を見て、中に三人ほど、本目録にしてもいいと思うのですが、進級はないのですか」

「うん、進級は年一回、師匠の立ち合いで行う。まあ、随時行うということもあるが、師範代に聞いてみますかな。それとも、佐々倉君が師匠に直接聞きますかな」

「私から、聞いてみましょう。他に左利きの者も何人か見かけますが、今のままの稽古で良いのかどうか、少し疑問に思ったものですから」

「いいでしょう、あとで師匠の意見を聞かせて下され」

「はい、ではさっそく師匠に聞いてみましょう」

翌日、荘一郎は師匠の前に行き、意見を述べる。

「昨日、高弟の加納氏に聞いたのですが、進級は年一回だそうですが、少年組に本目録にしてもいいと思う者が三人いますが、途中の進級は、ないのですか」

「ほう……荘一郎君が見て目録から三人も上げよと言われるか。江戸ではどうなのかね」

「はい、江戸の道場でも進級は年一回ですが、明らかに上達が著しい者は、師範代が見て師匠に進言して、次郎右衛門師匠の確認のうえ、進級させます」

「うん、左様か、当道場もそのようにしたほうが良いと言われるのかな」

「いいえ、あくまでも私の意見です。ただ、そのほうが当人にとって良いかと思いましたので。それから、もう一つ気が付いたのですが、幼年組、少年組に何人か左利きの者がいますが、師匠はどう思いますか」

「そうさなあ、確かに右利きの者よりは皆伝をとる者は少ない。結局、上達が遅れるがためなのだろう。ただ、左利きの者には器用な者が多く、伸びる者は上達しているが」

「左様ですか、少年や青年組になってからでは遅いでしょうが、幼年組のとき、竹刀の握り手を変えれば、上達が早いのではと思いましたので」

「いや、ご両親が何と言うか、小さいときから箸の使い方など、右手で持つように躾けされているし、それに戦国時代なら両刀を右腰に差してもよかっただろうが、今は泰平の世、それはなるまいて」

「分かりました。また何か気が付きましたなら、お伺いしてもよろしいですか」

「ああ、構わぬ。いつでも来なされ」

荘一郎、自分が弟子をとるようになり、左利きの者が来たら、親御さんに了解を得て、試してみたいと思う。ある流派には小手を狙うとき、右手親指を斬る手があるそうだが、それだと確かに親指は筋、つまり神経を切断され、刀を握れなくなる。しかし左手が鍔元にあれば、親指は斬られても筋通りなので神経は完全には切断されずに、血は出るだろうが、刀は握れると荘一郎は考える。いずれにしろ、特別な剣士になるだろう。それなら、あの宮本武蔵の二刀流も特別だったわけで、何事も初めてのことは特別扱いされるのは、止むを得ないと思う。そのことは荘一郎自身の今後の課題にしようと思った。

それからもことあるごとに師匠には色々と意見を具申し、また言葉で師匠より適切な指導もされた。


荘一郎の日課は、午前中は幼年組と少年組の指導、午後は青年、壮年組、また、ときには高弟達と手合わせを行い、寝る前の素振りで一日が、あっという間に過ぎてしまう。そのような毎日を過ごしていたある日、宮崎師範代から、

「これから二日間、目録前と目録の者の進級審査を行う。その後、本目録の二人、尾張の加藤君と小浜の小田君の三日間の立ち切り稽古を行う。本目録以上の者は、立ち切り稽古の相手をして貰う。できるだけ大勢の方がいいので、今から極力準備しておくように」

さっそく荘一郎の意見を、師匠が採用してくれたようだ。目録前からは十二歳の二人が目録に、目録から十五歳の三人が本目録に進級した。

次の日から、加藤氏と小田氏の三日間の立ち切り稽古に入る。見所には師匠、両師範代、それに荘一郎の四人が交替で詰める。師匠は辰の五つ（午前八時）から巳の四つ（十一時）と、戌の五つ（午後八時）から亥の四つ（十一時）までの合わせて三刻（六時間）、その後を宮崎師範代が、午前の巳の四つから昼の未の八つまでと、夜の亥の四つから丑の八つまでの真夜中、次が荘一郎で、午後未の八つ（二時）から申の七つ（五時）までと真夜中の丑の八つ（二時）から寅の七つ（五時）まで、最後が右兵衛師範代で、夕方申の七つから戌の五つまでと暁の寅の七つから朝の辰の五つまでで、四人とも、それぞれ三刻を見所に詰める。それに荘一郎は加藤、小田氏が小野派一刀流の型を剣修するとき、どちらかの相手をするので、立ち切り稽古をする当人達と変わらぬ苛酷な試練である。それからあの刃物研ぎの美濃屋の師匠と丁稚に、二日後に免許皆伝の立ち切り稽古があるから、道場へ来るように連絡する。

初日からの立ち切り稽古は、辰の刻（午前八時頃）師匠の合図で、加藤氏と小田氏がそれぞれ本目録以上の者と申し合わせ、攻めと受けの打ち合いをする。本目録以上の者達は、六十人以上は詰めている。従って十人一組で、六組が二人にそれぞれ三組ずつ、三交替で当たる。相手する十人は、一人が四半刻（三十分）もしないうちに交替して、次々とかわるがわる、加藤、小田氏に打ち合うのである。

見所の師匠から、乱打始め！　の号令で乱打を始めるが、相手する方は車掛かりに攻めるので、加藤、小田の両氏は相当に疲労する。その後、小野派一刀流の型を剣修する。相手の面や小手、胴に寸止めするのだが、二日目、三日目になると、木太刀の振りが両氏とも緩くなり、寸止めできずに相手に当ててしまうので、相手するほうは防具を着けざるを得ない。ただ、荘一郎は最後まで防具を着けず、当たっても痛くない程度に身体を少し外した。

相手するほうは、一日二刻（四時間）の休みがとれるが、当人二人は、重湯を飲むときと厠に行くときだけ木太刀を置くが、それ以外は全て、道場で木太刀を握って立ち切り稽古である。さすがに三日目から、二人とも意識朦朧として、木太刀のさばきも緩慢で、足運びもよれよれである。しかし二人とも何とか、四日目の朝を迎えることができた。師匠が見所に入り、二人に小野派一刀流の型の剣修を行い、初めから最後まで、間違いなく振り合うのを確認して、立ち切り稽古終わり！　の声で完了となった。二人は、寝不足と疲労でその場に崩れるように倒れ込む。師匠より、

「明日、巳の刻に進級の認定式をこの場で行う。皆、その積もりでいるように」

皆、加藤氏と小田氏の二人を部屋へ担ぎ込み、身体を裸にして汗を拭き取り、着替えさせて寝かしつける。

皆に乱暴に扱われても当人は目が覚めず、翌日の朝になっても目を覚まさないので、また皆で叩き起こし、重湯を飲ませてから、正装させて道場へ連れて行く。見所の中央に孫兵衛師匠、両師範代が左右に控えており、また進級者の親御さんや、それに尾張藩と小浜藩の重役も居並んでいる。小浜藩の重役への連絡が付き次第、この立ち切り稽古を行ったようだ。

荘一郎は見所より一段下りた端に座る。両壁と後方には幼年組も含めて全て参加しているので、道場内に入れない者もいる。見所の前に七人並び、初めに各進級五人の認定書を師匠が一人ずつ手渡し、その後、小野派一刀流の免許皆伝の認定の巻物を加藤、小田両氏に手渡し、認定式が厳かに終わる。それから、部屋の板戸を外した大部屋で祝賀会となった。酒の飲める者は無礼講で飲む。そうでない者は、外から取り寄せた料理をわいわい、がやがやと騒がしくも楽しく食する。

師匠も少し酒を飲んだのか、赤い顔をして小田氏に話し掛ける。

「どうかな小田君、この際、一度小浜へ帰ってみてはどうかな」

すると小浜藩の重役が、

「今は、殿は江戸におわすが、ご家老には一度、挨拶しておいたがよいぞ」

「はい、左様に致します」

「加藤君も少し休養しなさい」

「ありがとうございまする。それでは小田氏について行って、京都辺りを見てきましょう」

今度は尾張藩の重役が、

「それでは藩として免許皆伝の祝儀を出そう。旅費代くらいのな」

「ははあ！　かたじけなく存じ上げます」

「佐々倉君もどうかね、二人と共に京都等へ旅をしては、今回の立ち切り稽古では、充分世話になったしな」

「はい、願ってもないこと、加藤さん、小田さん、よろしいですか？」

「いやあ、佐々倉君が一緒なら、こちらこそですよ、なあ小田君」

「むろん、歓迎ですよ」

そのようなわけで、数日後、三人で京都へ旅立つ。今は八月下旬、朝、涼しいうちに道場を出る。

京都見物から帰ってから、豊田道場に二ヶ月間滞在して、荘一郎はますます剣の自信がついたので、江戸への旅立ちを決意する。その江戸へ旅立つ前に、七回目の便りを江戸の実家と小野道場へ出す。小野道場へは三ヶ月間、孫兵衛師匠をはじめ、師範代や道場の仲間から手厚い持てなしをされたこと、師匠の計らいで伊勢や京都奈良へ、道場の者と旅行をさせて貰ったこと、また孫兵衛師匠に連れられて尾張藩主宗勝様に謁見したことなどを、したためる。


　実家に荘一郎の便りが着いたのは、愛と三田右京との婚儀が終わった十月初旬であった。荘右衛門は気が抜けて、職務にも実が入らない時期だった。

「久し振りの荘一郎の便りだが、愛がいないのは、張り合いがないな」

「貴方！　何を言いますか！　愛には荘二郎が知らせればいいでしょう」

「そうだよ、荘右衛門、早く読んでおくれ」

「はい、はい、では読みますよ……今は十月、少し肌寒き季節となり候、皆々様いかがお過ごしにて候や、愛と三田右京殿との婚儀、滞りなく済み候と思い候。さて七月に名古屋に着き、豊田道場にて三ヶ月も滞在し候、孫兵衛師匠より、私のことを今は登り龍とのお墨つきを賜り候……ふうむ、豊田師匠から認められたか……一日の日課は、午前は幼年少年組の指導、午後からは青年、壮年、高弟の方々と手合わせし候、夜寝る前に、道場で蝋燭の明かりの中、一刻あまり素振りし候なり。このときは師匠、師範代、高弟、住み込みの者を合わせて二十人以上が素振り、または相手を見つけ、手合わせし候。このときは師匠より適宜な指導を受け候なり、食事は、住み込みの者、因幡、備前、長門、筑前、讃岐等の藩の重役の子息と共に食し、互いに気心が知れ申し候。むろん、尾張藩の者多くご座候へば、毎日が充実し、満足し、長逗留に相なり候。また八月には、伊勢松坂の者と伊勢大神宮へ五日を掛けて参拝し申し候。道の行き帰りに、白装束で身を包みし大勢のお伊勢参りの者達と出会い申し候……」

「あの荘一郎が、お伊勢参りをしたというのかえ」

「その通りですよ、お婆様。多分、私達の代理で行ったのでしょう」

「まあ、それが当たっているだろう。さて、次を読むよ……九月には孫兵衛師匠より充分な旅費代を賜り、門弟で八月に免許皆伝を受理された者二人、一人は尾張藩士の加藤氏、もう一人は小浜藩士の小田氏で、私より二、三歳年上の方、二人とも上司より祝儀を頂き、三人、懐ぐあいが良く、京都、奈良を旅し候……儂も行ったことがない、京都、奈良へとなあ……」

「羨ましいなあ、兄上は。私も兄上が帰って来たら旅に出さして下さい、父上！」

「そうよなあ、だがお前はどうなのだ、免許皆伝は貰えそうなのか？」

「いえ、まだです、二月に本目録になったばかりですから」

「まだか。荘一郎は、今のお前の年には皆伝を得ていたが……まあ、先を読む。京都へは亀山、草津、大津を経て入り候。京都では剣術道場へは行かず、もっぱら神社、仏閣を五日間掛けて見て候。金閣寺、銀閣寺、清水寺、本願寺、知恩院、八坂神社、嵐山など、見て回り候。

その中、清水寺では一つの事件あり候。両脇茶屋や土産店の並ぶ東大路を大勢の参拝者が行き交う中、仁王門、三重の塔、本堂の清水の舞台から京都の家並みを一望し、音羽の滝から再び清水の舞台を見上げて、よくもこのように木材を組み上げたものだと感動して候、大勢私と同じように感動して見上げている中に、違和を感じる芸者か何かの夫婦者がいるのに気付き候。女は菅笠を持っていて背に三味線を袈裟がけに背負っており候、男は背負い袋を背負っていて、やはり編笠を持っているが、目があちこち鋭く動いており候。私、常日頃、父上より雑踏の中の異常に注意せよと言われしことを思い出し、この夫婦の異常を認知し候……ふうむ、儂の訓戒を覚えていたようだな……同僚の二人に小声でわけを話し、後をつけ候。本堂、三重の塔と戻りし候が、何もなき候。

さて仁王門を出たとき、前方から大店の主らしき者、お内儀、店の者三人連れてきて候。例の三味線を背負った女が脇を見ながら大店の主にあたり候。女しきりに詫びてその場を離れ候が、大店の主が手を掴み、何をする！　儂の財布を返せ！　と怒鳴り候。女、悪びれもせず、私が脇見をして貴方様にあたりましたが、私が何をしたと申すのですか！　と言い候。その場は大店主従と女を大勢の参拝者や茶屋の者が遠巻きに見て候。そのうち、見回りの役人が来て取り調べるが、確かに大店の主の懐には財布がない。お内儀が間違いなく出かける前に主が財布を懐に入れるのを見たと証言し候。しかし、女の身体には財布が見つからず、役人二人、大勢見ている中、相談し候が、どうしたものかと思案し候。

私は全て見通し候。連れの男がこの状況を離れて見ているところに同僚と行き、私が背後から左手で首を押さえ、右手で男の懐から財布を取り出し候。加藤、小田両氏が男を両脇から押さえ、役人の前へ連れて行き、私が大店の主に財布を見せ候。すると、あ！　それが私の財布だ！　と叫び候、役人に皆、番屋まで来て貰いましょうと言われ候。番屋で事情を説明し申し候、女が主の懐から財布を取り、男に手渡すところをはっきり見え申したと言い候、役人、大店主従には特に感謝され、拙宅までおいで下されと言われ、もう一度清水の舞台を見て、大店まで同道し、二日目から宿をこの、京都でも一、二を争う呉服の大店にて、厄介になり候……しかし何だな、荘一郎は悪の道に入らず、世間から良いように見られているようだな……」

「貴方！　何を言いますか！　貴方の息子ではありませんか！」

「わはは、分かった、分かった。確かに荘一郎は儂の息子だ……先を読むぞ、しかし、今回の便りは長いな……京都を去るとき、小浜の小田氏とはここで別れ候。加藤氏と二人、奈良へと向かい候、途中、宇治の平等院を参拝し、奈良へと入り候。法隆寺、東大寺、薬師寺等を三日も掛けて見て回り候。さすがに奈良、歴史あるところ多数にて候。その後、柳生の里へと二人のんびり歩を進め候、田や畑から林道を進み、柳生館が見え出し候。その道から、数人の者より前後左右つけられし候。柳生館の前に着き候えば、私達二人、樵のような者十数人に囲まれし候。殺意はなき候が、こちらが刀に手を掛ければ、すぐに襲い掛かる体勢にて候。多分、身の熟《こな》しから伊賀の忍者と思しき候。

加藤氏が自分達の身分姓名を名乗り、柳生当主に一目、お目に掛かりたい旨申し候へば、一人が門に入りしばらくして、一人の三十歳代の男と出て申し候。彼の者、柳生道場の師範代とのこと、その落ち着き、立ち居振る舞いを見て、相当に剣の達人と見申し候。今日は師匠が不在で、離れ座敷で師範代と二人の高弟、そして私達二人と茶を飲みながらの剣術談義をし申し候。師範代より私について申し述べ候、貴方は小野派一刀流を修めしが、その後の修行で剣の極意を修め候やと言われ、気で圧倒され候……ふうん、荘一郎、気での立ち合いをしたようだ、さすが柳生流だけのことはある……現当主は、柳生流祖の石舟斎、子の厳勝様の尾張柳生宗家で数えて七代目だそうで、荘一郎の前にいる師範代が八代目になるとのこと。さすが師範代、私の技量より数段上の方と会えて、自分の未熟さを実感し、更なる目標を得申し候。師範代より、何年後か分からぬが、こちらに来たときは、必ず立ち寄り下されと言われ候。私からもそれを約し、柳生を後にして候……」

「柳生の道場では、荘一郎は立ち合いを遣らなんだのかえ、荘右衛門や」

「はい、お婆様。しかし荘一郎は充分に、実際に立ち合ったのと同じ結果を得ていますよ」

「まだ先があるのでしょう、父上」

「ああ、もう少しな……さて、名古屋の豊田道場へ帰り、孫兵衛師匠に大変お世話になりました、これから江戸に向かいたいと申し候。すると、師匠がそれでは明日お城へ行き、藩主に会わせましょうと申され、名古屋城に上がることに相なり候。当日、辰の刻、孫兵衛師匠に連れられ、二の丸に上がり、尾張藩主徳川宗勝様に謁見し候……ほほう、真にお会いしたようだ……」

「でも、父上は尾張様には大城でお会いしているのでしょう」

「いや、尾張様には大城でもめったに会わないが、会ったとしてもこちらは平伏するのみだから、お顔は拝見していない。荘一郎は幸運なことよ……床の間に藩主宗勝様と刀持ち、一段下りて左手にご側室らしき二人とそれぞれのお子、それに付き女中、右手に家老と重役二人が居申し候。結局、私の二年の武者修行が聞きたきにて候、私の旅、江戸を旅立ち、日光東照宮を参拝して奥社の扉を開けて貰い、宝蔵に着きてと申し候へば、宗勝様よりお言葉がありな候。

しばし待て、姿勢を正すと言い、胡坐から正座におなり候、一同の者もそれにならい候……やはり尾張徳川よ、神君家康公の墓前のこと、姿勢を正すは尾張様とて当然のこと。我らも正そうぞ……宝塔に向かい、私は徳川家の安寧のため、終生尽力することを誓い、東照宮を後にした旨申しましたら、また宗勝様が元の胡坐に戻しながら、お言葉があり候。そなたは若いのに殊勝な心掛けである、ところであの陽明門は見たであろうなと言われ、あの匠の彫刻の技には圧倒されましたと申し上げ候。宗勝様、何度も頷きにて候。

その後、深谷の道場、甲府の道場のことを話し候。それから木曽の山中で仙人に会い、居合抜刀の極意を伝授されたことを述べ候。ご側室の一人から、真に仙人でしたのと言われ、皆、笑い候。ただ、宗勝様は、いや、この若さで剣の極意を得たのは、やはり仙人だったやも知れぬと申され、皆頷き候。宗勝様の聞き手上手さに感じいり候。

さて、山里の閻魔堂の幽霊の話のところでは、ご側室様など女衆は、怖いと申されしが、実は一番聞きたきにて候。私の話は終わり、宗勝様より労いのお言葉と一振りの脇差を賜り候。その後、別室にて昼餉を馳走になり候、その際、宗勝様よりお言葉があり候、江戸の大城で周防守に会ったら、良き息子を持っておると声を掛けようぞと申され候、その際は、何卒お父上、今日のお礼を申し上げ下さり候。宗勝様より頂き脇差、この便りに同封してお送り候へば、よしなに保管願い奉り候。それからこれは、お父上にお願いの儀あり、お聞き下され候。屋敷裏、厩の隣の空き地に、私達が剣術できる道場を建てて下され候や。さて、これより江戸へと向かい候えば、便りはこれにて最後と致し候。江戸での再会を楽しみに、皆々様によしなにお伝え願い候……。やっと終わったが、これで遅くとも暮れには帰ってこよう。

道場を建ててくれとな、まあいいか、裏の内藤殿にうるさかろうから、お許しを得ておこう。まあ、やっとこれで荘一郎、小野道場の仲間にも会えようというものよ……」

「でも父上、兄上の友人で仙台伊達藩士の中村さんと秋田佐竹藩士の草薙さんは、両人共皆伝を得て国表へ帰って、今は江戸にはおりません。ただ、西川鎌太郎さんには明日にでも道場で話しておきます。それと、斉藤小三朗さんにも愛のところへ行ったついでに知らせて来ます」

「それと何だか、芝居の者達も、荘一郎が帰ったか聞きに来たそうではないか」

「ええ、私が会いましたよ。三益屋源平衛さんと三吉、奈緒さん夫婦、それと綾さんの四人が来ました。今度、浅草で一ヶ月芝居をするそうで、私に是非観にきて下されと申していました。ただ、綾さんは元の芸者に戻ったようですけど」

「左様か、お婆様どうです、気晴らしに玲と芝居など観てくれればいかがです」

「そうだね、たまには表に出るのもいいかねえ、玲さんや」

「ええ、女だけで行きましょう」

今の佐々倉家は、家来も二年前よりは新顔が増えているので、道場は必要である。

帰路

さて荘一郎、明け六つ（午前六時頃）名古屋の豊田道場を後にして江戸へと旅立つが、まず熱田神宮に参拝してからとする。この熱田神宮と豊田道場は目と鼻の先、三ヶ月近く滞在していたのに、いつでもお参りに行ける安心感からか、一度も行かなかった。

むろん、この熱田神宮は戦国時代、あの織田信長が清洲城に居を構えていたとき、永禄三年（一五六〇年）五月一日、駿河の国主、今川義元が二万強の軍勢を引き連れ京都へ上洛するため、この尾張へ向かったという知らせを受けた。尾張勢の動員はいかに頑張っても、四千強がいいところ、信長の心境はいかなるものだったか。荘一郎個人としては、一人対互角の五人と相対峙したときと同じなのか、囲みを破るには、五人の中で一番弱そうな者を見極めて斬りつけるか、連係の弱そうなところを突いていったん逃げ、反転して攻撃に出るかなどが考えられるが、信長としては、性格的に籠城は頭になかったであろう。それなら生きる道は奇襲しかなく、いつ、どこで、いかようにするか、情報を集めての結果、今川の中軍が細長く延びたところ、田楽狭間から桶狭間にかけてであり、ときは五月十九日払暁《ふつぎょう》、出陣の法螺貝を吹き鳴らし、清洲城の門を開き、この熱田神宮に集まり、戦勝祈願をして出向いたわけである。信長としては、人事を尽くして天命を待ち、いざ、出陣したのだろう。

荘一郎としても豊田道場主、孫兵衛師匠に、二年の間に挫折を味わうであろうと言われたが、荘一郎自身の旅の最後の詰めとして、江戸まではこのまま無事の状態で帰りたいと思い、旅の安泰を熱田神宮に祈願して旅立ったのである。今は、東海道は参勤交代で大名が通るので、道は整備され、人通りも多い。桶狭間も過ぎ、まだ日のあるうちに、池鯉鮒《ちりゅう》(現知立市)の宿に泊まり、翌日は岡崎に泊まる。

岡崎城、今は譜代大名、水野氏五万石が支配している。むろん、神君家康公の誕生の城であり、信長によって今川義元が滅ぼされたことにより、家康公は公然と岡崎城に入り、今川家とは縁を切ったのである。二の丸は家康公の誕生曲輪でもある。むろん、剣術も盛んで道場は四軒あったが二軒は断られ、他の二軒のうち、神道流松本道場で五日ほど滞在して岡崎を後にする。

藤川宿、赤坂宿、御油宿の松並木路を過ぎ、吉田宿（豊橋）で宿をとる。剣術道場らしきものはあったが、夜の素振りのみで休養して、翌日早めの旅立ち、二川宿、白須賀宿を過ぎたら、左手に浜名湖が見えてきた。新居の関所を無事に通り過ぎ、浜松で泊まる。遠州浜松藩は、譜代大名松平信祝が治めている。戦国時代、家康公は岡崎から浜松に移り、元亀三年（一五七二）三方ヶ原で武田信玄に敗れ、家康公が九死に一生を得て逃げ込んだ城が、この浜松城なのである。ここでも剣術は盛んで、道場は数軒あったが、小さいが無外流の道場があり、そこに厄介になる。無外流は、甲府の植村道場では何日も世話になったので、親しみやすく思う。ただ、この矢部道場主は、植村師匠を知らないそうだ。荘一郎、矢部師匠と気心が知れて数日間、門弟の指導にあたる。


十月に入り、次へと荘一郎旅立つ。袋井宿で泊まり、翌日朝早いうち、遠州掛川を過ぎ、日坂宿に向かうなだらかな登りの山道を歩いていたら、後ろから数人の侍が荘一郎を追い抜いて駆けて行く。最後の一人が荘一郎の右肩に当たり、よろけながら駆けて行く。、荘一郎、咄嗟に叫ぶ。

「待ちなさい！　無礼であろう！」

よろけながら、侍は後ろを向いて、

「うるさい」

と言って、駆けて行った。荘一郎もその後を追う。多分、荘一郎の背に背負い梯子に砥石道具が括り付けてあるので、農民か何かと見間違えたのだろう。しかし、うるさい！　とは聞き捨てならない。

少し駆けるうち、先の方で、ちゃりん、ちゃりん、と刀の触れ合う音がしていて、数人が白昼なのに、路上で白刃を抜いて斬り合っている。旅人が道を塞がれて通れないので、遠巻きにして見ている中、荘一郎、それらをかき分け、前に出て、先ほど肩に当たって行った侍に、

「うるさい！　とは何事です！」

と言い、杖代わりの木太刀で侍の肩を打つ。

「何をする！」

と言いながら、振り向きざま、刀を荘一郎に斬り掛かってきた。荘一郎、一歩後退して白刃をやり過ごし、木太刀で侍の左手を打ち据える。相手はたまらず刀を落として、うずくまる。すぐに別の侍がものも言わずに斬り掛かってきたが、同じく身体をかわし、今度は右手を打ち据える。そして、やっと状況が見えてきた。まだ二人の旅姿の侍に四人が向かい合っているが、旅姿の侍の一人は、右腕の着物が裂けて血も出ている。それをもう一人の旅姿の侍が庇いながら、四人に対峙している。彼の者、相当に剣はできるようだ。四人の中の侍も

一人、右足の袴が裂けて、やはり血も出ていて今にも倒れそうだ。荘一郎、意を決して、

「理由は分からぬが！　旅の者が通れなくて迷惑している！　もう刀を引きなさい！」

一同、いっせいに荘一郎を見るが、二人の同僚が手を押さえてうずくまっているので、三人の侍が三人を庇いながら、無言でその場を引き返して行った。残った旅姿の侍の一人が、手傷を負った同僚の傷の手当てをしている。道が通れるようになり、旅人が恐る恐る行き交う。

「どうです、傷は？」

「ああ、かたじけない、私は掛川藩士、及川亭と申します。同じく、河合竜太郎です。なぜ、ご助勢を？」

「はい、私は江戸の旗本の嫡子、佐々倉荘一郎と申します、敵対したあの者の中に、私の肩に当たりながら駆け過ぎて行った者がありましたので、たまたま、貴方がたにご助勢になった次第です。とにかく河合さんの手当てが大事でしょう」

「はい、この先に日坂の宿があります。そこで休みましょう」

日坂宿では、まだ昼前だったが、侍が手傷を負っているので入れて貰う。三人一つの部屋に通される。女中に水と酒を持ってきて貰い、河合氏を裸にして、傷の手当てをする。傷はそれほど深くなく、さらしを巻いて済む。着物は女中に縫って貰う。三人急に腹が減ってい

るのに気付き、女中に茶を頼み、各自の握り飯を食べる。その後、河合氏は、疲労と安堵したのか眠そうなので、夜具を敷き寝かせる。それから荘一郎、及川氏から事情を聞くことにした。

「実に恥ずかしい話ですが、我が掛川藩五万石、譜代でお家騒動だなんて……」

「いや、他人の私に話したくなければ、無理に話さなくてもいいですよ。それより今後、どのようにしますか。まず、この河合さんをどうにかしなければ」

「はい、この河合君はご城代家老の嫡子で、江戸におわす殿には信頼されているのです。ご城代は、今年の二月頃から風邪をこじらせ、今も寝たきりです。そこにつけ入り、次席家老の小堀殿が、側室のお由殿と結託して、そのお子を次の藩主になさろうとしているのです」

「しかし、江戸におはす藩主は、確か小笠原長煕様ではないのですか？」

「はい、いえ、ここのところ、お身体を悪くしているようで、それに……まあ、貴方にはこのたび、助けて頂きましたので、何もかもお話ししましょう」

「及川さん、私も打ち明けますと、実は私の父は、幕府の大目付の役に就いています」

「ええ！　幕府の大目付！」

そのように言って、及川氏はまじまじと荘一郎の顔を見詰める。

「ただ、父は大目付に就任したのが二年前で、担当は東北方面の外様大名なのですが、話には対応してくれると思いますよ」

「分かりました、何もかもお話ししましょう、江戸にご正室様の嫡子、長康様と長友様がおわしますが、次代藩主の長康様は、今年三十二歳になりますが、お身体が優れず、臥せがちです。長友様は間に姉が二人おりまして、今二十歳ですが、利発でしっかりしているのですが……」

「それで、側室のお由殿の御子は？」

「はい、達者な御子です、康成様、御年二十八歳、文武両道確かです」

「でも、貴方がたはご正室の嫡子長康様を擁護したいと考えているのですね？」

「はい、長康様は掛川藩の正統な藩主継承者ですし、その旨、幕府に届けしてありますから」

その他、及川氏は色々荘一郎に話をした。掛川には道場が三軒あるが、一番多く藩士がいる道場は次席家老派で、及川氏や河合氏が通う道場は藩士が少ない。後の一つは町人らが通っているとのこと。お城ではご重役方は、まだ完全には二分されていないらしい。このたびのように、江戸に人を派遣しようと二度敢行したが、露顕して失敗した。そのうち一人は、重体であるらしい。向こうの首謀者は次席家老であるが、こちらはご重役方の一人らしい者が、河合城代家老の意を汲んで束ねているようだ。及川氏、その名は明かさなかった。そして、江戸の藩邸でも、江戸家老、重役方はどちらにかまだ定まってはいないらしい。

荘一郎が、今回はなぜ昼間敢行したのか疑問に思ったので聞きただしたら、前回の二回とも深夜敢行したが失敗したので、まさか昼間人通りが多いところで襲ってくるとは思ってもみなかったと言う。

ただし、今回は相手の顔を見ることができた。だが顔を見たことはあるのだが、名は二人しか知らないという。とにかく河合氏は、初めての白刃による斬り合いで、しかも手傷を負っているので、江戸への旅は無理である。ひとまず、昨夜潜んでいた農民の家に、夜、移動する。ただし荘一郎はこれからも隠密に行動したいので、名を鈴木主水にして貰い、佐々倉荘一郎の名は河合城代家老と重役の四人だけに明かすものとする。この農民の家で、江戸の父と便りのやり取りをすることにしたが、やはり、名は鈴木主水宛てにして貰う。そして、江戸の父上に掛川藩、国表の状況を書き送った。


その後、及川、河合の両氏は掛川の実家に帰ったが、二日に一度、両氏からの繋ぎがある。父へ書状を出してから二十日過ぎた頃、父より飛脚便が届いた。それによれば、大目付譜代担当の山城守に相談して、掛川藩の家老と重役二人を大城へ呼び出し、老中井伊掃部頭《かもんのかみ》様首座のもと、若年寄二人、それと大目付の山城守と私が同席して、事情を聞きただしたら、彼らが言うには、江戸では掛川藩跡目相続は、こちらに提出している通り、長康様であり、変更することはございませんと、きっぱり家老と重役二人が申し述べた。

逆に、そのような噂はどこから出たのかお伺いしたいと言われ、そなたの書状を見せたら、二人とも読み終え、初め驚いていたが、国表の不穏な動き、真のようで申し訳ありません、さっそく国表へ使者を出し、仔細を吟味して、正すところは正しましょうと申されたが、井伊様が、当方としても、幕府国目付を出して確認させようと言われたので、近いうちに幕府国目付と掛川藩の使者が行くであろう。幕府国目付には、そなたのことは鈴木主水として隠密に動いていることを話しておくが、会う会わぬはそなたに任せる、いずれにしても最後まで確認して、帰府するように……としたためられていた。

荘一郎は、父からの書状を懐に入れ、夕闇迫る中、隠密に掛川城下、及川氏らが通う武藤道場に行き、師匠には今までの経緯を話し、佐々倉荘一郎が実名だが、他の者には鈴木主水として紹介して貰い、滞在の許しを願った。すぐに及川氏と河合氏が駆けつける。河合氏は、まだ左手をさらしで吊っている。二人に父上からの書状を見せる。二人は何遍も荘一郎に頭を下げて、礼を言う。

「いやあ、及川さんと私が、日坂宿の手前であれらに斬られるところ、佐々倉さんに助けられて幸運でした。お父上が幕府の大目付だなんて、当方としては、願ってもないことでしたよ」

「まあ、二人とは何かご縁があったのでしょう」

数日後、江戸より幕府国目付と副使、それに掛川藩江戸表の重役と目付が到着して、お城で吟味裁定を行った。そこへは、荘一郎は出席しない。城代家老の河合竜之介が、嫡子の竜太郎に付き添われて登城した。小堀次席家老をはじめ、重役方、各奉行、目付などが居並ぶ中、幕府国目付は端に控え、掛川藩江戸表の重役が床の間を背に立ち、懐から藩主、小笠原山城守様の上意書を出し、

「上意である！　これより、国表の藩主跡目相続による、不穏なる動きを吟味致す！」

その言葉に河合城代をはじめ小堀次席以下、皆、平伏する。初日は吟味をして、翌日から裁定を下し、小堀次席以下、二人の重役が降格謹慎となり、お由の方にはお言葉のみ、また殺傷沙汰には、国表の目付が後日、詳細に吟味を行うことになった。荘一郎と幕府国目付達とは、彼らが江戸に帰る前、さる料亭で会い、国目付からこのたびのことを直々に労われた。

その後も荘一郎、武藤道場に居座り、門弟達と手合わせを行う。むろん、荘一郎に敵う者はなく、やはり、及川氏が一番のようだ。掛川を旅立つ最後の夜、城代家老宅に及川氏と共に二人招待され、家老より直々にこのたびのことを労われ、荘一郎、久し振りに酔いしれる。及川亭と河合竜太郎は近年中には江戸に行くそうで、そのときはお会いして下されと約束させられる、また、余談ではあるが及川氏やその他を束ねていた重役が、次席家老になったとのこと。

翌日朝五つ（午前八時頃）、荘一郎二日酔いの身体に背負い梯子を背負い、道場の者や及川氏の同僚に見送られて再び日坂宿へと登り路を進む。清見の関所も無事に通り過ぎ、山間の

見晴らしの良いところで昼餉をとったが、金谷宿を過ぎた頃から、誰かに後をつけられているような気がする。そして、越すに越されぬ大井川を無事渡り、辺りが暗くなってきたので、島田宿で宿をとる。

前夜は休養したので、少し早めの明け六つに宿を立ち、なだらかな下り路を藤枝宿に向かう。半刻過ぎた頃、やはり人の往来が多い中、荘一郎の十五間くらい後を、つけてくる者がいる。道の右側に、少し開けたところがあったので、そこの木の陰に入り、背負い梯子を下ろして、待つことにしたら、たっ、たっ、たっと駆けてくる足音がして、荘一郎が潜んでいるところを二人の侍が通り過ぎた。

「私に用があるのかな」

と言い、道に出る。侍は、二人とも振り返り荘一郎を見て、無言で刀を抜き、荘一郎へ駆け寄ってくる。二人の侍はまさしく日坂宿の手前で、及川氏と河合氏に斬り掛かっていた、三人のうちの二人である。

掛川藩国表の目付が殺傷沙汰について吟味し、あのときの三人は投獄されたが、なかなか口が堅く、仲間について何も話さないらしい。従って他の三人については探索中と聞いてはいたが、この者達は家禄が低いのか、及川、河合両氏は面識がないのだろう。目付の目をかいくぐり、清見の関所を通らず、脱藩して荘一郎の後を追ってきたのだ。

荘一郎に今にも襲い掛かって来る二人を見て、あの及川氏一人に手こずっていた二人、禍根を絶つ為にも居合抜刀で斬り倒すのは容易だが、ここは遠州駿河の国、幕府直轄地、旅人の目もあり、殺傷沙汰は避けようと荘一郎、咄嗟に考え白刃を抜き、棟を返し迫って来る二人の方へ走り、飛び上がりざま一人の首筋を打ち据え、着地してすぐに後ろを振り返る。一人は倒れている、再びもう一人と向かい合う。

「まだやりますか？」

相手は黙って正眼に構えているが息遣いは荒い。しばらく見合っていたが同僚が起き上がって来ないので、そちらへ目をやり、刀を納め同僚を抱き起こす。

「峰打ちです、何れ目を覚まします、某は鈴木主水と申す。何時でもお相手致す」

荘一郎その場を離れ背負い梯子を背に掛け二人がいる横を通り過ぎるが、倒れていた同僚が目を覚ましたらしく、荘一郎の過ぎるのを見向きもせず介抱している、荘一郎殺生しなくて良かったと思いながら下り路を駿河府中へと向かう。まだ明るい内に駿府城下に入り早めの宿をとる、気は昂ぶってはいないが、今夜は静かに寝ることにした。駿府城下には剣術道場はあるが、すでに十二月も残り少なくなっていて、正月までにはむろん江戸には着けないけれど、斬り合った二人がこの城下にいるかも知れないので、先を急ぐことにする。

府中を後に江尻、興津宿を過ぎる頃から、霊峰富士が雄大に見えてくる。山頂から五合目近くまで白く雪化粧している。荘一郎、その雄姿に感動して、しばし見惚れる。由比宿に来て、砂浜からの富士の眺めが更に素晴らしく見え、感動して宿をとることにした。

宿は、東海道の砂浜側でなく富士山寄りで、部屋を出ると手すり付きの廊下で、その先に庭園がある。真ん中に石橋が架かった池があり、その周りには背の低い木々や春日灯籠などが配置されていて、富士山のほうには奇岩がだんだんと高く配され、その上が富士の裾野へと連なり、ますます霊峰富士の姿を好ましくしている。

荘一郎、廊下の手すりに寄り、富士を見据えて離れなくなる。とうとうこの宿で大晦日を迎え、除夜の鐘を聞くことになった。正月三が日も過ぎて、この廊下から富士を見ていたら、隣の部屋の男客に声を掛けられた。

「大分、富士山にご執心ですね、富士と相対峙しているのですか」

「いいえ、富士山とは恐れ多くて、左様なことは……ただ、自分も富士山のようにどうしたら、どっしりと腰を据えられるか思案中です」

「左様ですか、貴方は相当に剣術の腕が立つと見えたものですから。あの富士の右側の亀裂などに隙があるのではと思いますが」

「いやいや、その逆です。あの亀裂からいつ、礫が飛んでくるか危険を感じます。ところで、貴方も長逗留ですが、やはり、富士に魅せられてですか」

「はい、私は、江戸は日本橋、本町通りで糸、呉服などを商っている河喜田屋の孝三と申します」

「ええ！　河喜田屋ですか！　私の母や妹がよく河喜田屋や大丸屋へは行っているようです。あ！　私は江戸の旗本、佐々倉荘右衛門のせがれで荘一郎といいます、屋敷は小川町ですから」

「いやあ！　奇遇ですね、では貴方は、北町のお奉行様のご子息様で」

「はい、でも今の父は幕府大目付ですが」

「左様ですか、ご出世なされたのですか。実は私は三男でして、店は兄が後を継ぎますので、私は好きな絵描きになろうと京都で修業をして、江戸へ帰るところ。ここで富士に魅せられ、富士を描こうとするのですが、富士があまりにも大き過ぎて、筆が動かないのです」

「やはり。私も三年前、武者修行の旅に出まして、名古屋から江戸へ帰るところです」

「それなら、これから道連れで江戸へ帰りましょう」

「いや、貴方は西伊豆辺りへ行き、そこから霊峰富士を描いてみてはどうです」

「あ！　なるほど分かりました、ありがとうございます。そのようにします、でも、江戸へ帰られても手前とご交誼願えませんでしょうか？」

「ええ、いいですよ、これから江戸に帰って自分の処遇がどのようになるか分かりませんが、お会いする機会はあるでしょう」

「ありがとうございます、私は明日、さっそく西伊豆へ旅立ちます」

荘一郎、今回の旅で何人も知人友人を作り、江戸に帰ったら再会を約した者が大勢いる。

三益屋の一行、旗本の斉藤小三朗、幽霊騒動の清徳寺の道清、掛川藩士、及川某と河合某、今度の河喜田屋の孝三さんなど、清徳寺の道清をのぞけば、いずれも皆、年上の者ばかりである。江戸の者達に会うのも楽しみだが、思う存分富士山を観賞して、河喜田屋の孝三さんが旅立ってから三日後に、荘一郎も由比宿を後にする。

蒲原の舟山に着いたら、甲府方面で季節外れの雨が降り、富士川の水嵩が増えて流れも速く、渡し舟が出ないため、足止めとなった。旅籠が少ないので、どこの宿も満員である。まだ午前中なので由比宿まで引き返せるが、四軒目の旅籠で部屋はありますと言われて、荘一郎、ほっとする。むろん、そこも満員で皆、相部屋であるが、どういうわけなのか、荘一郎にあてがわれた部屋は、街道に面した床の間付きの立派な部屋で、相部屋ではなく、荘一郎、ただ一人である。これはどうしてか女中に聞く。

「皆、どこも足止めで立て込んでいるのに、ここはどうして相部屋ではないのかな?」

「この部屋は、立派な方をお泊めしますので、相部屋には致しません」

と言われた。自分はそれほど、立派ではないと思うのだが、相部屋でないほうが良いので、とりあえず宿の者に任せることにする。その後、昼餉をとり、再び富士川の船着場まで行く。そこには、船頭をはじめ近在の者、荘一郎と同じ旅の者など、大勢が川の流れを見ている。一人の船頭が、

「舟を出せるのは明後日だな」

「そうだなあ、西の空は明るいから、水は早く引くべえ」

「船頭さん、大勢、足止めされていますが、渡れますかな?」

「ああ、舟はこちらとあちらで二艘出すから大丈夫だあ」

その他の者も皆、頷いている。荘一郎、明日も足止めかと思い、宿に帰る。風呂はなかなか順番が回って来ず、食事後、いつもの素振りをして風呂に入らず早々に床に就く。銚子一本酒を飲んだので、身体は温まっている。部屋は荘一郎ただ一人なので、気兼ねなく、すぐに眠りについた。そして真夜中頃、荘一郎の寝ている傍で誰かが見下ろしている気配を感じ、意識は起きる。またあの閻魔堂の幽霊が後を追ってきたかと思いながら、目は開かず左脇に置いた刀を掴み、上半身を起こして、右手でいつでも刀を抜ける体勢で目を開いた。

やはり幽霊に違いないが、閻魔堂の幽霊ではなくて、荘一郎の前に二人の幽霊が立っている。そして、すーと立ったまま、刀が届かぬところへ移動して座った。よく見ると、若い男と女のようだ。二人とも白い髪はほつれ、着物もよれよれである。ただ、女のほうは何かを抱いているようだ。そうだ! 赤子だ! 赤子だけが赤く見える。

「そなた達は、その赤子を世話してくれと言うのか?」

二人の幽霊、荘一郎を見詰め、共に首を横に振り、男の幽霊が口を開いた。声は聞こえないが、荘一郎の頭に陰々と聞こえる。

「私どもは、昨年十月、この部屋で心中しました」

「それなら、お前達は前にもこの部屋に客がいるとき、出たであろう」

「はい、でも驚かれ、騒がれてしまい、お話しすることができませんでした」

荘一郎、このような足止めでどこも相部屋なのに、この部屋だけそうでないのを不審に思っていたが、これで合点がいった。

「それではなぜ、お前達は三途の川を渡れないのか?」

「はい、私達も気付かなかったのですが、家内のお腹に赤子が宿っていまして、お調べいただいたお婆様に、私らは閻魔様に会わせるが、赤子は供養されてないので、ここは通せないと言われ、この子が不憫で私達だけあの世へ行けず、途方に暮れています。この子は、名前も付けられない女の子ですが、私達の子には間違いないのです。どうか供養して下され」

女は特に赤子を抱きながら、声は出せないが、何遍も頭を下げる。幽霊ではあるが、何となく泣いているようにも見える。荘一郎、不憫に思い、

「分かった、明日何とかしよう。ところで、そなた達の供養はどこでしたのかな?」

「はい、この近くの妙蓮寺で無縁仏として供養して貰いました」

「そうか、では明日善処しよう、私は、まだ眠いからそなた達はどこかへ消えてくれ」

幽霊二人、荘一郎に頭を下げ、音もなく消えて行った。翌日朝、女中が来たので、とりあえずこの宿の主と番頭を呼ぶように頼んだら、

「何か手違いがありましたか」

「いや、とにかく呼んで貰いたい」

「理由が分かりませんと、お呼びしかねますが」

「それでも、客が呼んでいると言えば、必ず来るよ、さあ、行きなさい」

しばらくしてから、主と番頭、それに女中頭か、それと先ほどの女中の四人が部屋に入ってきて、主が、

「何かご用だそうで」

「うん……昨夜この部屋に出た、分かるでしょう」

「何が出ましたか?」

「何がって！　貴方がたは知っているでしょう！　足止めでどこも満員相部屋なのに、この部屋だけ特別なので、不審に思っていました。隠さずに話しなさい！」

主が皆に目配せして、口を開く。

「申し訳ありません、実は昨年十月若い夫婦がこの部屋で無理心中しまして、身元が分かるようなものは、何もありませんでした。むろん、お役人が宿帳に書かれた住所を確認しましたが、でたらめだったようです。遺体は妙蓮寺に無縁仏として供養しましたが、その後、お侍様をこの部屋にお泊めしましたが、夜中に騒がれまして、結局、他の宿へ行かれて幽霊の話を吹聴され、宿の信用が落ちてしまいました」

「それで、その後、何もしなかったのですか」

今まで黙っていた番頭が、

「申し訳ありませんでした。佐々倉様を見込んで試してみましょうと、この部屋にお連れしたのは私の責任です。本当に申し訳ありません、この通りです」

「分かりました、まあ、頭を上げて下さい。このような私みたいな若造の話、釈迦に説法かも知れませんが、一つ聞いて下さい。

一昨年の九月頃、私は、この富士川の源流、甲府にある旅籠から剣術道場へ一ヶ月近く通いました。部屋代も一日二百文のところ、百五十文にして貰い……いや、ここの宿代を安くしてとは申しません。ある日の朝、私が道場へ出かけるため、玄関に降りて行ったら、三日間泊まっていた侍が、宿代が高い！　安くしろ！　と怒鳴っていました、帳場には若主人がおり、貴方も承知の宿代！　安くはできません！　と言う。侍が、何を！　と言って刀に手を掛けて抜こうとしたとき、若主人の前に番頭が座る。私が侍の右手を押さえたのが同時で、番頭が若主人を逃し、侍の前に両手をつき頭を下げて、手前どもは銭勘定が商売、お侍様の気持ちも分かりますので、ここは五百と三十文ではどうでしょうと言う。侍は、よかろうと言って銭を払って出て行きました。

私はねえ、皆さん……番頭さんが身を挺して若主人を庇ったことよりも、私には三日なら四百五十文、五百文でも宿にとっては不足ではないと思うのに、今にも自分が斬られる状態の中、足して三十文上乗せしたところに、番頭さんの気合いというか、商道を見ましたよ。それは、私が白刃で相対峙するときの剣の道に通じるものです……分かりますか？」

皆、黙ってうつむいている。荘一郎は再び話す。

「私はこれで二度、いや三度、幽霊と遭いました……」

主人が、

「ええ！　前にも幽霊を見たのですか！」

「ええ、見ました、とにかく昨夜の幽霊二人は、そこの番頭さんとお女中がいるところに座っていて、私はここで成仏できない理由を聞きました。そう、女の幽霊は赤子を抱いていました。男の話では、二人は供養されたが赤子は供養されていないので、赤子だけは三途の川を渡れないそうだ。従って赤子の供養をして貰いたいということです」

「相分かりました。さっそく、妙蓮寺に行き、和尚に赤子の供養を頼みます。ありがとうございました」

「私も妙蓮寺に行きましょう」

主と番頭、それに荘一郎の三人、妙蓮寺に行き、和尚の前に座り、宿の主が昨夜のことをかいつまんで話す。和尚が荘一郎をしげしげと見て、口を開く。

「佐々倉荘一郎と申すか」

「はい、江戸の旗本の嫡男です」

「左様か、そなたは二度も幽霊を見たか。相分かった、さっそく赤子の供養をしよう。赤子は男か女かどちらかな?」

「女子と申していました」

「左様か、これ、番頭さん、女子の着物を買い求めてきなさい。それを焼いて供養としよう、焼くからといって、安物はいかんよ」

和尚は笑いながら言い、荘一郎に、

「そなたは今日も足止め、また、その部屋に泊まるのかな」

「はい、あの部屋に多分、今夜も出ると思いますから」

すると番頭が、

「私も相部屋でよろしいですか」

「番頭や、私も相部屋ですよ。佐々倉様がまた出ると申しましたから、幽霊に詫びをしなければなりませんし、それに佐々倉様に甲府の宿の番頭さんの商道の話を聞きましたから」

主がそう言い、番頭は女子の着物を買い求めに行く。和尚と主は、小坊主が持って来た茶を飲みながら、荘一郎の剣術の武者修行の話、特に閻魔堂での幽霊の話を詳しく聞く。また、甲府の宿での話も和尚に改めて話す。和尚はそれを聞いて荘一郎を見詰めて、

「この三年の間にそなたは相当な人生経験をしたようだ。そなたの相を見ると、近いうちに

大きな挫折を味わうようだが、心配には及ばない。時間がなおしてくれるよ」

「はい、名古屋の剣術の師匠にも言われました、ですから、自然に受け入れようと思っています」

「それがいい、何事も自然に身を任せること」

それから番頭が、綺麗な女子の着物を買い求めてきた。和尚はそれを庭の平石の上に置き、火を点けて燃やす。最初はくすぶっていたが、だんだん炎が上がり、よく燃え出した。和尚は、左手に鉦を持ち、右手で鳴らしながらお経を唱えている。その間、皆、両手を合わせて黙祷していた。着物は、完全に燃え尽きて灰になった。小坊主が小さな壺を持ってきて、着物の灰を入れる。和尚は、お墓のほうへ歩き出す。皆、ついて行く。石塔や木の墓標が建っている脇に、こんもりと盛り上がったところがある。そこを小坊主が土をかき分け、穴を掘り小壺を埋めた。また和尚がお経を唱える、別の小坊主が水を掛ける。

「これで赤子は成仏できた。今夜は、礼に幽霊が出たら知らせよ」

その日は早々と一番風呂に入れて貰い、夕餉も主と番頭と一緒に荘一郎の部屋で食べる。お酒も銚子一本付き、気心が知れたので打ち解け合い、三人は寝床に就く。

やはり真夜中、三人が枕を並べて寝ている一番端の荘一郎の足元へ、幽霊、今夜は座って出た。荘一郎が先に気が付き、半身を起こし、隣に寝ている宿の主を起こす。ひえぇ！　と叫んだが、隣の番頭を起こし、両手を合わせる。番頭は何も言わずに主にならう。

荘一郎、改めて幽霊を見たら、赤子は昨日と違い、二人の大人と同じく湯気のように白くなっていた。

「赤子も成仏できそうだな」

「はい、ありがとうございました。これで三人一緒に、三途の川を渡れます」

「わ、私は、こ、この宿の主だが……事情を知らぬとはいえ、今日まで何もせずに悪かった。この通りだ、どうか成仏して下され」

「いえ、こちらこそ宿に迷惑を掛け、申し訳ないです」

荘一郎、幽霊に、

「私は般若心経しか分からぬが、唱えてあげるから静かに消えなさい……摩訶般若波羅蜜多心経……菩提薩婆訶、般若心経」

荘一郎が唱え終わったら、幽霊は完全に消えていた。主が、

「ありがとうございました。初めは気が動転しましたが、佐々倉様のお経で気が落ち着きました。あの二人がだんだん薄れて行き、完全に見えなくなって、終わったと思いました」

「私はもう一晩ここに泊まりますよ、多分現れないと思いますが、念のため」

「ええ、どうぞ部屋代は要りませんから、いつまででもよいですよ」

この幽霊騒ぎは、舟山の集落にあっと言う間に広まり、妙蓮寺の和尚をはじめ、役人やら野次馬やらが来て、荘一郎の部屋には入れない。渡しの舟が出るのに渡って行こうという客

がいないようだ。荘一郎、夕方まで宿の家族が住む部屋で寛ぎ、夜になってから、主と番頭の三人で再び寝たが、幽霊は現れなかった。

荘一郎、宿代は取られず、それよりも礼金を貰い、舟山で舟に乗り、対岸に渡る。富士川を渡るときも、富士の山は素晴らしい。乗り合わせの客も感動していた。客の色々な話を聞いてみると、この富士山は箱根からが良く見えるそうだ。その後、左手に富士を見ながら、右手は駿河湾を望み海岸縁の街道を歩く。真冬ではあるが、心地よい潮風を受けながら歩を進める。

盗難事件

大分、辺りは暗くなったが、暮れ六つ前に三島宿に着いた。宿は、混み合っていて相部屋だったが、江戸から名古屋方面へ向かうどこかの藩士二人で、お互い目礼だけの挨拶で済ます。荘一郎、ここ三日ばかり幽霊騒ぎで素振りを怠けていたので、今夜は一刻近くやる。

翌日も天気は良い。富士の山が青空にすっきりと、白い姿を見せている。街道に出たら旅人も多く、駕籠、馬に乗って馬子に曳かれ、箱根へ向かう人もいる。箱根八里は馬でも越す、荘一郎だんだん江戸に近付いているのを肌で感じる。

だが昨夜、宿の女中に箱根の湯について聞いたら、温泉宿がたくさんあるようで、芦ノ湯、木賀《きが》、宮ノ下、堂ヶ島、底倉《そこくら》、塔ノ沢、湯本が箱根七湯と言われているそうだが、その他にもあちらこちら温泉が出ているとのこと。荘一郎、江戸の土産話にそれらを試し湯して行こうと決める。冬の温泉も格別で、懐ぐあいも良く、七湯全てに宿をとっても問題ない。いまだに三年前、江戸を発つときに父上から貰った十両の金子が、まだ一両も減っていない、いや、反対に増えている。あの舟山の旅籠で幽霊騒動を治めたので、主より三両も礼金を頂いた。

今日は、箱根の関所を越えてから宿に入ろう。三島から四里と少し、しかし全部登り道なので、焦らず歩こうと決める。三島の家並みがなくなり、街道の両脇は高い木々が立ち連なり、だんだん山道となり、日の光が所々射すくらいで、全体に薄暗い。後ろから、ほおい、ほおいと叫びながら飛脚が追い抜いて行った。どこまで駆け上がれるのか。

いつの間にか、荘一郎の前後を多くの旅人がつかず離れず歩いている。まさか昼日中に、山賊など現れないと思うが、そういえば先ほどの道の端に三挺、駕籠が客待ちをしていたが、何となく駕籠担ぎの人相は悪かったようだ。ただ、誰も荘一郎に話し掛けてこないので、気ままに歩を進める。

途中、見晴らしの良いところで岩に腰掛け、昼餉をとる。前方は伊豆半島の山々が先に延び、右側は駿河湾、左側は相模湾、後ろは左に愛宕山、右に霊峰富士が荘一郎の背を見ている。荘一郎についてきた者達も、辺りに腰掛けて昼餉をとっている。そのうちの商人風の初老の者が、荘一郎に近寄り、挨拶をしにきた。

「私は、江戸は芝浦で廻船問屋を営む、駿河屋太平衛と申します。道中物騒なので、失礼とは存じましたが、ここまで一緒に歩かせて貰いました。上まで同道させて貰っていいですか?」

「ええ、よろしいですよ、三年の旅、色々な方と道連れになりましたから」

「ありがとうございます、ところで、貴方様はお侍なのに、背にしているものは、少し変わっていますが、何かいわくがおありですか?」

「これは私の師匠の形見で、刀研ぎの道具です」

「左様ですか、これから貴方様は、どこへお出でになるのですか?」

「はい、貴方と同じ江戸へ帰ります」

「江戸へ帰るといえば、貴方様はお旗本ですか?」

「ええ、父が大城へ詰めています」

「ええ! まさか勘定奉行様では?」

「いいえ、大目付です、佐々倉周防守です」

「いやあ! とんでもない人に巡り合いました。どうでしょう、私どもと江戸まで同道をお願いできませんか。いや、旅の恥で申しますが、これをご縁に、江戸に帰られても私どもの店に遊びに来て下さいませんか、お願いします」

「はい、しかし私は箱根七湯を全部入ってから、江戸に帰ろうと思っていますが」

「ええ、良いですとも、私達は駿府城下へ、往きは船で行きましたが、帰りは箱根で湯につかり江戸に帰ろうとしての道でして、ええ、七湯全部入りながら帰りましょう」

またも、江戸を発つ時の三益屋一座と同じように、帰りも道連れができてしまった。駿河屋一行は男ばかりの五人旅、二番番頭をはじめ、他は荷物持ちである。皆、道中差を帯びている。二番番頭はさすがにしっかりしていて、腰のすわりが良い。剣術もかなりやるかもしれない。その後何もなく、箱根の関所に着いた。順番待ちで四半刻くらい待たされた。やっと順番がきたら、見所から一人の与力らしい者が降りてきて、荘一郎の前に来てにこにこしながら声を掛けた。

「やっと来たか！　しばらく振りだな！　佐々倉君！」

「ええ！　私をご存じで？」

「何を言うか！　小野派道場の坂部ですよ！」

「坂部さん？」

「佐々倉君は、私など下手な者は相手にしてくれなかったから、忘れたかな」

「ああ！　いや、思い出しました、確か小田原藩士でしたよね」

「わははは！　やっと思い出してくれたか、私もやっと一昨年、小野次郎右衛門師匠より免許皆伝を許されてな……」

そのとき、見所の方から声があり、

「坂部君！　そこで何を話している！　皆が待っているではないか！」

「はあ！　お代官、失礼しました」

坂部氏、すぐに見所に駆けて行き、代官に耳打ちする。代官、何度も頷き、声は聞こえないが、分かったと言っている。そして坂部氏、再び降りてきて、荘一郎に言うには、あと半月で三月になると関所の任務が解かれ、交替で小田原に帰り、屋敷を改造した道場で門弟を指導するとのこと。

「是非、数日でもいいから指導して貰いたい。それに、今は岡島平太夫が私の代わりに師範として指導している。岡島も忘れたかな？」

「いやいや、坂部さんといつも手合わせしていたでしょう。お顔も分かりますよ」

「彼は、今は目付に任じていますよ。昨年、私より一年遅れて、免許皆伝を許されて帰藩した。そうそう、道場開きには、高弟の羽賀さんが来てくれましたよ」

「羽賀さんか……懐かしいなあ、早く会いたいです」

少し離れて二人を見ていた駿河屋の主が、荘一郎に近付き、

「あの……佐々倉様、大分長話ですが、どうしましょうか、辺りが暗くなってきましたが」

「ああ、これは失礼致しました。こちらは江戸まで道連れを約した駿河屋さんです。この先近くに宿はありますか？」

「ありますよ、これから四半刻も掛からないところに最近、湯が出て、温泉宿が二軒ありま

すよ。それに代官の役宅も並んでいますから、道なりですぐ分かりますよ。私の小田原の屋敷は、今、紙に書いてきますから、持って行って下され」

坂部氏、書記のところへ行き、何か書いて持ってきた。坂部辰蔵よりとしたためてあり、中に荘一郎の身分案内が書かれ、屋敷の者に世話するように書かれているとのこと。それに、屋敷の地図が簡単に書かれた紙を手渡された。坂部氏は二月まで、関所の与力として職務遂行しなければならず、関所を離れられない。荘一郎と駿河屋一行は関所を通り、薄暗くなったが荘一郎を先頭に歩いていった。確かに武家屋敷の隣に、まだ新しい温泉宿があった。


荘一郎は、駿河屋一行の部屋とは離れた部屋に通された。壁、欄間、畳、唐紙、天井など、真新しい。温泉の匂いに負けず畳の匂いもする。これは部屋代が高いと思うが、まさか一両は取られないとも思う。さっそく、夕餉の前に湯につかりに行く。湯殿は大きな岩風呂で、表に繋がっている。提灯の明かりで十人近く入っているようだが、よく見えない、湯につかったら駿河屋の主が寄ってきて話す。丁稚も二人寄ってくる。

「関所の方は、何のお知りあいですか？」

「はい、あの方は小田原藩士で、江戸では小野派道場の先輩弟子です。奇遇にも会えたものです。ああ、そうだ、彼は小田原の屋敷に道場を構えていて、私に、そこに寄って指導をしてくれと頼まれました。江戸までは同道できませんが」

「いや、良いですよ、箱根七湯はゆっくり入り、小田原まで同道して下され。江戸では四月頃、花見に誘いに行きましょうかね」

「ええ、身体が空いていましたら、よろしく願います」

しかし、そのときは荘一郎、花見どころではない状態であるのだが、それは先のことで、このときは荘一郎自身、知るよしもない。湯を上がり、部屋で夕餉の膳に向かう。頼みもしないのに銚子が一本付いていていた。

ははあ、駿河屋の主が気を利かせたなと思いながら、風呂上がりの空《す》きっ腹、気分良く飲み食し、宿の左手に庭があったので、そこで久し振りの素振りで無の境地に入る。あの清滝から足尾へ行くとき、山小屋で素振りをしたとき、また木曽の山中で師匠が見守る中、剣の極意を得たときと同じ境地に入れた。ここ箱根の山中が深遠な気を授けてくれたのか、一刻以上素振りする。

もう真夜中で、宿は静かである。荘一郎、素振りの途中、二階の屋根辺りから鳥のような何か黒いものが隣の代官屋敷へ飛んで行くのを見て我に返る。あれは何だったのか？　このときは荘一郎、それほど疑問にも思わなかった。部屋に帰り、湯につかりに行ったら、誰も入っていない。端の方につかっていたら、二人ほど湯殿に入ってきて、荘一郎とは反対の方に入った。そして、荘一郎がいるのが分からない様子で話し出した。

「我らと同じ遅く宿に入ったあの二人、薬売りと飴売り、ああいう類いの者は、一人では何もしないが、二人だと悪さをする」

「そうですかねえ、私には分かりませんが」

「大体、江戸での事件、掏《す》りや泥棒など、あれらの類いがやっていることが多い。それに四人以上集まり、頭がいれば、押し込み強盗をやりかねないよ」

「そんなものですかね、確かにあれらが二階に部屋をとるのは怪しい、用心しましょう」

「階下の大部屋は満員らしいが」

そのような話をして、からすの行水よろしく出て行ってしまう。荘一郎も、そんなものかと思いつつ湯を出て部屋に帰り、夜具に入り、ぐっすり寝てしまう。


翌日、朝五つ（午前八時頃）、荘一郎、役人の声で目を覚ます。

「佐々倉殿！　起きていますかな、宿改めですが」

荘一郎、半身を起こし、刀を確認して、

「はい、どうぞお入り下さい」

役人が、失礼つかまつると言い、障子を開け、供の者を連れて入ってきた。

「何事かありましたか？」

「私は、関所に詰めている守屋慎吾といいます。坂部殿より貴方のことは聞いていますが」

「はい、どうも、それで？」

「実は昨夜、あちらに宿泊の駿河屋太平衛なる者の巾着が盗まれまして、部屋を検《あらた》めています」

「ええ！　駿河屋さんは私と道連れですが」

「そうですか、しかし佐々倉殿は間違いござらぬが、一応ということで」

「むろん、それが役目ですから、どうぞ、これが私の荷物です」

と言い、背負い袋を出す。

「ああ、それから宿の玄関の隅に、刃物研ぎの道具入れが置いてあります」

「ああ、あれは佐々倉殿のものですか。失礼して先ほど検分しました」

守屋役人が荘一郎の荷を調べているうち、供の者は部屋をくまなく調べ、無言で守屋氏に身振りで何もありませんという仕草をした。

「失礼致した。一応皆さん、階下の大部屋に集まって貰っています。佐々倉殿も後ほど階下へ」

「分かりました。身支度が済み次第、階下に行きます」

階下の大部屋には宿泊客をはじめ、この宿の主から女中まで集められていた。荘一郎は駿河屋太平衛のところに行って座り、事情を聞くことにする。太平衛によれば、部屋は二間続きで奥の部屋に太平衛が寝て、入り口近くの部屋に丁稚が一人寝た。太平衛も丁稚も昨日の登り道で、疲れて温泉に入り、さらには満腹、二人ともぐっすり寝込んでしまい、人が部屋に入って来たのに気付かなかったようだ。巾着は紐を首にかけ、懐にしまって寝たそうだ。番頭によれば、主は二十五両封印の包み三つと二朱銀がばらで十六枚入っていたと言う。全部で七十七両あったことになる。また、小声で、むろん、私も銭をばらで一両小判二十枚と一朱銀十枚と小粒を少々持っています、お役人様が先ほど確認して、返してくれましたと言う。

荘一郎、だんだん事情が分かってきた。

「これでは、今日旅立ちはできませんね」

「旅立ちどころか、まだ朝餉も食べてないのですよ」

「そうですか、私は少しお役人と話をしてきます」

荘一郎、十手を持って皆を監視している親分のところに行き、事情を話す。

「守屋殿に会いたいが、今、彼はどこにいますか?」

「へい、守屋様はこの宿の主の部屋にいます、この先湯殿を右に行きますと会えますよ」

「行ってもよろしいですか」

「ええ、どうぞ、貴方様の身分は、守屋様から聞いていますから」

荘一郎、言われた通り、湯殿の右への廊下を行く。すぐ突き当たりに部屋があり、守屋氏と供の者、この宿の主が手文庫を前にしている。番頭も隣にいる。供の者が、二十五両封印の包みを確認している。全部、小田原藩御用両替商の封印で、駿河屋が言う江戸の両替商の印ではない。荘一郎、守屋氏に昨日からの荘一郎自身の一連の出来事を話すことにする。

「守屋さん、実は私は江戸では三年、町方同心をしていました。見習いでしたが、まあ父が当時北町の奉行をしていましたから」

「ええ！　坂部氏は貴方のことを剣術仲間としか言わなかったもので、それは失礼致した」

「私のことを信用して下さいますか？」

「ええ、勿論です」

「では、私の昨夜からの一連の出来事を話します」

初めに、この宿の左手にある庭で真夜中素振りをしていたら、宿の二階の屋根辺りから鳥のような何か黒いものが隣の役宅の方へ飛んで行ったこと、その後、湯につかりに行ったら、後から二人の男が入ってきて、私がいるのが分からないらしく話し出した、薬売りと飴売りが二階の部屋にいるのが怪しい、あれらは、二人寄れば悪さをすると言っていたと話す。

「ところで、その香具師《やし》二人を、なぜ二階に案内したのですか？」

「はい、あの方達は大分遅くなって着きまして、大部屋は二十人で満員でしたので、それで宿代は値を張るが二階でもよろしいかと尋ねたら、よいとのことで二階へ案内しました」

「廊下を挟んで、どちら側ですか？」

「はい、あの方達は湯本から来たと申しましたので、左側の部屋へ案内しました」

「守屋さん、分かりますね」

「うん、間違いなく貴方が素振りをしているとき、二階の屋根辺りから黒いものが飛んだのは、紛れもなく駿河屋の巾着《きんちゃく》と見ていいでしょう。お前、確認してきなさい」

「巾着があったら、どうしましょう」

「ちょっと待って下さい、ここは少し考えましょう。まだ犯人があの香具師達とは限らないのですから。それに、客も宿の者も朝から何も食していないし」

「そうですね、既に昼近くなっているし」

「分かった、とにかくこの宿の中には巾着が見当たらないということで、解散させるとしてもその後、いかようにするかだが」

「僭越ですが、私の考えを申してもよろしいですか？」

「ええ、どうぞ、江戸でも事件解決したのでしょうから」

「いいえ、それほどでも……ではまず、私達は大部屋に戻り、それからご主人は板前さんとお女中に食事の用意を言づけてきて下さい。守屋さんは、皆さんにこの宿の中、むろん、各部屋、廊下、庭、風呂場、厠など探したが、どこにも巾着は見付けられなかったので、皆さんは各部屋に戻り食事ができ次第、また大部屋に集まるよう指示して下さい。お供の方は隣の役宅へ行き、巾着を探し、あれば皆に見つからないように、守屋さんに渡して下さい」

「いいでしょう、それからどうするか」

「守屋さんは私の部屋で待ちましょう、巾着の有無により作戦が変わりますから。ただ、このことは事件が解決するまで、誰にも内緒です。女将さんにも、十手持ちの親分にも、ただ、駿河屋さんには、事と次第によっては、芝居をして貰いますので、そのときは打ち明けます」

五人一同、大部屋に行き、主は客の食事のしたくを命じる。守屋氏は親分達に客が宿から出ないよう、見張らせる。供の者はいつの間にか消えていた。荘一郎は駿河屋の主のところへ行き、巾着がどこにもなかったことを話す。とにかく部屋で待ちましょうと言ったら、駿河屋は憮然として、

「佐々倉様、誤解しないで下さい。私はねえ、お金のことではそれほど問題にはしてないのです、自分にも油断がありましたから、ただねえ、このような新しい旅籠でこのような窃盗事件があってはならないと思うのですよ、分かりますか?」

「ええ、よく分かりますよ、まあ、部屋で待ちましょう」

荘一郎、駿河屋一行が部屋に入るのを確認して自分も部屋に入る。さて、巾着が出てきたらどうするか、多分、今夜犯人は役宅に忍び込んで行くと考えられる、など思い巡らせていたら、守屋氏が部屋に入って来た。

「色々手配、かたじけなく存ずる。それにしても貴方は剣術もさることながら、頭も切れるようだ」

「いえいえ、先輩を差し置いて余計なことをしたのではと、申し訳なく思っていますが」

「いやいや、事件が解決すればそれが一番です」

お供の者が静かに障子を開けて部屋に入って来た。

荘一郎、守屋氏同時に、供の顔を見る。彼はにっこり笑って、懐から泥で汚れた巾着を取り出した。中を守屋氏が調べる。封印は完全に破れ小判がばらばらになっている。畳の上に一両小判、二十五枚重ねの山が三つできた。それに二朱銀が十六枚、犯人達は一枚も抜いていなかった。

「さて、これからどうするか」

「皆さんを自由にさせましょう。駿河屋さんには巾着が見付からなかったことで、大袈裟に怒って貰い、宿を出て貰います。宿の主人にも芝居をして貰いましょう。駿河屋さんへ真剣に謝って貰いましょう。私も駿河屋さんも一緒に宿を出て、宮ノ下温泉に行きます。そして今夜はお代官の役宅を張り込んで下さい。後は連絡はなしということで、この巾着は石など入れてお代官の屋敷の庭に置いて下さい。駿河屋さんは多分、巾着袋は要らないと言うでしょう」

「手柄は私になるが、それでよろしいので？」

「ええ、どうぞ、無事に事件が解決できれば、それでいいのです」

荘一郎、部屋を出て廊下に誰もいないのを確認して、守屋氏と供の者を階下に行かせ、自身は金子を手拭いに包み、懐に入れて駿河屋一行の部屋に行き、五人のいる前で金子を太平衛に渡して今までの経緯を話す。

「しかし、よく分かりましたね、さすが、お奉行の若様、いや今は違いますね、大目付の若様かな」

番頭が話に割り込み、

「佐々倉様は本所、深川で町方同心をしていたのでしょう」

「ええ、見習いでしたが」

「それでもやはり血筋ですね、関所の役人を差し置いて事件解決したのですから」

「いや、誰でも分かることですよ、ところで駿河屋さん、巾着袋は返さなくてもよろしいですか」

「ええ、いったん私の首から離れましたから、未練はありません。繁造さん、代わりの巾着を出して来て下さい」

「駿河屋さん、宿を出る時は金子が見付からなかったことに真剣に怒って下さい」

「ええ、ここは大一番、芝居を打ちましょう、わは！　笑ってはいかん……」

皆、口を押さえ笑いを止めるが、しかし顔は笑っている。

「では、宿の主は芝居だということを承知しているのですね」

「そうです、この芝居が犯人を安心させる手なのですから」

そのようなわけで、駿河屋太平衛は宿の玄関で、宿の主が頭を下げて謝っている上から散々に罵声を浴びせ、宿を後にする。宿からは、駿河屋一行と荘一郎の他は誰も出てこない。日も暮れ掛かっているので、もう一日泊まるらしい。道々、駿河屋の主は荘一郎に話し掛ける。

「しかし何ですなあ、さすが佐々倉様、天晴れな探索、ますます、これからも誼《よしみ》をお願いしたく思いますよ。先ほども申した通り、金銭のことは問題ではなく、ああいうことはあってはならないと思います。佐々倉様、江戸へお帰りの節はどうか、江戸の治安に精を尽くして下さいませ」

小田原

その後、荘一郎と駿河屋一行は温泉三昧をして、三月前に小田原に着き、駿河屋一行とは江戸での再会を約して別れる。荘一郎は、坂部屋敷を探す。町を歩いている者に誰彼構わず道を尋ね、夕方近くやっと屋敷を見つけた。屋敷は海寄りで、山側に小田原城が見える。

荘一郎、屋敷の冠木門を背に小田原城を眺め、北条氏の栄枯盛衰を思い巡らす。鎌倉の北条が滅び、後に北条早雲が祖となり、ここ小田原に居を構えた。それが北条氏政、子の氏直の代で、名実ともに滅びたといえよう。駿河の今川、甲斐の武田がなくなったのに、小田原評定は氏政、氏直を首座に、松田憲秀など多くの宿将が居並んだが、家康公の再三の秀吉への斡旋を拒み、秀吉、家康連合、いや西国連合軍何するものぞ、まだ東北の伊達は頑張っているではないか、関東の諸部族の助勢を頼めば、西国軍など押し返せるなど、評定が長引いた。

それより三十年前、これと同じ状況があり、北条の諸将は忘れてしまったのか、あの織田信長はこれと同じ苦境にあった。いやもっと悲惨である、自軍より明らかに五倍以上の今川軍に攻め寄せられつつある中、近くで味方する者なく、清洲城で宿老林通勝を筆頭に佐久間大学、柴田権六などが評定していた。籠城が多数意見だったが、信長はいつ、どこで、いかようにするか情報活動を活発に行い、奇襲を決行して成功した。孫子の兵法に、事備わりて立つの語録がある。備わりての「て」には、相当に含蓄があると思う、「て」は手法の「手」ともいえる。森羅万象を観ての「手」、人事を尽くしての「手」、いかようにして立つかの「手」、そして間髪を入れず立たねばならないのであろう。北条の小田原評定による衰退は、歴史家は諸説あるだろうが、民の口における小田原評定は、悪評の諺ととられている。この諺の冠に、北条の、が付いていないのがただ一つの救いであると、荘一郎は思った。荘一郎自身もこのような苦境に立たされたときは、木曽の山中の師匠の言葉、常時、平常心で物事を見ようと心に誓い、後ろに向き直り、坂部氏の屋敷の冠木門に入る。

「お頼みします！　佐々倉荘一郎と申します！　お頼みします！」

奥の廊下から、一人の若者がにこにこしながら出てきた。

「佐々倉さんお待ちしていましたよ、どうぞお上がり下さい」

と言われ荘一郎唖然として、

「貴方は坂部殿の弟さんですか?」

「はい、辰次と申します、兄より五日前書状が届いていまして、佐々倉さんが来ましたら、よしなにとしたためられていましたから。とりあえず義姉に会って下さい」

荘一郎、背の荷を脇に置き、埃を落とし辰次について行く。部屋には女が二人と赤子、坂部氏の母上と赤子を抱いた妻女がいた、荘一郎挨拶をしてこれから厄介になる旨、礼を述べる。それから荘一郎は、辰次と寝起きする部屋へ導かれた、部屋は四畳半、二人が寝起きするだけなら充分である。辰次は五月吉日に七十石武具係の家へ婿入りが決まっている。

「申し訳ありません、このような狭い部屋で」

「何を申されますか、私は寝起きして剣術ができればそれで充分です」

「そう言って下さると、ありがたいです。坂部家石高百五十石、兄が無理をして道場を造りまして、従って手狭になりました」

「兄上は明後日帰ってきますか?」

「何も連絡がないので、明後日には来るでしょう。佐々倉さんは箱根で温泉三昧だったでしょうが、風呂が沸いていますので先にお入り下さい」

夕餉は辰次の部屋で一緒に食し、道場で蝋燭を点けて辰次と手合わせする。辰次は本目録の上位か、筋が良いようだ。その後、辰次が見ている中、刀に持ち替えて居合抜刀の素振りを半刻くらい行う。辰次はその間、一度蝋燭を新しくした。

「今のは居合抜刀ですか、よく見えなかったが」

「そうです、今度はゆっくりやりましょう」

荘一郎、ゆっくりと白刃を何度も抜き、おさめる。

「私は木曽の山中で、この居合抜刀を寝る前に毎夜千回行いまして、半年近くなったある夜、剣の極意を得ました」

「私もやれば上達できますか」

「むろん、できると思います、小野派一刀流の型でも一つだけ行うのと同じです。要は鍛錬が第一です、その先は一段一段工夫が必要でしょうが」

翌日から道場に出て、門弟の指導にあたる。通い門弟は二十人、皆、若年の者ばかり、十二、三歳から十八歳くらいまで、多分、目付の岡島氏と坂部氏の部下の子息達だろう。岡島は道場に入るなり、

「よく立ち寄ってくれた、ありがたい、どうだろう、藩侯に会ってはくれないか?」

と言われ、荘一郎、尾張の殿様に謁見したのを思い出し、

「いえ、そのような畏まるところはいかがなものですかな」

「いや、坂部殿がこのように道場を開いて、小野派一刀流を当藩でも広めようとしているのだ、それに佐々倉君のような天才がいるということを知らしめたいのだが」

「私は、天才ではないですよ。しかし、小野派一刀流のためと言われれば、断れないですが」

「ありがたい、近日中に何とかしましょう」


翌日、坂部辰蔵が箱根から帰って来た。夜、道場で無事帰宅の祝いを行う。むろん、岡島目付も祝い酒を手土産に駆け付ける。門弟も十数人畏まっている。お内儀が料理を外から取り寄せて、和気あいあいな宴となる。坂部氏が思い出したように、

「そうだ、佐々倉君、守屋殿から箱根の温泉宿の窃盗事件、解決したと、お礼と共に伝えてくれと頼まれたよ」

「何ですか、その窃盗事件とは?」

荘一郎、関所近くの温泉宿へ泊まり、連れの駿河屋という廻船問屋の主の巾着が、夜中に盗まれたことを話す。

「やはり次の夜、薬売りと飴売りの二人が、お代官の庭に来たところを取り押さえたそうだ。守屋氏が感謝していたよ、宿の主もそうだが」

料理を食べている門弟が、

「佐々倉様、居合抜刀の術を見せてはくれませんか」

「おお、そうだ、辰次君から聞いた、私も見たいが」

岡島氏も言う。皆、荘一郎の顔を見る。辰蔵が、

「居合抜刀とは、小野派一刀流にはないが、いかようなものなのかな」

「木曽の山中で、仙人みたいな老人に伝授されました……お見せしましょう、膳を片付けて下さい、長刀でやりますから」

荘一郎、刀を腰に差し、初めはゆっくり二度、次に無の境地に入り、二回素振りする。周りの者は、しばし無言でいたが、坂部当主が、白刃が鞘に入るところしか見えなかったと言い、岡島氏も同じだと言った。辰次以外の門弟達は、全然見えなかったらしい。

翌日から坂部氏を師匠として、気合いの入った稽古が始まる。門弟が帰った後は、坂部兄弟と立ち切り稽古よろしく、冬なのに汗をかきながら行う。荘一郎、辰次の腕が上がったことを言ったら、

「いやいや、佐々倉さんと手合わせすればするほど、下手になっているように感じますよ」

「それが本当でしょう、そうでしょう師匠、婿入り前に免許皆伝ですよ」

「いや、まだまだ、まあ、岡島君と相談してだが、しかし、なかなか知らせが来ないな」

「私はどちらでもいいのですが」

やはり、荘一郎と藩侯との謁見は難しいようだ、道場はますます活気が出てきている。荘

一郎が見て、門弟の中で一番は辰次だが、一人筋の良い子がいる。年齢を聞いたら十四歳とのこと、荘一郎、最後まで指導するわけにもいかないので、そっと坂部師匠に耳打ちする。荘一郎、辰次とは朝から晩まで手合わせを行い、寝る前の素振りも一緒に行う。

岡島平太夫は、荘一郎と藩主大久保忠朝侯との謁見を城代家老に取次ぎを依頼したが、小田原城では藩主を上座に置き、城代、次席家老他重役三人居り、城代家老が、

「幕府大目付、佐々倉周防守様の嫡男がこの小田原に来ている、殿が会うのは好都合ではないか、何か不都合なことでもあるのか」

次席家老が、おほんと一つ咳払いをして、

「ご城代はそのように申されるが、何か探索しているやもしれず、おいそれと殿に会わせるのはいかがなものかと」

「探索されて我が藩、疾《やま》しいところがあるのか」

「そうではござらぬが、先の掛川藩のこともあるし」

「あれは殿から伺った話だが、国表の者が跡目相続の陰謀を企んだのを、周防守様の嫡男が正統派に助勢して、ことを未然に防いだと聞いた。殿、いかがですか」

「うむ、左様に申したと思う。とにかくその方達二人、周防守の嫡男を先に引見して、儂に会わせるかどうか検討せよ、よいな」

そのようなわけで、数日後、岡島氏の案内で荘一郎、城代家老屋敷に呼び出され、小田原藩譜代十万三千石の国家老屋敷へと向かう。屋敷の門は大棟門《おおむねもん》で、脇の小戸から入り部屋に通される。そこには当屋敷の主、次席家老、他重役二人が居並んでいた。岡島氏は別室に控え、荘一郎一人が四人に引見される。城代から言葉がある。

「さて、佐々倉君、掛川藩のことを詳しく聞きたいのだが、いかがかな」

荘一郎、掛川から日坂宿へ向かう山道で、背後から六人の侍の一人が荘一郎の肩に当たり、駆け抜けて行ったことを話す。無礼であろう！　と言ったら、うるさい！　と言い走り去ったので後を追い、行ってみたら二人対六人で斬り合っているのが見えた。むろん、私は六人のうち二人を倒し、結果的に助太刀の形になってしまったが、六人は引き揚げたが、相手の二人のうち一人は城代家老の子息で、左腕を斬られていたので、日坂の宿で手当てをしたと言った。そのとき事情を聞き質し、こちらの方が正当なので、父上に書状を出して確認、対処してもらったと話す。

「分かった、ところで佐々倉君は、三年近く武者修行をしているようだが、手短に話してはくれないかな。話したくないところは、話さなくてもいいが」

そこで、三年前、日光東照宮で奥社の扉の鍵を開けて貰い、神君家康公の墓塔を参拝したこと、深谷、八王子、甲府の剣術道場で修行をしたこと、木曽の山中で仙人に会い、剣の極意を伝授されたこと、小牧近くの集落の閻魔堂で幽霊に遭ったこと、名古屋では尾張の殿様に謁見したことを話す。

「御三家の一つ、尾張の殿様にも謁見したとな、それから目付の岡島の話では、佐々倉君は箱根の宿で、窃盗事件を解決したと聞いたが、それはいかがなものだったのかな」

荘一郎、それも盗まれた巾着を探し当て、犯人は分からないまま宿を発ったが、坂部氏より守屋与力が犯人を取り押さえたと聞き及んでいると話し、その場を引き下がった。

そして一人、坂部道場へ帰って来た。道場の者達、どうだったか聞きたいらしく、荘一郎、自分の旅について皆に話した通りを話したと言うが、皆、納得していないようだ。しかし、明日、岡島師範が何か言ってくるだろうと話が落ち着く。

翌日、岡島師範が道場へ現れ、

「明後日、藩侯と謁見するが、誰か分からぬが次席家老の知る剣士と立ち合うことになった。断っても良いがよろしいか」

と聞かれ、荘一郎、名古屋の豊田師匠と舟山の寺の和尚に、近々挫折を味わうであろうと言われたが、これがそうかなと一瞬思ったが、坂部道場のため、了承する。

当日、荘一郎、木太刀を持ち、岡島目付に連れられて小田原藩譜代十万三千石の小田原城へ向かう。二の丸の白州に通される。南は海だが、曲輪の石塀で見えない。木々が生い茂り、また岩石が手前からだんだん高く組まれ、空池もあり山水画を思わせる。その手前は白州まで芝生で、人が歩けるように飛び石が配され、石組みへと続いている。庭に面して、前は高廊下でその先が奥座敷、中央の部屋だけ障子が開けられているが、今は誰もいない。案内者と荘一郎、岡島氏は庭に控える。日の光で白州が眩しい。しばらくして城代家老を先頭に、四人の上役らしき者が廊下に出てきた。城代が、

「まだ、次席の吉田氏は見えぬが、じき参るであろう。もう少し、そこに控えていて貰いたい」

廊下から一人が降りてくる。岡島氏が今日検分役を務める、鹿屋道場の師匠だと耳打ちする。荘一郎、その者に挨拶に行く。それから四半刻も経たないうち、次席と陣羽織を着た三十代半ばの偉丈夫が、右手入り口から入ってきて、次席は廊下に上がり、偉丈夫は左に控えた。

「今、殿を迎えに行かせた。じきに参るであろう」

城代は左に、次席は右に、上役二人も左右の廊下に分かれて座る。中央座敷から廊下近くに、藩主大久保忠朝侯が、太刀持ちを従えて出てきて座る。皆、平伏する。

「苦しゅうない、皆の者、面を上げよ」

内藤城代が、

「さっそくだが手合わせを見せて貰おうかな」

検分役が、

「では、したくをして前へ」

荘一郎、襷を掛け、鉢巻をして木太刀を持ち、前に出る。相手の偉丈夫も陣羽織を脱ぎ、前に出る。二人は藩侯に一礼して、蹲踞して立つ。互いに二間くらいまで詰め、相正眼で見合う。荘一郎は既に無の境地に入っている。上背は荘一郎が一寸以上高い。しばし見合っていたが、偉丈夫から打ってきた。面から空き胴を狙いながら右へ走り、荘一郎の背を突いてくる。荘一郎、いずれも前に向かい受け払う。また相正眼から小手、それから面に、今度は左に走りながら、荘一郎の胴を斬ってくる。それをかわし、また相正眼で見合うが、やはり偉丈夫から鋭い突きがくる。それを木太刀で打ち払うが、二段突きがきた。荘一郎、身を反らして思い切り相手の木太刀の手元を打ち据える。偉丈夫は多分、木太刀からの振動が両手から頭へ響いたであろう、堪らず木太刀を落とす。しばらく何も持てないようだ。検分役が、

「木太刀落とし！　一本！　これまでと致す！」

偉丈夫と検分役は、右手の方へ帰って行った。荘一郎と岡島氏が藩主、上役が居並ぶ廊下の前に進み出て、片膝をつき頭を下げる。藩主、忠朝侯よりお言葉がある。

「うん、見事だった、岡島、佐々倉荘一郎君を富士の間へ案内致せ、よいな」

「ははあ！　畏まりました、では富士の間へ」

二の丸の白州に来た通路を戻り、二の丸への入り口から内に入る。廊下を色々曲がり、一つの部屋に入り、末席に控える。部屋の先に襖があり、左右に開かれていて、次の間に床の

間が見える。その壁に大きな富士の山を描いた掛け軸が掛かっている。座敷には膳が並んでいて、すぐに左脇から上役達が入ってきて膳の前に座る。それに続いて藩主忠朝侯が、一段上の床の間に座る。誰が言ったのか、両名、膳の前に来られよと言われ、荘一郎と岡島目付が進み出て座る。数人の奥女中が出てきて、木の杯に酒が各自に注がれ、大久保侯より荘一郎に労いの言葉があり、酒を飲み干して後は無礼講と言うか、結局、荘一郎の旅の話になる。その間、何度も藩主、忠朝侯は荘一郎に質問しては納得する。幽霊を二度も見たところでは何度も頷き、

「幽霊を見るのは、また聞きではあるが、本人が霊を呼ぶ気力を身に備えているか、または物事を極めた者であるそうだ。佐々倉君は、その若さで剣の極意を早々と身に付けたからであろう、見事なものよ。江戸の大城では周防守にも何度も会っているが、このような嫡男がいたとはのう、次に会ったら良き嫡男がいて羨ましいと申しておこう」

「いえ、もったいないお言葉、ただ、周防守には小田原のお城で会ったことだけを」

「わはははは、今日は周防守の嫡男に会えて、久し振りに愉快に時を過ごしたわ」

帰りしなに、内藤城代より殿からだと言われ、やはり一振りの脇差を賜る。岡島目付も面目を施したと荘一郎に礼を言う。坂部道場へ帰り、皆に試合と忠朝侯を前にした宴のことを話す。それから辰次に断り、部屋で行灯の明かりで、江戸の実家へ今日のことを便りにしたためる。

坂部道場にはその後、数日間滞在して、二月下旬、小田原を旅立つ。海岸縁の東海道、大磯宿を通り過ぎ、平塚宿に宿をとる。宿も多いが、東海道上り下りの旅人が多く、荘一郎、相部屋となる。ただ番頭の機転で侍同士、暗黙に認め合う。翌日も東海道で、旅人、駕籠、飛脚、馬、団体の賑やかな一行が行き交う中、荘一郎、藤沢宿に泊まらず、戸塚宿に夕暮れどきに宿をとる。

だんだん、江戸が近付いてきた。翌日も荘一郎、一歩一歩確実に歩を進め、保土ヶ谷宿を過ぎ神奈川宿で泊まる。夜、表に出て白刃で素振りをするが、明日は川崎宿を過ぎ、多摩川を舟で渡れば江戸に入るわけで、品川宿まで行けるだろうと思うと、三年前、同じ春先、千住大橋を渡り、荘二郎に手を振ったときに、江戸の家並みの上に浮かんだ富士の山が頭をよぎり、どうも素振りに身が入らない。止むを得ずしまい湯につかり床に就く。相部屋の一人が鼾をかいていたので少し寝付けなかったが、翌朝荘一郎、辺りのがやがやの声で目を覚ます。朝五つ（午前八時頃）であり、寝付けなかった分、寝過ごしたようだ。しかし、さあ！　今日は江戸に入るぞ！　と気合いを入れ、朝餉をとらず、握り飯を貰い受けて宿を出る。

少し歩いたら腹が、ぐう！　と鳴り、道の脇の切り株に腰を下ろし、人が行き交うのを眺めながら握り飯を頬張る。では！　行くとしよう！　と立ち上がり、歩き出す。

川崎宿も間近、歩を進めていたら、左側の畑の先、農民の家の方で人だかりがしている。

まだ昼前なのに何をしているのか。しかし、一刻も早く江戸に入らねばと思うが、荘一郎、自然に人だかりの方へ足が向く。畑道を行き、一番後ろにいる、鍬を担いだ男に聞く。

「ちょっとお尋ねしたいが、何の集まりですか？」

「何でもご浪人が庄屋の若妻を人質に、あの納屋に立て籠もっているそうです」

「どうして皆は見ているだけなのですか」

「今、お役人が一人斬られて、戸板で担がれて行きました。ご浪人は相当に刀が遣えるようで、手が出せないみたいです」

「分かりました、ありがとう」

荘一郎、野次馬をかき分けて前に出る。そこには二本差しの同心が二人、十手を持った親分が二人、それに六尺棒を持った者が四人もいた。荘一郎、同心に近付き、言葉を掛ける。

「あの、私は江戸者で佐々倉荘一郎と言います。これからどうなされるのですか」

同心、背の高い荘一郎を見上げ、いかにも不審そうな顔をしたが、荘一郎が名乗ったので、態度を変えて答える。

「実は今、同僚が中に入ったが、すぐに斬られて飛び出てきた。戸板で母屋に運び、手当てをしているが、どうしたものか思案しているところだ」

「中の人質はご無事なのですか」

「分からん、こちらから尋ねても、ただ、百両持ってこいと言うだけだ」

「私が納屋に入ってもよろしいですか」

「構わんが、お主に何があっても責任は取れないぞ、それでもいいのか」

「ええ、よろしいです」


荘一郎、背の荷を降ろし、しばし気を静め、一枚板戸が開いているところから納屋に入る。中は暗くて、目が慣れるまでしばし佇む。ようやく目が見えてきた。荘一郎が立っているところは土間で、先に竈が見える。右手は板戸があり、一段高く板の間になっている、ここは、以前は納屋ではなく、住居だったようだ。右手に一間幅の土間が続いている。

荘一郎、薄暗い土間を右にゆっくり移動して前の板の間を見据える。板の間の真ん中に囲炉裏があるようだ。その囲炉裏の先に、黒い人影が立っている、その先に藁が積まれていて、女が両手両足を縛られ寝かされている。女の顔が壁の隙間からの光で見える。三益屋の綾でもなく、塩尻の志乃でもなく、また木曽のお順でもない綺麗な女が、目を瞑って寝ている。

荘一郎、死んでいるのかよく分からない。そこで、影に向かって声を掛ける。

「私は旅の者です、そこの女人は死んではいないでしょうね？」

影の男が女の方に近寄り、血の付いた刀を女の頬に棟で打つ。女の頬に血が付くが、ふう、と息を吹き出し、影を見詰めて恐怖のあまり身悶えする。男が潰れたような声で、

「このように、まだ……生きて……い……る……」

と言いながら、荘一郎目がけて刀を突き出し、突進してきた。荘一郎、突然で少し油断をしていたため、刀を抜く間がないので、身体をくの字にして後ろへ腰を引き、刃先をかわそうとしたが、右胸に激痛が走る。切っ先で胸を突かれたようだ。身体は後ろの板戸を尻で打ち破り、表へと一回転して転がり出る。両膝を投げ出し、尻餅をついた状態で前を見る。男が荘一郎目がけて、今度は刀を大上段に構えて表へ飛び出てきた。

荘一郎、自然に無の境地に入り、影の男の白刃が、荘一郎の頭を目がけてゆっくりと振り下ろしてくるのが見える。腰の刀に手を掛けようとしたが、回転して表に飛び出たとき、長刀はどこかへ飛んで行ったみたいで、腰にはない。しかし、脇差はあった。それを居合抜きよろしく身を沈め、男の白刃をかいくぐり、右へ転がりながら男の下腹を斬り払い、またも回転して地面に腹ばいになりながら、脇差を前に構えて男を見る。男が刀を落とし、左手で下腹を押さえて倒れ込むのが見えた。その横に先ほどの同心が立っているのも確認して、荘一郎、またも気を失う。

荘一郎、気が付いたのは昼頃で、障子からの日差しが通って部屋は明るい。そして荘一郎は裸にされ、またも裸の女に抱かれていた。あ！　志乃と思ったが、志乃ではない。どこかで見たような顔だと思うが、右手を動かそうとしたが、右胸が痛み、動かせない。止むを得ず左手で女の裸の肩を叩く。女は薄目を開け、荘一郎から離れたが、荘一郎、急に寒さを感

じ身震いする。女が、

「まだ身体が温まっていないのでしょう」

また、荘一郎に抱き付いて来て、左手で荘一郎の全身を愛撫し始める。そのうち、荘一郎の下のものを握り、自分のところに入れようとしている。

荘一郎、止めて下さい！　と言おうとするが言葉にならず、とうとう交わってしまう。女の腰の動きに荘一郎もだんだん身体が火照り、心臓が、どきん！　どきん！　と鳴り、そのつど、右胸の傷口から血が噴き出るのが分かる。多分胸を巻いているさらしは、赤く染まっているだろう。

「止めて下さい、傷口から血が出ています」

「あ！　ごめんなさい、つい興奮しまして」

女は荘一郎から離れ、傍にあるさらしで荘一郎の下のほうを拭き取り、自分の汚れたところも拭く。女のふくよかな左の乳房が赤く染まっていた。

「少しお待ち下さい」

と言い、腰巻、肌襦袢、着物を着て帯を締め、荘一郎の半身を起こし、着物を肩から掛けてくれる。胸に巻かれたさらしを解き、薬を塗った油紙を剥がす。荘一郎、うむ！　と言い、痛みに耐える。

「申し訳ありません、でも辛抱して下さい」

再び薬を塗った油紙を傷口に貼り、その上からさらしを巻いてくれる。それからまた、寝かせて貰う。

「私は、この庄屋の女房、紗江と言います。佐々倉様に助けられました者です」

「そうですか、厄介を掛けました。で、浪人はいかが致しましたか」

「佐々倉様の一振りで絶命しました。あの、胸の傷はかなり深いです。それに半刻近く経ってお医者様が来ましたので、その間、血が止まらず身体が冷えてしまい、止むなく私が温めました」

「分かりました、ありがとう、それから私の前に斬られた御仁はどうされましたか」

「あの方は背まで刀が通り抜け、即死だったそうです」

荘一郎、あの浪人の剣の突きは凄まじいものだったと思い、身震いを感じた。それからも紗江に介抱されながら、食も重湯から粥になる。夜は相変わらず、紗江に愛撫され交わってしまう。荘一郎、十日過ぎても身体、いや心も回復しがたい。名古屋から意気揚々と東海道を下ってきたのに、あの浪人の刀の突きを一瞬油断したばかりに手傷を負ってしまった。まだまだ未熟さを感じざるを得ない。そうか！　名古屋の豊田師匠と舟山のお寺の和尚が、近いうちに挫折を味わう、と言われたのはこのことか。自然に時が解決してくれるとも言われたが、このような状態では、江戸の実家には帰れない。荘一郎、心が焦れば焦るほど、滅入ってしまう。

荘一郎、体力、気力とも全快はしていないが、このまま紗江に介抱されていると紗江のお腹に子を宿しかねない。三月中旬、意を決して紗江から離れることにした。背の背負い梯子が重く感じ、川崎宿では昼近くであったが、無理に願い、宿をとり休む。翌日も多摩川を渡し舟でやっと渡り、江戸に入ったが、品川まで行けず手前で宿をとる。

荘一郎、これではいつ、小川町の我が家へ帰れるのか。宿でも固いものは食せず、粥を特別土鍋で作ってもらったが、それも二口食べただけで胃が受け付けない。

荘一郎、それでも朝、宿を発ち、品川宿を目指して歩く。わずか二里、しかしどうにも身体がだるく、足を前に出すのがままならない。背の丸砥石を捨てれば軽くなるのだが、腰の大小の刀もこれほど重たいとは思わなかった。それでも昼過ぎに品川宿に来たが、人が多く賑やかで、荘一郎、ここで知人にでも会ったら気まずく思うので、通り一本裏道を歩く。しかし、今の荘一郎を見て気付く者は誰もいないだろう。月代、髭が伸び放題、顔は日焼けしていて、着物はよれよれで、しかも背には何だかわけの分からないものを背負っている。浪人、いや物乞いに近い。行き交う人も気味悪く避けて通る。しかし、もう歩けず品川宿外れの宿に泊まる。

翌日、高輪大木戸を過ぎ、夕方近く、左手は芝増上寺で、妹の愛が嫁いだ三田家は近いが、それはなるまいと思う。しかし身体がどうしようもなく、動けない。蕎麦屋に入り、掛け蕎麦を頼む。一口食べたが何か砂を噛むようで味がなく、食べられない。ただ、汁だけ少し飲み、飯台に頭をつけて寝てしまう。店の女に、「もう看板ですよ！」と言われても動けない。親父と若い職人が出てきて、荘一郎を畳があるところに寝かせる。

翌朝、また女に起こされる、「お客さん！　朝ですよ、起きて下さい！」。荘一郎やっと起きて懐から一朱銀一枚女に手渡し、蕎麦屋を出る。何とか昼過ぎに小川町の我が屋敷に着く。「佐々倉」の表札を見て、大棟門の脇の小戸を押し、懐かしの屋敷に入る。いつもは門近くにいる爺やはいない。玄関に入ったが、荘一郎とうとう力尽き、玄関の式台に倒れ込み、気を失う。夕方、父が帰るまで誰も気が付かない。

第二部　江戸の春風

再　会

大城より大目付荘右衛門、前に供の者、後ろに挟箱《はさみばこ》担ぎ、最後に早川角之進を従えて帰って来る。供の者が、門に向かい、大きな声で、

「ご主人様、お帰り！」

いつもは爺やが大棟門を開けるのだが、開かない。供の者が小戸を開け、中に入り、大扉を開けて主を入れる。荘右衛門、玄関に進むが、式台に何かあるので、

「早川！　式台に何かある！　確かめよ！」

早川角之進、前にゆっくり進み、確認する。

「あ！　人が倒れております！」

「何！　人だと！」

荘右衛門、玄関に入り、うつ伏せに倒れている頭を起こし、髭を生やした顔を見て、

「あ！　荘一郎ではないか！　奥の者。誰かおらぬか！」

玄関の脇の部屋から、若者が出てくる。主人が浪人を抱きかかえているのを見て、

「申し訳ありません、気が付きませんでした」

そのうち、玄関の騒ぎに岡用人、母の玲も出てくる。

「玲や、荘一郎だ」

「ええ！　荘一郎！　なぜこのようになって！　荘一郎！　荘一郎！」

玲は泣きながら、荘右衛門から荘一郎を抱き取り、式台から上げようとするが、重たくて上げられない。それを見て、荘右衛門、

「玲よ、男どもに任せなさい、女どもに荘一郎の部屋に夜具をな。早川、そなたは医師の宗順先生を早く呼んできなさい。手を貸せ、荘一郎を部屋に運ぶ」

「貴方！　なぜこのように荘一郎は！　かわいそうに、死んではいないでしょうね」

「大丈夫だ、ただ気を失っているだけだ。宗順先生に任せよう、いいね」

屋敷内は大騒ぎになる。荘一郎は、ひとまず部屋に寝かされる。部屋から出てきた小者の小川庄三朗を捕まえ、岡用人が、

「そなたはなぜ、荘一郎様が玄関に倒れておるのに気が付かなかったのか」

「はい、厠に行っていたものですから」

「何を言うか、そなたは脇部屋から出てきたではないか。そのようでは、脇部屋にいる意味がないではないか」

「申し訳ありません。以後、気を付けます」

「分かればよい。宗順先生が来たらすぐに知らせよ」

玄関に荘二郎が帰って来たが、いつもと雰囲気が違うので、岡用人に聞く。

「何！　兄上が帰って来て倒れた！」

慌てて、荘一郎の部屋へ飛んで行く。しばらくして早川が、宗順先生と薬箱持ちを連れてくる。荘一郎の部屋では、荘右衛門、玲、荘二郎、お婆様が心配顔で荘一郎の顔を見ているところへ、先生と薬箱持ちが入ってくる。宗順先生、何も言わず、まず荘一郎の手を取り、脈を診て、額に手を当て、それから荘一郎の胸の着物を開く。荘一郎の左肩から右脇腹に掛け、さらしが巻かれている。それを解く。右胸上部に油紙が張り付いている。それを剥がしたら、一寸くらいの刺し傷が見えた。

「貴方、怪我をしていますね」

「奥方様、この傷は一ヶ月前の傷です、治りつつあります」

そのように言いながら宗順先生、荘一郎の腹を擦り、薬箱から大きな貝と油紙を出し、

「まず温かい湯で身体を拭いて下さい。それから、この練り薬を傷口に塗って下さい。部屋は、夜は冷えるので温めて下さい。火鉢なら二つまで、火の上には鉄瓶などを置き、湯気をたてて下さい。本当は添い寝して身体を温めるのが、一番だが」

「私が添い寝します」

母の玲が先ほど、取り乱したが、毅然と言い、部屋を出て誰かにお湯を持って来るよう言いつける。荘右衛門が、

「先生、荘一郎はどうなのかな」

「私は、弟の荘二郎君や愛さんは小さい頃から診ているが、荘一郎君は今日初めて診ました。とにかく、背中の傷は完治しているし、胸の傷も問題ではない。腹には何も入ってないようだ。二、三日、何も食べてないのでは？」

「それで、これからどうすればいいのかな」

「傷が治りつつあるのに、何も食べてない……というより、精神的に食べられなかったと思います。なるべく興奮させないように、あまり人には会わせないほうがいいでしょう。いずれ目を覚ましたら、重湯から食べさせること、一刻くらいしたら、胃腸の粉薬を出しますから、誰か寄こして下さい」

それで宗順先生は帰って行った。荘右衛門が、

「とにかく、安心した、面会は限定しよう、荘一郎が帰ったと知らせるところは、浅野源之輔殿、小野次郎右衛門殿、それから……ううん……」

「貴方、何です」

「うん、三田与左衛門殿のところだが、愛が知れば、飛んでくるやもしれぬ」

「駄目ですよ、あの子は今、身重で大事なときですから」

「だがなあ、荘一郎思いの愛に知らせなかったら、後で知ったとき、頬を膨らませて怒るぞ、わはは……」

「父上、いずれも三軒、私が知らせますから。愛には、あちらの母上か右京殿が了承しなければ来てはならぬと言い含めます。それでいいでしょう、母上」

「ええ、いいでしょう、頼みますよ、荘二郎」

そのとき、女中頭の芳野と女中の七重が桶一杯に熱い湯と手拭いを持ってくる。母の玲が、

「さあ、これから、荘一郎の身体を拭きます。お婆様と芳野のほかは部屋から出て下さい」

荘一郎、母に乱暴に身体を拭かれるが、まだ目を覚まさない。目を覚ましたのは真夜中で、行灯の明かりが天井を照らしている。右横に、夜着を着た女が添い寝してくれている、荘一郎、あ！　志乃、と思ったがそうではない、行灯の明かりで横顔が見える。あ！　母上だ、荘一郎、母の身体からの温もりよりも母の愛に接し、自然に目から涙が溢れ出て止まらず、頤《おとがい》から首筋へと流れる。親不孝にもこのような無様な身体で家に帰り、本当に申し訳ありませんとわびながら、泣き寝入りしてしまう。

荘一郎、再び目を覚ましたのは、辺りが明るい朝だった。母上が火鉢に手を翳して仮眠をしている。昨夜は、眠れなかったのか、荘一郎、小さな声で、

「母上、母上」

と声を掛ける。母の玲が辺りをあちらこちら見渡し、荘一郎が目を開いて自分を見詰めているので、驚いて、

「荘一郎！　荘一郎！」

泣き叫び、荘一郎の夜具の上から抱きついて来た。荘一郎、傷の痛みはないが、息ができず、

「母上、息ができません」

「あ！　ごめんよ、興奮してしまって。でもねえ、昨夜玄関で貴方を見たときは、どうなるかと思ってねえ」

「申し訳ありません、このような身体で帰って来て」

「いいのですよ、意識が戻ったのだから、お腹が空いているだろう。お湯で薬を飲みましょうね」

荘一郎を半身起こし、火鉢を寄せて座布団をあてがう。それから椀に鉄瓶の湯を注ぎ、口でふう、ふうと吹き冷まし、荘一郎に湯を飲ませ、それから粉薬を飲ませる。荘一郎、不思議とむせずに飲み込める。母の玲が今度は椀に重湯を入れ、また冷まし、小さいお玉で飲ませる。これも自然に荘一郎、腹におさめる。お代わりまでする。不思議だなあ、川崎の宿、品川の宿でも特別にお粥を作って貰ったが、一口も飲めなかったのに、やはり母上が傍にいる安心感なのか、ありがたいことだ。

荘一郎、腹も膨らみ、安心して再び深い眠りに入る。

それから目を覚ましたのは夕方で、また火鉢を背に薬と重湯を母上に飲ませて貰う。そん

な折、荘右衛門と荘二郎が一緒に帰って来て部屋に来る。二人とも荘一郎が重湯を飲んでいるので吃驚して、

「荘一郎、どうだ、痛いところはないか」

「父上、このような身体で帰家し申し訳ありません」

「いや、とにかく帰れたのだから、よしと思っているよ」

「私はこの三年間の旅で、三人の者を殺めました、むろん、いずれも止むを得ないことでしたが。最初は、便りにも書きましたが、諏訪の道場で道場破りの浪人が来た際に、いつもは話の上手い門弟が僅かの金子を渡し、帰ってもらいますが、私がいたので立ち合いました」

「それでは、その浪人を傷つけたのだな」

「いえ、ただ木太刀を打ち落としただけですが、その後、私が甲州街道を塩尻へ向かう道、後ろに殺気を感じたので前屈みながら、その浪人を確認しました。背を斬られましたが、私も倒れながら一振り、手応えあり、しかし出血が酷く一ヶ月以上体力が戻りませんでした。二回目は、木曽の山中で剣の極意を得た時師匠が絶食して亡くなり、止むなく下山して村へ行き名古屋への道を聞き、村を後にした際、里村に近付いたら、村の者が後を付けてきて突然斬り付けて来ました。それをかわして斬り捨てました……」

「そのときは、怪我はなかったのかな」

「はい、そのときは空腹で気を失いましたが、怪我はしませんでした。そして最後は、川崎

宿の手前で農家の納屋に浪人が庄屋のお内儀を人質に、立て籠もっているところに出遭いました。先に役人が入り斬られて、怪我をして戸板で運ばれて行ったそうで、あとに私が納屋に入り人質の安否を確かめたとき、突然浪人からの白刃が突き出してきて、胸を刺されながら表に転がり出まして、すぐに浪人、私を追って来ました。それを一刀のもとに斬り捨てましたが、私は、医者がすぐに来ず、出血が多くてこのような状態になりました、前の役人は胸から背中に白刃が突き抜けていたそうです、私も危ういところでした……父上……疲れました、寝かせて下さい」

「うん、荘一郎、よく分かった、さあ、寝なさい」

荘一郎、言うべきことを言ったので安堵したのか静かに寝付いた。

二日目も朝、目を覚ます。今日は母の玲はすぐ分かり、荘一郎を起こして薬と重湯を飲ませ、寝かせる。荘一郎、意を決して母上に恥を話すことにする。

「母上、これは父上には内緒に願いたいのですが、聞いて下さいますか」

「旦那様とは隠し事はないのだけれど、たってと言われればねえ」

「ありがとうございます、実は、昨日話した三回の斬り合いのとき、いずれのときも気を失い、目を覚ましたら、私は裸にされ、隣にやはり裸の女の人に添い寝されていました。何日もそれが続き、いつしか女と交わってしまいました。最後の川崎宿では相手の女に、子を宿しかねないので、無理をしてそこを後にしました、私は罪深い身です……」

母の玲は薄々分かっていたようで、しばらく荘一郎を見詰めていたが、

「分かりました、それはもう忘れましょう、良いですね、私も忘れます」

「ありがとうございます、心の重荷が取れました」

そのように言って目を瞑り、安堵したのか深い眠りにつく。荘一郎、真夜中に厠に行きたくなり、母上を起こすが、荘一郎の身体が重くて支えきれない。隣の部屋で寝ている荘二郎を起こし、支えて貰う。荘一郎、弟に、

「済まないな、真夜中に起こして」

「何を言いますか、兄上、私は今まで兄上には大変世話になっていますよ。剣術や学問の手解きなど色々してくれたでしょう、これくらい何でもありませんよ」

「分かった、頼む」

それから二日後、荘右衛門、非番で在宅なので午前中、叔父の北町奉行の浅野源之輔が顔を見に来る。午後に小野派道場の師匠、次郎右衛門が来る。

「これは師匠、このような身体になり、帰ってきました」

「よい、よい、そなたのことは名古屋の豊田孫兵衛殿より書状が届いている。遅かれ早かれ壁に突き当たるのだから、今回でその分、早く回復すると言うことよ、ゆっくり養生しなさい。焦らずにな、まだ若いのだから」

次郎右衛門はそれ以上何も言わず部屋を出る。荘右衛門が次郎右衛門を自分の部屋に呼び

入れ、名古屋の師匠の書状について、できることなら教えて欲しいと頼む。

「いえ、それ程大したことではないですよ、ただ豊田殿は人相観をするのか、荘一郎君を観て二年以内に大きな挫折を味わうと言われていましたが」

しかし荘右衛門、荘一郎がなぜ、今、大きな挫折を味わっているのか疑問に思う。

「荘一郎の話だが、川崎宿で浪人が庄屋のお内儀を人質に納屋に立て籠もり、それを助けに納屋へ入ったが、胸を刺され手傷を負いながらも、一刀のもとに相手を斬り伏せたのだから、儂には何も大きな挫折を味わうことはないと思うのだが」

「はあ、そのようなことがありましたか……うん、私が思いますに、豊田殿の書状によると、荘一郎君を一見して、今が登り龍と見て取ったようです。それと道場で大勢いる中で、居合抜刀術を披露して貰ったそうですが、白刃の動きが見えたのは、むろん師匠の豊田殿、子息の右兵衛殿、師範代の後藤、それと他には高弟の二人だけだそうです」

「ほほう、それほどの早業なのか」

「しかも初手から見えたのは豊田殿のみで、師範代は途中から、高弟は白刃が鞘に入る寸前しか見えなかったとしたためられていました。私も早く見たいものです」

「木曽の山中で仙人に指導されたことが、凄まじいということか」

「私も、左様に思います。しかも豊田殿もその居合抜刀を知る前に、荘一郎君と立ち合っていたら、致命傷にはならないが、相当な手傷を負うとのこと。従って荘一郎君と子息の右兵衛君、師範代との、木太刀による手合わせは、どちらが勝っても負けても、気力において挫折を味わうので、控えさせたとのことです」

「分かった、名古屋から、あの霊峰富士を眺めながらの順風満帆の旅、それが川崎宿での手負いで登り龍の頭を殴られたということか」

「ええ、その通りだと思います、とにかく身体はすぐに元に戻ると思いますが、気力回復は長引くでしょう。なるべく荘一郎君のやりたいようにさせるのが、回復の早道かと思います」

次郎右衛門はそのように言って帰って行った。

それから三日後、三田右京に連れられて愛が見舞いに来た。愛は部屋に入るなり、

「兄上は私が介護します！　いいでしょう母上！」

「何を言いますか！　この子は！　貴方は今が一番大事な身体ではありませんか」

「いけませんか母上、それなら私は実家で子供を生みます。それなら良いでしょう」

笑いながらそれを聞いていた右京が、

「ここに来る道々、こればかり私に言うのです。私は母上様が許して下さるならいいですと申してきましたが、やはりいけませんか」

「当たり前です、愛は三田家に嫁いだ身です。ご母堂様によろしくね、右京さん」

話の成り行きを聞いていた荘一郎が、

「右京君、愛殿、二人の婚礼に出席できなくて申し訳なかった。この埋め合わせはいつかさせて貰うよ」

「いやいや、義兄様、今日元気なお顔を見られただけで充分です。そうだろう、愛殿」

愛は黙って荘一郎を見詰めている。

「愛殿の気持ちは充分分かった、ありがとう……泣くでない……三田家で立派な子を生んでくれ、そうしたら私が、真っ先にお祝いに駆け付けるから。いいでしょう、母上」

「ええ、そのときは頼みますよ」

右京と愛は荘一郎の部屋で皆と一緒に昼餉を馳走になり、夕方近くに右京が、また来させて貰いますと言って、帰りたがらない愛を連れて帰って行った。

それからは荘一郎、重湯からお粥になり、副食物も食べられるようになる。母上の添い寝はなく、荘一郎は厠にも這って行っていたが、五月になり、壁伝いに行かれるようになる。外は天気も良いが荘一郎は屋敷から一歩も出ず、ただ、部屋にごろごろしているだけ。ときにはお婆様の部屋に行き、お婆様が愛の子、曾孫の産着を縫っているのを寝転がって眺めているだけ。父上の書斎へ行っては何かの書物を見たり、時には調理場に行き、ただ、水を飲んで帰って来る。家族の者、家来、使用人に至るまで荘右衛門が、荘一郎のやりたいようにさせるようにと指示してあるので荘一郎、皆に忘れられたように振る舞っている。

六月の梅雨も過ぎ、七月から段々熱くなり、八月の真夏になっても荘一郎、毎日何をするわけでもなく、日々を過ごしている。ある日、荘一郎、部屋の障子を開け、縁側で胡坐をかき、庭をただ眺めていた。部屋には母の玲が着物を縫っている。荘一郎、庭の緑豊かな芝生を見て、その先の空池を見て、あの東海道の由比宿の旅籠の庭を思い出す。そして上に聳える霊峰富士、その向こうが木曽の山と思い出しながら、屋敷の空池の先、石塀の上を見る。空は青空、左手に入道雲がもくもくと上がっている。

鳥が二羽、右から左へと飛んで行く。鳥の羽ばたきは、なぜか遅い。荘一郎、それでは地上に落ちてしまうではないか、と思った瞬間！

「常時！　平常心！　それが極意だ！」

荘一郎の頭から腹の底に、木曽山中での師匠の声が割れんばかりに響いた！　荘一郎、胡坐をかいていたが、そのまま三尺以上飛び上がり、縁側にすっくと立つ。母の玲が驚いて、

「荘一郎！　どうしたのかえ！」

荘一郎、しばしそのまま立っていたがおもむろに後ろを向き、母の前に来て座り両手をつき、

「長い間、私のわがままを、お許し下さり、ありがとうございました。今夜、父上、母上それと荘二郎の三人の前でお話の儀ありますので、よしなにお願いします」

その夜、父上が話を聞いてもよいとのこと、荘二郎が荘一郎を呼びに来る、そのまま二人で両親の部屋へと行く。両親は大きな膳を前にして、二人並んで座っていた。荘二郎が荘一郎の横に座ろうとしたので、荘一郎、

「荘二郎は父上の隣に座ってくれ」

「ええ、なぜです」

父の荘右衛門が目で隣に座るよう促す。

「父上、母上、三年前、わがままにも武者修行の旅に出して貰いありがとうございました。それが皆様に迷惑をかける身体になり帰宅し、半年近く私を自由にして下されありがたく、これからの話、言いづらいのですが、私の最後のわがままとお聞き下されれ」

三人とも、皆、荘一郎がこれから何を話すのか、じっと顔を見詰める。

「佐々倉家の跡目相続は、荘二郎にお願いします」

「兄上！　何を言いますか！」

「そうですよ！　荘一郎！　何を考えてそのようなことを、ねえ、貴方」

荘右衛門は黙って、三年前旅に出ると言ったときと同じような顔で、荘一郎を見ている。

「私は父上のように、毎日裃を着て執務するのは、これから先、到底耐えられません、その点、荘二郎は間違いなく務めるでしょう、ですから」

「分かった」

「貴方！　そのように即断してよろしいのですか」

「よいのだ、明日、勘定方に届けよう」

「さっそくのお許し、ありがとうございます」

「荘一郎、一筆、但し書きを添えるぞ。先々に於いて、荘右衛門が荘一郎を跡目相続とすることがある……とな、どうだ」

「はい、それで充分です、いいですね、母上、荘二郎」

二人とも、納得していないようだが、荘右衛門が断を下したので、従わざるを得ない。

「それと、これから荘二郎には私の剣の極意を、ある程度まで指導します」

「ありがとう兄上、でもある程度とはなぜです」

「私と同じように極意を得たら、お前も私と同じになり、佐々倉家はどうなる。父上が困るだろう」

「しかし」

「大丈夫、ある程度といっても、小野派一刀流の免許皆伝の上にまで指導するよ。父上が北町の奉行をしていたときでも与力、同心の中には、父上より腕の立つ者は多くいた。何も奉行自ら盗人を取り押さえるわけではない。でしょう、父上」

「そうだ、剣は護身とお前達の爺様のように、上様に危害が及ぶときに守ればいい。剣の達人でなくとも、それはできよう」

「それでは、これより私が会得しました居合抜刀の術を道場でお見せします。荘二郎、道場を明るくしておいてくれ、母上も見ますか」

「何を言います、お婆様も連れて行きますよ」


荘一郎は、屋敷に半年もいたのに、道場へは一度も足を運ばなかった。今夜が初めて道場に入る。幅三間半、奥行き六間半、半間の見所がある、その壁上に神田明神の神棚があり、荘一郎、その神棚に向かい、正座して両手をつき、言上する。

「私、荘一郎はこれより終生、当道場において、剣の修行を積ませて頂きます。以後、どうかよろしくお願い申し上げます」

荘一郎が唱え終わったら、家族の者は前に、家来や使用人は奥に詰めている。荘一郎、おもむろに誰に言うでもなく、

「これより私が会得した、居合抜刀の術を、初め二回、ゆっくりとやります。その後、やはり二回行います。よく見ていて下さい、では」

前の者に見えるように、横に向き腰を落とし、白刃を前に引き抜き、後ろを見て後ろへ突き、また前を向き、大上段に斬り下げ、元の鞘に、ぱちんと納める。いつもは音をさせないのだが、これを後ろにいる者にも二回見せる。荘一郎、しばし息を整え、素早く本番を二回、ぱちん、ぱちん、と行う。後ろにいる者にも二回見せる。荘一郎、父の前に来て正座して、

「白刃は見えましたか」

「いや、いつ刀が抜かれたか分からぬ。ただ、最後、ぱちん、と鞘に入る寸前、わずかだが白刃が見えたが」

「さすが、お父上、それだけ見えれば充分です。父上も若いときは、かなり剣術に身を入れたでしょう、荘二郎はどうか」

「はい、やはり父上と同じです」

「早川さんはどうです」

「うん、荘二郎さんと同じですが」

「その他の方々はどうです……居りませんか……母上はどうです」

「これ、荘一郎！　馬鹿にするでない、私が分かるわけないでしょう、ねえ、お婆様」

「当たり前です、だけれど荘右衛門、今のは凄いのかえ」

「はい、お婆様、小野次郎右衛門殿も最初の抜き払いは、予測していなければ斬られるであろうと申していましたよ」

「ええ！　父上、師匠がそのように」

「うん、お前を見舞いに来た帰り、儂の部屋で名古屋の豊田師匠の書状に書かれていることを、儂に話してくれたよ、次郎右衛門殿も、お前の居合抜刀を早く見たいとも言っていたが」

「そうでしたか……私は木曽の山中で雪の降る中、毎夜千回、これを素振りしていました。荘二郎、早川さん、それから誰でも、今夜から、まず五百回を目標に、居合抜刀の素振りをしましょう。半年でかなり上達すると思いますよ」

それからは、荘一郎、屋敷の道場へ朝から入り浸りで良い汗を流し、ますます身体が健康になる。

荘二郎、ある夜、隣の部屋から夜具を持ち込み、荘一郎と枕を並べて寝る。次の朝、母の玲が、荘二郎が起きて来ないので部屋を見たらいない。屋敷中騒ぎになる。荘一郎の部屋に来て、

「荘一郎、起きていますか」

母の玲が部屋に入って来たら荘二郎が寝ているので、吃驚するやら、おかしいやらで、

「うふふ……荘二郎！　起きなさい！」

二人とも、驚いて目を覚ます。

「荘二郎！　今日は奉行所に行く日でしょう」

「はい！　そうでした、寝過ごした！」

「寝過ごしてはいませんが、早く支度をしなさい」

「荘二郎、夜具はそのままでいい、私も敷きっぱなしだから」

「いいえ、七重に畳んで貰います。でも何だねえ、兄弟二人枕を並べて寝たのは、何年振りかね」

「私がこの部屋に来たのは五歳のときでした」

「そう、そう、貴方は旦那様に言われて一人でこの部屋で素直に寝ました。私は心配で夜中に何度も見にきましたよ」

「何日もですか」

「いや、四日くらいかね、でも、ちゃんと寝ていたのでそれからは見にきませんでしたよ。それが、こんな大人になって」

「いやあ、昨夜は寝ながら、私は武者修行のこと、荘二郎は今の奉行所での話をして、寝付いたのは真夜中を過ぎていたと思います。そう、そう、私が荘二郎に井関家の佳代さんと早く夫婦になれと申しましたら、荘二郎は私が先に身を固めるまでしないと言っていましたが、私は、当分嫁さんは貰いませんから、母上から早く荘二郎を纏めて下さい」

「そうだねえ、我が家は愛が先に嫁いだから、下から順なのかね」

それから、荘一郎も身支度をして朝餉を済ませ、小野派道場から荘二郎を介して早く来てくれと、催促されているので、一日出向く。むろん、居合抜刀の術を披露する。師匠と跡目師範代は全て見えたと言う。高弟の羽賀義平、中沢権之助殿の両名は、白刃が抜き出る瞬間は見えないと言った。次郎右衛門師匠は、

「わははは！　羽賀君、中沢君の両名は佐々倉君の最初の居合いで、斬られていることになる。その他、見えた者はいるかな」

半分から見えたのは四人、鞘に白刃が入るのが見えた者がやはり四人、名古屋の豊田道場より技量が上のようだと荘一郎は思った。

師匠の居室で、高弟達と昨年皆伝を得た旧友の西川鎌太郎も陪席して、昼餉を馳走になる。師匠が、

「名古屋の豊田殿の書状に、佐々倉君の居合抜刀術は白刃が見えるか見えないかで、剣の技量を測れるとあったが、正しくあるな。西川君も佐々倉君には大分差をつけられたようだな」

「師匠、私ら三人は、三年前に既に差をつけられていましたよ」

「わはは、そうだったな、伊達藩士の中村君、佐竹藩士の草薙君は二年前に皆伝を与えたな。まあ、佐々倉君、屋敷も忙しいだろうが、ここにもなるべく顔を出して貰いたいな」

「はい、ここには私の原点がありますので、そのようにさせて貰います」

その内、三田家から愛が男の子を生んだと知らせが来た。母子ともに安泰とのことで、両親より荘一郎に近日中に、お祝いの品を持って行くように言われる。産後十日過ぎ、左手に祝い酒を下げ、産着など祝い品を背負い、懐に荘右衛門より預かった祝い金子をしまい、三

田家を訪問する。

「お頼みします、佐々倉荘一郎が参りました」

すぐ玄関に、右京がにこにこ顔で現れた。

「お待ちしていました、どうぞお上がり下さい」

「お父上はご在宅かな」

「いえ、本日は大城へ出向いています」

「それなら、先にお母上にご挨拶しましょう」

荘一郎、まず、ご母堂に型通りの挨拶をして祝いの品を渡し、愛が寝ている部屋へと右京に導かれる。愛と赤子が並んで寝ている。赤子はすやすや寝ていたが、愛は顔が真っ白で解れ毛が乱れて顔を塞いでいて、知らせでは母子とも安泰と聞いていたが、愛は大丈夫なのか。右京の声で愛が目を覚まし、荘一郎を見て、

「あ！　兄上、祝いに来てくれましたか」

久し振りに兄の顔を見たせいか、解れ毛を直したら顔が赤みを帯びてきた。荘一郎の考えは杞憂だった。

「愛よ、立派に三田家の跡取りを生んだな、天晴れだ。そうだろう右京殿」

「はい、両親も喜んでいます。私は兄弟がいないので、もう一人欲しいが」

「二人とも、まだこれからではないか、愛は大変だろうがな」

愛が疲れるといけないので、早めに切り上げて昼餉を馳走になる。それから藤田家の小三朗に会いに行ったが不在なので、廻船問屋の駿河屋に行こうと足を向ける。

盗人退治

その途中、今年三月、川崎宿で怪我をして品川宿でも何も食べられず、そこから歩き、蕎麦屋に入って掛け蕎麦を注文したが一口も食べられず、机にうつ伏せになり朝まで厄介になった蕎麦屋の前に出た。荘一郎、まだ昼を過ぎたばかり、腹は空いてないが暖簾が出ているので入る。

「いらっしゃいませ」

店の若い女が声を掛けてきた。

「私が分かりますか」

「いいえ、分かりません、どちら様ですか？」

「半年前、この机で掛け蕎麦を注文したが、一口も食べられず、朝まであそこの畳で寝かせて貰った浪人だが」

「ああ、分かりました。看板になっても帰らないので、ここの主人と平助さんとであそこの畳へ寝かせました。朝よろよろと帰りましたが、あの時一朱銀、一枚頂きまして、ありがとうございました。お身体はよろしいのですか」

「やっと分かってくれたか、今はほら、このように元気、今日はあのときのお礼に来たのだよ」

「そうですか、それはようございました。平助さん！　いつぞや、一朱銀をくださったお武家様ですよ、来て下さい」

「これは、これは、あのときは過分の代金を頂き、ありがとうございました。今すぐに天蕎麦を作りますので、食べて行って下さい」

荘一郎は長椅子に座り、蕎麦ができるまで女と話す。

「ところで、主は不在なのかな？」

「あの、ここの主人は今年五月に亡くなりました」

「おお、そうか、では平助さんが主か」

「いいえ、大坂から主人の弟様とその娘様が見えられて、でも娘様は四、五日いたら、すぐに大坂へ帰られました。今はその弟様に雇われています」

そんなとき、裏口から薬売りと玩具売りが入って来て、二階へ上がって行った。

「二階は貸し宿でもしているのかな」

「あの方達はご主人様のお知り合いです。大坂から頼って来ました」

平助が天蕎麦を持って来て、

「あの方達の他に三人います、ええと……飴売り、それから風鈴売り、もう夏が過ぎたので売れないので二階に入り浸りです。あと、簪《かんざし》売りで五人、私達は朝と晩、六人に食事を作る条件で働かせて貰っています」

「ふうん、大勢いるなあ、まあ、世の中、物騒だから人が多いほうがいいかもな」

「でも、近々、大坂へ引き揚げるそうです。ご主人様が申すには、五年くらいしたらまた来るがそれまでここをやっていてもいいと言われました」

「そうか、良い主人で良かったな」

荘一郎、蕎麦を食べ終わり、勘定を払わずに、また寄らせて貰うよと言い、店を出る。しかし頭の中は箱根の温泉宿で湯に浸かっていたとき、二人の客が話していたことを思い出す。あのような香具師達は一人では何もしないが、二人寄れば悪さをする。三人以上集まり頭がいれば、押し込み強盗をする。間違いない、この蕎麦屋は盗人宿だ。荘一郎、周辺の家屋を確認して、廻船問屋へ行くのを止めて、北町の奉行所に向かう。

叔父の奉行は帰り支度をしていたが、荘一郎が複雑な顔をして来たので、居室を人払いして二人だけで話を聞く。荘一郎、箱根の宿での廻船問屋、駿河屋の巾着騒動と、蕎麦屋の二階にいる香具師達のことを手短に話す。

「うん、荘一郎君の考えが当たっているだろう。ここ春先から、浅草と内藤新宿で夜半盗みに入られている、内藤新宿は北町の当番のときだったが、まだ探索中である」

そう言って、両手で、ぽん、ぽん、と手を打ち、誰かいるかと部屋の外に聞く。

「はい、平吉ですが、何か」

「まだ与力の山根蔵人はいるだろうから呼んでくれ……山根は、荘一郎君も面識あるからな」

「はい、でもこれは私の考えですから、思い過ごしかも知れませんが」

「いや、間違いない、今申したが、浅草と内藤新宿での盗みは、呉服屋と隠宅だが、夜中に入られた。被害は両方で五百両と少し、しかし二件とも、忍びのようで、寝ている者は気が付かなかったそうだ。そうか……近々、大坂に帰ると言っていたな。では大仕事をして逃げる積もりだな」

そのとき、与力の山根が部屋の外で、

「山根です、お奉行、何かお呼びで」

「おお、山根、入りなさい」

山根与力が入って来たので荘一郎、今までのことを順に話す。

「さすが、前奉行のお子、間違いなくそれは盗人宿、それでこれからどうなさるので」

奉行の源之輔がどうしたものか荘一郎を見る、荘一郎、

「私の考えを申してもいいですか。あくまでも仮説ですが」

「うん、佐々倉君がここは一番状況に詳しいのだから、仮説でも何でも聞かせてくれないか。ねえ、お奉行」

「それでは、場所は増上寺近く、芝浦の蕎麦屋は海側で、左が乾物屋で右は隠宅、蕎麦屋を前にして左側に裏口へ入る一間弱の通路があります。それは隠宅と共用しています。突き当たりは板塀で塀の向こうは長屋でしょう。後で確認します」

荘一郎、紙に簡単な絵図を描いて説明する。

「蕎麦屋の向かいは小売りの酒屋、左は隠宅、右は雑貨屋、笊《ざる》だのお玉、蝋燭、草鞋も売っている。雑貨屋の右は幅三間の通り、そこに雑貨屋の裏口があります。雑貨屋の二階から蕎麦屋を見張るのが一番よいでしょう」

荘一郎、話をいったん切り、質問があるか聞くが、両名、地図を見ているので理解しているようだ、続けて説明する。

「雑貨屋に詰めるのは私と荘二郎、後は私の友人ですが藤田小三朗、それとあの辺りに顔が利く十手持ち、山根さん、良い親分はいますか」

「同心の山田義兵に聞きましょう、芝の辺りは詳しいから」

「それから、これは私の独断ですが、見張り所から奉行所まで知らせに走るのに、馬が良いと思うのですが。知らせは荘二郎にさせます。馬を繋いでおくところは芝浦近くの廻船問屋、駿河屋に頼もうと思うのですが、どうでしょう」

「そうだなあ、多分押し込み決行は真夜中として、当たりはどこか、とにかく早く奉行所に知らせて貰いたいが。ところで奴らは殺傷しそうかな」

「分かりません、薄暗くて顔は見えませんでした。そう、これも私の推量ですが、彼らの狙いどころに繋ぎを入れていると考えられませんか」

「そうだなあ、近々大坂に帰るということからして、それはおおいに考えられる。でしょうお奉行？」

「うん、あり得るが、まだ何かあるのかな、荘一郎君」

「はい、そこで繋ぎと接触するのは誰か、まず風鈴売り、飴売り、玩具売りは繋ぎと接触するのは難しいと思われますが、どうでしょう」

「むろん、どこか大店に入っている繋ぎは男か女か分からないが、子供ではないだろう」

「そこで、薬売りと簪売りですが、簪売りは錠前開けと考えられなくもない。残るは薬売り、これは誰でも接触できます」

「うん、決まりだな、山根、十手持ちに尾行は薬売りに絞ると伝えよ。他の者の尾行は一応させよう、配置人員は足りるかな」

「はい、明日からの見張りによって順次、人員を決めましょう。佐々倉君、連絡頼む」

密談は終わり荘一郎、辺りが暗くなったが、奉行に会う前、下役人に荘二郎に奉行所に来るように連絡しておいたので待つことにする。しばらくして奉行所に荘二郎がやってきた。

荘一郎、今までの経緯を手短に話し、

「これから廻船問屋の駿河屋に行くので、屋敷には帰らないかもしれない。明日は荘二郎も私と行動を共にするから、その旨、父上に伝えてくれ。それから馬丁と馬一頭引いてきてくれ。明日は朝五つにここで会おう」

奉行所で提灯を借り駿河屋に向かう。道は築地の先芝浦寄り、まだ人の往来はある、店の前に来た。大戸は閉まっていたが、どん、どんと叩き、

「夜分申し訳ない！　佐々倉荘一郎が来ました！　お願いします！」

しばらくして、隣の小戸が少し開き、浪人らしい男が顔を出し、

「当家に何か用かな」

「当主の駿河屋太平衛さんに、佐々倉荘一郎が会いにきたと告げて貰いたいのですが」

「それで主は分かるのかな」

「はい、すぐ会ってくれると思います」

「では、しばし待たれよ」

浪人、戸を閉めて行ったが、なかなか出てこない。しかしここは辛抱して待つしかなく、四半刻近くなって、第一番頭の勘蔵が小戸を開けて表に出てきた。

「佐々倉様ですね、番頭の勘蔵です。お身体はもう良いので」

「はい、この通りです、屋敷には何度も来て貰い、申し訳ありませんでした、今夜は駿河屋太平衛さんに頼み事があり、夜分失礼とは思いましたが、来てしまいました」

「分かりました、今、主は風呂に入っています。繁造さんはもう帰りましたよ。佐々倉様は、

夕餉はまだでしょう、一緒に頂きましょうか」

荘一郎を導き入れ、手代や丁稚十数人、女中の給仕で膳に向かい食事をしているところに案内した。また、先ほど最初に出てきた浪人は、同じ浪人と端のほうで酒を飲んでいる。番頭の勘蔵が女中に、

「私も食べるから、膳を二つこしらえてくれ」

また、丁稚の一人に家に夕餉を済ませる、今夜は泊まりになるかも知れないなど、連絡するように頼む。女中が二人の膳を運んできた。膳には少し大きめな茶碗にご飯、葱の味噌汁、香の物、めざしが二尾。荘一郎、黙って食べる。最後に茶を飲み、しばらくして番頭が、では参りましょうかと言い、立ち上がる。色々廊下を曲がりながら、障子に明かりが見える部屋の前で、番頭が声を掛けた。

「ご主人様、佐々倉様をお連れしました」

「おお、入りなさい」

部屋の中で太平衛、にこにこ顔で待っていた。

「佐々倉様！　一別来ですなあ！」

「屋敷には何度も足を運ばせ、申し訳ありませんでした」

「何の、何の、しかし、元気になられて良かったですな」

「ええ、おかげさまで」

「ああ、これが第一番頭の勘蔵でして、繁造は帰ったのかな」

「はい、ご主人」

「そうか、いれば佐々倉様の顔を見られて喜ぶのに。とにかく、この佐々倉様は剣が立つは、頭は切れるは、顔も身体も立派だし、気心も素直だし、三拍子いや四拍子も揃っている御方だ」

「いや、それは褒め過ぎです」

「ところで、その後、箱根の件はどうなりましたかな」

荘一郎、駿河屋一行と別れてからのことを話す。箱根の件はやはり、二人の香具師が翌日の晩、役宅の庭に、忍び込んできたところを取り押さえたと話す。しかし、今夜来訪した意を話すことにする。蕎麦屋に寝泊まりしている香具師達のこと、北町奉行所での会合の経緯を話し、

「できますれば、駿河屋さん宅に、奉行所への走りとして馬を一頭置いて貰いたいのですが、どうでしょうか?」

太平衛と番頭が顔を見合わせ、笑っている。

「何でしょうか?」

「いや、失礼、厩はありますが、今は物置になっています」

「それはどういうことですか」

「どう説明しましょうかね、つまり、廻船問屋としましては、確かに馬車で荷を運びますが、多いときには、馬車四台くらい要るときがあります。しかしそのために一年中、馬を四頭も飼っていると費用がかさみます。そのつど借りるほうが、安上がりなのですよ」

「なるほど、分かりました、では馬丁と馬一頭、明日一緒に連れてきてもいいですね」

「ええ、どうぞ、勘蔵、昼までには大丈夫ですね」

「はい、必ず」

「ありがとうございます、連絡には私の弟が来ます、明日一緒に連れてきます」

「ところで、その盗人達の狙い所は、まさか我が家ではないでしょうね」

「勘蔵さん、今年、太平衛さんが箱根から帰ってきてから、新しい人を雇い入れましたか?」

「いえ、一人も雇っていません」

「即答ですね、それなら駿河屋さんは狙われていません」

「口真似ですが、即答ですね」

「はい、四月に大坂から蕎麦屋の主の弟という者が娘を連れてきました。娘はしばらくして大坂へ帰ったそうですが、私は帰ったのではなく、ある大店か金貸し、または金を溜め込んでいる隠宅に潜り込んでいる、その可能性があると思っているのです」

「わははは、勘蔵、ここでなくて良かったな」

その夜は荘一郎、駿河屋に泊まり、翌朝、朝餉を馳走になり、奉行所に駆け付ける。奉行はまだ来ていないが、与力の山根さんを筆頭に芝浦周辺を管轄する同心の山田、その十手持ちの平治親分、子分の庄三、築地界隈をみている同心の西村利平衛、弥助親分、子分の為七、むろん同心の荘二郎も顔を連ねていた。荘一郎が見えたので与力の山根が口を開く。

「昨日、お奉行より芝浦、蕎麦屋の盗人宿の件は、私が取り仕切るよう仰せつかった。しかし実際の指示はこの件を一番熟知している、今来た佐々倉荘一郎君が行う。よろしいかな」

皆、黙って頷く。

「では、皆、異存はないようなので、佐々倉君、これからの我々の行動について頼みますよ」

荘一郎、ひと呼吸置いて皆の顔を見渡し、おもむろに話し出す。

「諸先輩を前に僭越ではありますが、私の考えを申し述べます。まず蕎麦屋の前の雑貨屋を見張るところにする交渉は平治親分にお願いします。そこに詰めるのは、平治親分と庄三さん、河喜田屋の孝三さん、彼は絵描きで私の友人です、三人は香具師達の尾行をお願いします」

同心の山田が話を割って、

「尾行は三人でいいのかな」

「そうですねえ、蕎麦屋のおみつの話から、風鈴売りと簪売りは、昼間は滅多に外に出ないらしい。そこで繋ぎ……まあ女として、それと接触するのは薬売りではと考えます。これは平治親分と庄三さんに、代わる代わる日をかえて尾行してもらいます。残る二人は、どちらか空いたほうと河喜田屋の孝三さんということに。もう一人は、私の友人で、旗本の藤田小三朗さんを入れます。万が一、簪売りか風鈴売りが出た場合に、彼を尾行させます」

わはは、と笑いながら与力の山根が、

「それで、佐々倉君兄弟は何をするのかな」

「はい、私達二人は昼、寝ます。夜は見張りということで」

「うん、なるほど、了解した」

「山田さんは親分達三人で雑貨屋見張りの交渉をお願いします。私と荘二郎は河喜田屋に寄ってから、廻船問屋の駿河屋に回ります。駿河屋に馬を一頭預かって貰い、荘二郎が、いざ！　と言うとき、馬で奉行所へ知らせます。昨夜、承諾を得てきました。従いまして雑貨屋には昼過ぎになるかと思います」

山田同心が、

「多分、見張り場所の件は大丈夫と思うが、交渉が良ければ店先に赤い布を目印に下げておくがどうかな」

「駄目な時は白布で、さすればまた奉行所に帰ってきて検討しましょう」

一応、作戦会議は終わり、山田同心達は雑貨屋へと向かう。荘一郎は、荘二郎を馬に乗せ、佐々倉家の馬丁に轡《くつわ》を取らせ、その前を歩き河喜田屋へと向かう。河喜田屋は既に店を開けている。荘一郎、店に入り丁稚に声を掛ける。

「ちょっと頼まれてくれないかな、孝三さんに佐々倉荘一郎が会いにきたと告げて貰いたいが」

「ええ！　孝三さん？」

「そうだよ、河喜田屋さんの子息の孝三さん」

「孝三お坊ちゃまで……番頭さん！　こちらの方が孝三お坊ちゃまに用事だそうです」

店奥で色々指示していた四十代で押しのある男が店前に出てきて、

「あ！　もしかして佐々倉様で？」

「はい、そうですが、先ほど、この方に申しましたよ」

分かりました、少々お待ちをと言い、店中へ入って行ったがすぐに番頭が連れてくるより先に孝三が店先に駆け出てきて、懐かしさのあまり荘一郎の手を取り、

「怪我をしたそうで、もう大丈夫なのですか？」

「この通り、それより四、五日孝三さんの身体を貸して貰えませんかね」

孝三はむろん暇を持て余しているので、駿河屋への同道で経緯を話す。孝三、奉行所の探索の手助けをするので上機嫌である。孝三は今、ある大店の娘、やはり三女との縁談の話が

あり、孝三の父親から、所帯を持ったとき、日々費やす銭は出してやるが、お前自身も絵描きとして銭を稼ぐか、僅かでも良いから銭を得る算段をしなさい、と言われている。また孝三自身、娘を見ているようで満更でもない口振りである。

「それなら孝三さん、蕎麦屋から出てくる香具師達の似顔絵を描いて下さい。それによっては奉行所のお抱え似顔絵師に推挙しますよ。さすれば月々手当が貰えますよ、そうだろう荘二郎」

馬に乗っている荘二郎、

「今、似顔絵を描く人はいますが、素人なので捕まえた犯人と特徴が合っていない場合が多いです。孝三さんは目や鼻、口等特徴を言われただけで似顔絵が描けますか」

「むろんです、写実が基本ですがそれも基本です、雑貨屋に着いたら取って返して遠眼鏡を持ってきましょう」

「遠眼鏡を使用するときは、反射して相手に気付かれる恐れがある、注意しましょう」

昼頃、廻船問屋の駿河屋に着いた、馬と馬丁は厩へ行く。三人は駿河屋太平衛と共に昼餉を馳走になる。太平衛、終始にこにこ顔で荘二郎を見て、剣術より執務のほうが合っているとか、河喜田屋の孝三を見て確かに貴方は大店の主人にはなれないと笑い飛ばしていた。最後に、

「佐々倉様、これは箱根の宿で金子《きんす》を取り戻してくれたお礼です。七十七両の一割、あれか

ら半年が過ぎたので、利子を付けて八両、どうか受け取って下さい」

「いやあ、そのような金子、頂けませんよ、七湯巡りの宿代や酒代を出して貰いましたから」

「宿代などは佐々倉様に道中の用心棒になって貰いましたし、安心して楽しい旅でしたよ。ですからそれはそれで、どうです、それにこれから何かと出費があるでしょう」

「そうですか、では半分の四両頂きましょう」

「わははは……やはり……」

「やはりとは何ですか?」

「はい、番頭の繁造と賭けをしたのですよ、私は絶対に八両佐々倉様に受け取って貰うと、繁造は半分の四両なら佐々倉様は頂くと申していましたよ。半分の四両は繁造に取られてしまいますよ、わははは……」

荘一郎も笑いながら頭を下げ、では四両頂きますと言い、懐に入れて立ち上がり、三人は駿河屋を辞去して雑貨屋に向かう。荘一郎、孝三さんに雑貨屋の店先に赤い布切れを確認して貰い、そのまま中に入り、二人を勝手口から入れて貰うように頼む。

二人は蕎麦屋から見えないところ、通りに用水桶が積んであるところに立つ。昼どきなので人の往来は少ない。しばらくして雑貨屋の勝手口が開き、孝三が顔を出した。二人はすぐに入る。

台所の板間に雑貨屋の主が、頭を板間に当てんばかりに下げて、

「このようなむさいところへ、ようお出で下さりまして」

「いや、いや、こちらこそ無理を申して済まない、これは当座の費用に」

と言い、荘一郎、一両小判を二枚渡す。主は、滅相もござりませぬ、と言い、受け取らないが、それでは当方が勝手気ままにできないからと言って受け取らせる。

二階へ上がったら誰もおらず、山田同心の置き手紙に、私も尾行する、と走り書きがあった。孝三はまた自宅へ取って返して行く。階下から主夫婦が茶を持って挨拶に来る。

「それにしましても、蕎麦屋がねえ、あそこへは今でも蕎麦を食べに行っていますが、先代の亡くなった主は黙って蕎麦を打っていましたが」

「平助さんやおみつさんにも気付かれぬよう、いつも通り食べに行って様子を見てきて下さい」

入れ替わって息子夫婦が子供二人を連れて挨拶にきた。

「先ほどは過分なものをいただき、ありがとうございました。この部屋は客間でして、普段は使っておりません。でも先ほど掃除は致しました。また隣の部屋は物置になっていますが、二人くらいは夜具を置けます。ただ昼間は、子供がうるさいかもしれません」

「今夜から六、七人泊まり込みます。お内儀には手数を掛けますのでよろしく」

それから荘一郎が藤田小三朗のところへ行こうとしたら、荘二郎が、

「兄上、愛の右京さんには声を掛けないのですか？」

「人数が多くなるが」

「仲間外れにしたら、後で愛がふくれますよ」

「分かった、一応声を掛けよう。何かと人は多いほうがよいかもな」

それから、荘一郎、三田家と藤田家へ寄り、夕方二人を連れて帰ってきた。部屋には弟と孝三、それに平治親分の三人がいた。子分の庄三は恐れ多くて同席できないとのことで階下にいる。山田同心は家に帰っていない。荘一郎が双方初対面の紹介をしてから、平治親分に尾行について聞く。

「私は薬売りを麻布方面へ、庄三は飴売りを品川方面へ、山田の旦那は玩具売りで浅草方面だったそうですが、いずれも接触なしです。三人出てしまいましたので、後のことは分かりません」

荘二郎が後の話をする。

「私がこの部屋に入ってからは、後の者は誰も出て行かない。三人が順次夕方帰って来たのを見届けている。他は異状なしです」

平治親分が、

「それでは私らは、これで帰ります。明日は、私は奉行所に寄って指示を受けてからここに来ます、庄三は直接ここへ早く来させます」

平治親分、階下に帰ろうとするので、荘一郎、懐から一両小判を取り出し、

「これは当座の費えに使って下さい」

「とんでもねえです、そのような大金、頂けません」

「いいのです、この金子は廻船問屋の駿河屋さんから頂いたものです。それにこの事件が終わっても、何かと荘二郎が助けて貰うことがありますから、どうか受け取って下さい」

平治親分、恐縮しつつ、それでは大事に使わせて頂きますと言いながら帰って行った。入れ替わりに、息子夫婦が夕餉を持ってきた。隣の物置から丸膳を運び綺麗に拭いて、茶碗、箸などを並べる。女房の給仕でご飯、味噌汁、香の物、海苔だけの食事。荘一郎が、

「孝三さんは、毎日美食に慣れているから、ここの食事に耐えられますかねえ」

「何を言いますか、私も京都から東海道の下り道、食べ物では色々ありましたよ、一日一食の時もありました」

「ああ、旅は先が読めませんからねえ」

「美濃の木曽川の川辺で、犬山城を朝から夢中になって描いていたら、辺りが暗くなってしまい、帰りの道が分からず、旅籠に帰れなくなり、農民の家に泊めて貰ったが、銭を出すから何か食べさせてくれと言ったら、銭を貰っても何もねえ、薩摩芋ならあるがと言われ、それで芋と水で夜を過ごしたこともありましたよ」

荘二郎が、

「やはり、旅は楽しいでしょうね」

藤田小三朗が、

「旅をしているときはそうでもないが、このように後で思い出を話すのが楽しいです。でしょう、荘一郎さん、時間が幾らでもあるのだから、私と別れてからのことを話して下さいよ」

そのような食事、むろん一人は前の蕎麦屋を見張っている。食事も終わり、膳の上を綺麗にして、荘一郎、皆の顔を見て、

「駿河屋さんから今日頂いた四両、二両は下の主に、一両は親分に、残り一両、今私は二朱金を四枚持っているので、皆さんに一枚ずつ軍資金を渡します、受け取って下さい」

すかさず孝三が、

「それは駿河屋さんから荘一郎さんへのお礼でしょう」

「まあ、そう言わずに、私達貧乏旗本、日々大変なのですから」

「分かりました、私はねえ、荘一郎さんを見て身体も大きいが心も大きい、いや、広いのかな、それでいて細やかなところに気を使う。そこに私は惚れたのですよ。私のほうが四つも年上なのに。でしょう、小三朗さん」

「まったく、同様です、荘一郎さんとは一生友人でいたいと思っていますよ」

右京が、

「私は一生義理の兄ですが、わはは……」

雨戸の節穴から蕎麦屋を見ている荘二郎が、

「駄目ですよ、静かにしないと、見張りが勘付かれてしまいますよ」

「荘二郎の言う通り、明かりを消して寝ましょう」

右京と小三朗が隣の物置に寝る。二人は家が近くだが、今まで一度も会っていない。荘一郎の紹介で気心が知れたようだ。しかし小三朗は夜番で、孝三は尾行もあり昼番なので、明日、右京と孝三に組を替えることにする。

翌日から荘一郎の指示通り見張り、尾行をする。香具師達は三人出稼ぎに出て行く。方向は日々異なるが大店等との接触はない。一度、風鈴売りと簪売りが着流しで出てきたので、右京に尾行させたが、近くの飲み屋に入り半刻も経たないうちに帰ってきた。それから夜、荘二郎に二回ほど、駿河屋に行き、馬で奉行所まで行かせる。また一度、山田同心が来たが変わったことがないので、本当に盗人宿かな、と言いながら帰って行った。

変化があったのは、見張りを始めて七日目で、平治親分が薬売りを尾行して昼過ぎ、浅草蔵前の札差《ふださし》、伊勢屋の裏口で女と薬売りが長話をした。平治親分の見た感じでは二人は知り合いのように見えたと言う。

そして親分は、店の一人を密かに表に連れ出し、この半年で奉公人の出入りはないか聞いたら、女が四月頃の朝、店の前で行き倒れになっていた。何でも大坂から浅草の兄を頼って来たが、行き違いで兄は大坂に帰ったとのこと、がっかりして昨日から何も食べず、ここで動けなくなりましたと言いまして、今ではご主人様のお側にいますとのこと。

使い走りの庄三が夕方知らせに来た。親分と私はこれから奉行所に詰めますが、お奉行様、与力の山根様以下、取り押さえ方まで二十数人、徹夜で荘二郎様の知らせを待つとのことですと言い、帰って行った。

雑貨屋の二階はさっそく作戦会議になる。荘一郎が先を読んで説明する。

「まず相手が五人、蕎麦屋から出てきたら、荘二郎はすぐ駿河屋へ行き、奉行所へ知らせる。蕎麦屋には頭が一人だから、四半刻弱過ぎてから四人表に出て、私と孝三さんが裏口に着いた頃、小三朗さんと右京君が蕎麦屋の表で戸を叩き、北町奉行所の者である、戸を開けよ、と怒鳴って下さい。多分、裏口から出てくると思います。右京君、小三朗さん、二階の窓から逃げるかも知れないので見張りをお願いします。今夜は月明かりはあまり期待できませんから、充分注意して下さい、ここまで疑問のところはありませんか」

右京が、

「疑問はないが、膝が震えてしょうがない」

「うん、皆、同じですよ、大丈夫、小三朗さんに任せなさい」

「私も武者ぶるいしていますよ、だが大丈夫」

皆、緊張しているが、小三朗も同じなので落ち着く。

「さて、次ですが、蕎麦屋から六人出てきたら、荘二郎は先ほどと同じ行動、私達四人は彼らの後を追うことにします。行き先は分かっているのだから」

それから食事をとり、荘二郎は下の台所に待機させ、右京と孝三さんは隣の部屋で寝る。見張りは荘一郎と小三朗が半刻交替で見張る。

小三朗が見張りの時、真夜中子の刻頃（午前零時頃）蕎麦屋の脇道から黒装束が五人出てきて、右に曲がって駆けて行く。荘二郎は直ちに駿河屋に向かう。他の全員が起きてしばらく蕎麦屋の様子を見守る。雑貨屋の者も起きてきてしまう。しばらくして何もないので四人表に出て二組に分かれ、荘一郎は孝三さんと蕎麦屋の裏口へ回る。表で小三朗が戸を叩く音がして、北町奉行所の者である！　戸を開けなさい！　と言う声が聞こえた。

少しの間、静かだったが裏口が開き、男が出てきて長屋塀を乗り越えようとしたので、荘一郎が足を持ち引きずり下ろした。次の瞬間、白刃が光り荘一郎に斬り掛かってきた。荘一郎、既に無の境地に入っている。通路が狭いので脇差を抜き白刃を受けてすぐに棟を返し、ちゃりん、ちゃりんと合わせる。

月は薄明かりでお互い完全には見えないが、孝三さんはどこにいるか気配を感じない。それにしても、この男かなり歳なのに息が上がっていない。なかなかの遣い手である。そのうち、小三朗が背後に来て見守っているのが感じられた。

それから男が白刃で突いてきたので身を反らし、伸びた白刃をいつも通り脇差で叩き落とし、すかさず右首筋を打ち据える。むうん……と唸り、男は前に倒れ込んだ。小三朗が、

「お見事！」

と言い、太めの紐を取り出し、男の両手を後ろ手に、両足も縛った。荘一郎が担ぎ、裏口から入り、板の間に柱があったのでそこに縛り付ける。小三朗が表にいる二人を呼び入れ、雑貨屋の主に行灯を持ってきて貰い、明かりを点ける。初老の男はまだ気を失っていて、頭を垂れているので顔はよくは見えないが、夜盗の頭とは思えないほど、品のある顔をしている。


その頃、浅草蔵前では荘二郎の知らせで、正式には旗本二千石北町奉行、浅野上総守源之輔行長、と荘二郎が馬で、山根与力以下取り方まで含め、総勢二十八名で後を追う。

蔵前の札差、伊勢屋に着いたときは静かだった。山根与力が二手に分け、店の表と勝手口に待機させる。薄明かりではあるが御用提灯に覆いを被せ、明かりを隠す。時刻は江戸の皆が寝静まる丑三つ時（午前二時頃）である。

しばらくして勝手口が開き、黒いものが出てきた。一、二……五、六人いる。三人が何かを担いでいる様子、最後に出てきたのは白い着物を着ている。女だ！　勝手口にいた誰かが、

「北町奉行所の者だ！　神妙に縛につけ！」

それからは捕り方、盗人入り乱れての攻防。奉行は表で、荘二郎は勝手口で馬に乗ったまま、それを見ている。中には捕り方の隙をかいくぐり逃げ出す者を、馬を蹴って前を塞ぐ構えである。女が最初にお縄になり、続いて二人、後の三人は道中差を抜き払い、健気にも懸命に防戦している。

その内の一人が勝手口に入ろうとしたので、荘二郎が馬を蹴り、勝手口を塞ぎ、鞭代わりの藜《あかざ》の杖で首筋を打とうしたが、誤って頭を打ってしまった。盗人堪らず頭を抱え、身を沈める。その隙に捕り方数人が押さえ込んだ。

山根与力が白刃を抜き、棟を返して一人の盗人と対峙しているが、盗人もなかなかの剣の遣い手と見え、取り押さえるのに苦労している。しかし、背後には刺股《さすまた》や六尺棒が打ってくるので、段々疲れてきて、動きが緩慢になってきた。そのうち、盗人は捨て身で山根与力に白刃を向け、突いてきた。山根与力、それを避けようとして白刃で逸らしたが、刃先が相手の胸に刺さり、盗人は堪らず胸を手で押さえ、前屈みに倒れて行く。それを潮に他の一人も捕縛され、一件落着となる。

周りが静かになったので、近所の店が明かりを灯し、恐る恐る顔を出してきた。それからやっと当の伊勢屋の前戸が開き、手代らしき者が顔を出すが、前に御用提灯が幾つもあり、吃驚して腰を抜かす。その後ろにいる女が前に出てきて、

「店の者は皆、頭が痛いそうで、主人やその他の者は出てこられません」

「怪我人が出たので、戸板を一枚借りる、それからこの屋から千両箱、三つ盗まれたが、我らが未然に防いだ。千両箱一つは蓋が外れ小判が出たから確認せよ」

山根与力がそのように言い、捕り方何名かを残し引き揚げる。ただし、奉行は残り、伊勢屋の主が回復するのを待ち、事情を聞くとのこと。荘二郎も本当は兄がいる雑貨屋に知らせに行きたいが、奉行と共に残ることにした。

馬を店前の柱に括り、奉行と荘二郎が店の中に入ったら、何か異臭を感じる。何人かは厠で戻している。二階に上がったら伊勢屋太郎左衛門の家族がまだ寝ている者、苦しんで身悶えしている者がいる。荘二郎が奉行に、

「お奉行！　私、これから宗順先生のところへ行きます」

「うん、そうしてくれ、なるべく早くな」

合点承知、荘二郎、階下に降り、皆の介抱をしている手代に、

「これから医者を呼んでくる、番頭はいるか？」

「番頭さんは通いで、ここにはおりませんが」

「それなら早く呼んできなさい」

荘二郎、表で見張りをしている六尺棒を持った足軽に伊勢屋の実情を手短に話し、馬に跨がり、びし！　と鞭打ち、駆けて行く。

その頃、蕎麦屋では雑貨屋の主と息子が茶道具や熱燗を持ってきてくれる。しかし、ただ座っていると冷えてきた。右京が二階から夜具を下ろしましょうかと言ったが、荘一郎が二階は奉行所の者が来るまでそのままにしておいたほうがいいと言い、それではと右京と小三朗が雑貨屋へ夜具を取りに行ってくる。それに包まり、火鉢に手をかざし、暖を取る。

それから寅の刻（午前四時頃）やっと山田同心と親分や手下が数人蕎麦屋に来た。表戸は閉まっているので裏口へ来て入る。

「皆さん、ご無事で」

「うん、そこに括り付けているのが頭です。それで蔵前はどうなりましたか」

「全員捕縛しましたよ、女を含めて六人、一人は山根さんの手に掛かり、奉行所に着いたときには息絶えてしまったが」

「荘二郎はどうしたのですか」

「荘二郎さんも活躍していたようですが、お奉行と伊勢屋に残っていますよ。伊勢屋の者は二、三人しゃきっとしていますが、後の者は眠り薬を飲まされたようだった」

「私達は、明るくなり蕎麦打ちの平助とおみつ坊が来たら委細を話して、いずれは二人にこの蕎麦屋を続けさせようと思っていますが。どうです」

「良いのではないですか。二、三日、証拠になるものを調べますが、それが終われば荘一郎さんにお任せしましょう」

山田同心、頭を起こして奉行所へ引っ立てて行った。明るくなって平助が裏口から入ってきて、畳の部屋に四人も寝ているので、あれ、昨夜は香具師達、下で寝たのかなと思い、顔を見たら、皆知らない男達なので、わあ！　と叫んでのけぞった。その声で四人皆、目を覚ます。

「平助さん、私が分かるかな、一朱銀を渡した浪人だが」

「ああ、先だって蕎麦を食べにきて下さいましたお武家様で」

「よかった、思い出してくれて。これから話すこと、驚いてはいけないよ」

荘一郎、平助に今までの経緯を話し、二階を奉行所が調べるから、蕎麦屋は当分開けられない、おみつが来たら家に待機するように言って貰うよう頼む。それから平助に一朱銀二枚をおみつと分けなさいと渡すが、平助、またも恐縮して受け取らない。しかし、いずれこの蕎麦屋を平助とおみつにやって貰う。それまでの当座の費えだからと納得させる。

その後、蕎麦屋は山根与力以下捕り方が来て、表戸の前に竹矢来《たけやらい》が組まれ、一時的に奉行所の管轄に入る。荘一郎達四人、風呂は何日も入っておらず、月代、髭が伸び放題なので雑貨屋に行き、ひとまず各自家に帰る。

浅草蔵前の札差、伊勢屋では宗順先生が荘二郎の馬に乗せられ早々と来たが、胃の薬が足りないので荘二郎、薬の書き付けを渡され、また、先生宅に行く。厠で戻した者は大分元気になったが、伊勢屋家族、何人かの手代、丁稚《でっち》、女中は目が回り、お腹が気持ち悪いと言い、起き上がれない。宗順先生、粉薬をそれらに飲ませているが、奉行に、

「これは南蛮渡来の眠り薬を飲まされたようだが、阿片も入っているやも知れません」

「では、何かな、抜け荷も絡んでいるということかな」

「多分、まあ、後で調べましょう」

そんな中、やっと番頭も駆け付けてきて見たら、板の間に千両箱が三つも置いてあるわ、用心棒が二人、柱にもたれて刀を杖にやっと立っているわで、初めは吃驚したが、すぐ二階に上がり、奉行より事情を聞き、元気になった者にあれこれ指示を出す。奉行所から山根与力以下諸役の者が来たので、奉行と荘二郎は帰る。

荘一郎、久し振りに昼前風呂を焚かせ、ゆっくり浸かっていたら、荘二郎も裸で入って来て一緒に浸かる。双方、蕎麦屋と伊勢屋の話で長話になり、心配して母の玲が外から、貴方達、大丈夫なのかえ、と声を掛けてきた。荘一郎は頭を洗い、月代と髭を剃る。荘二郎の月代も剃ってやる。二人とも身体を拭き、着物を着て髪をとかすが、荘一郎は自分で結い上げるが、荘二郎は母に結って貰う。二人は昼膳の前に座る。お婆様も部屋に入ってきた。

「やはり、家は寛げるなあ、兄上」

「それは良いけれど、七日も家を空けて何をしていたのかえ、旦那様の言うには、弟と一緒に行動しているから安心しなさいと言われたけれど、ねえ、お婆様、心配でしたよねえ」

荘一郎が一部始終を話す。荘二郎が補足を話す。

「何かえ、愛の右京さんも一緒だったのかえ」

「ええ、母上、このようなとき、誘わないと後で愛に叱られますから」

「でも、皆、無事だったのかえ」

「はい、お婆様、盗賊は皆、取り押さえ、こちらは皆、無事です」

その後、伊勢屋は盗まれた千両箱も元に納まり、奉行所の調べも終わるが、一番最後まで宗順先生に介護された伊勢屋の主、太郎左衛門は山根与力に女を信用したことが事件の発端なので、そのことについて、きつく灸を据えられた。

蕎麦屋のほうは、この屋の持ち主は五月に亡くなった主のものと確かな書き付けがあった。しかし身寄りがあるのかないのか、捕まった盗賊の頭は色々な拷問にあっても何も話さない。その他の者、女も口を割らないが、玩具売りが話し出した。

それによると、彼は二年前大坂で頭と知り合いになり、江戸に出てきたのは初めてで、浅草と内藤新宿で盗みに入ったのは私達だという。抜け荷の件は、私は知らない。頭の大坂の住まいは分かるとのこと。奉行、さっそく、大坂に飛脚を出す。

前の主と頭は兄弟ではないと玩具売りが言明したので、荘一郎の肝いりで平助を蕎麦屋の主にする。平助は大工の次男で自由の身である。また、おみつは親父が身体を壊して寝たきりで、母親と妹、弟の三人が内職で生計を立てている。平助は二十歳、おみつは十五歳、少し早いが雑貨屋の主夫婦の仲人で夫婦にして、おみつ一家を蕎麦屋に住まわせる。

平助の親父が表の下目張りの杉板を綺麗に取り替えて「平助蕎麦屋」と看板を揚げた。結婚式は貧乏所帯、地味に行おうとしたが奉行所から来るは、荘一郎、荘二郎、右京、孝三、小三朗ら、また近所の店や隠宅からも祝いにきて、一階はおろか二階まで人が入り、賑やかな宴になった。

荘一郎は寝たきりのおみつの親父が呼んでいるとのこと、二階に行き話を聞く。何度も礼を言われ、荘一郎も、これからは良いものを食べて早く身体を治すように言い含める。荘一郎、荘二郎の二人は、千鳥足で家路についた。

その後、盗人達の消息については、山根与力に斬られて亡くなったのは薬売りで、玩具売りは調べに対し協力的だったので遠島送り、頭と簪売り、風鈴売り、飴売り、女の五人は打ち首になった。浅草の呉服店で盗みに入られた家族は、今後を悲観して全員自殺してしまったので、奉行としては、彼らが直接殺めてはいないが、ことが重大と判断した裁断である。

それから二日後、町に瓦版が出た。

『十月中秋の名月の大捕り物』

ときは子の刻、場所は芝浦、蕎麦屋の裏口から五人の黒装束が北へと向かう。それを向かいの雑貨屋の二階で見張っていた者達、一人は北町奉行所へと知らせに走る。そこには旗本二千石、浅野上総守行長を筆頭に山根与力以下捕り方まで、総勢三十名、一斉に、いざ！　蔵前へ！

　そこは札差、伊勢屋の金蔵を五人の盗賊が今にも鍵を開けようとしている。お奉行が表と勝手の二手に分け、待機させる。そのうち、千両箱を担いだ盗賊が勝手口から出てきた。間髪を入れず、御用提灯が、御用！　御用！　で取り押さえる！

　その頃、蕎麦屋では見張りをしていた四人が表に二人、裏口に二人向かう。表で、北町奉行所の者である！　神妙に縛につけ！　と怒鳴ったら、中にいた盗賊の頭が裏口から白刃をかざして出てきて、待ち伏せていた今夜の千両役者が、通路が狭いので脇差で応対する！

　その千両役者は誰あろう、今は幕府大目付、三千五百石、佐々倉周防守荘右衛門正行が嫡男、佐々倉荘一郎その人である。小野派一刀流免許皆伝、顔は歌舞伎役者並み、身体は大きく心も広い、それに何と言っても頭が切れる、このたびの盗人宿の発見から取り押さえまでの筋書き全て、我が江戸の千両役者、佐々倉荘一郎が裁量した！　どうだあ！／読売瓦版
「さあ！　買った！　買ったあ！」

　これを夕方、荘二郎が持って帰って来た。父上と母上は、ほほう、と言って興味あるようだったが、当の荘一郎は渋い顔をして、

「このようなもの……昼間出かけられないではないか。次郎右衛門師匠には当分、道場には

通えないと伝えておいてくれ」

「駿河屋へお礼に行く件はどうします、兄上」

「明後日の夜、伺うと伝えておいてくれないか、頼む」

荘一郎、相変わらず渋い顔をして自分の部屋へ行ってしまった。荘右衛門が、

「そうだなあ、儂も大城で何を言われるか、荘一郎もこのような積もりでしたわけではないからな」

翌日、荘二郎、小野派道場へ入ろうとしたら、男に声を掛けられた。

「佐々倉様で」

「そうですが、何か……」

「兄上の荘一郎様は、今日はお見えにならないのですか」

「貴方は読売瓦版屋の者ですね」

「……」

「兄はあのようなことを書かれて、困っています」

「嘘は書いていませんよ」

「こちらの承諾もなしに、またあのようなことを書いたら、奉行所を通して読売屋さんに抗議しますからね」

そのように言って道場へ入り、次郎右衛門師匠に兄のことを伝える。皆、稽古を止め集ま

ってくる。

「朝から瓦版屋が表でうろうろしているようだが、止められたかな」

「はい、申し訳ありません」

「いや、道場に危害を加えるわけではないから、構わないよ。それより瓦版は的を射ているのかな、儂も読んだが」

「はい、大筋は合っていますが、誇張されています」

「荘一郎君は、盗賊の頭と斬り合ったと書いてあったが、そうなのか？」

「ええ、私は奉行所へ知らせに走りましたので、見てはいませんが、兄の友人の藤田さんの話では、相手は道中差で斬り掛かってきたそうで、兄は裏口で道が狭いので脇差で受けていたそうです」

「ほほう、脇差でか」

「その友人が申すには、辺りはむろん暗くただ白刃が、ちゃりん、ちゃりん、と当たり、白刃と火花が見えたが、兄の背中から青白い後光みたいなものが、ふわっ、と出ていたと、私に内緒で知らせてくれました。そのようなことがあるのですか」

「ふうむ……荘一郎君は、まだまだ精進するということよ。まあ、ほとぼりが冷めるまで、自宅で鍛錬しなさいと伝えてくれ」

二日後の夜、荘一郎兄弟は駿河屋に赴きお礼を述べる。駿河屋の太平衛、番頭二人からやはり瓦版のことを聞かれる。

「確かに誇張はありますが、大筋は合っています、まさか駿河屋さんが情報を流した?」

「いやいや、私も番頭も口は堅いですよ、どこか心当たりはないのですかな」

荘一郎、やっと思い付いた、そうか情報の出所は蕎麦屋の平助だ、間違いない、今回は止むを得ないが、この次は気を付けよう。駿河屋からの帰り道、荘二郎に打ち明ける。


十月の中旬に蔵前の札差、伊勢屋太郎左衛門が番頭と一緒に小川町の屋敷に挨拶に来た。荘右衛門、荘二郎はお勤めで不在、荘一郎は朝の稽古を終え、部屋で刀の検分をしていたが、女中頭の芳野が呼びにきたので応接間へ赴く。そこには母の玲が応対していた。

「はじめまして、手前は蔵前の札差、伊勢屋太郎左衛門と申します。これは番頭の忠吉です」

と言い、瓦版を前に置き、

「過日は手前どもに押し入った盗賊を、北町のお奉行様方が一網打尽に召し捕りまして、手前どもの千両箱も無事で、その委細全て裁量したのは、こちら様の佐々倉荘一郎様と知り、遅ればせながらお礼に参上致しました」

封印の二十五両を出して畳の上に置き、

「三千両の一割、三百両が正のところですが、それでは手前どもの家業に響きますので、一分に足りませんが私の気持ち、どうかお納め下さい」

荘一郎、前に出された封印の二十五両を見て、

「いやあ、そのようなことのためにしたのではありませんよ」

「それに、ご舎弟様には宗順先生をお連れして下され、当日は店の者大変助かりました。私は年老いているので快復が一番遅くなり、二日前にやっと歩けるようになりました、これはどうかご舎弟様と分けて下され」

「荘一郎、このように年老いた御仁が頭を下げているのです、伊勢屋さんの気持ちをお受け取りなさいな」

「分かりました、どうかお顔を上げて下さい」

年寄りは涙脆いというが、伊勢屋太郎左衛門、懐紙で涙を拭き、

「このたびの事件、私が女子を雇い入れたばかりに、引き起こした事件で三千両もの金子を持ち逃げ去れましたなら、店は立ち行かなくなるのは必定、老い先短い私があの世に行ったら先代、先々代に合わす顔がありませんでした」

と涙ながらに話す。母の玲も貰い泣きをする。

「本当にご承知下され、ありがとうございます、この瓦版は少し誇張があるようですが、詳しくはどうだったのでしょう?」

荘一郎、蕎麦屋で香具師達を見かけたところから、

「見張りは、弟、右京、彼は妹の亭主、友人で旗本の藤田小三朗氏、河喜田屋の孝三さん」

「ええ？　河喜田屋の孝三さん？」

「はい、孝三さんは店を継ぎませんので、私とは旅の途中、知り合いとなりましたので。それから北町奉行所はこの瓦版にある通り、与力の山根様が取り仕切りました。当夜は子の刻、五人の盗賊が蕎麦屋の裏口から出てきたので、弟を廻船問屋の駿河屋へ走らせました……」

「ええ、なぜ奉行所ではなく、駿河屋なのです？」

「いや、あそこに馬を一頭預かって貰っていましたので、馬なら早く奉行所へ知らせることができますので」

「なるほど、でも駿河屋さんとはどのようなお知り合いで」

「話せば長くなりますが、旅の途中、道連れになったのですよ。それからは伊勢屋さんのほうはご存じのはず、蕎麦屋は盗賊の頭が一人いましたが、四人で取り押さえました、これが全てです」

「分かりました、ありがとうございました、それにせっかくお近付きになれたのですから、これからも駿河屋さんや河喜田屋さん同様、懇意にさせて下され」

「はい、千両ほど、借財するときは、よろしくお願いします」

実は荘一郎、来年、本当に千両ではないがそれに近い、かなりの金子を、伊勢屋から借り受けることになるのだが、今の荘一郎、そのようなことは分かるわけもなく、冗談で言う。

母の玲が、

「これ、荘一郎、何を言うのです」

「はい、そのときは、喜んでご用立てさせて頂きます」

後は伊勢屋、気分良く帰って行った。しかし伊勢屋は帰り道、河喜田屋に行き、店主と会い、また廻船問屋の駿河屋にも行き、色々話し合い、貴方は七十七両、私は三千両、あのお方に助けられました、私もあのお方を贔屓にさせて貰いたいと思いますので、お仲間に入れて下され、などと話し、太郎左衛門と番頭ともども駿河屋に泊まってしまう。

平和な日々

荘一郎、その後はどこへも出掛けず、ただひたすら屋敷内の道場で稽古に励む。十一月の初めに河喜田屋の主と孝三が屋敷に訪ねてきた。女中頭の芳野が母の玲に知らせる。ちょうどそこにはお婆様もいて、何か着物でも新調したのかえ、いえ、何もしていませんが、何かしら、などと会話しながら、応接間へと二人で入る。

「これは、ご母堂様もご一緒で、しばらくごぶさた致しておりました」

「私も、お婆様も、新たに着物の注文はしておりませんけれど」

「いえ、本日は、ご子息様の荘一郎様にお会いしたく参上しました、ご在宅ですか」

ちょうどそこへ芳野が茶を持って来たので、玲が荘一郎を呼んでくるよう言いつける。

「そちらの若いお方はどなた様ですか」

「はい、これは私の倅でして、名を孝三と申します」

そこへ荘一郎が部屋に入ってきて、孝三を見て吃驚して、

「あれ！　孝三さんではないですか！　今日は何か！」

「荘一郎、貴方はこの方を見知っているのかえ」

「はい、母上、あれ……母上には河喜田屋の孝三さんのことを便りに……いや書かなかったかな？　……先日の捕り物でも一緒だったが……」

「これ！　荘一郎！　しっかりしなさい！　河喜田屋さんには昨年、愛の婚礼衣装は全てお任せしたのですよ、むろん私もお婆様もね」

「はあ、そうでしたか！　孝三さん、三田右京君は私の妹と夫婦なのですよ」

「ええ！　あの右京君が、妹様と……」

「荘一郎、話が込み入って来たようだけれど、皆が分かるように説明しなさい」

「はい、母上」

荘一郎、東海道の旅の途中、由比の宿で富士を見ていたとき、孝三さんも富士を見ていて、同じ江戸人、意気投合して江戸に帰っても友人でいましょうということになり、先日の捕り物で香具師達の尾行をしたりして協力をして貰いました、そのとき、右京君と孝三さんは顔見知りになりましたが、妹の愛のことは話しませんでした、と説明する。

河喜田屋の主、久兵衛が話を継ぎ、今日訪問した理由を話す。

「このたび、孝三が北町のお奉行所に専属の似顔絵師として役につくことができました」

「本当ですか、孝三さん？」

「はい、三日前、奉行所に出向くように言われ、その場で親父、いや、父が申した通り、年十俵一人扶持、頂くことができました」

「それはおめでとう、それでは結婚できるのですね」

久兵衛が話したくて、

「奥方様、私はこれに絵を描いてでも何でもいいから、銭を取れるようになったら所帯を持たせてやると約束しましたので、このたびの奉行所の件が決まったので、さる大店の娘と所帯を持たせることにしましたので」

母の玲が考えながら、

「でも、一人扶持でよろしいので？」

「ええ、でも夫婦二人、子供も二人、その他召使、そのあたりは面倒みます……いや、大事な話を忘れるところでした。先ほどの奉行所の似顔絵師の役、これをご子息の荘一郎様が斡旋して下さいまして、今日はそのお礼に伺った次第です」

久兵衛、言いながら手土産の白木角樽の酒と小判十両を前に出す。荘一郎、

「お酒は頂きますが、そちらは受け取れませんが」

久兵衛、ちょっと困った顔をしたが意を決して、

「荘一郎様、このたびのことは孝三の一生が懸かっていましたし、これからも何かと倅は貴方様と関わり合うと思います。父親として何をお礼すべきか迷いましたが、商いをする者、これしか思い付きませんでした、どうかお納め下さい」

そのように言われ、さすがに荘一郎、言葉が出ず、先日の伊勢屋のこともあり、十両の金子を酒樽と一緒に受け取る。そこで何か考えていた孝三が、

「荘一郎さん、私も二つお願いがありますが…… 一つは今月十五日、深川の料理屋で婚礼祝いをしますが、出て貰えないでしょうか」

「孝三さん、何を言います、友人の祝いに出ないわけないでしょう。蕎麦屋でも楽しかったではないですか、ただ私は鈴木主水として浪人で行きますよ。それでもいいですか」

「ええ、来て頂ければありがたいです。では荘二郎さんや、あの時の四人に招待状を出しますのでよろしくお願いします。それから、もう一つのお願いは大変失礼かと思いますが、お婆様を描かせては貰えないでしょうか。先ほどからお婆様を拝見していて、絵描きとして心が揺さぶられるのですが、どうでしょう?」

「ほほう、私は構わないが、お婆様！　絵を描いて貰いますか？」

「何かえ、このような婆を芝居小屋の看板絵みたいに描くのかえ？」

「いいえ、違います、私がお婆様を見ますに、お若いときに大変な苦労をしたように思われ

ます。それを内に押し込んでいたようですが、今はそれを全て表に出し切り、すっきりとしておいでです。この先、どう変わるか分かりませんが、今のお姿を描いてみたいのです」

母の玲が感心したように、

「まあ、貴方はよくお婆様を見ましたねえ、その通りですよ」

「お婆様、よいではないですか、その絵を私の子供に見せて、これがお前達の曾婆様だと教えますから」

「何を言います、荘一郎、結婚もしていないのに子供など、できぬではありませんか」

皆、その場で大笑いになる。孝三はお許しが出たようなものなので、さっそく、いつも持ち歩く紙筒から半紙を取り出し、矢立から筆をとり、お婆様を寸描しては丸めて懐に入れ、何枚目かを納得したように眺めて、

「これをもとに家で描きますが、仕上げはこちらに来て描きたいと考えていますが、お許し願えましょうか」

「むろんです、いいでしょう、婆様」

「私はいいよ、いつでも暇だから」

「荘一郎さん、お婆様の背景に、あの由比の宿から見た富士を入れようと思っているのです」

「ええ！　しかし、あのときは、富士を描けなかったのでは？」

「いえ、寸描はしています。ただ、それ以上は描けなかっただけです」

河喜田屋久兵衛が話を割って、

「ああ、そうそう、忘れるところでした、先日、蔵前の札差、伊勢屋さんがみえて、荘一郎様を見て、お若いのに立派な方だと感心しておりましたよ」

河喜田屋の親子、満足して帰って行った。

屋敷では荘右衛門、荘二郎も帰ってきたので、久し振りに家族五人、一緒に夕餉をとる。何といっても関西は灘の酒で、男達は冷やで、母の玲とお婆様は熱燗で、皆、美味しいねと言いながらの食事となる。徳利も五、六本空ければ充分で、あとは屋敷の者の胃におさまる。その後、荘一郎は荘二郎に伊勢屋と河喜田屋からの金子三十五両の小判を前に、四人で分けることを提案する。

「右京さんと小三朗さんは納めますかね」

「とにかく、明日三両、二朱金に両替してきてくれ。手数料として一朱銀を渡すから、二人のところへは明後日、私が行こう」


翌々日、荘一郎、瓦版屋につけられても構わないと思い、堂々と道を歩く。そうだ、愛の男の子と小三朗さんの女の子に玩具の土産を買い求めよう、と浅草へ回り道をする。三田家に着いたのは昼近くで、結局、昼餉を馳走になる。膳の側で愛が小さな布団に赤子を寝かせ、

荘一郎から頂いたでんでん太鼓を回し、かた、こと、音をさせ、あやしながら、

「兄上、先日は夫を盗賊捕縛に加えて頂き、ありがとうございました」

「心配をしなかったのかな」

「はい、義母様からいつも、男子は玄関を出ましたら何があるか分かりません、覚悟はしておきなさいと言われていますから」

「偉い！　母上、よう指導なされてありがとうございます」

「何を申しますか、愛さんは三田家の者ですよ」

「そうでしたね……本当のところ、私は右京君を誘うのは躊躇しましたよ。怪我でもさせたら愛殿に何を言われるか、しかし荘二郎が、このようなとき、誘わなければ反対に愛殿がふくれますよ、と言ったので誘ったのです」

「まあ、二人の実の兄さんは、貴方の母上を馬鹿にしていますよ、大きくなったら敵を取って下さいね」

と言い、愛はでんでん太鼓を、かた、こと、振り回す。荘一郎、右京、それにご母堂までも、わははは、と笑ってしまう。帰り際、右京に伊勢屋のこと、河喜田屋の孝三さんのことを話し、近いうちに結婚披露宴の招待状が来るだろうと言い、これは孝三さんの父上から十両と伊勢屋から二十五両頂いたもの、四人で分けることにしたと、八両と二朱金三枚渡して辞去して藤田家へ向かった。しかし、あいにく小三朗は不在で、ご母堂にわけを話して結婚

披露宴の招待状のこと、それに金子とお子の土産、手鞠を渡し家に帰る。誰にも付けられなかった。

それからは荘一郎、午前中は小野派道場へ出掛け、午後から夜寝るまで屋敷の道場での稽古、荘二郎をはじめ早川角之進や小者の小川庄三朗など、大分腕を上げてくる。

十一月十五日、河喜田屋の孝三さんの結婚披露宴、昼近くに右京と小三朗が屋敷に来て、四人揃って軽い昼餉をとり、それから出掛ける。途中浅草近くの古着屋に寄り、四人全員浪人の衣装に着替え、白木角樽の祝い酒を持ち、猪牙舟《ちょきぶね》で深川へ向かう。十一月の川風、寒さを感じ、四人帰りは駕籠にしようと笑い合う。

荘一郎、猪牙舟が深川の新大橋袂に着き、地に上がり、しみじみ懐かしさを感じる。三年半前、旅に出るまでこの辺りを先輩同心と巡回し、探索のためによく歩いた。荘二郎に、懐かしいでしょう、と言われ、荘一郎、ただ、うん、と頷いただけだった。

料亭「隅田」に入ったら、すぐ二階の大広間に通される。まだ明るいのに既に宴が始められていた。客は百人以上いる。荘一郎達は新郎新婦の近くに座らされる。浪人者が四人も入ってきたので一座の者、皆、静かになったが、河喜田屋の主、久兵衛がさっそく寄ってきて、丁寧に辞儀をして荘一郎達に酌をしたので、皆、安心して元のざわめきになる。

しかし、荘二郎の前に徳利を持ってきた、五十歳過ぎの商人風の親父に、

「佐々倉様ではないですか」

「ええ！　私は……分かってしまったか」

「先ほどから、着ている着物はいつもと違いますが、顔や仕草で分かりましたよ、皆の衆！　北町奉行所の旦那が来ているよお！」

それからは荘二郎、大勢の者から酒を注がれて酔ってしまい、荘一郎が抱きかかえて厠へ連れて行く羽目になった。右京も小三朗も後を追って厠へ来る。荘二郎は酔い潰れたので、近くにいた女に案内されて、空き部屋に通され、しばらく寝かせることにした。

右京達に知らせようと部屋を出ようとしたら、案内してくれた女が急に、荘一郎に抱きついて来た。荘一郎、吃驚して離そうとしたら、女が顔を上げ、

「荘一郎様！　綾です、しばらくでした」

そのように言い、荘一郎の胸に顔を埋めて泣き出してしまう。荘一郎、しばし綾の背をさする。島田髷から女の匂いが鼻に、つん、ときて、綾の悲しい過去を思い出し胸に、じーん、ときたが、綾の顔を起こし、懐から懐紙を取り出し、

「さあ、誰か来るといけないから、涙を拭きなさい」

綾は懐紙を両目にあてがい、涙を押さえてから、

「私は三益屋の源平衛さんと二度ほど、お屋敷に伺いました、まだ旅の途中ということでした。三益屋さんは来年でないと江戸には帰ってきません。私一人ではお屋敷に訪ねる勇気は

ございませんでした」

「それは済まなかった、貴方のご家族を襲った盗賊は昨年、関西で捕まりましたが、連絡はありませんでしたか」

「いいえ、でも、どうでもいいと思っています……でも、私！　瓦版を見て嬉しくなりました！」

「声が大きいです、弟が目を覚まします」

「あ、済みません、千住大橋で手を振っていた弟様、あの時はまだ子供だったのに」

「あれから三年半経ちましたから」

「私、今深川の置屋、桂にいます。一度必ず訪ねてきて下さいね。ね、約束して下さい、お願いします」

荘一郎、この綾となら所帯を持ってもいいと思うのだが、両親の顔を思い出すと、絶対にできないと思う。

「はい、今年は忙しいので来年になるかも知れませんが」

「ええ、いつまでも待っています、毎日、午前中は置屋にいますから」

そのように言って、綾は部屋を出て行った。荘一郎が宴会場に再び行ったら、右京に、荘二郎君は大丈夫ですか、と聞かれたが、それには答えず、

「そろそろ、引き揚げよう」

荘一郎達、花嫁花婿に挨拶して、久兵衛に辞去することを告げ、荘二郎を駕籠に乗せ、浅草の古着屋で着物を着替えるが、荘二郎はそのままで着てきた着物を駕籠に入れ、途中の日本橋から二手に分かれて帰宅した。脇部屋から若侍の小川と加藤が出てきて、荘二郎を部屋に担ぎ入れる。古着を脱がせていたら母の玲が入ってきて、

「まあ、荘二郎はこのように酔って」

「母上、どうか穏便に、おいしい酒を少し飲み過ぎただけですから」

「そうなの、では今夜だけ貴方に免じて許しましょう」

その夜は荘一郎、綾の顔がちらついて、なかなか寝付けなかった。

師走に入り、雪の日もときどきあるが、荘一郎の日常は変わらない。そろそろ正月も近くなったある日、父の荘右衛門が夜遅く大城から帰ってきて荘一郎に、

「荘一郎、掛川藩主、小笠原山城守長熙様が十二月九日掛川で身罷られた。急遽、継承者の長康君が江戸に帰り、今日上様にお目通りをした。その帰りに私の部屋に寄り、二、三日中に駕籠を差し向けるので、お前に来てくれと言われたよ。倅は裃を着るのを嫌がっていますが、と申し上げたら、笑いながら着流しでもいいと言われた。私も招待したいようだったが、儂は暮れから新年の行事が終わるまで忙しいから辞退したよ。お前は行かずばなるまいな」

「いやあ……面倒ですが……」

「そうだ、お前の知人の河合某と及川某も江戸に先頃着いたとも言っていたが」

「はあ、左様ですか、それなら楽しみがありますから、行きましょう」

「何！　行く楽しみがなければ、行かない積もりだったのか」

「はい、父上」

しかし当日は荘一郎、髭、それに月代も剃り、母に髪を結い上げて貰い、そして剣四方木瓜の家紋が付いた裃を静々と着る。昼少し前、佐々倉家の大棟門前に、三階菱の小笠原家の家紋が付いた駕籠が到着した。

「お頼み申す！　拙者！　掛川藩士若林又四郎なる者！　藩主の命により佐々倉荘一郎殿を、お迎えに参った、ご開門を！」

中から岡用人が、

「しばらくお待ちを」

門番の老人に大棟門を開くよう指示する、開かれた門から若林某、続いて四人担ぎの駕籠、その脇にあの及川亨がついている。最後に足軽二人が門を入り、駕籠は静々と玄関に横付けされる。玄関には正装した荘一郎、その後ろに母の玲とお婆様が正座して控えている。荘一郎、おもむろに誰に言うでもなく、

「ご苦労に存ずる」

と言い、駕籠におさまる。若林某、お婆様と母の玲に頭を下げ、

「では、佐々倉荘一郎殿を、お連れ致す」

と言い、駕籠の前に進んで行き、出立！　と声を掛けて門へと向かう。一行が門から見えなくなり、岡用人の指示で門番が門を閉めているのを見ながら、お婆様が、

「ねえ、玲さん、今日の荘一郎は若い時の荘右衛門にそっくりだったねえ」

「はい、お婆様、落ち着いていて、それでいて威厳があって、我が子ながら惚れ惚れしました」

「まったくだねえ、あれほど、裃が似合うのに、嫌なのかえ」

「ええ、分かりませんが、旦那様に任せてありますので」

その頃、荘一郎を乗せた駕籠は内桜田の掛川藩上屋敷に着き、重役の案内で控え座敷に通される。襖の先の部屋で、

「殿のおなりい！」

と声があり、しばらくして襖が開かれる。前方の床の間にまだ三十代、掛川藩主（従五位）になったばかりの長康侯が供の者、太刀持ちを従え、一段下左に御正室様、御子の長典様、付き女中などが控え、右に江戸家老、重役などが居並んでいるようだ。その間、荘一郎は平伏したままであるが、既に無の境地に入り、前の座敷に誰がいるか全て気配で掌握している。

誰かが、

「佐々倉荘一郎殿、前の部屋に入られよ」

そのように言われたので荘一郎、頭を上げ膝行して敷居を越え、少し進み正座して、また平伏する。

「佐々倉、苦しゅうない、面を上げよ」

荘一郎、顔を上げ、胸を反らし長康侯の胸元に目を置く。

「何だ、正装して来たのか、立派に裃が似合うではないか、今日は直答を許す」

「ははあ、初めて御意を得ます、以後よしなに」

「うん、そなたとそなたの父上には儂は大層世話になった、改めて礼を言う」

「滅相もございませぬ、全てそこにおります、河合殿らがしたことで」

「謙遜するか、若いのに奥ゆかしいことよ、のお、奥よ」

「はい、ところで佐々倉殿は旅の途中、掛川に立ち寄ったそうですが、旅のことなど聞かせてはくれませぬか」

結局、荘一郎の三年の旅の話で、日光東照宮から足尾への山越え、八王子から甲府、諏訪、中山道の木曽の山奥で仙人に会い、居合抜刀の極意を得たこと、その後、名古屋に出るまでに幽霊を見たこと、蒲原の宿でも幽霊に遭ったと話したら、奥方が、もう一度詳しく話してはくれませぬか、と言われた。

その後、別室で遅い昼餉を馳走になる。そこには河合某、及川某らも陪席して和やかな食事となった、帰りに藩主から遠眼鏡と金子十両を頂いて、また駕籠で帰宅する。

それからは暮れと正月、当主の荘右衛門はほとんど大城へ詰めたままで、屋敷では荘一郎の指示のもと、佐々倉家のしきたりを遵守する。お婆様は今年も美味しいお餅を食べられて満足している。

荘一郎、裃を着て正装して浅野家、小野派道場、三田家へ新年の挨拶、屋敷にあっては色々のところからの、年頭の挨拶を荘二郎と交互に受ける。母の玲が、今年は荘一郎がいてくれて、本当に助かっています、としみじみと言う。

七日が過ぎてやっと荘右衛門が大城から下がってきた。夕方遅くなったが、風呂に入りさっぱりとした荘右衛門に、屋敷の者、皆、年頭の挨拶をする。それが終わり雑談になったとき、荘右衛門が思い出したように、

「大城では尾張様、小田原の大久保様に声を掛けられ、お前がどうしておるか聞かれたよ、お前を、会っていて気分が良くなる御仁よ、良い倅を持ったな、と言われ、面目をほどこしたよ」

「駄目ですよ、私は裃を着るのは嫌ですから」

「荘右衛門、荘一郎は裃を着て三が日、年頭の挨拶に行きましたよ、ねえ玲さん」

「はい、よく似合っていましたよ、旦那様」

「駄目ですよ母上、その手には乗りませんから」

皆、大笑いとなった。

正月も終わる頃、荘一郎、夜、屋敷の道場で蝋燭に明かりを点けて、荘二郎の居合抜刀の素振りを見ていて変化に気付いた。荘二郎を指導し始めて八月半ばから、今は二月に近い、五ヶ月は過ぎたか。荘一郎、大声で、

「荘二郎！　止めよ！」

道場にはまだ早川など、三、四人いたが、吃驚して道場の壁際へ寄る。荘二郎のみ道場の真ん中で白刃を構えたまま棒立ちになっている。兄が何をか言うのを待っている。

「荘二郎、今の状態はどうだったのか」

「まだ四百十五回ですが、四百回目から刀は軽くなったのですが、思うように速く刀を振り回せない、十五回目で兄上に止められました」

「お前は四百回から少なくとも百五十回は素振りしているよ」

「ええ！　なぜです、十五回の十倍もですか？」

「そうだ、お前は小野派一刀流の免許皆伝を超えたよ。お前は三日の立ち切り稽古をせずとも、皆伝を貰えると思うよ」

「あの……刀が思うように振れないのが極意ですか？」

「そうだ、これから三日に一度、今のような状態になったら知らせよ、早川さんはまだです

か？」

「うん、荘二郎君に先を越されたか。だが、焦らずやりますよ」

「はい、長く続けるのが一番です。荘二郎、今夜はもう止めなさい」

荘一郎と荘二郎、一緒に風呂に入り、明後日、日が佳いので、小野派道場へ行き、次郎右衛門師匠に報告しようと決める。多分、免許皆伝を得られるだろうと荘二郎を喜ばせる。

「しかし、兄上、三日間の立ち切り稽古をしなければいけないのでは」

「多分、そうはならず、羽賀さんか中沢さんと三本勝負で次郎右衛門師匠は分かると思うよ」

「それじゃあ、駄目だ、三本とも瞬時に取られるから」

「いや、そうはならないと思う」

「兄上には、先が読めるのですか？」

「違うよ、お前の頭ではなく、剣の技量がそのようにしないのよ」

また、風呂の外から母の玲に、早く出なさいと叱られた。翌々日二人は早々と起き、食事をしてから、母に今日は帰りが遅くなるかもしれませんと言い、揃って小野派道場へ向かう。

小野派道場へ着いたときには少年組が稽古をしていて、次郎右衛門師匠は居室で寛いでいた。師範代の七代目次郎右衛門、高弟の中沢権之助と茶を飲んでいる。そこへ荘一郎が失礼しますと言いながら弟と入り、正座して挨拶をする。

「師匠、皆様お早うございます」

「うん、お早う、今日は二人揃って何かな、改まって？」

「はい、師匠、一作日、我が弟、荘二郎が剣の極意を会得しました、ご検分をお願いします」

「ほほう……」

そう言って荘一郎と荘二郎をしばらく見詰めていたが、

「分かった、中沢君、道場を綺麗に、掃除をして清めなさい。今日は吉日なのかな」

「はい、師匠、なので伺いました」

「今日は、羽賀君は来ていないのかな、そうか、それならば、中沢君、荘二郎君と三本勝負をしなさい、師範代、検分役を頼みますよ」

道場が清められたと知らせがあり、四人、師匠を先頭に道場に入る。少年組、青年組も何人かいて、三方の壁に正座している。高弟の中沢氏は鉢巻、襷を掛け、木太刀を持って道場中央に正座している。師匠は見所に、師範代は下の右に、荘一郎は左に控える。荘二郎、道場の左端に行き、身支度をして木太刀を持ち、中沢氏の左に座る。師範代が声を上げる。

「これより、佐々倉荘二郎殿の免許皆伝の認定の試技を行う。相手はここにいる高弟の中沢権之助殿、三本勝負！　……始め！」

二人は中央で蹲踞して立ち上がり、しばらく相正眼で見合っていたが、荘二郎から小手から面、面から小手と打って行くが、全て軽く受け払われる、面から空き胴を狙いに行ったとき、中沢氏が身をかわし、小手に寸止めされた。

「小手！　一本！　次！」

また双方、相正眼で構える。今度は中沢氏から仕掛けてくる。荘二郎、防戦一方である、道場をぐるりと一周後退した、荘二郎捨て身で突きを入れたら、ひらりとまたも躱《かわ》され、小手に同じく寸止めされた。

「小手！　二本！　三本目始め！」

今度はかなりの時間、互いに見合って動かない。それから荘二郎がおもむろに前に出る。中沢氏やや押され気味に後退する。同じく合わせて荘二郎が前に出たら、中沢氏が二合、三合打ち掛かってきた。しかし荘二郎、後退せずその場で受け止める。中沢氏、離れてまた見合う。一、二本目とは何か違う。今度は荘二郎から、木太刀が素早く出る。中沢氏、後退しながら懸命に受け返しているようだ。荘二郎、一呼吸置いて、また中央でお互い相正眼でしばし見合う。師匠が、

「それまで！」

双方、蹲踞して木太刀をおさめ、師匠、師範代に礼をして左右に分かれる。師匠と師範代が目と目を合わせて頷く。そして二人とも荘一郎を見てやはり頷き、師匠が年老いた用人を

郵便はがき

料金受取人払郵便

新宿局承認

5880

差出有効期間
平成27年3月
31日まで
(切手不要)

1 6 0 - 8 7 9 1

843

東京都新宿区新宿1－10－1

(株)文芸社

愛読者カード係 行

お名前《ふりがな》			明治　大正 昭和　平成　年生　歳	
ご住所《ふりがな》	□□□-□□□□			性別 男・女
お電話 番　号	(書籍ご注文の際に必要です)	ご職業		
E-mail				

ご購読雑誌(複数可)	ご購読新聞 新聞

最近読んでおもしろかった本や今後、とりあげてほしいテーマをお教えください。

ご自分の研究成果や経験、お考え等を出版してみたいというお気持ちはありますか。

ある　ない　内容・テーマ(　　　　)

現在完成した作品をお持ちですか。

ある　ない　ジャンル・原稿量(　　　　)

書　名				
お買上 書　店	都道 府県	市区 郡	書店名	書店
			ご購入日	年　月　日

本書をどこでお知りになりましたか?
1.書店店頭　2.知人にすすめられて　3.インターネット(サイト名　　)
4.DMハガキ　5.広告、記事を見て(新聞、雑誌名　　)

上の質問に関連して、ご購入の決め手となったのは?
1.タイトル　2.著者　3.内容　4.カバーデザイン　5.帯
その他ご自由にお書きください。
(　　)

本書についてのご意見、ご感想をお聞かせください。
①内容について

②カバー、タイトル、帯について

弊社Webサイトからもご意見、ご感想をお寄せいただけます。

ご協力ありがとうございました。
※お寄せいただいたご意見、ご感想は新聞広告等で匿名にて使わせていただくことがあります。
※お客様の個人情報は、小社からの連絡のみに使用します。社外に提供することは一切ありません。

■書籍のご注文は、お近くの書店または、ブックサービス(0120-29-9625)、セブンネットショッピング(http://www.7netshopping.jp/)にお申し込み下さい。

呼び、免許皆伝の書式を用意させる。

「中沢君、三本目はどうだったのかな」

「はい、あのまま、まだ立ち合っていたら、一本取られたと思います」

「うん、そんなところだろう、荘二郎君はどうだったのかな」

「はい、一本目、二本目は今でも踏襲できますが、三本目はどう立ち合ったのか、もう少し考えさせて下さい」

「わははは……三本目の荘二郎君は、木太刀と一心同体だったよ、見事だった、今日ここに小野派一刀流の免許皆伝を授けよう」


荘二郎、帰り道に何度も荘一郎に礼を言いながら家路につくが、荘一郎、道々話す。

「荘二郎、分かっているだろうが、剣の修行はほどほどにしなさい」

「やはり駄目ですか」

「駄目と言うより奥が深く、切りがないからな」

「兄上でもまだですか」

「当たり前だ、旅をして分かったが世間は広いということよ……荘二郎、これから真剣で立ち合うときがあったら、時間を掛けよ、さすれば極意に入れるからな」

屋敷に帰って、夜、食事を終えた後、二人は両親の前に行き、小野次郎右衛門師匠から荘二郎が今日、小野派一刀流の免許皆伝を許されましたと報告する。

「ほほう、とうとう荘二郎も小野派一刀流の皆伝を得たか。おめでとう、何か祝いをせねばな。玲や、どうかな」

それを聞いて荘二郎、

「父上、今夜はゆっくり寝たいですから、皆様で考えて下さい」

「おほほ、今夜はいつもの荘二郎ではないようですね」

二月、寒いが、荘二郎の小野派一刀流免許皆伝祝いが、荘一郎のときより盛大に屋敷で行われた。屋敷は襖、唐紙、障子を開き、火鉢を多めに置く。しかし人が大勢来て熱気で暖かい。浅野家、三田家、藤田家からも夫婦で来る、小野派道場からはむろん、北町奉行所の者、また許嫁の佳代さんも両親に連れられて来る。母の玲が、

「荘二郎、今日は貴方が主役ですから、お酒を飲んではなりません」

それを聞いて、荘右衛門が、

「それは、かわいそうではないか」

「いいえ、いけません、そうでしょう、荘一郎」

「はい、母上」

「兄上まで、それはないでしょう」

皆、十一月のことを知っている者は大笑いする。

その後は佐々倉家、何事もなく平穏無事に過ごす。三月も中旬、彼岸が近くなり、だんだんと陽気も暖かくなった頃、荘右衛門、大城の芙蓉の間に居たとき、老中の井伊掃部頭《かもんのかみ》直定様が直に来て、

「どうも先頃、下級旗本の不穏な噂を耳にする。そなたを若年寄並に任じて、取締りを強化して貰うことにした、若年寄達には伝えてある。石高も役料を含めて千石は上乗せになるだろう」

それは、三日後に発令された。佐々倉周防守荘右衛門正行、石高四千五百石、五万石の大名と匹敵する。一応、若年寄並が付くが若年寄には違いない。佐々倉家、久々の快事である。大目付になったときより、これも屋敷で盛大に祝う。

家来も十人近く召し抱えねばならない。そのため長屋をもう一棟建て増しせねばならず、岡用人は大忙しで、家には帰れず屋敷に泊まり込みである。

家来や下僕、女中など、親戚や知人に頼み、何とか召し抱える。屋敷の人員は四十人以上、通いも入れると、六十人近くになってしまった。荘右衛門は新役についたので、各部署への挨拶回りや先輩若年寄から引継ぎやらしきたりを指導され、家に帰ってきても、ただ寝るだけである。

結局、屋敷の行事、長屋の建て増しの差配、家来や女中などの面接も全て荘一郎が取り仕

切った。屋敷がやっと静かになったのは、四月も終わり頃、むろん、まだ長屋は完成されていないが、棟上げも終わり、屋根、壁、床等あらかたできあがり、内装で、かたこと、音はしているが母屋のほうには聞こえてこない。

四月下旬、荘一郎、やっと一段落、ほっとして辺りを見ると、桜も散ってしまうので、母の玲の部屋に行き、

「母上、桜が散ってしまわないうち、花見に行きませんか」

「いいえ、今日はやることがありますから、行けません」

それでは一人で行くかと心に決め、塗り笠を手に、深川の置屋の桂へ行って綾を訪ねてみようと思い、足を向ける、また猪牙舟にでも乗り新大橋辺りへ着けようかなどと迷いながら、浅草へと向かう。

町方同心にでもなって、深川辺りに綾と所帯でも持てたら楽しいかもしれないが、しかし我が人生、それでいいのか？　第一、両親がそれは許すまい。佐々倉家は荘二郎が継ぐとしても世間体を考えれば、武家として一家を構えよと言われるだろう。そうなると、毎日裃を着て上役に平伏しなければならず、それはとても我慢できそうにない……などと考えて歩いていたら、浅草橋を渡り、蔵前も通り過ぎ、大勢の歩く波に入り、浅草寺に来てしまった。

とりあえず、浅草寺の観音様に、これからの人生を頼もうとお参りする。

「私、佐々倉荘一郎、これからの人生、どのように生きるかお導き下され、お願い致します」

実に勝手なお願い、お祈りをして雷門へと向かう。陽気が良いせいか大勢の人が行き交う。また、色々な店には人が大勢集まっている店もある。その中、一軒の雑貨屋に藜《あかざ》の杖が目に入ったが通り過ぎた。しかし、何かに呼び止められたような気がした。

荘一郎、取って返して店に入り、藜の杖を買い求める、三十文だった。店の主が、

「お武家様、お父上へのお土産ですか」

「いや、自分が使うのよ。旅をしたとき、これによく似た杖を持ち歩いたからな」

「へえ、さいで……大分、日が上がりましたが、大川端は涼しいかもしれませんよ」

「少し小腹が空いたが」

「大川橋を渡れば、言問の梅はもう終わりましたが、桜もあり、その下に屋台も出ているみたいですよ」

「そうか、では対岸の言問桜まで行ってみるか」

人混みでは杖を抱えて歩いたが、大川橋を渡る頃には行き交う人も少なく、杖を刀のように振ってみる。感触が良い。杖は赤く漆が塗ってあり、頭の根っこが握りやすいし、その下一尺弱、蛇のように捻じれてはいるが、さらにその下は真っ直ぐに先へと延びている。若いのに杖など持ってと思われても、気にしないで歩く。

対岸の言問の土手から川上を見ると、桜がずっと続いているようだ。空は少し霞んでいるが雲は少なく、太陽の光が川面に、ちらちら、と反射して眩しい。その川面には屋形船が何艘も碇を下ろして浮かんでいて、隅田川の川上からの「江戸の春風」が何とも言えず心地よい。

屋台も玩具売り、飴売り、簪と櫛売り、やや、風鈴も売っている、ややや、まさか薬売りはなかった。酒を量り売りで売っていたので、一合竹筒に入れて貰う。十八文、安い。

「十八文は安いが、混ざってはいないだろうな」

「お武家様、灘ではないが混じり気なしですよ。竹筒は帰りに持ってきて下さいませ」

「その辺りに捨ててはよくないかな」

「はい、元締めに叱られますんで」

「分かった、つまみはないかな」

「この先に、味噌蒟蒻を売っている屋台がありますよ」

「そうか、美味しそうだな、そこへ行こう」

すぐに、お団子屋と並んで味噌蒟蒻屋があった。三角に切られた蒟蒻が鍋にあたためられている。それを竹串に二切れ刺し、味噌を塗る。お団子屋と並んで縁台があり、荘一郎、二串注文して座る。二本で十文、お団子屋の縁台には女連れがおり、お団子は食べ終えたようで、大川を見ながら茶を飲んでいる。荘一郎も酒も飲み終え、味噌蒟蒻も食べ終え、店の親

父に、

「味噌の味が良かった、秘伝なのか」

など雑談していたら、急に親父が黙った。先ほどの酒売りの屋台のほうから、どうにも柄が悪い、男達四人が来る。頭は丸坊主、着流しで首から大きな数珠玉を垂らし、素足に高下駄をがらごろ鳴らしながら来る。

荘一郎の前を先頭の親分らしき者が通り過ぎようとしたとき、隣の縁台に座っていた女が茶碗の飲み掛けの湯を横に捨てた。親分らしき者がすぐに、

「何をする！　熱いではないか！」

女もすっくと立ち、

「何を言います！　貴方には掛かってはいません！」

「何を！　このあま！」

絶対に茶は掛かっていないが、彼らは難癖を付けて銭を取ろうという魂胆である。荘一郎もすっくと立ち、

「私も見ていたが、こちらの奥方が申す通り、そなたの足には茶は掛かっていない」

「何をさんぴん！　すっこんでいて貰おうか！」

そのとき、親分の後ろにいた、子分の一人が懐から匕首《あいくち》を抜き、荘一郎に向けたようだったが、匕首を落として左手で右手首を押さえ、しゃがみ込む。そして荘一郎の藜の杖が前の

親分の喉に突き当たり、親分堪らず空を仰ぐ。

「何なら、番屋へ行って白黒付けようではないか」

そして更に藜の杖を上げる。親分堪らず、

「分かったよ、あんたがそう言うのなら確かだろう、野郎ども、行くぞ！」

来たときより威勢は良くないが、がらごろ音を立てて行ってしまった。

「急場のこと、ありがとうございました」

「いえいえ、あれらはこの辺りの地回りですが、難癖を付けては銭をかすめ取っているのですよ。だろう、親父殿」

「へい、さいで」

「綺麗な桜もあれらが通ると、冴えないな、ご馳走様」

と言い、荘一郎が帰り掛けたら、女が、

「少々お待ち下さい、私どもも帰ります。少し同道願えませんか」

「そうですね、あれらが待ち伏せしているかもしれませんから」

「お願い致します。義助、勘定を済ませて下さい」

大川橋の袂に駕籠二挺待たせていたようだが、女がそのまま橋を渡り出したので、駕籠は付いてくる。

「歩きながらで、失礼とは思いますが、先ほどは仲裁して下さり、まことにありがとうございました。私は水戸家上屋敷側用人、秋山左兵衛が家内、静と申します、後ろから来るのは娘の瑞恵です」

荘一郎、後ろを向かず、こちらも名乗るかどうしようか、鈴木主水にしようか一瞬迷ったが、相手は水戸藩士のお内儀なので、ここは真面目に答えることにした。

「私は佐々倉荘一郎と申し、旗本の倅です。帰る道が同じなのでお送りしましょう」

「あの……佐々倉様と申せば、近日、若年寄に任じられた周防守様とは？」

「はい、父です」

「ええ！　ご嫡男ですか？」

「はい、でも今は家督をしっかりした弟に譲り、私は部屋住みです」

「まあ……貴方のような御方が？　……何かわけありなのですね」

「いいえ、わけなど、ただ剣術が好きなだけです、三年も武者修行をしましたので」

「まあ、三年も、その話、聞かせて下さいませ」

奥方は駕籠を呼び、それに乗り、窓を開けて荘一郎の旅の話に耳を傾け、とうとう小石川の水戸藩上屋敷に着いてしまった。奥方が荘一郎にお礼がしたいから、家に寄ってくれと言われたが、辺りは大分夕闇が迫ってきているので辞去致しますと言う。

「それでは明日、旦那様にお礼に伺わせます」

「いえいいえ、どうか、もうご放念下され」

そう言い残し、帰宅の途につく。

瑞恵との結婚

「荘一郎！　いつまで寝ているのですか！　起きなさい！」

母の玲に起こされるが、荘一郎、昨日は久し振りに長距離を歩いたせいか、疲れてなかなか起き上がれない。薄目を開けて、

「母上、もう少し寝かせて下さい」

と言い、上布団を顔まで引きずり上げたが、

「駄目です！　貴方にお客様が来ています」

「客！　誰です」

「水戸藩上屋敷の御側用人、秋山左兵衛と申す方が見えていますよ」

「秋山……」

荘一郎、昨日の言問桜での出来事を思い出す。いつの間にか、女中頭の芳野が盥にお湯を入れて持ってきた。荘一郎、顔を拭き、着物を着替え、髪は母に束ねて貰い、一緒に応接間へ赴く。

「お早うござります、お待たせ致しました、荘一郎です、父上、お早うございます」

「うん、お早う、儂の隣へ座りなさい」

父の荘右衛門と同じ歳くらいか、客の秋山氏が、

「改めてご挨拶をさせて頂きます。手前は水戸藩、江戸上屋敷の側用人、秋山左兵衛と申します。昨日は、我が家内及び娘が、言問堤で無頼の徒に絡まれたところを、荘一郎殿の機転で難を逃れました、本日はそのお礼に参上致しました次第で」

秋山氏、一気に話す。

「荘一郎、まことなのか？」

「ええ、まあ……」

秋山左兵衛、まだ言い足りないらしく、

「それに、浅草から小石川の上屋敷まで同道下され、家内、まことに心強かったと申しておりました」

「それで歩き疲れて、寝過ごしたか」

「これは、そのお礼の気持ちです、どうか、おおさめ下され」

そのように言い、白木角樽と小判二両を前に差し出す。いつもなら、酒は頂きますが金子は頂きかねます、と荘一郎、言うところだが、まず父上の顔を見る。

「そなたが、秋山殿の奥方を助けたのが事実なら、秋山殿の気持ちである、頂いておきなさい」

「さっそく、おおさめ、かたじけのうござりまする……それに甘えて、たっての願い申し上

げたいのですが、お聞き届け願えましょうや」

「何でしょう」

秋山氏、一呼吸置いて、

「不躾で真に申し訳ありませんが……実は、娘の瑞恵が荘一郎殿を見まして、添い遂げたいと申しますので、昨夜、娘の熱意に負けまして……恥を忍んで申し上げました」

「まあ……荘一郎に縁談ですか、貴方も娘さんを見てどうなのです？」

「いや、私は見ていません」

「荘一郎殿は家内とばかり話をしていて、私のほうには一度も振り向いてはくれなかったと、娘は申しておりました」

「はい、ただ、奥方様は母上に、容姿、立ち居振る舞いがよく似ていて話しやすかったです。どうです、秋山様」

「そう言えば、確かに似ておりますな」

「まあ、私と奥方様と？　ところで娘さんはお幾つなのですか？」

「これは申し遅れまして、娘は今年、十八歳に相成ります」

「まあ、愛と同い年。荘一郎の妹ですが、既に一児の母親ですけど」

「左様ですか、今まで瑞恵にも何度も縁談はありました。ひと通り花嫁修業は家内が躾けましたが、なぜか剣術が好きで、上屋敷内の道場に通い、目録並みでして、なよなよした男は嫌いだとか、私より剣術が上手でなければ嫁には行かないなどと申しますので」

荘右衛門が話に割って入り、

「実は、秋山殿、この荘一郎は、今は家督を継げません。家督は次男の荘二郎にと届け出しております。一家を構える役がないのです。つまり部屋住みなのですよ」

「ええ、それも充分承知の上です、娘の瑞恵が申すには、荘一郎殿は素晴らしい剣の達人だと申していましたが」

「いえ、それほどでもありませんが」

「いや、瑞恵が見て申すには、家内が無頼の徒に絡まれ、荘一郎殿が割って入ったとき、親分の後ろにいた子分が匕首を抜いたのでしょう、その匕首が地に落ち、子分が堪らず手を押さえ、しゃがんだときには、荘一郎殿が持つ藜の杖の先が親分の喉を突いていたと申しておりました。藜の杖の動きはまったく見えなかったと。でしょう、荘一郎殿」

「ええ、まあ」

「瑞恵が申すには、屋敷内の道場は活気がないとのことで、仮に荘一郎殿が剣術指南役になれば、五十石くらいは捨て扶持が頂けるのですが、水戸藩の剣術指南役では差し障りがありますかな」

荘右衛門も母の玲も荘一郎の顔を見る。

「いえ、自分としましては剣術の指導ができるのは、興味があります、ただ……小野次郎右衛門師匠に申し上げ、お許しを得てからでないと」

母の玲が思わず笑い出し、失礼しましたと言いながら、

「荘一郎は、瑞恵殿との縁談よりも剣術が第一なのですから、この縁談がまとまりましても、このことはご内密に」

「まったくです、私達は秋山殿にお任せしたいと思います、よろしく願います」

秋山氏、懐より紙綴じ帳を取り出し、紙をめくっていたが、

「では、明後日、駕籠をこちらに差し向けましょう。御前も主だった勤めはありませんので、そのとき、荘一郎殿の剣技を検分して貰いましょう」

「御前と言いますと、副将軍の水戸様では」

「はい、六代治保様です」

「ふうむ、荘一郎は御三家に縁があるようだ、昨年は尾張様に会ってきたしな」

「尾張様ですか、近々、ご次男の義和様が、尾張支藩の美濃高須藩主にとの話がありますが、まあ、それはさておき、よろしくお願い致します」

そのように言い、秋山氏は帰って行ったが、荘一郎、駕籠を回して貰うのは辞退した。

それから荘一郎、小野派道場へ向かい、次郎右衛門師匠に水戸藩江戸上屋敷の道場での剣術指南役の件を受けてみたいと、また側用人の娘との縁談もあわせて話す。

「水戸藩への剣術指南を要請されたのであれば問題はないが、それよりこれから一生の伴侶

になる女性を見ていなくてよいのか？」

「はい、両親は見ましたから」

「わははは……達人は得物を選ばずというが、縁談もよいのか？　いずれにしても二つの祝い事が重なるわけだ、まあ、いいだろう」


水戸藩上屋敷へ行く当日、四月下旬、荘一郎、薄手の羽織、袴に塗り笠を被り、一人小石川へと向かう。朝四つ前、立派な黄門に着く。荘一郎、門番に姓名を名乗り、側用人秋山左兵衛殿に取次ぎを依頼する。しばらくして若者が出てきて、

「お待ちしていました。私、秋山左兵衛が嫡男で佐太郎と申します、我が住まいへどうぞ」

荘一郎、佐太郎に導かれ敷地を色々通り、秋山家の母屋の玄関に着き部屋へと通される。そこには一昨日、言問堤から同道したご母堂の静が端座していた。主の左兵衛は、殿の御機嫌伺いに上がっているとのこと、そのうち、娘の瑞恵が重々しく茶を運んできた。

「本日はご多忙のところ、ようお越し下されました。過日は母の難儀をお救い下さり、重ねてお礼申し上げます」

丁寧に挨拶され、荘一郎、改めて瑞恵の顔を見る、綾よりどちらかといえば、奈緒に似ている。だが、より聡明に見える。両親の良いところをとっているようだ。身体は母親似のようで、背丈は高い。

「初めまして……いや初めてではないですが、以後、よしなにお願いします」

と言いつつ茶をすすり、笑みを浮かべて瑞恵を見据える。

「あの……はしたなくも私との縁談を申し上げ、このような女性はお嫌いでしょう」

「いいえ、嫌いでしたら、お父上にお断りしております」

「私を一度もかえりみずして、私がどのような女子か分かりましまして？」

「はい、ご母堂様を見れば、それで充分です」

そのように言い、瑞恵の隣でにこにこして、今までの会話を聞いて楽しんでいるご母堂に荘一郎、頭を下げる。それから父の左兵衛が慌ただしく部屋に来て、荘一郎に目礼しただけで、

「佐太郎！　荘一郎殿を道場へお連れしなさい！　御前が今、参られる！」

「あの、父上、私も参ってよろしいでしょうか？」

「ああ、構わぬ、そなたも荘一郎殿の剣の技を見たいだろうからな」

左兵衛、そのように言って、また慌ただしく部屋を出て行った。瑞恵と佐太郎に導かれ、荘一郎、道場に入る。そこには二十人以上が竹刀による稽古をしていた。少年が多いが、青年も交じっている。瑞恵が稽古を見ている五十代くらいの男に、

「後藤師範、こちらは、昨日お話ししました佐々倉荘一郎様です。間もなく御前がおなりになります、どうかよしなに」

「相分かった、渡辺師範代！　間もなく御前のおなりだ！　佐々倉殿、身支度を」

今まで稽古していた者は、道場壁脇へ正座する。荘一郎、渡辺師範代に目礼して、瑞恵に両刀を渡し、羽織も脱いで渡す。瑞恵は羽織を綺麗に畳み、膝の上に載せる。荘一郎、瑞恵の前に正座して懐から鉢巻と襷を出し、身支度をして道場中央に正座して待つ。後藤師範、五十歳は確かに過ぎているようで、直接の指導は初心者のみで、道場の運営を受け持っていて、専ら指導は渡辺師範代が行っているようだ。

道場の外が何かざわめいてきたら、水戸藩第六代藩主、天下の副将軍、治保公が道場へ入ってきた。後から嫡子の治紀君、弟の義和君、江戸家老、重役二人、最後に秋山側用人が続いて入る。治保公、治紀君、義和君は一段高い見所に座り、その他は下に座る。

秋山側用人が声を掛ける。

「佐々倉荘一郎殿、副将軍、治保公のおなりである」

荘一郎、平伏のまま、まだ頭を上げない。

「佐々倉荘一郎、苦しゅうない、面を上げよ」

「ははあ……初めて御意を得ます、佐々倉荘一郎にござります。以後よしなにお願いつかまつります」

「うん、なかなかの面構え。渡辺、では始めよ」

「はは！　では吉田から佐々倉殿に当たられよ」

吉田某、二十歳くらいか、面、胴、籠手《こて》を着けていて、身体つきはなかなか精悍な感じである。荘一郎は鉢巻、襷掛けだけで竹刀を受け取り、中央に出て治保公に一礼して、お互い蹲踞する。検分役の渡辺師範代が、

「では、三本勝負、始めよ」

荘一郎は静かに立ち、正眼に構える。むろん、既に無の境地に入っている。相手の吉田某は竹刀を上下に動かし、足の歩調に合わせ、身体を動かして間合いを見ている。荘一郎、誘うように竹刀を下げたら、吉田某、面、小手と打ちながら左側へ走り、体を変えて同じく休む間もなく二合、三合と打ち掛かってくる。荘一郎は必ず相手の正面に向きを変え、応対する。

小野派道場では本目録がやっとか、吉田某がまた、面にきたとき、荘一郎、瞬時に胴を、ばしっ！　と打ち、左へ体をかわし、竹刀を正眼に構える、検分役の渡辺師範代が、

「御胴！　一本！　二本目勝負始めよ！」

荘一郎、二本目も空き胴を目に見えない早業で取る。音が、ばしっ！　とするので一本入ったのがやっと分かる。

「勝負あり！　次！　桜井、お相手を！」

桜井某、歳は荘一郎と同じくらいか、身体は荘一郎のほうが頭半分以上高い。桜井某は静かに相正眼に構える。なかなか打ってこない。今度は、荘一郎のほうから打ち掛かる。相手

はただ後ろへ下がるだけであるが、止まった瞬間、小手から突きにきた。荘一郎、それを喉元一寸でかわし、竹刀を打ち払い、軽く面を打つ。

「面！　一本！　二本目始めよ！」

二本目は桜井某、逆に打ち掛かってくる、それを難なくかわす。吉田某より竹刀の動きは速い。打っては離れ、離れては打つ。相手はだんだん息が上がってきた。頃は良しと桜井某が面を打ってきた竹刀を、身を反らしてかわし、上段から相手の竹刀を又も目に見えない早業で打ち落とす。竹刀が床に落ち、ころころと転がる。

「勝負あり！」

検分役の渡辺師範代がそのように言い、正面に向かって礼をする。

「渡辺は立ち合わないのか……」

「御前、私の及ぶところではありません」

「左様か、しかしこれだけではよく分からんが」

荘一郎、これでは埒が明かないと思い、直答はできないので渡辺師範代に、

「渡辺様、私が会得しました居合抜刀の術をお見せして、ご判断を仰ぎましょうか」

「佐々倉荘一郎、直答を許す。居合抜刀術はどこで会得したのか」

「はい、旅の途中、木曽の山中で抜刀術の名人に半年間指導を受け、会得しました」

「左様か、面白そうだ、見せてくれ」

「では」

と言い、道場の入り口で荘一郎の両刀を持っている瑞恵のところに行く。それを見て治保公が、

「何だ！　瑞恵はそこにいたか！　将来、伴侶となる男の武術を検分しようというのか、わははは」

それを聞いて、道場内、特に壁に座っている若者達が騒ぎ出す。渡辺師範代が、

「殿の御前である！　静かにせよ！　……では佐々倉殿」

「では、拙い抜刀術をお見せします。初めに二回、ゆっくり行います。それから二回、本番を行います。本番二回とも鞘に入るとき、ぱちん、と音をさせます、では」

そのように言い、いつも通り治保公が見えるように真横になり、ゆっくりと二回、次に後ろの者に対して同じく二回行い、

「では、本番を行います」

前と後ろに二回、本番を、ぱちん、ぱちん、として前に向き直り、正座して刀を右脇に置き、一礼をして治保公の胸元を見る。

「ふうむ、音しか分からなかった、渡辺はどうだったのかな」

「私は白刃が鞘に入る前三寸くらい見えましたが」

「他に見えた者はいないのかな」

先ほど、荘一郎と立ち合った桜井某がおもむろに、

「私は白刃が、ぱちん、と音がする寸前、少し見えました」

「ふうむ、佐々倉、むろん小野派道場でも披露したのであろう」

「はい、五代、七代次郎右衛門師匠は初手から見えました。高弟の二人は白刃を抜いた瞬間は、見えなかったと申していました。また先ほどの桜井様と同じくらい、見える者は十人以上はいます、失礼します」

そう言って後ろを向き、

「皆さん！　本当はどうなのですか？」

皆、静かに黙って荘一郎を見ている、その中、一人の年少の、十三歳くらいか恥ずかしそうに、手を上げる。荘一郎、目で頷く。彼は静かに立ち上がり、

「私は、白刃が動いたのはまったく見えませんでしたが、貴方様の顔と身体が後ろを向き、もとに戻ったのは見えました」

「何！　私の身体の動きが見えたと！」

荘一郎、興奮してその者のところへ行き、

「名は何と申すか？」

「はい、渡辺甚之助と申します」

「渡辺……」

そのように言い、師範代を見る。

「申し訳ない、私の嫡男です」

「いやあ、驚きました、あと七、八年もすれば、お父上を越えるでしょう」

それを聞いていた治保公が、

「我が道場にも有望な者が居るということかな」

「御意にござります」

「分かった、佐々倉荘一郎の剣の技量見届けた。渡辺はどうじゃ」

「私に異存はござりません」

「では、追って沙汰する」

治保公はそのように言い、道場を出て行った。ただ最後に義和君が残られ、直に言葉を掛けられる。

「儂もそなたに手ほどきを受けたいが、頼む」

むろん、当道場の剣術指南役になれば当然のこと、その旨申し上げたら、喜んで帰って行く。ただ、尾張支藩の藩主になるまでだが。

荘一郎は瑞恵について部屋に帰り沙汰を待つ。瑞恵の弟の佐太郎は道場に残った。母の静が瑞恵に道場でのことを聞いている。

別室では床の間に治保公、隣に治紀君、一段降りて右側に江戸家老、重役の一人と目付とが並んでいる。左側には重役には違いないが、次席家老の戸田某と勘定奉行が並び、末席に側用人の秋山左兵衛が控えている。

秋山左兵衛、荘一郎を自分が推挙したので、意見を控えているようだ。今は目付が興奮して物申している。

「このたびの剣術指南役の件、人事に関して知らねばならぬ、目付たる某《それがし》が外されたのは、いかなる所存か、ご意見を賜りたい」

次席家老が、

「別に意を持って、そなたを外したのではない。相手は二十歳を過ぎたばかりの若者、こちらがあまり仰々しくして萎縮させてはと思ったまで」

「何を仰せになります、それくらいで萎縮するようでは、剣術の指南役などおぼつかないと存ずるが、いかに思し召すか」

「まあ、そうむきになっては困る、そなたを外したことは悪かったと認める、ただ佐々倉荘一郎、人物は確かだ」

「そうまで言われるならば、某も言い過ぎたようで謝ります。ところで、ご家老はいかなる所存で？」

「うん、人物は若いが確かだ」

「しかし某の聞くところによれば、彼の者、佐々倉家の嫡男でありながら、家督を次男に譲り、自分は部屋住まいだそうだが、この点、いかに思し召すか。ご意見を賜りたい」

皆、黙っている。

「斡旋者の秋山殿、いかがかな」

左兵衛が名指しされたので答える。

「佐々倉殿は、どうにもお父上の、つまり周防守様のように、裃を毎日着て登城するのは耐えられないようで、剣術で身を立てようと思ったまで」

「裃を着ずして、我が水戸藩に仕えることができようか」

すかさず次席家老が、

「道場へ通うだけなら、別段裃を着ずとも、支障はないではないか」

また、側用人の秋山左兵衛が弁護する意味で、

「周防守様が幕府勘定方に家督相続の変更を願い出たのは、一時の考えのようで、書状には但し書きを添えてあるそうです」

「但し書き！　それはいかなるものか？」

「それは、今後、佐々倉荘右衛門が荘一郎を家督相続させることもある、としたためられているそうで」

「ふうむ、周防守様は手の込んだことをするようだ」

「それからもう一つ、昨年の暮れ、掛川藩主、小笠原山城守長熙様が亡くなり、新しく長康様が藩主になられ、例のお家騒動の解決に助勢したそうで、佐々倉荘一郎殿、上屋敷に招待されたそうですが、そのときは、立派に家紋の付いた裃を着込み、向かったそうです」

「分かった、人物は確かなようだ。だが実際に見てみたかったが」

「拙宅にまだ控えさせておりますが」

「いや、それは止そう」

家老が一つ咳払いをして、

「では、佐々倉荘一郎を当藩の剣術指南役にすることと致す。そこで与える石高だが、意見があれば申してみよ」

すかさず目付が、

「当座は四十俵、二人扶持ではどうか」

今度は次席家老が、

「それはなかろう、勘定奉行、師範代の渡辺は、石高はいかほどかな?」

「はい、百石ですが」

主席家老が、

「このような席、勝手向きのことを聞いては何だが、勘定方は今いかようなのだ?」

「はい、当藩の借財は十万両ほどございます。ですが他の御三家、また各大名家よりは借財は少のうござります。むろん、今後も副将軍としての体面を思えば、借財は少なければよいに越したことはありませんが、一人の者を召し抱えるには、問題はなかろうと存じます」

言葉を継いで目付が、

「それでも、当座は百石以下で、おいおい様子を見て上げてはどうか」

やはり次席家老が反対のようで、

「いや、百石以上でなければなるまいて。第一、百石以上でなければ、御前へのお目見えも叶うまい。それに小野派道場では、師匠をはじめ、高弟も何人かは各大名家に招かれて出稽古に行っているそうだが、捨て扶持百石以下はないようだ。天下の水戸藩が剣術指南役に百石以下で召し抱えては拙かろうと思うが」

今まで一言も口をはさまなかった治保公が、

「よくぞ申した、佐々倉荘一郎、当藩の剣術指南役、捨て扶持百五十石と致す」

「ははあ……」

鶴の一声で決まり、一座の者平伏してから退場する。側用人の秋山左兵衛は最後に残り、治保公に礼を申し述べる。

「そなたの娘の亭主、百五十石で不足はあるか」

「滅相もござりませぬ、ありがたいお言葉でした。これで周防守様に申し開きができます。重ねてお礼申し上げます」

「左様か、そちも喜んでくれるか。ところで秋山、儂はあの居合抜刀の術が少し見えたぞ」

「ええ！　真で！」

「うん、誰だったか、若い者が言ったであろう、白刃が鞘に納まる寸前、ぱちん、と音がしたとき、見えたと」

「しかし、あのとき、御前は見えなかったと申しておりましたが」

「いや、儂のような剣の素人が見えたと言えば、渡辺師範代やその他の者が拙かろう」

「ははあ、下の者への配慮、ありがとうございます」

「うん、それでな、聞いてみてくれ、なぜ、儂のような剣術の素人が見えたのか」

「かしこまりました、聞き次第、お告げに参ります」


秋山左兵衛、にこにこ顔で屋敷に下がって来た。そこには妻の静と娘の瑞恵が、荘一郎の三年の武者修行の旅の話を詳しく聞いていた。

「荘一郎殿、指南役の件、捨て扶持百五十石で決まった。むろん、藩士ではないが、水戸藩を背負っていることは承知おき下され」

「はい、秋山様」

「いや、これからは瑞恵の婿殿、秋山様はなかろう、わははは……」

「まことにそのようですね、貴方、私も婿殿と呼びましょう」

「これから忙しくなるな、両家の婚儀、お仲人など決めねばならぬ」

「多分、仲人は北町奉行の浅野源之輔叔父になるでしょう」

「左様か、周防守様は顔が広いから幾らでもいるか。ところで婿殿、これは内密だが、先ほどの居合抜刀術、私はまったく見えなかったが御前は少し見えたと申しているが、そのようなことがあるのかな」

「ははあ、御前は見えたと……むろん見えたのでしょう。私が旅の途中、名古屋の刃物研ぎ屋に一晩泊めて貰いました折、やはり抜刀術を見せましたが、丁稚は見えなかったが、刃物研ぎの主は御前と同じように見えたと申していました。剣術の腕ばかりでなく、何かを究めておるかしていれば見えるようです」

「すると御前は、何かの達人ということですかな」

「そうです」

「ふうむ……まず道場へ行き、指南役に決まったことを、後藤と渡辺両師範代に告げに行こう。それから佐太郎も交えて昼餉にしよう」

荘一郎と左兵衛二人、道場に行き、報告する。道場では少年組は帰ったらしく青年が多い。中には防具を着けず、木太刀で打ち合いをしている者もいて、荘一郎を喜ばせる。

後藤師範と渡辺師範代に明後日から来ることを伝え、佐太郎と三人屋敷に帰る。荘一郎、瑞恵の給仕で昼餉を馳走になり、辞去する。帰り際、左兵衛が吉日に瑞恵を従え、夫婦揃って小川町の屋敷に挨拶に行く旨、ご両親にお伝え下されと言われた。

荘一郎、帰り道、我が人生、これで良いのだと思うことに心を決める。四日前、深川の置屋の桂に行って綾の顔を見ようかと、浅草のほうへ向かったが、いつの間にか観音様に導かれ、それから言問桜に足が向き、無頼の徒を懲らしめたため、秋山家との縁になってしまった。瑞恵は観音様なのだろう。今まで出会った女性とは容姿、立ち居振る舞い、どこか違い、新鮮味がある。私には過ぎたる女房殿になるやもしれぬ……など考えながら帰宅する。

「父上、母上、お喜び下され、捨て扶持百五十石で水戸藩剣術指南役に召し抱えられました」

「ほほう、剣術指南と決まったか。捨て扶持百五十石……おめでとう、しかしそなたは旗本であることを忘れるでないぞ」

「はい、父上、明後日から小石川の道場へ通います。それから吉日、あちらの秋山家で瑞恵殿を連れてご挨拶に参られますので、よしなにお願いします」

「荘一郎、今回は瑞恵さんをよく見たのでしょう、どうだったのかえ？」

「はい、自分としては過ぎたる方と考えています」

「そう、会うのが楽しみですね、貴方」

翌日、荘一郎は小野派道場へ行き、次郎右衛門師匠に水戸藩の剣術指南役に捨て扶持百五十石で召し抱えられたことを報告する。道場では師範代や高弟、また荘一郎が指導していた若者達に祝福されるが、婚礼はいつか、どのような女性か色々冷やかされて帰る。

五月吉日、秋山家四人、佐々倉家に挨拶に来る。愛も右京と赤子を抱いて待ち受ける。赤子は寝てしまったので、別室で芳野に預ける。

応接間で両家の対面となる。秋山家は両親と瑞恵、弟の佐太郎の四人、佐々倉家はお婆様、両親、荘一郎と荘二郎、愛と右京の七人、お互い挨拶を交わし、双方、家族の紹介をして寛ぐ。女中が四人来て、茶菓子を置いて下がる。荘右衛門が、

「なるほど、奥方は我が家内と似ていますな、秋山殿」

「はい、そのようで、姉妹と言っても分かりませんな」

「まあ、殿方には言わせておきましょう、静様」

「はい、これからもよろしくお願いします、玲様」

それまで黙っていた愛が、

「瑞恵様、私と同い年と伺っていますが、お生まれの月は何月ですか?」

「七月ですが」

「ああ、よかった、私は九月です。二ヶ月でお姉さまと呼べます」

荘二郎が、

「何を言うか、私は瑞恵殿より二つ年上だが、義姉上様と呼びますよ」

右京も、

「荘二郎さんを義兄さんと呼んでいるが」

「男の方はいいのです、ねえ、お姉さま」

「はい、でも愛様は既に一児の母親、私の先輩です。よろしくお願いします」

など、和気あいあいに談笑して、包丁人が調理した昼餉を食する。愛の子が起きたので部屋に連れてきて皆であやし、両家の顔合わせは無事に終わった。


ただ申し合わせ事項として、荘右衛門、左兵衛、荘一郎の三人は別室で仲人と披露宴会場の準備は佐々倉家で、これから二人が居住する家を探すのは秋山家で行うことに決める。招待客は両家で照らし合い、確認して順次決めて行く。日取りは六月吉日とすることになった。

翌日、仲人を北町奉行、浅野源之輔に頼み、夫婦とも、快く引き受けてくれた。四日後、日がよいので浅野源之輔夫婦が仲人として結納を持って秋山家へ訪れるが、ついでに荘右衛門夫婦も荘一郎が指導している道場を見ようと一緒に行く。

結納の儀式も滞りなく終わり、秋山左兵衛に案内され、荘右衛門と源之輔が道場に来た。そこでは二十人以上の青年組が防具を着けず、木太刀での稽古が、指南役の荘一郎と渡辺師範代の指導の下で行われていた。そこにはまた、たまたま藩主水戸様の前では荘一郎を剣術指南役にするのは反対のようだった目付が、幕府若年寄と北町奉行が居合わせたので、

「我が藩の剣術も良い指南役に来て貰い、活気が出てきました。防具を着けて竹刀での稽古より真剣味がありますな」

左兵衛は目付が荘一郎を目の敵にしていたようだったが、杞憂に終わってほっとする。そして荘右衛門と源之輔を残し、治保公のところへ御機嫌伺いに上がる。道場では昼近くになったので荘一郎も佐太郎も稽古を止め、荘右衛門と源之輔、四人で屋敷に帰り、左兵衛はいなかったが瑞恵の給仕で、皆、昼餉を馳走になる。それから皆、茶を飲んで談笑していたら、左兵衛が帰ってきて、

「佐々倉殿、御前が瑞恵の婚礼に儂も出たい、と申されまして、どう致しましょう」

すかさず、浅野源之輔が、

「義兄、水戸様が出席なさるなら、私の仲人は荷が重すぎます。上役に適当な方はおりませんか?」

「そうだなあ、私も若年寄になったばかりで、同僚とはまだ親しくはしていないのだが……まあ、井伊様にお願いしてみよう」

そのような話になり、秋山家を辞去して佐々倉家、浅野家それぞれに家路につく。翌日、荘右衛門、大城に上がり、老中井伊掃部頭様の空き時間を茶坊主に調べて貰い赴く。

「掃部頭様、私事ではありますが、私の長男がこのたび婚姻致すことに相成りました。相手は水戸藩の側用人、秋山左兵衛殿の息女で、仲人を義弟の浅野上総守にお願いしておりまし

たが、水戸様、つまり治保公が婚礼の宴に出たいと申されまして、仲人を掃部様にお願いしたく、参上仕りましたが、お聞き届け願えましょうや」

「おお、水戸様がなあ……それは難儀だな、どこでするのかな?」

「拙宅でと考えておりますが、ああ、できますれば、奥方様同伴で来席願いたいと思いますが」

「おお、奥もか……いや、奥は大丈夫だ……分かった、勤めに支障がなければ問題はない。六月の計画を見て、追って沙汰しよう」

結局、日取りも井伊掃部頭様次第の空日となる。それをどこから聞いたか、掛川藩主小笠原長康侯、小田原藩主大久保忠朝侯、そして尾張様まで出たいと仰せになり、荘右衛門、屋敷に帰り、困った、困った、と頭を抱える。


それから次の日、また荘右衛門、大城の柳の間にいたら、廻船問屋の駿河屋から聞いたと言い、駿府城代、従四位、雁の間詰め、井上河内守正直様が、

「そなたの嫡男が婚礼するそうだが、尾張様、大久保相模守、それに小笠原山城守も出るそうではないか。儂も入れてくれ」

荘右衛門、はい、よろしくお願いします、と言ったが、内心、困ったのである。それに当の廻船問屋の駿河屋、札差の伊勢屋、河喜田屋の主が三人雁首揃えて、荘一郎様の婚礼の宴

にも出たいと言われ、困った、困ったである、市中の者が水戸様や尾張様と同席は叶わず、困るのである。

結局、水戸様や尾張様など、武家の主だった方達は老中、井伊掃部頭様の仲人で屋敷で行い、下級武士や奉行所の者、市中の者達は、河喜田屋の孝三さんが婚礼披露をした、深川の料亭、隅田で日を改めて行うことに決める。


荘一郎達の新居については、秋山左兵衛が色々知人を介して物色しているが、これはという物件は見つからない。あるにはあるが、隠宅や長屋だったりして、武家の住まいには不向きである。

荘一郎はそういうことにはこだわらないのだが、左兵衛にしてみれば手塩に掛けた娘をそのようなところには住まわせたくないのだろう。ある日、瑞恵を駕籠に乗せ、一緒に供の者と口入れ屋を従え、左兵衛が直々に佐々倉家に連れてきて、荘一郎を連れ出して両国橋を渡り、本所にさる大名の下屋敷だったが、藩の金繰りが思わしくなく、更地にして売りに出ているのを見せる。

全部で八百坪、千六百両、ただし半分でも切り売りするとのこと、それでも四百坪、八百両でどうかと口入れ屋の話。

荘一郎、そのような金子は当然持ち合わせていないし、佐々倉家のどこを探しても出てこ

ない。今は更地、いずれ上物を建てれば二、三百両は掛かり合わせて千両は超える。左兵衛、

「男は借財を背負って大きくなるもの、どうかな婿殿」

「いやあ……そう言われましても、千両、二千両……」

荘一郎、どこかでこのようなことを口走った気がするが、いつだったかな？　そうだ昨年十月中旬頃、屋敷に札差の伊勢屋が挨拶に来たとき、千両ほど借財するときは、よろしくお願いしましょう、と啖呵を切った覚えがあるが、しかし幾ら何でもここは荘一郎にとって、嵩にかかると思い、

「義父殿、申し訳ありませんが、ここは無理なように思います、それに小石川の屋敷には遠過ぎるように思われますが、どうでしょう」

「そうさのう、上物を建てれば千両を超えるか……口入れ屋、他にどこかあるかな？」

「はい、湯島に上物がついて七百両、土地は三百坪と少し、ただ……隠宅でして、秋山様は不承知かと思いますが」

荘一郎がすかさず、

「湯島なら小石川に近いし、是非見たいが、瑞恵殿はどうです」

「いえ、私は父上、荘一郎様のお決めに従います。今日は気晴らしに出てきたまで。あ、それから、三日前から河喜田屋が来まして、私の衣装合わせをしています。今日は来ませんが、荘一郎様のこと、色々話しておりました」

「ええ、私がお母上に紹介しましたので」

そのような話をしながら、浅草近くの料理屋で昼餉をとり、湯島の隠宅に赴く。一応、冠木門があり、建物は母屋に離れ座敷もある、また小さな長屋もあり、多分、隠居に囲われた女を世話する老夫婦が住んでいたのだろう。

荘一郎はここが気に入った、まだ空き地が充分あり、道場と厩を建てられる、しかしそのことはおくびにも出さず、

「私はここが気に入りましたが、義父殿、どうでしょう」

「ふうむ、婿殿が左様に申すのであれば、私に異存はないが」

秋山左兵衛は完全には納得していないようだが、決めることにする。瑞恵も満更でもない様子、金策は荘一郎がすることになった。

翌日、荘一郎、芝浦の駿河屋に行き、新築ではないが二人で住むところが決まったこと、場所は湯島、上物を入れて七百両、土地は三百坪、まだ空き地があり、小さくていいが道場とそれに厩を建てたいがどうか、札差の伊勢屋と相談して貰いたいがどうかと話す。そして、剣術指南役料、百五十石のうち、五十石を何年掛かるか分からぬが返済に回したいと言う。

「はい、よく分かりました、佐々倉様、私は嬉しい、初めに私のところへ来てくれたことがです、大丈夫、大船に乗った気でいて下さい、それにしても馬を飼いますか」

「ええ、昨年のように、いざ、というときに」

「馬は人より金は掛からないが」

側で番頭の繁造が算盤を、ぱち、ぱち、と弾き、

「五十石の年貢米、今一石の相場が一両一分で掛けますと、年七十五両、借財八百両で返済期間、およそ十一年です、佐々倉様」

と言い、笑いながら荘一郎を見る。駿河屋太平衛が、

「こら、佐々倉様を脅すでない」

「いいえ、私はかえって良かったと思っています。返済は一生かと思っていましたから、ありがとう、繁造さん」

「何の、何の、剣術は駄目ですが、算盤は佐々倉様には負けませんから」

その場の三人、大笑いとなった。


六月吉日の夕、老中の井伊掃部頭直定侯の仲人で、佐々倉家で婚礼の儀を行うこととなる。何しろ葵の紋があしらわれた駕籠が二挺と、合わせて少なくとも二十挺近くの駕籠が来るのであるから、屋敷の前の道に仮小屋を建てて、一時そこにおさめることにする。

荘右衛門、佐々倉家の屋敷の右隣、勘定吟味役の石川秀栄家にも、供の者の接待を頼むような有様である、多分五十人近くいると思われる。また駕籠担ぎ達は屋敷の台所や長屋で寛いで貰う。駕籠一挺四人で担いで来るだろうから、八十人くらいになるだろう。

それから左隣の会津藩、江戸表次席家老の紹介で同じ会津藩士に嫁いだ、荘右衛門の妹夫婦にも連絡して出席して貰う。嫁いだのは、荘一郎が生まれる前である。

婚礼の夕、部屋をぶち抜き、四十畳、新郎新婦を挟み仲人の井伊掃部頭様夫婦、本来は男だけで親族も入らず婚儀を行うのが普通だが、荘一郎のたっての願いで、夫婦で来てもらう。それと叔父叔母にも夫婦で出てもらう。

右側には尾張藩主、中納言徳川宗勝様と家老、次に駿府城代の井上河内守様と重役、小田原藩主大久保相模守と家老、屋敷左隣の会津藩江戸次席家老、窪田新兵衛、同じく会津藩国表、小性組頭恩田喜一朗夫婦、妻女は荘右衛門の妹で名を奈絵と言い、お婆様は奈絵が屋敷に着いたとき、大喜びで奈絵を放さず、離れで一緒に寝た。

次に北町奉行、浅野上総守源之輔夫婦、そして当屋敷の主、若年寄、佐々倉周防守荘右衛門夫婦、と最後がお婆様である。

左側には副将軍、中納言徳川治保様、家老の堀氏房氏、次席家老の戸田雅秀氏、次に掛川藩主、小笠原山城守長康候と家老、河合や及川氏らは後日の深川の料亭の宴に出席してもらう。続いて屋敷右隣の勘定吟味役、旗本五百石、役料三百俵、中の間詰め石川秀栄氏と俵屋敷裏の蔵奉行、旗本三百石、役料二百俵、焼火の間詰め、内藤政平氏、次が荘一郎の剣の師匠、小野次郎右衛門親子、続いて秋山左兵衛の弟、水戸藩、国表勘定方、秋山左次郎夫婦と秋山左兵衛夫婦である。合わせて三十一名。

初めに井伊掃部頭様の挨拶があり、その後、かしこまって岡用人と今でも独身で若づくりの薄化粧した芳野が、新郎新婦の前に進み出て三々九度の杯を厳かに交わして、婚礼の儀式は終わる。

それからはこれも荘一郎が頼んだ深川の綺麗どころ、芸者八人が入ってきて酌をして、乾杯となり、各自、前にある料亭の包丁人が調理した膳のものをつまむ。段々酒も入り口も軽くなる。

水戸様が、末席にいるお婆様を見て、

「周防守、末席におられるのはご母堂様か?」

「はい、左様ですが、何か?」

「確か何年前か、上様が千葉の習志野辺りへ鷹狩りに参られた折、狼藉者に襲われたが荘佐衛門殿と申したと思うが、上様をよく庇い逃したが、当人は落命したと聞き及んでおるが」

「そこにいます花婿が一歳の時ですから、二十三年前に相成ります。千葉ではなく武蔵野でした。母上はあれから、父のことは何も言わずです」

「左様か、お婆様は苦労しただろうな」

「はい、あれからは我が家の家訓は『上様を庇い、その後、護身を』にしております」

「左様か、だが狼藉者は取り押さえたが」

と言い、ふと前に居る尾張様と目が合ってしまった。

「狼藉者は、我が藩には無関係であったと聞き及んでいますが」

「いや、申し訳ない、あれは食い詰め浪人のしたこと、他意はござらぬ……ところで、小野次郎右衛門殿に聞きたいのだが、よろしいかな？」

「何でございましょう」

「今日の花婿の居合抜刀を見たが、屋敷内の道場では二人しか見えなんだ」

「ほほう、二人も見えましたか」

「うん、ところが、実は儂も白刃が鞘に、ぱちん、と入る寸前見えたが、儂みたいな剣の素人がなぜ見えたのか説明してはくれぬか」

「はあ……水戸様は見えましたか……そうですね……例えば二幅の掛け軸があり、一つは本物、一つは贋作を見たとき、水戸様でも見分けることがおできになるでしょう」

「絵はどうだか、しかし茶器には詳しいぞ」

「それです、極意という言葉は、何も剣術だけのものではありません。水戸様、尾張様、駿府様、すべて何万の庶民、何千の家来の上に立つ方々は、常日頃、神経を遣い、藩の行く末を考えておられます。また、大城では上様への気遣い、自然に極意を得ているのでしょう、どうです」

「うむ、よく分かった」

そこで尾張様が話をとり、

「花婿の旅の話で、我が国表の女子達は、幽霊騒動に笑い転げていたが」

隣にいる井伊様が、

「何です、その幽霊騒動とは」

興味あるように聞く。尾張様より、荘一郎が話すように促される。

「私が旅の途中、木曽の山中で、先ほど水戸の御前が申しました、居合抜刀の名人に真冬をまたいで半年間指導を」

「何！　木曽の山の中で真冬？　雪が多かったであろう」

「はい、岩盤が自然に穿たれた洞窟に居住していて、洞窟の入り口が朝起きたら雪で塞がれていたのは何度もありました」

「息苦しくはなかったのかな」

「はい、当然、仙人は、いや老人ですが、何年もそこに住んでいましたので、不思議と息が詰まることはありませんでした。それで雪が凍てつく、二月頃だったと思いますが、夜、素振りをしていて居合いの極意を得ました。それで満足したのか、師匠の老人は絶食して亡くなり、私は止むを得ず下山して名古屋に向かう途中、ある里村の近くで昼過ぎに雨に遭い、閻魔堂があったのでそこで雨宿りをしました。しかし、つい寝てしまいました」

「うん、うん、段々怖そうになるが、花嫁は怖くないのかな」

「はい、一度、聞きましたから。それに尾張様が申されたように、最後のほうはおかしいくらいです」

「ふうん、そんなものか」

荘一郎が続きを話しますと言い、

「真夜中、まだ表は雨が降っていましたが、私が寝ている横で私を見ている気配で、眠りから覚めました。目を瞑ったまま半身を起こし、刀を引き寄せましたら、その者、すーっと足元へ移動しましたのを気配で感じました」

「音もなくか」

「そうです。そこで目を開き足元を見ました。全体に真っ白で、顔は髑髏でした。座っているのか足はよく見えず、浮かんでいるようでした。私が刀に手に掛け、お前はこの世の者ではないな、と申しましたら、骨だらけの手で刀を指し、抜かないでくれと言っているようですが、私の声は聞こえるが、声は出せないらしい。そこで、お前は私の声は聞こえるが、話せないのか？　と聞きましたなら、何度も髑髏頭を下げている。それからは身振り手振りで、なぜ成仏出来ないのか聞き出すのに大変でした」

「そうだろうなあ」

「結局、六文の金子と白装束がなかったので、三途の川を渡れないことを聞き出しました」

尾張様が、

「地獄の沙汰も金次第と申すからな、儂も六文出さねば、三途の川は渡れぬのか」

尾張様の家老の隣に座っている駿府城代の井上河内守が、

「何を言います尾張様！　尾張様は六十一万石、六十一両でなければ、閻魔様は通してくれませんよ」

「何！　そちは六万石、六両でいいのか、安いなあ」

一座の者、皆、わははは、と腹を抱えて笑う。それからまた尾張様、笑いながら、

「水戸様、水戸様はどうして、今宵の婚礼に出る気になられたのですかな」

「尾張殿、まあ、花婿を我が藩の剣術指南に迎えたこともあるが、この花嫁は儂の孫みたいな者でな、小さい時はかわいかったのよ」

「では、今はかわいくないので？」

「左様、儂は上様にしか頭を下げないが、この天下の副将軍を気に入らないと諫めるのよ」

花嫁の瑞恵が、

「そのようなことはございません」

「そちが、三歳の頃、儂の膝の上で小水を垂れ、大事な着物を濡らして着られなくしてしまった、あのときの着物代を返してくれ、それで三途の川を渡るから」

「そのような昔のこと、覚えていません」

またも一同笑い転げる。笑いが静かになった時、再び水戸様が、

「井伊殿、我が藩に剣術指南を迎えたから言うのではないが、無名剣士の上覧試合をしてみ

てはどうかな、上様も喜ぶのでは」

小野次郎右衛門が、ぽんと膝を打ち、

「私も賛成です、ここしばらく、そのような催しはありませんでしたから」

「うむ、全藩に呼びかけ、予備試合をして四人くらいの上覧試合は上様も喜ばれるでしょう」

など、最後は多少政治向きの話になったが無事、荘一郎と瑞恵の婚礼は終わった。何と言っても一番ほっとしているのは、当屋敷の主、佐々倉周防守荘右衛門であろう。


屋敷内の後片付けは夜遅くになっても終わらないが、とりあえず寝ることにする。荘一郎と瑞恵の新婚初夜は、隣の部屋は荘二郎が寝るのだが、今夜は気を利かせてか、同僚と市中へ出掛けて飲み明かすらしい。

荘一郎が先に臥所《ふしど》につき、後から化粧を落とした瑞恵が来た。荘一郎、半身を起こし夜具の上に正座をする。瑞恵も改まり、荘一郎の前に正座する。

「瑞恵殿、今夜は私達の初夜である、一つ話したいことがある」

「はい、女子のことですか?」

「ええ! どうしてそれを?」

「今夜の宴、綺麗どころが参りました。あれらは芸者と言う方達ですね」

「左様、深川芸者です。もう一度婚礼の宴を、深川の料亭で荘二郎や佐太郎君を交えてしますが、そこにはもっと大勢の芸者が来ましょう。それで今回は呼びましたが、なぜです？」

「私達のところへ御酌に来ました芸者の方は、一人だけでした。荘一郎様は井伊様とお話になっていてその方に杯を出しただけで、お顔は横を向いていました。その方はじっと荘一郎様を見ていて、お酒が溢れそうでした。それから私の前に来まして一礼して、酌の真似事をしてくれましたが、手が震えていました」

「左様でしたか、瑞恵殿には隠し事はできませんね」

「いえ、そのように思われては困ります。私は一目、荘一郎様を見て、この方と一生、共に暮らせれば楽しい人生になるだろうと思いました、私が思うのですから三年の一人旅、異性に付きまとわれたのも想像できます」

「いや、付きまとわれたなど、ただあの者は旅の初め、旅芸人一座と一緒にいただけで、あの者の実家が刃物研ぎ屋だったが、押し込み強盗に入られて一家全員殺害され、天涯孤独の身となりました。私は当時、同心見習いで、同情を覚えたまで」

「そのような方でしたか、金子があれば、お囲いなされませ」

「ええ！　そのようなこと！」

「むろん、私も一人の女子です、正直に申せば嫉妬はあります。でも、荘一郎様は私一人の旦那様ではないと心得ています」

「ありがとう、それで少し話しやすくなった。四月の初め父上が若年寄になり、お祝いやら、何やら屋敷の応対は、着慣れない裃を着て私がしました。それが終わり、母上と一緒に花見に出掛けようと誘いましたが、用事があるとのこと、それで私一人で深川の置屋、芸者が居るところですが、そこへ行こうと足を向けましたが、いつの間にか浅草の観音様に導かれ、そして言問堤に行き、瑞恵殿に会うことになりました。ですから、瑞恵殿は観音様の再来と思っています」

「左様なことがありましたか、私は観音様ではありませんが、以後よしなにお願いします」

そのような話で、二人の初夜は明ける。翌日、瑞恵は朝早く起きて後片付けなどを手伝い、荘一郎が起きる頃には、化粧も済ませて夜具の側で座って荘一郎を起こし、身支度を手伝い、その後、両親、お婆様と一緒に食事をして、小石川へと送り出す。荘右衛門も大城へ上がり、井伊様らにお礼や挨拶を済ませる。

翌日は後片付けが済んだ後、内輪だけの祝いをする。双方の両親、お婆様、荘二郎、愛夫婦と両親と赤子、浅野源之輔夫婦と源一郎と姉の弥生、秋にはさる旗本のところへ嫁ぐそうだ。それと隠居の源兵衛、会津藩士の恩田喜一朗夫婦、佐太郎と秋山左次郎夫婦、それから荘二郎の許嫁の井関佳代さんが改めて皆に紹介される。全部で二十四人になった。

それから六月末、深川の料亭で廻船問屋の駿河屋の肝いりで、金に糸目をつけず、盛大に荘一郎と瑞恵の結婚披露宴が行われた。今までの新郎新婦の友人知人、むろん藤田小三朗や河喜田屋孝三など、北町奉行所から、そして当人達が会ったことも見たこともない者が押し掛けて、翌々日瓦版が出た。


『江戸は千両役者の婚礼』

六月吉日、ところは深川の料亭、隅田で芝浦は廻船問屋の駿河屋、蔵前は札差の伊勢屋、日本橋の河喜田屋の肝いりでの婚礼披露。

花婿は、今は幕府高官、若年寄、佐々倉周防守荘右衛門が嫡男、我らが誇る千両役者、佐々倉荘一郎その人である。花嫁はこれまた大変、水戸藩上屋敷、御側用人秋山左兵衛が息女、立てば芍薬、座れば牡丹、深川芸者に一歩も引けをとらない瑞恵嬢。

その内裏様を一目見ようと来るわ、来るわ、内裏様の友人知人は元より、北町奉行所の者、深川の火消しの頭や大店の主、ご隠居などなど、その数、ざっと四百近く。宴は昼から真夜中まで賑やかなこと、辺りは高張り提灯で明るいこと、真昼のようだ！／読売瓦版

「どうだ！　買った！　買ったあ！」

荘一郎夫婦、婚礼の宴が終わって十日過ぎ、七月に入って湯島の屋敷が内装と長屋、厩が

出来上がったので引っ越しする、荘一郎は身一つだが、瑞恵は実家から持って来た箪笥や衣装箱や何やらあるわ、あるわ、小さな屋敷に入りきれるか心配した。それを見に来た駿河屋が、

「馬車を手配しましょうか」

と言って、笑われた、荘一郎、一応、百五十石取りの格式をせねばならず、小川町の屋敷から供の者として小川庄三朗を連れてくる。本当は早川角之進をと思ったが父上は幕府高官、いつ恨みを買い、襲われるやもしれず、本人も荘一郎についてきたそうだったが小川にした。口入れ屋から女中二人、馬の世話ができる中年の夫婦、子供はいないようだ、それから通いの用人を一人雇う。荘一郎はこの湯島の屋敷から、小石川の水戸藩上屋敷へと馬で通う。

暑い八月も過ぎ、九月に入って間もなく、荘右衛門より、井伊様が主催する全国無名剣士による上覧試合が開催されるという知らせがあった。師匠の小野次郎右衛門に問い合わせたところ、江戸では各道場から一人しか出られないとのこと、荘一郎は、水戸藩上屋敷道場から出ることにした。

上覧試合

翌日、実家の荘右衛門から話があるから来てくれと連絡があり、小石川からの帰り、久し振りに実家に帰る。

大城から荘右衛門、奉行所から荘二郎が続いて帰って来て、着替えをして夕餉を済ませてから、書斎で荘右衛門が話す。

「十一月吉日、荘二郎と井関佳代殿の婚礼をすることにした。それから当分ここに住まわせる。異存はないな」

「はい、父上」

「では、この件はよしとして、それからこのたびの剣の上覧試合に、荘二郎も参加したいと申している。婚礼を控えて怪我でもしたら拙かろう」

「しかし兄上、私もどのくらいの技量か試してみたいのです」

「次郎右衛門師匠は何と言っているのかな」

「師匠は私のことを、一応候補にはしていると申していましたが、兄上とよく相談しなさいと言われました」

「そうだなあ、聞くところによると全国三百藩。各藩ひとり、だが全て応募するかどうか、江戸は各道場の代表者一人だそうだが、その他食い詰め浪人、隠れ剣士合わせれば、四百人近くなるのではないかな」

「へえ、そんなに、どこでやるの？」

「四回戦までは高田の馬場で行うらしい。竹刀で防具を着けてもよいそうだ。私は五回戦からで予選免除で井伊様の屋敷でやる。つまりは三十二人に入っているわけで、予選免除の者

かない

は十人だそうだ。だから予選は二十二人に絞られる。荘二郎は四回戦からになるのではないかな」

「では、最初の試合が大事なのか？」

「ううん、六対四くらいで勝てるかもしれないが、井伊様の屋敷での試合がどうかだな。まあ、金鉢巻に鎖帷子《くさりかたびら》を着込めばいいだろう」

「父上、兄上がこう申していますが、出させて下さい」

「荘一郎がそのように言うのであれば、お前は武者修行に行きたいのを我慢したのだから、許すことにするか、しかし源之輔殿にも許しを得なさい」

荘二郎は、やる気満々である。四回戦までは江戸の主だった道場から何人か出て、検分役にあたる。井伊様の屋敷からは、小野次郎右衛門師匠とやはり忠也派一刀流の溝口新左衛門が検分役である。

当日は全国から剣士が集まり、高田馬場近くの旅籠は満員で、民家や農家に厄介になる者もいて、それに江戸の市民、どこから聞いたか、来るは、来るは老若男女、子供までいて、その数、数千、香具師による屋台も出て一大観光となる。

受付は前日で締め切られ、荘二郎が渡された半紙に上覧試合予選の朱印が赤く印され、四百二十三番と書かれている、四百番台は各道場からの推薦状持参の者でやはり百人近くいる。

初日、辰の刻（午前八時頃）荘一郎と荘二郎、馬で連れ添って高田の馬場へと向かう。九月も下旬、日中は残暑厳しいが、空は青空、左手にときどき大城も見えて気分爽快で、道々昨年の今頃は盗人宿の探索で忙しかったなどと話しながら、馬を駆ける。荘二郎、今日は試合がないので気楽である。

二人は馬を仮厩に預け、なるべく正面に近いところに陣取る。前は莚が横に長く敷き詰められていて町人や農民達が、わいわい、がやがや、飲んだり食べたり、早く遣ってくれなどと騒いでいる。先のほうでは左右に長く幔幕が張られ、検分らしき人物が何人も横に広がり椅子に座って並んでいる。四百人近い剣士達は、奇数と偶数に分けられて左右に離れて控えている。

荘一郎兄弟の後ろから、頭に柄物の手拭いを載せ、尻を端折った男が近付き、

「佐々倉様で？」

と声を掛けてきた。二人は黙って前を見ている。

「佐々倉様は、直接井伊様の屋敷からの試合で、今日は下見ですか」

荘一郎、それでも黙っている。荘二郎、その横顔を見て、あ！　と思った、昨年、芝浦の蕎麦屋で盗人の頭と路地で斬り合いをしているとき、藤田小三朗さんが荘一郎の背中から青白い後光のようなものを見たと言っていたが、今の兄上はそのときと同じではないかと思われる顔をしていた。瓦版屋も恐れをなしたか、いつの間にかいなくなっていた。しかし翌日、

瓦版が出たが荘一郎のことは悪く書かれてなく、逆に最後の文では、我らが千両役者、佐々倉荘一郎が優勝するは間違いないが、江戸の衆、応援しようではないか、と締め括ってあった。

巳の刻前、一回戦、五組が登場して試合が始まる。お互いじっと見合っている者、駆けずり回っている者、すぐに勝負がついた者がいる。すぐ次が呼び出され、試合を始める。負けた者は番号札を受付に返し、立て札に書かれた番号が墨で消されていく。

浪人、町の若い衆、老人、ごろつき、太っている者、痩せてよろよろしている者、そういう者には周りから、痩せ頑張れ！　の声援が上がる、やや！　よく見ると女もいるようだ、ああ！　勝った！　見ていて、実に面白い。

二人は、昼過ぎたので屋台で小腹を満たし、日没まで見て、帰宅の途についた。今日だけで二百人は減った勘定になる。

翌日は荘二郎、防具は持たずに竹刀だけを持って行く。荘一郎が、

「防具は着けぬか」

「ええ、家に防具はありませんから」

「買えばよいではないか」

「いいえ、必要としませんから、それに聞いた話ですが、江戸の武具屋にある防具は、どこかで買い占められていて、値が高いそうです、江戸より十里くらい行かなければ、安いのは買

えないらしい」

「ふうん、どこにも儲ける者はいるものだな」

　そんな話をしながら今日もまた、高田馬場へ来て立て札を見たが、荘二郎の四百番台は書かれていない。荘二郎、係員に確認したら四百番台は明日からと言われた。今日は、昨日より質が上がり、良い試合が見られた。

「荘二郎、あの一番右でこれから立ち合う陣羽織を着た、総髪の御仁、昨日も見たが、相手を容赦なく打ち据える、気を付けよ。それから小太りの御仁、背が低いからと侮ってはなるまい」

「兄上、あそこにいる私と同じくらいの若者、かなり気合いが入っているようですが」

「ああ、あれか、あれは薩摩の示現流だ、初太刀を注意すればよいだろう」

　後に二、三人、要注意の剣士がいたが、明日のことを考えて早めに切り上げて帰る。


　今日は、荘二郎の出番である。第一試合は百番台の剣士だった。呼び出され、お互い蹲踞して立ち合う。荘二郎にとって好都合だったのは四十代の浪人であることだが。音なしの構えでじっと荘二郎を相正眼で見ている。

　荘二郎、誘う意味で竹刀を右後ろ下段に下げる、浪人、釣られて面に竹刀を打ってきた。荘二郎、それをすかさず左へ打ち返し、逆に面を軽く打ち据える。一本決まり勝負あり、荘

一郎のところへ帰ってきて、

「じっくり相手を見られたので、良かった」

「うん、見事だった。次が勝負だな、同じように時間を掛ければ勝てる」

二試合目は昼前で、相手は昨日見た小太りで背の低い武士である。荘一郎が注意を与える。

「彼の者、身体の特徴を生かし、駆け技、水平斬りをしてくるので注意しなさい。足斬りがあるかもな」

「はい、今回も時間を掛けて注意します」

蹲踞して立ち上がったら、相手の頭が荘二郎の首までしかない。だが、荘二郎、少し竹刀を下段に構えて見据えている。荘一郎、これなら大丈夫と安心して見ている。そのうち、荘二郎、前に詰めたかと思ったら、飛び上がり、面を打ちに行った。相手は左に避けながら、空にある荘二郎の足を打ってきた。あ！　打たれる！　と見たが、荘二郎、竹刀で受け止め、地に降りたときは相手を前に見据えていた。

しばらく下段の構えで動かない。それから相手は上段に構えて、少しずつ間合いを詰めてくる。荘二郎、今度は無理をせず、後退しながら隙を見出そうとしているようだ。

小さいの頑張れ！　と声が上がる、荘二郎、ぐっと堪えて止まり、下段から中段に構え直したとき、相手が木太刀落としで荘二郎の竹刀を叩き落とし、左から水平斬りにきた。早業である、荘二郎、避けるか、受けるかどうする。

荘二郎、それより早業で竹刀を立てて受け止める。ばし！　と音がして、双方の竹刀が折れんばかりにしなる。受け止めればこちらのもの、荘二郎、立っている竹刀をすかさず面に打ち据える。

検分役、

「面！　勝負あり！」

荘二郎、三日後に荘一郎と共に、外桜田の井伊掃部頭様の屋敷で試合ができる。帰り道、荘二郎、何度も荘一郎に礼を言う。

「一年で、よくここまで精進したな、だが、井伊様の屋敷では、よほどでないと勝てないぞ」

「分かっています、後は経験の積もりで当たりますよ」

「うん、明日、次郎右衛門師匠に報告に行こう」

それから荘二郎、充分休養して、当日朝五つ前、荘一郎と共に外桜田の井伊掃部頭様の屋敷に馬ではなく徒歩で向かう。荘右衛門は倅の怪我するところは見たくないと言って来ない。

「父上としては、私を旅に出す時と同じ顔をしていた。私も子供を持ったら……そうだ、瑞恵が身籠ったのを話し忘れた……鎖帷子を着込んで来たか？」

「ええ、父上が鎖帷子を持っていたとは驚きでした、私にちょうどいい」

「身体が父上に似てきたようだな」

屋敷に着いたら、案内者に板の間の部屋に通される。既に二十人ほど控えていて、二人は静かに空いているところに座る。今日初めて間近に見る者もいるが、話はしないがほとんど顔は見覚えがある。

三十二人全員揃ったので、また履物を脱いだところから白州の庭に導かれ、受付で出身地と姓名を告げ、番号を指示され、偶数、奇数と左右に分かれる。

二人とも右側の席についた。よく見ると、左の前に次郎右衛門師匠が椅子に座っている。それならここにいるのは、忠也派一刀流の遣い手、溝口新左衛門殿であろう。反対の後方にも二人いる、副審のようだ。

「荘二郎、白州が眩しいから、注意するように」

荘二郎、ただ、うん、と言っただけで緊張しているようだ。

「常時、平常心、分かるな」

それでも、はい、と返事するだけだ。しばらくして、どど！　どーんと太鼓の音が鳴り響き、前の座敷から井伊様を先頭に十数人、濡れ縁に進み出て座る。用人らしき者が、白州前に進み出て、一礼して後ろに向き直り、

「これより上覧試合の最終予選を行う。四名を以て大城での上覧とする。検分役は右試合会場、忠也派一刀流、溝口新左衛門殿、左試合会場は小野派一刀流、小野次郎右衛門殿、後ろ

に控えるは副審を務める。では、これより二組ずつ行う。正々堂々なる試技を願う」

　出身地、姓名が呼び上げられ、試合開始となった。荘二郎が四試合目に呼ばれ、木太刀を持って前に進み出て、一礼して相手と向かい合う。芸州広島藩士、黒田半四郎と呼ばれた。双方蹲踞して立ち上がる。

　荘一郎、とっさに、やや！　拙い！　格が違うと見てとった。上背は荘二郎が高いが、切っ先を荘二郎より上段に構え、押し気味である。しばし見合っていたが、黒田某、木太刀を右後ろ下段に構え直す。荘二郎、堪らず誘いに乗り、面を打ちに行く。しかし、難なく撥ね返され、一瞬の後、荘二郎の頭に木太刀が寸止めされていた。

「面！　一本！　勝負あり！」

　荘二郎、残念ながら負けたが、怪我がなくてよかった。荘一郎の側に来たので、

「黒田某は格が違う、最後まで残るのではないかな、組み合わせが悪かったな」

「いやあ、勉強になった、何か吸い寄せられたようだった」

「うん、明日は来られないから、最後まで見届けよ」

　荘一郎も昼前に立ち合う。相手は薩摩、鹿児島藩の示現流の若者、今日は荘一郎に対して、奇声を上げながら動き回っている。荘一郎は正眼に構えたまま、必ず相手を前に見据える。なかなか打ってこない。荘一郎、誘うように下段に構える。すかさず面ではなく、素早い小手にきた。荘一郎、木太刀を振り上げ打ち払う。

今度は上段に構える。相手は正眼に構えたまま、腰を低く落とし、水平斬りに駆け抜ける。荘一郎、身を反らし、空を斬らせ、上段の木太刀を相手の木太刀に斬り落とす。ばし！　音がして相手は堪らず木太刀を落とす。荘一郎、すかさず相手の胸元へ切っ先を寸止めする。

「木太刀落とし！　一本！　勝負あり！」

荘一郎、次の試合は日没のため、翌日の二試合目に行う。荘二郎は一朱金一枚貰って帰る、井伊様上屋敷で二回戦で負けた者には、二朱金が手当として出た。


翌日、荘一郎、一試合目が終わった時、小浜藩何某と聞いたので昼食のとき、その者のところへ行き、

「失礼かと存じますが、若狭、小浜藩の方ですか？」

「はい、そうですが、何か？」

「実は名古屋の豊田道場で同じ小浜藩の小田金平衛殿に、お世話になった佐々倉荘一郎という者ですが、どうお過ごしでしょうか？」

「はあ、そうでしたか、彼は一年前小浜に帰り、めきめき腕を上げてきまして、実はこれに出場するため藩で予選をしましたが、決勝で小田君と当たり一本取られましたが、私が二本取り返し、藩の代表で来ました」

「左様でしたか、今度、参勤交代で江戸に来るようでしたら、湯島の佐々倉荘一郎宅に来ら

れるよう、お伝え下さい」

荘一郎、午後の二回戦も何とか勝ちを得て、上覧試合に出られることになった。

井伊様から、

「皆の者、大儀であった、たまたま大城での上覧試合は四人しか出られないが、当屋敷で試合した者は誇りを持ってよい。これからも研鑽して、なおいっそう精進するよう願う」

受付で四人は三日後、辰の刻、桜田門に集まるように言われ、二朱金四枚貰う。

「上様の前で試合を行う、身だしなみに注意するように」


別室で井伊様、井伊家家老、重役、小野次郎右衛門、溝口新左衛門らが今日の試合を振り返り雑談している。井伊様が、

「あの芸州広島藩の黒田某はなかなかやるの、優勝するのではないかな」

「腰の据わりが良い、今は四十歳代、脂が乗っています」

「それにしても江戸者は情けない、旗本六人いたが、全滅だった、これでは上様に覚えが悪かろう」

次郎右衛門が、

「江戸者は一人残りましたよ」

「あ！　そうか、佐々倉荘一郎がおったな、仲人までした儂が忘れておった。だが、あれは

水戸藩から出ているが……」

家老が、

「しかし、水戸藩士ではないでしょう、周防守様の嫡子なれば、旗本ではないですか」

「おお、正しくそうだ。水戸様にお願いして、佐々倉荘一郎を旗本として出して貰おう」

「ところで、上覧試合も一本勝負でしますか？」

「上様によく見て貰うため、三本勝負にするか」

次郎右衛門が、

「いや、一試合、一試合が長引くと思われます。やはり一本勝負が良いと思いますが、溝口殿はいかがですか？」

「はい、私も小野殿と同じ考えです。残った四人、試合はお互いに見ていますが、大城ではむろん、初めて相対するので、相手の出方を見るでしょうから」

「うん、なるほど、見合いが長引くな、やはり一本勝負にしよう」


上覧試合は、上様の体調が優れず、少し日延べとなる。そのため井伊様は、水戸藩上屋敷に行き、荘一郎を旗本として出して貰うよう説得する。結局、上様の覚えが良いのでは、の言葉にさすがの水戸様、治保公も苦笑して認める。

荘一郎、井伊様上屋敷からの帰りに実家に寄り、上覧試合に出られること、それから瑞恵

がどうも身籠ったらしいことを告げて帰る。母の玲が、

「まだ、三ヶ月かどうかなのにねえ」


十月初め、天気良好の日、上覧試合が行われる。荘一郎は周防守嫡子旗本として、出ることになった。

大城の吹上では、仮小屋と言っても横に長く立派な建物が建てられ、幔幕が張り巡らされている。むろん、試合会場は白州で眩しい。

仮小屋中央に現将軍吉宗様、左右に御三家御二卿、各大名、幕府高官が居並ぶ。若年寄の荘右衛門は、一番端に座っている。下には左右に幔幕を背に、各大名の家老、重役、そして幕府諸役、番頭《ばんがしら》、各奉行が居並ぶ。当然、非番の北町奉行、浅野上総守源之輔もみえている。

定刻、巳の刻に太鼓が鳴り、忠也派一刀流、溝口新左衛門の検分役、副審に次郎右衛門が後方に控えている。

呼び出しが前に進み出て、正面に一礼して向きを変え、出場者を呼び上げる。

「越後高田藩！　後藤源次郎！　周防守殿嫡子！　旗本佐々倉荘一郎！　出ませえ！」

その声に、上様が辺りを見渡し、一番端にいる荘右衛門を確認して、両隣にいる水戸様と尾張様に話しかけていて、しきりに頷いている。

初めに荘一郎は越後高田藩、後藤某と対戦することになった。後藤某については高田馬場

から見ているが、あそこでは陣羽織を着て試合をしていた。井伊様屋敷では袴、襷掛けでやっていて、相手に怪我をするまで打ち込んでいたが、荘一郎、そのようなこと、委細気にしない。名を呼ばれたときから、無の境地に入っている。

双方、前に一礼して左右に分かれ、向かい合い、片膝をついて控える。

「一本勝負！　始め！」

互いに蹲踞して立ち上がり、共に正眼に構える。しばらく動かない。後藤某、誘いの手か、静かに木太刀を右後方下段に下げる。荘一郎、それに乗り素早く面に打ち込んだら木太刀で返され、小手を狙ってきた。荘一郎、後退してそれをかわし、再び正眼に構え直す。また、しばし双方動かないで相正眼で見合っている。

今度は荘一郎が、木太刀を上段に構える。すかさず後藤某、鋭い突きにきた。荘一郎、体を左へ移してそれをかわし、上段から相手の木太刀の手元を打ち据える。

ばし！　と音がして、後藤某の木太刀が折れた。荘一郎、やはり、すかさず相手の頭に木太刀を寸止めする。

「面！　一本！　勝負あり！」

荘一郎、一試合目は勝った、やんや、やんや、の拍手喝采である。呼び出しが前に進み出て、会場が静かになる。

「芸州広島藩！　黒田半四郎！　土佐！　高知藩！　坂田徳之進！　出ませえ！」

今度は、次郎右衛門が検分役で、溝口新左衛門が副審を務める。坂田某、荘一郎より三つ、四つ年上のようだ。だが、土佐の荒波の海岸で稽古するのか、日焼けしていて暴れん坊のようだ。

試合は坂田某が暴れん坊よろしく動き回るのに対して、黒田某、静かに対応して隙を見ている。四半刻も過ぎた頃、坂田某、右に駆け抜けながら逆胴を斬りに行ったが、黒田某、慌てず身をかわして体を変え、左小手を軽く打ち、正眼に構え直す。坂田某、左手を木太刀から離し、右手一本で木太刀を構え直すが、

「小手！　一本！　勝負あり！」

坂田某、左手を一度振ったが、何でもないようで蹲踞し、一礼して元の場所へ引き下がる。

それから少し間を置いて、決勝戦が行われる。

呼び出しの声で荘一郎と黒田某、前に一礼して左右に分かれて控える。検分役は溝口新左衛門で、副審が次郎右衛門である。荘一郎が次郎右衛門の門下なので、副に回ったようだ。

両者、蹲踞して立ち上がり、お互い相正眼で見合う。四半刻くらい動かない、それから荘一郎が上段に、黒田某が下段に変えた瞬間、荘一郎が素早く面に打ち込む。黒田某、下段からの木太刀で早業の如く打ち返し、荘一郎の金鉢巻の頭に寸止めしていた。

あ！　荘一郎！　負けた！　検分役の新左衛門が、

「面！　一本！　勝負あり！」

新左衛門、二人を左右に分け、中央に進み出て一礼してからおもむろに、

「御上覧の優勝者、佐々倉荘一郎に決まりました」

一同、ええ？　と疑問に思い、わいわい、がやがやと騒がしくなる。呼び出しの者が進み出て、

「上様の前である！　お静かに！」

静かになったので、上様が、

「溝口、余には黒田が勝ったように見えたが、どうじゃ」

「はい、確かに終わりは黒田殿の面で終わっていましたが、その前の佐々倉殿の面が先に入りましてござります」

「副審の小野はどうじゃ」

「はい、佐々倉の木太刀捌きが速かったので、見えにくかったやも知れませぬが、溝口殿の判定は間違いござりませぬ」

「ふうん、左様か。両名とも天晴れである、それと他の二名も見事だった、褒美を取らす」

勝者敗者もなく、葵の紋が焼き印された桐の箱に入った刀と金二両が等しく渡される。上様以下が順に引き揚げて、その後、荘一郎らは大城の桜田門に向かう。道々黒田氏が、

「佐々倉殿、貴方は強い」

「いえ、今日は勝たせて貰いました、ありがとうございました」

「いやいや、ご謙遜を、ところで貴方は旗本、なかなか江戸からは出られないでしょうが、私が参勤交代で江戸に来たときは、会ってくれますかな」

「はい、むろんです。また、お手合わせ願います」

そんな話をしていたら、先ほどの呼び出しに荘一郎、声を掛けられる。

「佐々倉殿、お父上がお待ちです」

「左様ですか、では共に帰るとしましょう、黒田様失礼します」


黒田氏と別れ、呼び出しの後について行く。大きな入り口に来たら、そこにも裃を着た男が控えていて、荘一郎、履物を脱ぎ、長刀と木太刀を渡し、男の後について行く。父上は自分の部屋に待っているのか？　色々廊下を曲がりながら、ある大きな部屋の前に来た。中には大勢人がいるようだ。男が部屋に向かって、

「佐々倉荘一郎殿をお連れしました！」

と大きな声で言った、竹林の絵が描かれた襖が左右に開かれる。そこには、大勢の御偉方が居座っていた。遠く正面に上様が座っている。荘一郎、慌てて座り、平伏する。近くにいた者が、

「中に入りなさい」

聞いたような声だが、荘一郎、

「ははあ」

と言い、座ったまま、膝行して部屋に入り、再び平伏する、遠くのほうで、上様が、

「苦しゅうない、面を上げよ」

荘一郎、おもむろに頭を上げて正面を見る。

「佐々倉荘一郎、もそっと近こう寄れ、顔が見えぬ」

隣に座っている者から、

「荘一郎、構わぬ、前へ進み出よ」

あ！　叔父上！　荘一郎、中腰になり前へ進み出て、また平伏する。

「苦しゅうない、面を上げよ」

今度は近くなので上様の胸元を見詰める。

「佐々倉荘一郎、直答を許す、今日は天晴れであった、先ほどから周防守に申しておった、そなたのような嫡子がいたなど、今まで一言も余に申さなんだ」

「いえ、私はこれまで二度、上様とはお会いしています」

「何！　二度もか」

「はい、私が六歳のとき、若君様のお遊び相手としてお会いしました」

「ほほう、それなら二十年も前か」

「その次は私が元服した折、お会いしました、脇差を一振り賜りました」

「左様か、多くの者と会っておるから思い出せない、許せ。ところでそなたは、水戸殿の剣術指南で、最近春に結婚したそうだが、ここにいる者大分出席したそうだが、何の繋がりがあるのかな」

「はい、今から四年半前、武者修行の旅に出まして、日光東照宮から……」

「何、東照宮……」

「はい、東照宮の奥社に行き、拝殿で神君家康公の墓塔に向かい、徳川家のため、終生尽力することを誓い旅に出ました」

「ほほう、あの奥社に参拝したか、だがそちは裃を着るのが嫌いだそうだから、それでは余を助けることはできぬではないか」

するると、後ろのほうで、おほん！　と咳払いをした者がいる、上様が、

「何だ、上総か、何か言いたいのか」

「恐れながら。申し上げます、兄上、いや、周防守殿……」

「何！　兄上！　そち達は兄弟か」

「いえ、私の姉が嫁ぎまして、まあ、それはさておき、昨年の今頃、荘一郎は芝浦の盗人宿を見つけ出し、蔵前の札差屋から三千両も盗まれるのを未然に防ぎました。むろん、捕り方は我らがしましたが、探索、見張り、手配などは全て荘一郎の思考から出ましたことで、そのようなことは、周防守はいっさい誇りません。ですので荘一郎も言わないが、江戸の市中

の安寧、つまりは徳川家のため、働いていることは確かです」

「ふうむ、そういうことをしたのか」

「はい、ただ家の家訓としていつも父上、もとい、周防守から言われていますので」

「何、家訓……周防守、家訓を申してみよ」

「ははあ……これは、かつて上様が狩りに出掛けた折、狼藉者に……」

「待て！　周防守、今思い出す……そうか、武蔵野に出掛けたときか……」

「はい、左様にござります。上様、彼の者が一歳のときですから、二十二年前に相成ります。我が父が上様を庇い、逃しましたが、父は深手を負い、三日後に落命しました。そのときより我が家の家訓としまして、『上様を庇い、徳川家の安寧に尽力し、その後、護身を』でござりまする」

「ううん、何と見事な家訓である、このように余を思ってくれる者はいまい」

側で聞いていた水戸様が、

「何を仰せられます、我らとて徳川宗家の安寧を、日々気を使うてござる、のう、尾張殿」

「左様でござる。ここに列席しておる者、皆同じ思いでござる」

「分かった、ありがたいことじゃ、以後、胆に銘じよう。ところでそなたは最近、結婚したそうだが、婚礼には誰が出たのかな？」

荘一郎、はい、と答えて水戸様を見る。

「拙者が申しましょう、実はこの者の花嫁は、拙者の側用人の娘で、小さい頃から孫のようにかわいがっていた娘でござる。名を瑞恵と申して、これがよい娘に育ちましたが、それがなかなかのじゃじゃ馬で、剣術をやり、私より強くなければ嫁には行かぬと言っておったが、今年の春、隅田川縁の桜の下で瑞恵の母が無頼の徒に絡まれ、助けに入ったのが、この荘一郎でござる」

「また、人助けか」

「いかにもでござる、瑞恵の申すには、無頼の子分が短刀を懐から取り出して抜いたときには、短刀は荘一郎の持つ杖で叩き落とされ、いつの間にか杖の先が無頼の親分の喉に突き上げられていたそうで、杖の動きは見えなかったそうじゃが……これ！　荘一郎！　上様の前であるぞ！」

　荘一郎、いつしか目を瞑ってこっくりしていた。はっと気付き、後ろへ下がり平伏して、

「失礼つかまつりました、ご容赦下されませ」

「よい、よい、今日は二回も真剣勝負をしたしな。疲れておろう。下がって休め。今日はそちは余を楽しませてくれた、天晴れであったぞ」

　荘一郎、上様の言葉に従い、その場を辞去する。

　その後は、尾張様が幽霊の話で女どもが笑い転げたことを披露したり、小田原藩の大久保相模守が箱根の温泉宿の香具師の泥棒を荘一郎が見抜いた話をしたりで、いかにも荘一郎が

世のため、人のため、尽くしているか、座の者、感じいる。

「周防守、いずれ荘一郎を呼び出すときがあろう、今は水戸殿の剣術指南であるが、旗本には間違いない、のう水戸殿」

「それは確かに」

「今日より、側用人の一人として、佐々倉荘一郎に二百石を与える。役は書院番の組頭、それでないと余に会えぬからな。周防守、嫡子に左様、伝えよ。後は好きにはからえ。余も疲れた、休む」

と言い、下がって行った、皆、ははあ、と言い、平伏する。


またも江戸の市中に瓦版が出た。


我らが千両役者！　佐々倉荘一郎、またも天晴れ！

九月吉日、全国諸藩から集まった腕に覚えのある剣術遣い、その数、何と五百余人、高田馬場で予備戦を勝ち抜いた者、三十二人、その後、外桜田、井伊掃部頭様の上屋敷で最終予選を行う。

大城で上様上覧試合に出る者四人の中に、我らが千両役者、若年寄、佐々倉周防守が嫡男、佐々倉荘一郎、残ったり！

十月吉日、大城の吹上に仮小屋が建てられ、大きく四方に幔幕が張り巡らされ、上様はじめ、御三家御二卿、大名、幕臣重役居並ぶ中、旗本、佐々倉荘一郎、広島藩、黒田半四郎、高田藩、後藤源次郎、高知藩、坂田徳之進の四人による決戦、裁くは小野次郎右衛門と溝口新左衛門、頃は良し、どど、どん、の太鼓の合図で試合、始まり！

最後は、我らが誇る佐々倉荘一郎と黒田半四郎、蹲踞して立ち上がるが、両者動かず、見合うこと四半刻、そのうち、双方の木太刀が近付いたら、佐々倉荘一郎、すかさず面に打ち込んだが、木太刀で弾かれ、逆に面に寸止めされていた！

あ！ 我らが千両役者！ 負けた！

検分役、溝口新左衛門の口から、

面！ 一本！ 勝負あり！ 勝者！ 佐々倉荘一郎なり！ ええ？ どうした！ 余人には見えぬ早業で、先に佐々倉荘一郎、面を取ったり！ 天晴れ千両役者全国一番だ！／読売瓦版

「買った！ 買ったり！」

この瓦版を持って荘右衛門夫婦と荘二郎、湯島の荘一郎の屋敷に向かう。荘一郎、さすがに疲れてまだ寝ていたが、瑞恵に起こされ、身支度を整え、まかり出る。

「お待たせ致しました、よくお出で下さりました」

「荘一郎、明日、上様にお礼に上がらねばならぬ、お前は書院番組頭で二百石頂いた」

「ええ！　なぜです？」

「お前は水戸様から百五十石頂いておるから、旗本としてそれより上乗せされたのよ」

「兄上、やりましたね、これ、瓦版、父上が申すにはよく的を射ていると仰せですが」

荘一郎、一瞬、憮然とするが、旗本として二百石貰えれば借財も早く返せるし、母上が瑞恵のお腹のことを聞き出しているようなので、機嫌を直し、父上に礼をする。

「荘一郎、秋山家に瑞恵さんのこと、連絡したのかえ？」

「いえ、まだですが」

「いけません、貴方は忙しかったでしょうが、誰かをやればよいでしょうに」

「はい、今日遅くなっても行ってきます」


それからの荘一郎、大城に上ったり、挨拶回りで数日慌ただしく過ごしたが、十一月になって荘二郎の婚礼の祝いが終わって、やっと落ち着いた。

荘二郎の婚礼披露は荘一郎のときより小規模だったが、屋敷と深川の料亭で荘一郎のときと同じに行われた。このときも芸者の綾が呼ばれた。

綾は、駿河屋の肝いりで深川の四軒続き長屋を買い取り、二階長屋に建て替えて、二軒を貸屋にして、家賃二軒分、毎月千六百文が綾のもとに入る。一軒に老爺夫婦を住まわせ、綾の面倒を見させる。荘一郎、綾に、いつでもお待ちしております、と言われた。

荘右衛門にとってもここ数ヶ月忙しかったが、荘二郎と井関佳代との婚礼が滞りなく終わり、何となくほっとして、幾分歳を取ったようだが、母の玲は、花嫁が来たので気を引き締めている、ようだ。

荘一郎はあれから上様に三度も裃を着て謁見したが、やっと馬に跨がり、小石川へ通い始める。表向き二百石なので、家来一人増やしただけで済む。

正月は荘一郎、一家を構えたので主よろしく挨拶回り、来訪の対応などで忙しく過ぎる。瑞恵が目立ってお腹が大きくなって動きが鈍くなる。本家から女中の七重を、母上の許しを得て呼び寄せ、女中頭にして瑞恵の負担を減らす。


三月になり、水戸家上屋敷の道場も皆大分腕を上げてきた。荘一郎が初めてこの道場で試合をした二十一歳の吉田某は、あのとき、竹刀を動かすと同時に、左右の足を交互に動かしていたが、荘一郎に動いて間合いを取ると自分も良いが、相手にも間合いを取られる原因にもなると言われ、それからは音なしの構えになり、当道場では一番になってきた。

一番強かった桜井某は、小姓番組頭につき、治保公の身辺警護の役向きが忙しく、道場には滅多に来られなくなった。荘一郎、渡辺師範代と後藤師範を前に、

「何人かは、上の組に引き上げてもよい者がいます。また皆伝を与えてもよい者もいますが、

どう致しましょうか?」

　二人とも頷き合い、渡辺師範代が、

「指南役の佐々倉さんがこれはと思う者には、私に異存はありませんよ」

「では、免許皆伝は吉田君と安藤さん……」

「ええ！　安藤を……皆伝に？」

「はい、今は吉田君と立ち合って一本も取れませんが、安藤さんは自信が付けば互角に立ち合いますよ、今、何歳ですか？」

　後藤師範が、

「確か、今年で二十五歳ではないかな」

「そうですか、ここ半年、努力の跡が見えます……本目録には井上君と秋山、義弟ですが……」

「いや、贔屓目ではないでしょう、私も賛成です」

「ありがとうございます、目録には有島君と甚之助君」

「いやあ、今度は、私が礼を言わねばなりませんね」

　やはり後藤師範が、

「渡辺師範代、指南役の進級評価は公明正大ですよ、六人で全部ですかな」

「それと、本目録に田所君、大分頑張っているが、彼も皆に追い抜かれていますね。安藤さ

ん と同じようですが」

「上げて実力が付くと思いですか」

「私としては、ううん、五分五分ですが」

また後藤師範が、

「上げましょう、彼の気持ち分かりますから、意外と心機一転するものです」

「では、こうしましょう、井上君と三本勝負で一本取れば上げましょう。内緒で立ち合わせましょう」

その場で二人を立ち合わせる。最初は臆することがない、年下の井上某が攻めて、攻めて面一本、二本目は、あっけなく田所が小手を打ちに行くと見せかけ、面を一本取ってしまう。三本目は初手と同じに井上某に攻めかけられ、胴を取られた。だが、三人、顔を見合わせて頷く。

「佐々倉指南は優しいですね」

「甘いということですか、でも渡辺師範代、安藤さんも田所君も私が来たばかりの頃より、格段に上達していますよ」

「いや、そういう意味で言ったのではないが、佐々倉指南は若いのに剣術だけを見ているのではなく、人物の全体を見て年上の者も指導しているように見える。私はそういうところに敬服しているのですよ、でしょう、後藤師範」

「左様、私は自分の子供に仕えているようなものでして、わはは……」

「ありがとうございます、ところで、香取神道流は免許皆伝のとき、立ち切り稽古はしますか?」

「一昼夜やりますが、小野派一刀流はどうですか?」

「三日間やりますが、ここは人もいないし一昼夜でいいでしょう、それから四月に入ったら水戸の国表へ何人か連れて修行に行かせましょう」

「四月はよくない、瑞恵さんの産み月でしょう、五月にしましょう」

「私が引率しなくとも、渡辺師範代……」

「いや、駄目です、やはり、全国制覇した佐々倉指南でなければ、それに義父上にお願いして御前に申し上げて貰いましょう」


三月吉日の前の日、立ち切り稽古を辰の刻から始め、翌日の同じ辰の刻まで行った。ただ、本目録の者は目録から二人上げて十人なので、荘一郎と渡辺師範代も立ち切り稽古の相手をする。

吉田と安藤の二人は、ふらふらしてはいるが、一昼夜なので気はしっかりしている。稽古が終わって、すぐに身体を清め着替えさせ、免許皆伝と進級認定式に連れてくる。上役の出席は重役の一人と田所目付で、秋山左兵衛は御前との会合で出られない。二名の免許皆伝の巻物を田所目付が渡す。後藤師範が書いた字はいつもながら達筆である。

後藤師範は以前に祐筆係の清書役にという話があったが、本人、そのようなところへ行ったらすぐに歳を取ってしまう、それよりここで若者を相手にしているほうがいいと断ったそうだ。

この後藤師範が書いた進級認定書をにこにこ顔で田所目付が読み上げて五人に渡す、何しろ自分の息子が本目録に上がったので佐々倉荘一郎様々である、訓示も、

「全国制覇した佐々倉指南役を迎え、皆腕を上げて来たことは当藩にとって喜ばしいことである、これからも怠ることなく精進して貰いたい。尚、褒美ではないが五月吉日六名くらい、国表へ十日くらいの修行に行く許可を御前より賜った。人選は指南、師範に任せる、以上だ」

四月中旬、瑞恵は女の子を出産した。荘右衛門にとっては内孫、秋山左兵衛にとっては初孫で、夫婦揃って泊まり込みで見に来る。名前は男の子なら荘太郎、女の子なら瑞恵の母の静を貰い、静恵に決めていたので、静恵はかわいいね、と言われている。

荘一郎は、赤子を双方の両親に任せ、国表へ行く企画に専念している。人選については荘一郎、このたび進級した者を連れて行こうとしたが、二人の師範が、不満が出るのでやはり上の者六人にして貰いたいと言われ、皆伝二人、本目録四人にする。

金子も勘定方より十両貰う。各自の小遣いは次席家老の三男もおり、また百石以下の者もいるので二朱以下とする。

荘一郎は義父に国表の実情や重役などの人物などを聞き出す。むろん左兵衛の弟、秋山左次郎夫婦にも挨拶に行かねばならない。そのための土産や何やらで馬二頭用意する。

水戸へ

五月吉日、皆に見送られて出発する。五年前は、弟の荘二郎が千住大橋まで見送りに来てくれたが、今回は義弟の佐太郎が一人、ついてきてくれた。本人も一緒についてきたいようだったが荘一郎達が見えなくなるまで手を振っていた。

一行は、荘一郎と若武者六名、それと馬一頭は荘一郎の屋敷の馬で、馬丁が知り合いの馬丁と馬を連れてきて、二頭の馬の背に振り分け荷物を乗せる。荘一郎の馬は荘一郎が乗らず荷物を背に乗せられたので少しいらついていたが、馬丁が何とか宥めた。人は全部で九名と馬二頭、荘一郎が先頭を歩き、若武者六人ががやがやと続き、その後、馬丁に引かれた馬が二頭続く。

十両の金子は、いずれ勘定方につく者に預ける。荘一郎も二十両ほど懐に入っている。道は水戸街道ではなく、日光街道である。

「佐々倉指南！　なぜ日光街道なのですか？」

「五年前、武者修行の旅に出た時、幸手宿で初めて他流試合をやり、世話になったので挨拶に向かう。橘道場といって、同じ香取神道流だ」

実は荘一郎、水戸に行く道は水戸街道の他に、船橋、佐倉、成田からも行けるが、当日まで道順は誰にも明かさなかった。

荘一郎、数日前、気晴らしに深川の綾の隠宅に行ったとき、つい口を滑らせ、半月ほど水戸へ行くことを言ったら、綾が、それでは私もお供します、と言ってきた。

「いや、今回は物見遊山の旅ではない、公用だ、第一、我らは足が速い。追いつけまい」

「いいえ、駕籠で行きます」

「そのような金子は持ち合わせてなかろう」

「いいえ、三十両ほどございます」

「このたびは、三益屋はいない、通行手形は貰えないと思うが」

「いいえ、駿河屋さんか伊勢屋さんに頼めば大丈夫です……なぜ、そのように邪険になさるのですか……」

とうとう、綾は荘一郎の胸に泣き崩れてしまう。しかし初めての水戸藩国表入りで、女連れはなるまい。泣いている綾の背を撫でながら説得して帰ってきたが、もしかして荘一郎の旅立ちを見張っているやもしれず、当日前夜は瑞恵の実家に泊まり、皆と一緒に旅立ってきた。だから皆にも道順を知らせなかったのである。

「佐々倉指南、目録からは木太刀を持って稽古だそうですが、時代に逆行しているのではと思いますが、どうでしょう?」

「確かに竹刀は素早くさばけるが、いざ本身を抜いたとき、普段通りさばけるかな。木太刀は重さや反りが、本身と近いと思うが」

今度は別の者が、

「佐々倉指南、私は長く寸止めを稽古していますが、いざというとき、寸止めの癖が出て相手に斬られてしまうのではと思いますが?」

荘一郎と皆伝の二人が、わははは、と笑ったが、他の四人はやはり疑問に思って笑わない。

荘一郎、年長者の安藤氏に、

「安藤さん、答えてくれますか」

「ええ、いいでしょう、つまりは、寸止めの癖が付くようではまだまだというところ。寸止め、振り切り自由にさばけて、初めて皆伝になるのではないかな」

「正解ですね、それにときどき私の居合抜刀術を稽古しているようだが、まだ鞘元を見ているが見ずに鞘におさめるように」

「いやあ、手を斬ってしまうようで」

「手は傷ついても命に別状はない」

「はい、努力します」

このような剣術談義をしながらの旅、草加に近くなり、また誰かが、

「会計！　あそこに団子の幟《のぼり》が見える、一休みはどう？」

「お主は食べ物に目聡いな、佐々倉指南！　休みましょう」

朝早立ち、皆、背に握り飯を背負っている。午の刻も過ぎたので昼餉をとる。昼過ぎたが、店にはまだ客はいた。若侍がどやどや入って来たので、客は初め驚いていたが、皆、真面目そうなのでしばらくして静かに落ち着く。

会計が人数分、饂飩とお団子を注文する。わいわい、がやがやの食事、馬丁二人は別の縁台で食事をしているが、饂飩も団子も来たので恐縮して食べている。


それから越谷宿まで二里と少し、申の刻（午後四時頃）に着いた。馬二頭と荷物は宿場外れの厩に預ける。飼葉込みで百文取られた。

荘一郎と免許皆伝の二人と本目録の四人は二階の二部屋へ、馬丁二人は恐れ多いということで一階の大部屋に泊まる。食事後、中庭で月明かりの下、一刻近く稽古をして、終《しま》い湯に浸かり、一日目の旅の床についた。

夜中子の刻（午後十一時頃）荘一郎、微かに鼻に、つうん、と来るものがあり、目を覚ます。この臭いは何か、また幽霊か？　いや違う……半身を起こし、静かに耳を集中する……ぱち、ぱち、と微かに聞こえた、間違いない！　火事だ！

「起きろ！　火事だ！」

「ええ！　火事！」

「そうだ！　安藤さん！　隣の者を起こして！　会計に荷物番をさせて下さい、後は下に来るように、行こう！　吉田！」

暗がりの廊下を行き階段を降り、下の廊下を左右見たが火の手は見えない。しかし煙が湯殿のほうから臭ってくる。

大部屋の廊下を通りながら、

「火事です！　皆さん起きて下さい！」

と叫びながら、湯殿近くに来たが違う、もっと先だ。暗がりの廊下を進んだら、あ！　見えた！　調理場だ、明るいので荘一郎、飛び込んで行き、水場を見付ける。その時には荘一郎の後ろから皆続いてきているので、土間にある井戸から水を汲み上げ出した。

宿の者も起きて来る、荘一郎、主らしき者に、

「湯殿の湯も使うが構わないか！」

主、ただ頷くだけで、座り込んでしまう。

「誰でもいい！　湯殿から湯を順次、手渡すように！」

客や宿の従業員が湯殿から桶や盥など、水を運べるものを後から後から来ては火に掛けては返す。だんだん下火になった。安藤さんと吉田は交替で井戸から釣瓶《つるべ》で水を汲み上げ、く

たくたである。

調理場の屋根が半分焼け落ちてしまい、月が見える。荘一郎、ずぶ濡れの身体で表に出たら調理場の先に、丸焦げの山があった、あ！　ここが火元だ！

「宿のご主人！　ここに何があったのですか！」

「そこは物置で、風呂焚きの老爺が一人住んでいたが」

「明日、明るくなったら、役人に調べて貰いましょう、身体が濡れたので着替えねば」

「宿から下着は出しましょう。皆さん濡れた方は申し出て下さい……ありがとうございました、これだけで済んだのは皆さんのおかげです」

荘一郎、皆に、

「火事場泥棒に注意しましょう」

女中が持って来た手拭いで皆、身体を拭き、下着を着替える。ずぶ濡れになったのは男ばかりで、宿の女中がいても構わず、十数人裸になり、着替える。

「貴方が第一発見者でしょう、ありがとう、儂らもあの世へ行くところでしたよ」

「全くだあ、俺らは火を見て吃驚しただよ、それをこの方は、風呂の湯を使うなんざあ、凡人じゃあ気が付かねえよなあ」

「だけんど、よくあの暗がりで廊下を歩けるなあ、俺らはただ前の者の背に手をおいて、ついて来たが、どうして前が見えるかね？」

「雨戸の節穴の光があれば充分です」

「ふうん、そんなもんかね、よっぽど落ち着いていなけりゃあできねえ芸当だわさあ」

近所の者も火消しに参加した者もいたようだが、ひとまず帰る。荘一郎達も部屋に帰り、落ち着く。部屋では会計が一人気を揉みながら留守番をしていて、安藤さんが、ご苦労だった、と言い、かいつまんで消火のことを話す。

「しかし佐々倉指南、冷静沈着でしたね。発見から消火まで、宿の主のように、取り仕切ってましたね」

「それもそうだが、最後に、火事場泥棒に注意など、私なら思い付かないです」

会計が、

「下では大騒ぎしているのに、私はなぜ留守番なのかそれで合点がいきましたよ」

今まで黙って聞いていた吉田が、

「佐々倉指南、常日頃、木曽の師匠に言われていたことでしょう」

「何ですか、それは?」

「私が木曽の山中で居合抜刀術の極意を身につけたとき、嬉しかったが気が高ぶることはなかった。それを師匠は、常時！　平常心！　それが極意だ！　と言ってくれたのよ」

「なるほど、私はまだまだ未熟だな」

皆笑う。

「それにしても佐々倉指南、背中の傷は凄いですね。月明かりではっきり見えましたよ」

「ああ、これか、四年前は未熟だったからな」

「でも、相手をやっつけたのでしょう」

「うん、倒れながら斬りつけ、相手が倒れるのを見届けてから意識を失った。恥ずかしい話よ」

「そんなことはありません、傷を負ったからこそ、今の佐々倉指南があるのです、私も居合いの鞘おさめ、手傷を負っても見ないでやります」

安藤氏が、

「良い心がけだ、江戸に帰ったら免許皆伝だ！」

一同皆、大笑いする。結局、朝まで雑談し合う。荘一郎、橘道場へ、一、二日到着が遅れると飛脚に託すため、一筆したためる。

結局、疲れで皆、眠気に襲われ、朝明るくなるまで寝入ってしまう。宿の番頭と女中が来て、

「昨晩は大変お世話になりまして、ありがとうございました。調理場が使えませんので、これは近所からの差し入れです、食べて下さい」

番頭、握り飯に香の物、茶器を前に差し出し、

「いずれ役人が来ます、調べがつき次第、お発ち下さい」

「宿代はどうするのかな」

「宿代など、むろん、このような不始末をしでかし、お客様にご迷惑を掛けまして、本来なら、お見舞いを出さねばならないところですが、これから調理場の修理で宿も休業しなければなりませんので、ご容赦願いとう存じます」

「主はどうしておるのかな」

「はい、あ、申し遅れました、貴方様が第一発見者ですね、それに火消しの指示までして貰い、主からも礼を言うように申しつかっておりました」

「主は動けないのかな」

「はい、火を見たときから腰が抜けて寝たままです。何、すぐに医者が来ますから大丈夫です」

そう言って番頭と女中は別の部屋へ行った。隣の部屋の者も来て、握り飯を頬張る。

「うん、なかなかしっかりした番頭だ、すぐに立て直すだろう」

「でも、どうして先のことが分かるのですか？」

「ううん、以前に係わった番頭に似ているのだ。それは武者修行の途中、甲府の山城屋という旅籠に一ヶ月以上泊まっていた時、ある日、侍が、三日分、六百文は高い、負けろ、と怒鳴っているところに出くわした。そのときは若主人が帳場にいて、負けられません！　何を！　と、侍が今にも刀を抜こうとしたのを私が柄元を押さえた。番頭が若主人を逃し、両手を床につきながら、手前どもは銭勘定が商売、五百三十文ではどうでしょう、結局、侍はそれを払って行った。そのとき、私は一日百五十文、三日で四百五十文払っていた、それなのに番頭は五百に三十文を足した。私はそこに商道というか、番頭の気合いを見たのよ」

「なるほど、人物は侍ばかしにいるわけではないということですか」

部屋の外で、

「失礼つかまつる、このたびの火事について宿改めをしておる、入りますぞ」

「どうぞ」

四十歳過ぎの地役人が供の者を従え入って来た。

「申し訳ないが、一応、姓名と出身を承りたい」

「私は佐々倉荘一郎、江戸は旗本の嫡男で、皆は門弟です」

「佐々倉……もしや剣術の上覧試合で全国制覇した、佐々倉様では？」

「はい、そうですが」

「いやあ、これはとんだ失礼を申しました、そうですか……なるほど……」

「何が、なるほどですか？」

「宿の主の申すには、歳は若いが、冷静に消火にあたってくれたと言ってましたが……分かりました、貴方がたはこれで充分です、どうぞ出立して下さい」

「では、お言葉通り、そうさせて貰います、宿の主人によろしくお伝え下され」

半日遅れたが、旅立つことにした。宿の玄関前で屋敷の馬丁と目が合ったが、にやりと笑って頭を下げた。多分、大部屋で消火にあたった若者が彼の主人であることが分かり、質問攻めにあったのだろう、それにしても寡黙な男よ。

結局、その日は予定の春日部宿には着けず、途中の茶屋で草餅を食べただけで、木賃宿に泊まる。翌日は春日部を通り過ぎ、杉戸宿に泊まる、夕餉には皆、腹一杯ご飯を食べる。銭を出し、お櫃を倍出して貰い、皆、がつがつ食べていたが、

「ああ、腹一杯になった、よく食べたなあ」

安藤氏が、

「こら！　我々は侍なるぞ！　はしたないではないか」

「何を言います、安藤さんも三杯もお代わりしたではないですか、ねえ、お女中」

「いいえ、私はただ空いて出された茶碗に飯を盛っただけですから、誰が何杯など分かりません」

荘一郎が、

「それほど凄まじかったか、わははは……」

皆、どっと笑う。端で酒を酌み交わしている馬丁二人も釣られて笑っているが、二人にはそれぞれに旅に出る前に宿代、手当、酒代、支度金、馬の雑費として三両渡してあるので、

懐は温かい。

杉戸宿から幸手宿まで三里と少し、だが空模様が怪しい。皆、昨日腹一杯食べたせいか、朝になっても辺りが暗いので寝起きが悪い。それを安藤氏と吉田が隣の部屋に行き、枕を蹴飛ばし起こす。四人渋々起きてきた。それから皆の尻を叩き、巳の刻（午前十時頃）出発したが、昼頃からとうとう雨が降り出した。慌てて茶店に入り、一休みして雨具を着込み出発する。何のことはない、半刻で幸手宿に着いた。早着きだが、雨が本降りになり仕方なく宿に入り、荘一郎、橘道場へ明日伺うことをしたため、馬丁に届けて貰う。

夕餉まで大分時があるので、自然に荘一郎の側に寄り、話を聞こうとする。珍しく吉田が最初に口を開いた。

「佐々倉指南、武者修行の終わりに、川崎宿で大怪我をしたと聞き及んでいますが、お話は願えませんでしょうか？」

安藤氏も、

「左様、半年以上怪我が長引いたとも聞いていますが、話が辛ければ無理にとは言いませんが」

「いや、そのようなことはないですよ、心の傷も癒されたから。ただ若気の至りで、順風満帆、東海道を下ってきたが、川崎宿の前で農家の納屋に浪人が庄屋のお内儀を人質に立て籠もり、金子を持ってこいと言っているところに出くわしたのです。

大勢人はいるが、ただ見ているだけで何もしない。それをかき分けて前に出て、役人にことわって納屋の中に入ったら、いきなり白刃が突いてきた。それを避けるため身を引いたが、右胸に切っ先が深く入った。板戸を尻でぶち抜き表に転がり出たら、浪人、すぐに私を目掛けて大上段に振りかざしてくる。そこを左下腹から右胸へと斬り上げ、自分は右へまたも転がって避けた。手応えあり、浪人が倒れるのを確認して気を失った。二日後に気が付いたが、無理をして屋敷に帰って来た。その後、身体は治っても挫折した心は快復に長引いた……まあ、自信を持つことは良いが、有頂天になっては良くないということよ」

皆、自分の心と重ね合わせているのか静かである。

「さあ、後ろに碁盤があるから囲碁をやろう」

囲碁を始めたら意外に会計が一番強く、皆に何目も置かせている。最後に荘一郎と対戦したら、荘一郎対全員になり、わいわい、がやがや、騒ぎながらの打ち合い、それでも荘一郎が中押しで勝つ。二回とも勝ち、

「わあ！　剣術ばかりでなく、囲碁でも勝てない、残念」　皆、大笑いで日が暮れた。

道　場

翌日、やはり雨が降っていたが、辰の刻に橘道場へ赴く。玄関では女中が出てきて、皆、濡れたところを拭いて貰うが、門弟達も、師範代や勘太郎さんも出てきて世話をしてくれる。

七名が皆、大きな部屋に通され、橘勘兵衛、開口一番、

「いやあ、よく来てくれた、昨年の秋の上覧試合で全国制覇したそうだが、おめでとう。それにしても見事に成長したな」

そこにはお内儀が並んで座っていたので、荘一郎、一通り挨拶をして、連れてきた門弟達を紹介して、江戸の土産として扇子三本、柘植《つげ》の櫛二本、勘太郎さんのお子に玩具を差し出す。

その後、道場に行き六人対六人の手合わせを行う。検分役は師範代、師匠と荘一郎は見所に座る。こちらは先鋒を会計に、次鋒、中堅はそれぞれで、次将を吉田にして、大将を安藤氏にした、多分、橘側は大将を勘太郎さんでくると予想される。吉田は指導しなくともまだ伸びるだろうが、安藤氏は今、自信を持つのが大事。勘太郎さんに勝って自信をつけて貰いたい。

先鋒同士の立ち合い、会計は十八歳、相手も同じくらいだ。師範代の、

「三本勝負！　始め！」

蹲踞して立ち上がったら、会計、すぐに小手を取られる、こちら側の誰かが、

「幸先悪い」

と呟いた。だが、会計二本目はじっくり相手を見ていて誘いに乗らない。そのうち、相手がいらついて、攻め掛かってきた。しばらく、会計相手にあわせていたが、走りながらの抜

き胴で一本取る。三本目も会計、音なしの構えよろしく、打ちに行かない。

最初の試合、どちらにとっても勝つか負けるか大事な試合、道場内、しーん、と静かだ。

やはり相手が待ち切れず攻め掛かってきた。しばらく会計、押され気味に後退していたが、
相手が木太刀を大きく振り切ってきたので、辛うじて身をかわし、小手に寸止めした。

「小手！　一本！　勝負あり！」

次は次鋒同士、こちらはいつも寸止めばかり稽古をさせられ、いざ真剣での斬り合いのとき、寸止めの癖が出るのではと言っていた若武者、一本目、強力な胴を打たれたが、次にお返しに軽く胴を打ち返し、三本目も綺麗な面の寸止めで勝負あり。水戸藩側、二連勝、中堅二人も何とか二本取り、四連勝。

一応、対抗戦は勝負付いたが、次将と大将の勝負をすることにお互い同意する。次将同士はやはり、吉田は強い。二本ともあっけなく取ってしまう。大将同士の立ち合いが早く来たので、安藤氏、心の準備がないまま進み出て立ち合う。

相手の勘太郎、落ち着いていて、正眼に構えて見合っていたが、意を決して攻め掛かって来た、二合、三合、ばし！　ばし！　と木太刀の当たる音、勘太郎、組み付き念流のそくい付けのような感じで安藤氏の足をかける。倒れるのを堪えたが、離れ際、面を取られる。金鉢巻に当たり、安藤氏しばらく頭を押さえていたが、元のところに戻り、蹲踞する。

「二本目！　始め！」

またも相正眼でしばし見合うが、勘太郎自信がついたかすぐに攻めにくる。小手、面、また同じく小手、面で身体をあわせて組み付く。安藤氏、何とか後退しながら道場を一周して受け払う。

橘側、勘太郎があと一本取れば一矢報いられるので、固唾を呑んで応援しているようだ。勘太郎、打ち合いから突きにきた、安藤氏辛うじてそれを打ち払い、小手に寸止めした。

「小手！　一本！　三本目始め！」

安藤氏、蹲踞して立ち上がったら正眼に構えたのは良いが、両足を相手に平行にして立っている。あれ！　どうした？　皆、不思議そうに見る。だが、本人、床に足が生えたように動かない。勘太郎、気で押されて攻め掛かれない、四半刻近く双方動かない、そのうち、勘太郎が痺れを切らして打ち掛かるが、安藤氏、格が違うように止まったまま、打ち払う。

安藤氏、どうしたのか？　同僚達も不思議そうに見詰めている。最後に勘太郎がまた、突きに来た木太刀を、安藤氏、身を反らし、えい！　と叫び、木太刀を打ち落とす。勘太郎、堪らず木太刀を放す。安藤氏、軽く面に寸止めする。荘一郎がいつもする木太刀落としである、いつ覚えたのか、

「面！　一本！　勝負あり！」

荘一郎、六戦全勝したことよりも、安藤氏の最後の一本が大収穫だったと思う。少し極意を身につけただろう。

食堂で遅い昼餉を食べ、橘師匠がいる居間に呼ばれて行く。部屋には橘師匠夫婦、勘太郎夫婦と子供二人、師範代と高弟一人がいた。勘太郎の妻女が荘一郎から貰った玩具であやしていたが、荘一郎に礼を言い、一人を抱き、一人の手を引いて部屋から出て行った。

荘一郎、昼餉を馳走になった礼を言い、

「今日は勝たせて貰い、ありがとうございました」

「何の、僅差のことよ、しかし吉田君は強い。だが、今日の一番は、勘太郎と安藤君の最後の一本だったな。そこにいる五人の気を佐々倉君に集中して、安藤君に気を送っていたように見えたがどうかな」

「いえ、左様なこと、でも安藤氏は何か得たと思います」

「そうかな、安藤君」

「いや、一本目、二本目は自分の動き、勘太郎さんの動きを今でも反芻できますが、三本目は自分でないみたいで反芻できません」

「勘太郎はどうだったかな」

「はい、父上、三本目は師範代と稽古しているようで、安藤さんの隙が見えませんでした」

「そんなところだろう、江戸の剣術、田舎の道場とは格段に違うということか。深谷の井口殿から書状が四年前かな、届いたがそれからどうしたのかな」

「はい、あれから八王子に出て甲府に行き、諏訪から中山道を名古屋方面へと上がりましたが、木曽の山中へ足を踏み入れ、そこで居合抜刀の名人に指導され、極意を身につけました」

「ほう、それで名人はどう致したのかな」

「私が極意を修得したのを見届けた後、三日間絶食して亡くなりました」

「凄まじい最期だな」

荘一郎、居合いの師匠の生い立ちを、かいつまんで話す。どこかの藩から江戸に出てきてから、人生が狂ってしまったことを話す。

「それでは、その居合いを見せてくれるかな」

「はい、拙い捌きですが、宜しければ、お見せします」

「勘太郎、道場を明るくしなさい」

橘勘兵衛を先頭に道場へ入る。荘一郎、いつも通り道場の門弟達の見守る中、ゆっくりと二回本身で素振りして、本番を二回、ぱちん、ぱちん、と鞘におさめる。

「白刃が見えましたか?」

「ふうむ、はじめの抜き出しは見えなんだ、儂は抜き出しで斬られているわけだ、どうかね、師範代?」

「私は最後の大上段中頃から見えました、実に素早い」

「勘太郎はどうじゃ」

「私は駄目です、最後、ぱちん、と鞘に入る瞬間見えただけです」

「他に見えた者はいないかな、安田君は勘太郎と同じくらいか……そちらの方々はどうかな」

「吉田君と安藤さんは、鞘に入る白刃の半分くらいから、後は、中堅をした二人が勘太郎さんと同じくらいです」

「左様か、今日は当道場にとって、良い経験をさせて貰った。礼を申し上げる。これからも何かのときにこちらに来たときは、立ち寄って下され。勘太郎も江戸に行ってみるか」

「どうぞ、来て下さい、こちらは歓迎です」

「母上、十日くらいならいいでしょう」

勘兵衛の妻女が笑いながら、

「佐々倉様のところなら何年でも構いませんよ」

そのような話の後、道場を辞去して宿へ帰る。雨は小降りになったが、皆、傘をさして黙々と帰った。

翌日、雨は上がったが、道は水溜まりがあちらこちらにあり、それを避けながらの歩みで道程が捗らない。また誰かが、

「佐々倉指南、昨日、橘勘兵衛様は我々とは僅差と、はじめおっしゃっていましたが、後で

江戸の剣術は田舎の道場とは格段に違うともおっしゃっていました、なぜでしょう?」

「ああ、そのことか、私達は六戦全勝したが、二勝四敗もありえたのよ」

「ええ、なぜです、分かりません、なあ、皆」

「そうだ、そうだ、なぜです、説明してください、私達の完勝だったのだから」

「君達は孫子の兵法を知っているかな、安藤さん、吉田君はどう?」

吉田が、

「私は小さいとき、漢文の勉学に孫子の兵法の書を手習いしましたが、剣術が気に入り、その後は学んでいませんが」

安藤氏は、

「私は、又聞《またぎ》きです。ただ中国の軍師だというくらいしか知りません」

「翻訳された孫子の兵法書を読むと、剣術の参考になりますよ。その兵法書の中に、正を以て合し、奇を以て勝つ、とあるが、詰まるところ、およそ戦争は正攻法を用いて戦うが敵方の意表を突く奇法を用いて勝つものだとも言っている」

「ううん、難しいですね」

「つまり、橘師匠は正攻法で私達と対応してくれたのよ。例えば、こちらの先鋒と次鋒に中堅二人が当たり、中堅二人に次将と勘太郎さんが当てられたら、こちらは四敗していただろう。しかし全体ではこちらが六勝したから、格段に技量が上と言ったのよ」

「さすがに指南、博学ですね、いつ勉学したのですか」

「旅から江戸に帰って、何もする気にならなかったが、日によっては神経を集中出来たときは、父上の書斎に入って読んだのが孫子の兵法書などだったな」

「それからもう一つ聞いても良いですか」

「構わないよ、何でも分かることは答えるから」

「やはり、橘勘兵衛様が、佐々倉指南の気が安藤さんに乗り移っていたと申していましたが、本当ですか」

「君はどう思う、本当と思うかな」

「分かりません」

「本当かもしれないし、本当でないかもしれない。ただ私は、安藤さんの背に気を送ったことは確かだ」

「ええ、本当ですか、信じられません。では、三本目は、佐々倉指南が勘太郎さんと立ち合っていたのですか？」

「それは違うよ、私が幾ら気を送っても、それを受け止める技量がなければ、どうにもならないよ。私は安藤さんに剣の極意を得る手助けをしただけです」

「なるほど。あのとき、常時、平常心、それが極意だ、と自分なりに念じたことは確かです、吉田君にもしましたか？」

「いや、吉田君は立ち切り稽古のとき、自分自身で会得したよ、そうだろう、吉田君？」

「ええ、しかし、まだ充分ではありません、やはり、三日間の立ち切り稽古がしたいです」

「いや、このたびの立ち合いもまた、見切り稽古でも上達すると思うよ」

するとと会計が、

「佐々倉指南、私も、常時、平常心、それが極意だと念じてやりました。私にも気を送ってくれたのですか？」

「むろんだ、全員に気を送ったよ」

本日録達は、

「いやあ、気が付きませんでした、残念。まだ安藤先輩のようではないんだ、佐々倉指南の気を受け止められれば、我々も免許皆伝だ、頑張ろう！　えい！　えい！　おお！」

などと言い、そんな話で栗橋宿に着いた。まだ明るかったが、関所手前の宿に入る。翌日は天気も良く、足を伸ばして小山宿に泊まり、そこから日光街道を離れ、右に水戸へと向かう。だんだん、筑波山が高く見えてくる。誰かが、

「佐々倉指南、筑波山へ行きましょうよ」

「いや、少し遅れているから、水戸からの帰りに寄ろう」

それから下館宿に泊まり、翌日の夕方やっと水戸に着いた。水戸城と言ってもお城はなく

平城で、本丸は御三重櫓で居住はしていない。治保公が参勤交代で里帰りしたときは、二の丸に居住する。三の丸は謁見、会議、諸役の執務に使われ、道場はその三の丸の側にあった。

道場は平屋で幅五間、奥行き八間の立派な道場である。道場の隣に寝泊まりできる部屋が三部屋あり、自炊ができる調理場と風呂場もあった。一同、そこに国表側用人の家来に連れてこられた。

そこには二十歳くらいの若者が二人、内藤某と金山某が接待係としていて、全て手配してくれる。一部屋は皆伝組と本目録組で、もう一部屋に馬丁二人が寝起きする。荘一郎は賄い老夫婦の老爺に頼み、夕闇迫る時刻になったが、秋山左次郎宅へ連れて行って貰う。

叔父夫婦は歓迎してくれて今夜は泊まっていけと言われ、老爺に今夜はここに泊まることを皆に告げに帰って貰う。旅の疲れを癒すため、風呂に入れて貰い、夕餉に家族の紹介をして貰う。長女美枝十五歳と長男格之進十三歳、実は秋山家はここが本家で、長男の瑞恵の父が治保公に認められ、江戸上屋敷の側用人に連れて行かれたので、次男が秋山家を継いでいる。

左次郎の話だと左兵衛は、側用人は長く江戸に慣れ親しんでいなければ務まる職務ではないので、初めは辞退したが、結婚して間もなくで、まだ瑞恵も生まれていない身軽なときだったので母の静も同意して江戸に出てきたのだそうだ。

美枝はどこか瑞恵に似ていて、剣術はやらないが、薙刀を習っているとのこと。格之進は反対に、秋山家は代々勘定方で剣術に興味を持たなかったが、従姉の亭主が剣術で全国制覇をして、この水戸藩国表へ来るというので身を入れて最近稽古をしだした。それも三の丸の道場ではなく、小さな町道場に行っているらしい。

「格之進殿、明日、私と一緒に三の丸の道場へ行きましょう、私達も十日ほどいますから、見て差し上げましょう」

「いえ、私はそれほど上達しなくともよいのです、いずれ勘定方ですから」

「いや、それは違うな、貴方の従兄、佐太郎君も同じことを初めそのように言っていたが、たとえ側用人でも勘定方でも、殿をお守りして護身をすることが、ご奉公と思うのです。そうではないですか、叔父上」

「まことにその通りよ、佐太郎君を小さいときに見た頃は大人しくて、ひ弱に見えたが、昨年会ったら逞しく成長していた、やはり荘一郎殿のおかげかな」

「いや、ただ剣術に気を入れて今はやっています。先月、本目録になりました」

「ほほう、本目録ですか……格之進、荘一郎殿にお願いしなさい」

「はい、分かりました、明日よろしくお願いします」

「あの私とも……薙刀ですが、お手合わせ願いたく存じますが、どうかしら」

「はい、閑日がありましたなら、参りましょう」

翌日、格之進を連れて三の丸の道場へ来たら、既に稽古は始まっていた、というより国表の者が二十人以上で江戸者を車掛かりに攻めている。見所には三十代、四十代の正装した男達が左右に分かれて見ている。真ん中に師範代らしき人物がいる、引率者の荘一郎の許可なしに稽古台にしているのは失礼千万である。

しかし荘一郎と格之進は入り口近くに静かに座り、見詰める。江戸の門弟達は代わる代わる来る相手に小気味良く対応している。身体の乱れはない。半刻近く続いた稽古は、三十代の師範代の声で止める。

「朝の乱取り、やめい！」

荘一郎、

「おや、もう終わりですかな」

「左様、朝の半刻が大事と思うのでな」

「江戸ではまだです」

と言い、両刀を格之進に預け、吉田のところに行き木太刀を借り、

「さあ、皆さん、全員で私に掛かってきて下さい」

師範代が目で頷いたので、国表の者立ち上がり、荘一郎の前、後ろ、左右から打ってきた。荘一郎、既に無の境地に入っているので、誰がいつ、どのようにどこから打ってくるかよく見える。右に左に、時には屈んだり飛び跳ねたりして木太刀を打ち返し、思い切り木太刀落

としをしていく。木太刀を落とされた者は手が痺れ、木太刀を投げ出したまま隅に座り、両手を擦っている。中には木太刀に足を乗せて転がる者もいる。荘一郎は不思議と木太刀を踏むことはしない。

四半刻も経たないで、皆、壁際に座ってしまった。荘一郎、床に転がっている木太刀をまとめて端に置き、例の師範代の前に行き、正座して、

「一手、お願いします」

見所近くには、荘一郎の知らない顔の者が多数見えていた。中には裃を着ている者、立派な身形《みなり》の者も何人かいる。師範代、荘一郎の一手所望に断ることができず、良かろうと言って立ち合う。だが、あっけなく決着がついた。あろうことか荘一郎が左に控えたら、師範代が見所を背に構えた。荘一郎、一人で蹲踞して立ち上がりざま、えい　と掛け声を発し、木太刀落としを、ばし！　と決める、師範代の木太刀が右側に座っている国表の門弟のところに飛び、門弟はとっさに避けて無事だったが、木太刀が板壁に突き刺さる。皆、荘一郎の気合いに圧倒されて静かである。

師範代は見所の前に座り、両手が痺れたよりも、頭まで痺れたのか、しきりに頭を擦っている。荘一郎、それには構わず、

「誰かお相手する方はございませんか」

と言い見渡すが、誰も無言で俯いている。

「それではこれより、私の居合抜刀術をお見せします、初めはゆっくり見せます、よく見ていて下さい」

荘一郎、木太刀を吉田に返し、格之進から長刀を受け取り腰に差し、中央に進み出て居合いの試技をゆっくり行い、

「では、本番を始めます」

二回、ぱちん、ぱちんとやり、師範代の前に座り、

「見えましたか?」

小さな声で、

「いや、白刃が鞘に入る二寸くらいしか見えなんだ」

「さすが師範代、それで充分です」

壁際に控えている者に、

「皆さんは見えましたか?」

一人が手を挙げ、師範代と同じくらい見えたと言った。荘一郎、その者に木太刀を持ってくるように言い、自分も吉田から再度、木太刀を借り、その者と立ち合う。瞬時に木太刀落としに遭う。明らかに技量は低い。

「貴方は見えたように思っただけです、剣術は心の鍛錬でもあります。自分に正直になりなさい、他には見えた者はいませんか?」

見所に近いところにいる若者二人がおずおずと手を挙げた。二人とも白刃が鞘に入る寸前、見えたと言った。二人と木太刀で立ち合い、江戸上屋敷の道場では本目録に入る技量があると見た。

「貴方がたは間違いなく見えたでしょう。こちらの四人は、江戸の道場では本目録ですが、同じくらいに見えます。それとこちらは、吉田君と安藤さん。どちらも神道流の免許皆伝で白刃が鞘に入る一尺以上は見えています。それにこれは事実ですが、私が初めて江戸は小石川の上屋敷の道場でこの居合いを披露したとき、治保公も見ておられ、そちらの二人と同じに白刃が鞘に入る寸前、見えたと言っておられた」

周りの者がざわめき出した。それには構わず荘一郎、

「先ほども誰かに申しましたが、心の鍛錬ができていれば私の師匠、小野次郎右衛門様のように初手から見える筈、これから十日、いや、もう少し日延べしても構わないが、皆、気を入れて稽古に励みましょう。師範代、よろしいですかな」

師範代、ただ頷くのみで荘一郎に圧倒されている。一人の男が荘一郎のところへ進み出てきて、

「私は安藤国家老の用人ですが、主がお待ちしていますので、三の丸へご足労願えますかな」

そのように言われ、荘一郎、安藤氏に格之進を頼み、会計に土産を持たせ用人について行

く。大広間に床の間を背に安藤国家老がいて、両脇に次席家老と重役二人、国目付と勘定奉行、側用人が居並んでいた。

荘一郎、それぞれに江戸の土産を渡し、江戸家老からの書状を国家老に渡す。それを読んでいたが、

「相分かった。それぞれの土産、ありがたく頂く。十日ほど、こちらの道場を見てくれるとのこと、既に見てきておるだろう、どうかな」

「はい、見所のある者が何人かいます。師範代がよろしければ、日延べしても良いかと存じますが」

「せっかく指南役を迎えたのだから、びしびしやって貰いたい。師範代、江戸の剣術、何するものぞと息巻いていたが。木島は道場を見てきたのであろう、どうかな」

「ええ、佐々倉殿、さすが全国制覇しただけあって、お若いのに落ち着いていましたが、やることは尋常ではなかったです、青木師範代たじたじでした」

「左様か、江藤目付殿、後はよしなにお願い申す」

荘一郎、目付と共に道場へ帰り、指導をすることになる。翌日から青木師範代、江藤目付に何か言われたか、素直に荘一郎の言葉に耳を傾ける。もう一人の師範代は、江戸の後藤師範と同じで道場運営を取り仕切っているようだ。

格之進も国表の者と打ち解け合い、江戸の者も内藤某や金山某と寝起きを共にしているの

で、自然に打ち解け合い、初日の緊迫した雰囲気は無くなった。

荘一郎、青木師範と相談して、目録前、目録、本目録の組替えをし直し、柏木某と青田某に荘一郎が特別指導をする。二人とも、荘一郎の居合いの試技のとき、僅かに見えたと言った二人である、この二人を免許皆伝にまで指導して江戸に帰ることにする。


水戸へ来て十日過ぎたある日、内藤某と金山某の案内で大洗の海岸に行く。荘一郎は馬で行くが、皆は徒歩で、海はまだ泳ぐことはできないので岩場や砂浜で一日、息抜きをした。

それからまた十日過ぎ六月中旬、柏木某と青田某は荘一郎の特別指導で大分上達したので、青木師範と相談の上、立ち切り稽古をして免許皆伝を与えることにする。国表、本目録六人と江戸の者六人が二人に対応する。辰の刻（午前八時頃）から翌朝の辰の刻まで、一昼夜二人は打ち合いを続ける。

翌日、香取神道流の型を試技して立ち切り稽古は終了して、二人は身体を清め、江藤目付の首座の下、免許皆伝の認定式は滞りなく終わる。


六月下旬、荘一郎達は江戸に帰ることになったが、免許皆伝を取得した柏木某と青田某の二人を連れて行くことにした。費用は家老の許可を得て、勘定方から金子を出して貰う。

帰りは二人増えたが、大勢の藩士に見送られ、水戸城三の丸を後にする。府中宿（現在の石岡辺り）で泊まり、翌日、水戸街道から離れて筑波山に向かう。途中、柿岡宿に一泊して翌日、昼頃筑波山神社に着いた。

天気がよく江戸の方まで見渡せ、荘一郎が、

「これなら遠眼鏡を持ってくればよかった」

「へえ、佐々倉指南は遠眼鏡を所持しているのですか？」

「うん、一年前かな、掛川藩主小笠原山城守長康侯が藩主になったとき、私も関わりがあり、上屋敷に招待されたとき、頂いたのよ」

「へえー、佐々倉指南は掛川藩主と懇意なのですか？」

安藤さんが、

「あれ、知らなかったのか、佐々倉指南と秋山瑞恵様が婚儀をした時、誰が出席していたと思う」

「誰ですか？」

「筆頭は我らが御前よ、次に尾張様」

「ええ！　尾張様も！」

「まあ、聞きなさい、駿府城代井上河内守様、小田原藩主大久保相模守様、それに掛川藩主小笠原山城守様、ああ、忘れるところだった、お仲人が彦根藩主井伊掃部頭直定侯、会津藩江戸次席家老窪田様、幕府勘定吟味役石川様……」

「詳しいですね、安藤さん、もういいでしょう。さあ、筑波神社をお参りしよう」

その日は近くの旅籠に泊まり翌日下山して稲吉宿に泊まり、荒川沖、取手、松戸から千住に泊まる。水戸街道起点は千住大橋である。翌日七月初旬、小石川の上屋敷に着いた。国表の二人は、上屋敷の長屋に入る。


荘一郎、二ヶ月振りに我が家に帰る。静恵が目で追うようになり、首の据わりもしっかりしてきて、思わず抱き上げ、頬擦りしながら、

「かわいいな、母上のように美人になるんだぞ」

「私のようになったら困ります、お嫁に行くのが遅くなります。旦那様にやっと貰って頂きましたからね」

など、他愛のない会話で寛ぐ。

しかし翌日から裃を着て水戸藩上屋敷に行き、御前にお礼と国表の実情を報告する。その中でこれからの見所のある者は国表にはいないので、江戸の者二人を小野派道場へ通わせることを許可して貰う。

荘一郎、道場に帰り、渡辺師範代と後藤師範を前にして、

「師範代候補として吉田君とその後の候補として甚之助君を考えています。つきましては両

君を小野派道場へ通わせたいと思いますがどうでしょう」

「ええ！　甚之助を！」

「はい、甚之助君なら、井伊様上屋敷まで行けると思いますよ」

「何！　高田馬場！　五回戦を勝ち抜けると！」

「はい、今からそのように指導すれば、十年後には江戸でも名が売れる剣士になっているでしょう」

「ふうむ、それほどの才能があると……」

「よいではないか、渡辺師範代。吉田君は甚之助君の後見役に付けるのですな、佐々倉指南」

「そうです、甚之助君は住み込みです。猛者が大勢いますから、最初はこき使われますが、気心が知れれば大丈夫です、初めのうちだけです、吉田君には半年くらい通わせましょう」

「吉田君のお父上は何と言うかな？」

「私が説得しましょう」

と、荘一郎。吉田、名を忠輔、父上は吉田忠平衛、勘定諸式方で百二十石、屋敷は水戸藩上屋敷、お目見以上の屋敷群に交じってある。義父の左兵衛と役目柄、面識があり、夜分一緒に吉田宅に行って貰う。

　忠平衛、はじめ荘一郎の説明に困惑していた、息子が道場の次期師範代などになったら、

自分の跡を継いで貰えないのではと。だが左兵衛が、

「そのようなことはない、現師範の倅がいずれ師範代につく。それまでの期間、十年と少しだ」

「しかし、来年には忠輔に嫁を取らせようと思っているが、支障はないのかな」

「はい、忠輔君は通いですから」

本人は荘一郎に見込まれて、やる気満々である。忠平衛、しばらく考えていたが左兵衛に押し切られ、渋々了承する。吉日を選び、小野派道場へ荘一郎、二人を連れて行く。師匠、二人を同じくらいの者と手合わせさせ、技量を瞬時に見極め、門弟として許可する。

「吉田君、すぐに免許皆伝を得られるだろう、三日間の立ち切り稽古を楽しみにするといい。私はときどきにしかここへは来られないから、甚之助君の面倒を見るように」

「ありがとうございます、念願が叶いました」

辻斬り

その後は荘一郎、上様にも呼び出されたり駿河屋にも行ったり、綾のところや三田家、藤田家へ土産を持って行ったりで昼間は忙しいが、夜は瑞恵と静恵の三人、水入らずで、

「二年前は、このような楽しい家庭が持てようとは、夢にも思ってなかったが瑞恵と出会えて良かったと感謝しているよ」

「何を申されます、それは私の言うことです。二年前はこのように我が子を抱けようとは、まことに考えてもいませんでしたから」

「左様か、では私と所帯を持って後悔はしていないのだな」

「むろんです、言問堤で貴方様を見たときから変わりはありません」

と瑞恵は言いきる。


荘一郎、閑日を見て親子三人、小川町の実家を訪れる。佳代さんが身籠ったので瑞恵は静恵を母の玲に預け、佳代さんと色々話をしている。荘一郎は父の部屋に行き、荘二郎と三人で世間話をしていたら、平治親分の手下、庄三が荘二郎に知らせに来た。

「佐々倉様、山田様が昨夜本所で辻斬りに遭い、大怪我をしました。今、奉行所から山田様のところへ行くところです。平治親分も行っていますので。では、私はこれで」

と言い、慌ただしく去って行った。荘一郎が、

「荘二郎！　深川は荘二郎の持ち場ではないのか？」

「いえ、私は、今は浅草上野方面で山田さんが本所担当です。一ヶ月前、隅田川の高橋の岸に右肩から袈裟懸けに斬られた男の死体が揚がり、身元を調べたら怨恨を買うような御仁ではなく、辻斬りと断定して山田さんが探索していたが……」

「ふうむ、これからどうするのだ」

「とりあえず、私は奉行所に行ってみます」

「そうか、私は瑞恵を家に帰してから、山田さんのところへ行く」

「荘一郎、瑞恵さんは家に泊まれば良いだろう、明日若い者に送らせるよう」

荘一郎、母上の部屋に行き、瑞恵に、

「本所で辻斬りがあり、私の知っている同心が怪我をした。これから何日になるか分からないが、泊まり込みで探索……いや、敵を取らねばと思う」

「では、綾様のところにお泊まりですね」

すかさず母の玲が、

「瑞恵さん！　そのようなこと！」

「よいのです、母上様、私は旦那様が無事に帰ってきて下されば、それで充分です」

「まあ！」

玲は呆れて二の句が継げないが、

「荘一郎、家には瑞恵さんの他にもかわいい子がいることを忘れてはなりませんよ！」

「はい、母上、何としても決着をつけてきます、後は頼みます」

荘一郎、女三人、いや、静恵を入れて四人に見られ、分が悪くなり、早々にそこを退散して山田同心の家、上野下谷へと急ぐ。

山田家には荘一郎が五年前、同心見習いをしていたときの先輩同心、池田某と与力の有藤某、その他平治親分と庄三その他親分、その子分などで部屋いっぱいである。

荘一郎は先輩の池田同心に事件のあらましを黙って聞く。それによると、今年の二月頃から犬が斬り殺されたのが本所と深川で三件あり、六月に例の隅田川の高橋近くに背を斬られた男の水死体が揚がった。

身元も判明して浅草雷門近くの親戚から亥の刻（午後十時頃）、亀戸の我が家へ帰る途中、大川橋（吾妻橋）を渡った近くで斬られたらしく、血痕があり、引きずって隅田川に投げ込んだらしい。どうも一人の仕業ではなさそうだとのこと。


荘一郎、深川の綾の隠宅に行き、事情を話し泊まり込む。綾は置屋の桂から呼び出されていたが、爺やに断りに行って貰い、荘一郎をにこにこ顔で世話をする。夕方、綾と一緒に近くの湯屋へ行き、帰りに一膳飯屋で食事をして隠宅に帰り、二人一つの夜具に寝る。綾は何も言わずただ幸せだけを満喫しているようだ。

亥の刻少し前、荘一郎、綾を起こさないように起き、身支度をして表に出る。玄関の鍵を静かに掛ける、鍵は長屋には普通付けないが、駿河屋の太平衛さんが物騒だからと鍵を付けてくれた。

初め両国橋へ出て、御竹蔵の土手を北上して大川橋を通り過ぎ、言問から向島へと行き、四つ木から元に戻ってくる。ゆっくりの歩きで綾の寝ている隠宅に帰って来たのは、丑の刻を過ぎていた。七月の中旬とはいえ、真夜中の大川の縁、そよ風が結構肌に寒く感じ、荘一郎、冷えた足を綾の足に絡ませる。

目を覚ましたのは昼近く、綾がにこにこ顔で荘一郎を見詰め、

「ご苦労さまでした、お出掛けは分かりませんでしたが、お帰りは分かりました。お食事の用意はできています、お腹はすいていません？」

「いや、すいている、起きよう」

荘一郎、食事後は何するでなく、集中して考えている。辻斬りは二人、山田同心を前から斬り付けている。山田同心の十手捌きは見事なはず、それを斬り付けたのだから、辻斬り、腕は立つと見てよい。いずれにしてもここ数日は辻斬りしたばかりで出ないだろうが、五年前より本所、深川の建物が大分変わっているので、慣れる意味で毎日続けようと心に決める。

三日目には大川橋近くで池田同心と会い、五日目には有藤与力にも会った。これでは辻斬りは警戒して出てこないのではと思う。ある日は昼頃から曇り空で、綾が、

「今夜は雨になりますよ、お出掛けは中止になさいませ」

「いや、雨だろうが、雪だろうが出掛ける」

綾が、おほ、ほほ、と笑い、

「今は七月、雪は降りません、それに雨の日に傘を差して辻斬りができますか」

綾は、辻斬り退治に行く荘一郎をまったく心配していない様子。荘一郎、構わず出掛ける

が四つ木からの帰りに雨に降られ、ずぶ濡れになって帰ってきた、綾に裸にされ身体を拭いて貰うが、剣術で足搦にされても倒れない荘一郎が、綾に夜具の上に倒され、綾も着物を脱ぎ荘一郎の上に抱き付いてきた。

荘一郎、心で瑞恵、ごめんと言うが、身体は反対に綾を抱きしめている。とうとう綾と交わってしまう。荘一郎二十三歳、綾二十五歳、二人は朝まで抱き合ったままであった。次の日から帰ってくると綾に抱き付かれるのが、日課になってしまう。しかし、子供は絶対に作らないと固く誓う。


十日くらい過ぎたある夜、本所回向院近くの塀から黒いものが落ちた、荘一郎、とっさに塀に身を寄せる。黒いもの、犬みたいに地に這い、うずくまっている。しばらくして起き上がり、こちらに向かってくる。荘一郎の前に来たので、前を塞いだら吃驚して後ろを向き、逃げ出した。

荘一郎、持っていた藜《あかざ》の杖を、逃げる足目掛けて投げ付ける。曲者、足を杖に絡まれもんどり打って倒れた、荘一郎、駆け付けて懐から五年前まで持ち歩いた捕り縄を出して手足を縛り、呼び子を鳴らすがなかなか誰も来ない。しばらくしても誰も来ない。また、呼び子を鳴らす。既に丑の刻、皆帰ってしまったか。

四半刻過ぎた頃、山田同心宅にいた親分が子分を従えて現れた。仙蔵親分と太助だった。荘一郎、事情を話す。

「そこの塀を乗り越えて来て、私を見たら逃げ出したので取り押さえた。着ているものを見ても曲者と思うが肌身を調べてくれ、頼む」

仙蔵親分、合点承知、曲者の懐に手を入れて取り出したもの、巾着、中に小判が五十両近く、二朱金、一朱金もじゃらじゃら入っていた。とりあえず番屋へ引っ立てて行く。荘一郎も行き掛かり上一緒に行き、そこの座敷で座布団を枕に寝込んでしまう。

昼頃、荘一郎、目を覚ます。曲者は全て処理されていて、何しろ幕府若年寄の嫡男であり、江戸では評判の若者なので周りの者、皆、荘一郎を静かに寝かせていた。そこには平治親分の子分、庄三と仙蔵の子分、太助、それに老人が一人いて、その老人が荘一郎に茶を勧める。

「今は八月、陽気も暑いですが、寝起きは熱い茶が良いのではと思いまして」

「ありがとう。ところで太助さん、曲者はどうしましたか?」

「へい、間違いなくあやつは盗人で、四月に島から帰って来たばかりで、こそ泥の佐平と言います。懐には巾着の他に錠前を開ける道具も持っていました。佐平に入られた屋敷は金貸し金平衛の隠宅で、今、仙蔵親分が事情を聞きに行っていますです。佐平は池田様が奉行所へしょっ引いて行きました」

「分かった。私は帰る、後はお願いします」

すると庄三が、

「佐々倉様、お手柄なのに帰ってしまうのですか」

「庄三さん、私はこそ泥を捕まえるために真夜中、歩いているのではないのです。何としても山田さんの敵を討たねばと思っていますよ」

「ありがとうございます、後はお任せ下さい、でもどう遣って佐平を捕まえたか聞きたいですが、なあ、太助どん」

「へい、あっしも聞きてえです」

「四つ木に迄行っての帰り、回向院の近くに来たら、塀から黒いものが落ちてきた。そのうち、黒いものが立ち上がり、私が身を潜めている前に来たので、あの者の前に出たら、初め吃驚していたが慌てて逃げ出した。そこで、そこにある杖をあの者の足へ投げ付けたら、上手く杖が足に絡まって、倒れたところを貴方がたのよく言う、御用にしたまで」

「はあ、それで」

「何です、それでとは?」

「いや、ねえ、夜ここへ連れて来た時は気が付きませんでしたが、池田様がしょっ引いて行った時、あやつ大分、足を引きずっていましたから」

「そうでしたか、とにかく、私の手柄にしないで下さい、仙蔵親分の手柄にしておいて下さい」

夕方前、綾のところへ帰って来たら、綾は表に出ていて、長屋の者が大勢いるのに荘一郎に泣きながら飛びついてきた。みっともないので、綾を抱きかかえて家に入る。

「遅くなって済まなかった、今まで番屋にいた。ただ昨晩、泥棒を捕まえたので番屋で夜を明かした」

「朝起きましたら、貴方がいないので心配で心配で、朝から何も食べていません」

「そうか、それは悪かったな。さあ、一緒に風呂へ行って、その後、腹ごしらえをしよう、今夜も出掛けるからな」

綾は今まで辻斬りと斬り合いをして怪我をしたのではと心配していたが、これからも探索が続き、荘一郎がまだ綾のところにいるので、機嫌をよくして連れ立ち、湯屋へと向かう。

荘一郎、一度浅草ででんでん太鼓を買い求め、湯島の家に帰り、瑞恵に今までの経緯を話し、夜まで静恵をあやして、再び真夜中大川橋を渡る。


辻斬り探索も一ヶ月近くになろうとする蒸し暑い真夜中、荘一郎、いつもの四つ木からの帰り、大川橋を過ぎ、右手が御竹蔵の塀が長く続き、左手、内藤山城守の屋敷を過ぎた路地から黒い者が、ぬっ！　と出てきて白刃を抜いた。

だが、荘一郎、先ほどから後ろを付けられているのを察知している、前の者は脅しで本命は後ろから来る者と分かっている。

荘一郎、前の者に素早く駆け寄り、藜の杖で小手を打ち、流れで首筋を打ち据え、すぐに向きを変え、こちらに迫って来た本命に白刃を抜き、棟を返し、今にも荘一郎を大上段から斬り下ろす白刃を撥ね返し、またも首筋へ打ち据える。本命、あっけなく、白刃を落とし、前に倒れ込む。

荘一郎、素早く捕り縄で両手両足を縛り上げ、呼び子を鳴らして後ろを向いたら、前の者、一目散に逃げ出した。荘一郎、とっさに藜の杖が転がっているところへ駆け寄り拾い上げ、足を目掛けて投げようとしたが、先日のこそ泥のように足が股から分かれていない。袴を穿いているので、止むを得ず背中に投げつけた。

藜の杖がその者の背中にまともに当たったので、ううん、と言って目を回し倒れた、荘一郎、すぐに駆け付けたが縄がない。仕方なくその者の袴を脇差で切り裂き、紐にして手足を縛り上げ、本命のところに担いできて、もう一度呼び子を鳴らす。四半刻してから与力の有藤さんが来た。

「有藤さん、これが辻斬りです。どこかの藩士か、旗本か暗くて分かりません、いずれにしましても、町方では取り調べは出来ないでしょう」

「うん、そうだな、お父上に頼むしかないかな」

「これからどうしますか、明るくなるまで待って誰かを待つか、それともどちらかが応援を呼びに行きますか」

「いや、もうすぐ明るくなるだろう、人が来るのを待とう。その間、経緯を聞かせてくれないかな」

　荘一郎、四つ木からの帰りにここで待ち伏せされたが、撃退したことを告げる。

「荘一郎君が出遭って良かったな、話を聞けば、儂でも撃退できたかどうか。山田のようにやられていたかもな」

「いや、有藤さんなら大丈夫でしょう」

　そのような話をしていたら、親子らしい二人が来た。道の真ん中に得体の知れないものが転がっているので吃驚して立ち止まる。与力の有藤さんが、

「驚かして済まぬ、儂は北町奉行所与力の有藤という者だが、そなた達これからどこへ行くのかな」

「へい、あっしらは日本橋の魚河岸へ行きますんで」

「それなら両国橋の袂に番屋があるから、誰かいたら大勢でもいい、ここに来るように伝えてはくれぬか、儂らはここを離れられんのでな、頼む」

「へい、分かりました」

　それから半刻近くなって辺りが明るくなった頃、辻斬り二人が意識を回復して、本命の方が騒ぎ出す。

「その方らは町方であろう！　儂は旗本！　八百石大澤忠平衛だ！　町方に辱めをされる謂れはない、早く縛を解け！」

有藤与力が、

「そうは参りません、貴方は辻斬りという法度を犯しています」

「何を言うか！　儂は旗本だ！　町方風情が裁けるか！」

荘一郎が見るに見かねて、

「私は幕府、若年寄、佐々倉周防守荘右衛門正行が嫡男、佐々倉荘一郎でござる。私は周防守の命によりここ本所での二件の辻斬りを探索しておる者、いずれ周防守が吟味しましょうが、それまでは町方に身を置かれましょう」

それを聞いて大澤忠平衛、観念して黙ってしまう。そのうち、やっと仙蔵親分と太助、それと六尺棒を持った男二人が来た。有藤与力が事情を説明して辻斬り二人を連れて行く。荘一郎は父上が大城に上がる前に会わねばと、皆と別れて急ぎ小川町の屋敷に向かう。

荘一郎が屋敷に着いたのは辰の刻で、荘右衛門も荘二郎も朝の食事中で、荘一郎も一緒に朝餉を済ませる。その後、静かに昨夜の辻斬り捕縛を話す。

「すると何か、旗本大澤忠平衛が辻斬りの下手人なのだな」

「はい、父上、彼の者旗本とはいうものの無役では」

「御家人か……つまらぬことをするものだな……分かった、善処しよう、儂の役目だからな」

「それで当人達はどう致しましょうか」

「うん、大澤忠平衛は自宅監禁、儂の方から警護は出す。もう一人の者は奉行の源之輔殿に任せよう、荘二郎、荘一郎と一緒に行きなさい……荘一郎、ご苦労だった」

荘一郎兄弟二人は奉行所に行き、浅野上総守北町奉行に若年寄周防守からの伝言をする。奉行は既に一報が入っていて、荘一郎に労いの言葉を掛ける。

「荘一郎君、ご苦労だったな、後は周防守殿と北町で処理するから、ゆっくり休んでくれ。報奨金を出さねばな」

「いや、叔父上、いや、上総守様、そのようなことはご辞退します、私は山田さんの労に報いれば、それでいいのですから」

「わははは、だが上様には申し上げておくぞ、いいな」

荘一郎、深川に帰り、綾に伝える。綾はまた来て下さいとか細い声で言い、別れを惜しんでいるようだ。

家族

それから湯島の家に久し振りに帰る。昼なのに風呂を焚かせて湯に入り、食事をして寝てしまい、翌日の昼まで寝ていた。目を覚ましたら夜具の側で瑞恵が静恵を抱いていて、笑っている。

「それにしましても、よくそれほどまで寝られますこと」

「今は昼か、一昼夜寝てしまったか、やはり家は安心して寝られるな」

「さあ、静恵を抱いていて下さいな。朝餉ではなく昼餉の支度をしますからね」

荘一郎、翌日から小石川の道場へ通う。国表の若者二人は、既に帰っていない、わずか六日ほどしか指導できなかった。それから小野派道場へも顔を出し、吉田と甚之助の状況を次郎右衛門師匠に伺う。道場に入ったら二人とも慣れたようで、他の門弟達と打ち合いをしていた。


それからまた、瓦版が出た。

『またも江戸の千両役者！　佐々倉荘一郎！　大手柄！』

八月吉日！　蒸し暑い真夜中！　場所は本所、右手が御竹蔵、左手が内藤山城守屋敷近く！　左の路地から一人の曲者が辻斬り探索中の千両役者の前に！　突然現れ、白刃を抜いて斬り掛かったり！

そこは我らの千両役者！　持っていた藜の杖で白刃を叩き落とし！　曲者の首筋をしたたかに打ち据える！　曲者堪らず気を失ったり！　だが、本命は後方から迫る曲者！　今にも我らが千両役者を背後から袈裟懸けに斬ろうと、白刃を大上段に振りかざしてきた！　あ！　斬られる！

そこは我らの千両役者！　すかさず後ろに向きを変え！　白刃を抜き！　棟を返して、ちゃりん、と受け止め！　又も曲者の首筋を打ち据えたり！

佐々倉荘一郎！　辻斬りを辻斬ったり！　どうだあ！／読売瓦版

「さあ！　買った！　買ったあ！」

数日後、大城から荘一郎に呼び出しが掛かった。荘一郎、裃を着込み、正装で登城する。いつもの謁見の間に通され、末席、中央に座らされる。前方両脇には水戸の御前と紀伊様がにこにこ顔で荘一郎を眺めている。むろん、尾張様、井伊様や父上、他何人かの御重役方、末席には源之輔叔父も座っている。上様のおなりい！　で皆平伏する。

「苦しゅうない、皆の者、面を上げよ」

荘一郎、一番最後に頭を上げ、上様の胸元に目を据える。

「佐々倉荘一郎、大儀、直答を許す」

「ははあ、上様にはいつもながら、ご機嫌うるわしゅう存じ上げたてまつります」

「うん、佐々倉、余もこれを見たぞ」

あろう事か、上様の手に瓦版がある。

「周防守に問い質したら、上総守が処理したよしと言う。上総は確かに曲者を捕らえたは佐々倉荘一郎で、後は上総が処理したとだけ簡単に言うのみ、真相はどうなのだ」

荘一郎、ははあ、曲者が旗本だとは上様には知らせず、緘口令が敷かれているな、荘二郎の知らせでは、大澤忠平衛は自宅で切腹、お家断絶、正室は早く亡くなっていて子はいない。側室というか女中に産ませた子がいるが、認知していないので、親子二人千葉の実家に帰ったようだ。もう一人の家来は、打ち首になったと聞いた。

その家来の自白で分かったことだが、主人の大澤忠平衛はなかなか御番入りがかなわなかった。役の話はあったが、家禄八百石が禍する。石高八百石は役につけば、役料を足して千石になり、何々の守を唱えねばならない。何々の番頭並以上でなければ、役につけない。そうかと言って何々の番組頭並以上の空きは滅多になく、ただの番衆では三、四百石の上役の下で執務するので、家格として堪えられない。

結局、今まで無役でいたわけで、当人にとっては日々面白いはずがなく、趣味として刀の収集に没頭した。初めは刀の手入れをして眺めていたが、それに飽き、今年初め頃、真夜中、表に出歩いて犬を斬り捨てるのを覚え、それが高じて、二月に大川橋袂で男を殺めた。

それから先月の山田同心に手傷を負わせたわけで、大澤忠平衛、止めを刺すところ、十手持ちに気が付き、後々拙いと思い逃げたと、家来が白状した経緯がある。

荘一郎、ここは上様の手前、下手人のことはあまり詳しく話さず、経緯を明るく話すことにした。一ヶ月も毎夜出歩いて、こそ泥棒を捕まえたときの話は、こそ泥棒が荘一郎を見て吃驚したことや、逃げ出したとき、藜の杖を足に向け、投げ付けたら上手く足に絡み、もんどり打ってひっくり返って倒れたことなど、面白おかしく話す。上様も腹を抱えて笑いながら、

「うん、うん、分かる。目に見えるようじゃ、それで、こそ泥は何を盗んだのか？」

「盗みに入ったところは、金貸しの隠宅で。小判が五十両、一朱、二朱合わせて百両近く懐に入っていました」

「左様か、佐々倉の話は芝居を見ているようで面白い。だが、疲れた。休むと致す」

皆、平伏する中、上様は退出して行った。水戸の御前が、

「荘一郎、よく下手人のこと、詳しくは話さなんだ、礼を言う」

「滅相もござりませぬ、ただ、瓦版にも詳しく載せられてなく、良かったと存じます」

「左様、あのようなもの、誰が上様に、のう、掃部頭」

「まったく、目安箱にはなかった。ですが、探索は致しませぬ。しかし、周防守、立派な倅よ、大城でも立派に勤まると思うがどうじゃ」

「いえ、まだ若輩で左様なことは」

水戸の御前が、

「いずれ、佐々倉荘一郎は上様に言上して正規の役につけて貰わねばな」

荘一郎、すかさず、

「御前、それだけはご辞退致します」

「わはは、そうは行くまいよ、のお、周防守」

「はい、ですが、私はまだ現役で頑張りますので、いずれよしなにお願い致します」

それからは荘一郎、何事もなく、日々小石川への行き帰り、ときには小野派道場へ、また綾のところ、駿河屋に行ったりで平穏無事に過ごす。瑞恵は、荘二郎の佳代さんが、悪阻《つわり》が酷いので、小川町の屋敷へ佳代さんの話し相手に泊まり込みで行ったりしている。


十月になって、三田家に嫁いだ愛が二人目の男の子を産んだ。荘一郎、荘二郎と一緒に三田家へ祝いに行く。愛は二人目なので母子ともども元気だった。愛が寝たまま、

「荘一郎兄上、辻斬り探索は、今回は一人でしましたね。荘二郎兄上にも声はお掛けになりませんでしたの」

荘二郎が、

「愛、私は担当が浅草で、大川のこちら側で見張っていたのよ」

「今回は辻斬りで剣の腕は立つ。右京君に怪我をさせたら拙かろう」

右京が、

「でも、瓦版では、義兄は見事に仕留めたとありますが、本当のところはどうでしたか」

「山田同心の十手捌きは一流だった。それを斬り付けたのだから、尋常ではないと見たよ、しかも二人の仕業と分かっていたからね。むろん、あの御竹蔵の通りに入った頃から、後ろを誰かに付けられているのを察知していたので、対処に余裕があった。しかし、前後、挟み打ち、後ろが本命だと分かっていたから、先に前の曲者を倒し、振り向きざまに白刃を抜いたが、殺してはいけないので居合いではなく、棟を返して相手の白刃を受け返し、首筋を打ち据えたら、倒れたよ」

「相手の刀は見えましたか」

「むろん、見えたよ。大上段から振り下ろしてきた」

そんな辻斬り捕縛の話をして、昼餉を馳走になり帰る。家に帰ったら河喜田屋の孝三さんから今月吉日伺いたいがどうかと連絡があり、家の者に翌々日お待ちしていると伝えに行かせる。

当日、孝三さん、二歳の男の子と妻女を連れてくる。妻女は瑞恵とは面識がないので連れてきたようだ。お互い顔合わせせして挨拶を交わす。孝三さんがすぐに話す。

「荘一郎さん、私もやっと絵描きとして認められましたよ、ご実家のお婆様の絵を京都の師匠のところへ今年初めに送りましたが、先月、そこから小包が届きまして、中を開けたら五十両と便りが入っていまして、私の絵が売れたそうです」

「へえ！　やりましたね！」

「はい、便りには富士の山も良いが何といっても老婆の顔の表情、姿形がよく描かれていると、お褒めの言葉がありました、師匠は箱書きをしてくれたそうです。最後にできたら江戸の情景も描いて送ってくれとありました」

「では、いずれ絵師として、弟子をとらねばいけませんね」

「ええ！　弟子！　考えてもいませんでしたよ、わははは……」

妻女も、おほほと笑い、お子が不思議そうに見ている。

「荘一郎さん、これは別に描いていたものです、お礼に差し上げます」

と言って幅三尺長さ一間弱の掛け軸を箱から取り出して広げる。あ！　見事な絵だ！　絵下中央にお婆様が紫色の羽織を着て、足は白い脚絆を巻き、色柄の鼻緒の草鞋を履き、杖を持ち岩場の渓谷で立ち止まっている。両側はそそり立つ岸壁、上のほうに雲を棚引かせた富士の山が小さく浮かんでいる。

「ううん、素晴らしい、五十両は出せないが十両ではどうか」

「何を言います、これは私のお礼です」

「そうは行きません」

「そう、行くのです」

二人、いや瑞恵も妻女も大笑いする。結局、実家に持って行き、お婆様に見せようということになり、全員小川町へ向かう。

相変わらず荘右衛門と荘二郎は出掛けていていない。お婆様の部屋で掛け軸を披露する。初め孝三さんの妻女は恐れ多いというので、勝手門から入ろうとしたが、荘一郎が、

「孝三さん一家は佐々倉家の客人なのだから、遠慮は無用です」

と言い、しり込みする妻女をお婆様の部屋まで通した、そこには男二人に対して女が多い。若い女達、佳代さんと妻女は瑞恵より年上だが、瑞恵が取り仕切っている。母の玲はそれを見て目を細めている。

愛が嫁いでから男が多い時期が長くあり、荘一郎が斬り合いをして傷をうけ、よれよれの状態で屋敷に帰って来たときは、内心、佐々倉家はどうなるのか動転していたが、荘右衛門の不動の心に支えられ、今日まで来た。二人の嫁を貰い二人目の内孫が産まれようとしている。そして長男の嫁が年下にもかかわらず、子供についての話をしている。何と微笑ましいことか。

「母上、何を、目を細めているのですか」

「ええ、荘一郎、瑞恵さんを嫁に貰って本当に良かったと思っていますよ」

「離れているからです、佳代さんともよくして下さい」

「おやおや、荘一郎に説教されようとはね」

「済みません、ところでお婆様、今日は孝三さんがやっとお婆様の絵が描き上がったので持って来てくれましたよ」

箱から掛け軸を取り出し、今まで床の間に掛けてあった、牡丹の絵が描かれた掛け軸を外し、孝三さんが描いた掛け軸を掛ける。それを見てお婆様が、

「私は唐などに行ったことはないよ」

すかさず孝三が、

「上に富士山が浮かんでいます、ここは甲府の昇仙峡というところです」

「そうか！　昇仙峡か！　なるほど……あの覚円峰は素晴らしかったな」

「荘一郎もそこへ行ったのかえ」

「はい、甲府に一ヶ月以上滞在していましたから、お婆様、これと同じ絵が京都で、五十両で買い取られたそうですよ。孝三さんの絵の師匠が、風景よりお婆様の絵が良いと褒めていたそうです、良かったですね」

「そうかえ、私は何もしていないけどね」

それを聞いて、皆大笑いする。

暮れ近くなって、瑞恵も身籠る。予定は七月とのこと、それでも二人目なので、暮れと正月の忙しさを乗り切る。

佐倉藩

荘一郎、二月になり渡辺師範代と相談の上、また進級認定を行う。皆伝は二人で昨年幸手の道場で対抗試合をしたとき、中堅をした二人、本目録に三人、目録に四人進級させた。昨年より皆の技量が上がっている。

小野派道場へ通っている吉田忠輔が、小野派一刀流の免許皆伝を取得した。三日間の立ち切り稽古に荘一郎も立ち会う。当人最後の日、よれよれになりながら荘一郎の前に来て、ありがとうございました、と礼を述べた。四月から水戸上屋敷の道場に帰らせ、渡辺師範代の補佐をさせる予定である。

三月になり荘一郎、今年も水戸の国表へ六名の弟子を連れて行く。今回は本目録四人、目録二人で本目録に義弟の秋山佐太郎と、向上が著しい渡辺甚之助君を本目録並として次郎右衛門師匠に了解を得て父親の渡辺師範代を喜ばせた。

四月、初めに水戸へ向かう、門弟六人、馬丁と馬二頭は昨年と同じ、ただ進む道は違う。両国橋を渡り市川、船橋へと向かう。今回も綾に水戸に行くと言ったら、

「このたびはどうか成田回りで、私を成田山新勝寺に連れて行って下さいな」

と言われたが、義弟の佐太郎も行くのでそれもならず、一晩泊まって何とか諦めさせた。それに荘一郎は会ったことはないが、小野派道場の先輩が佐倉藩におり、途中寄ることを連絡してある。

実は佐倉藩に腕の立つ浪人が数名寄り付き、道場荒らしをしているとその先輩から次郎右衛門師匠に連絡があり、誰か送ろうとしていた矢先に、荘一郎が吉田忠輔の立ち切り稽古に居合わせた。

先輩の佐倉藩士は四十歳代、二十数年前結婚して男の子を儲けたが風疹でその子を亡くし、大変悲嘆してそれから独学で医術を勉学して、今では藩医になっている。だから小野派一刀流の免許皆伝ではあるが、今は浪人に太刀打ちできず、藩の剣術を歯痒く思っている。

このようなわけで今、荘一郎達一行は市川宿の国府台で休息している。このたびの会計は佐太郎である。

「佐々倉指南、このたびはなぜ成田街道なのですか？」

「途中、佐倉藩に私の大先輩が居り、そこで剣術試合を行う。だが大先輩は、今は藩医で剣術はやらない、皆もその積もりで」

「このたびも孫子の兵法ではなく、正攻法でいきますか？」

「ほほう、君らは孫子の兵法を学んでいるのか」

「はい、昨年の先輩から聞きましたから」

「良い心がけだ、だが学ぶだけでなく、実践に取り入れるようにな」

そのような話をするうち、八幡宿に来て道を左に曲がり、中山法華寺にお参りする。日蓮宗ではあるが、鬼子母神社があり、荘一郎、子育て安産のお守りを五個買い求め、湯島の家へ飛脚に託す。瑞恵、佳代さん、愛、孝三さんの妻女、小三朗さんの妻女にと五個で瑞恵に配って貰うよう、便りを添える。

境内近くの茶店屋で昼餉を食べ、暗くなって船橋宿で呼び込みに連れられて宿に入る。

「佐々倉指南、昨年は初日の宿で火事に遭いましたが、このたびはどうでしょう」

「分かるわけがない、だが寝ていても、いつでも、何事にも対処できるよう、心がけよ」

「はい、常時、平常心ですね」

「わはははは、君らは大分先輩に色々言われたな」

「はい、逐一細かく昨年の様子は聞きました。だからこれからのこと楽しみです、秋山君もいるし、なあ、皆」

皆、そうだ、そうだと騒ぐ。今回も馬丁二人は階下の大部屋で、二階は荘一郎だけ別部屋で、他の六人は一つの部屋に入ったので、夜遅くまで、わいわいがやがや騒いでいた。

翌日は津田沼から左に曲がり、滝木が両脇に茂る並木道を通り、大和田宿で昼餉をとり、印旛沼が見える臼井宿を過ぎて、夕方遅く佐倉に着いた。

佐倉城は平山城で石垣ではなく土居である。堀には池の如く水が張ってある。天主は三重四階層で、今の城主は稲葉丹後守正往、従四位下、十万二千石、雁の間詰めである。

お城の西側にある旅籠に泊まり、宿の者に先輩の飯田主計殿に宿に着いたことを連絡して貰う。飯田先輩の庵はお城の北側にあり、旅籠から近くで坂の上にあるそうで、荘一郎達が風呂に入り夕餉を取っているとき、単身宿の番頭に案内されてきた。お互い初対面ではあるが、飯田主計は荘一郎が一昨年上覧試合で全国制覇したことを知っているので、会うそうそう、

「よく来てくれた、残念だが儂はもう刀は抜けない、明日でいいが頼む」

「はい、次郎右衛門師匠から頼まれましたので、私はいつでもいいですよ」

「分かった、明日使いの者をここへ差し向ける。浅井源右衛門なる者、なかなかの遣い手で今まで立ち合った者、全て怪我をさせておる、その遣り方は……」

「飯田様、相手のことは、先入観が入るとやり難いですから、立ち合って対処します。それから私は鈴木主水という名で行きますのでよろしくお願いします」

「分かった、そのように皆に伝えておく、明日のこと、他の者と談合せねばならないので、これで帰る」

そのように言い飯田主計は帰って行った。皆、その話を聞いて驚いている、佐太郎が、

「義兄、私達の試合の前に浪人と立ち合うのですか？」

「ああ、皆には話してはいなかったが、この佐倉に腕の立つ浪人が道場荒らしをしているらしい。次郎右衛門師匠に頼まれて、佐倉へ来たのよ。先ほどの御仁は私の先輩弟子だが、前

にも言ったが、今は医術を学んで藩医なのだ」

「では、明日は佐々倉指南の試合が見られるのですね」

「うん、私が負けても、皆よく検分しなさい」


翌日、辰の刻早々に二人の佐倉藩士が迎えに来た。四半刻で佐倉城内の道場に着いた、荘一郎以下、大勢の藩士に迎えられる。まだ浪人達は来ていない。荘一郎は身支度をして迎え撃つことになる。半刻後浪人達四人が道場内に入ってきた。道場の師範代が、

「こちらは鈴木主水と申して江戸の知人である、昨日、佐倉に着いたが、そなた達と立ち合って貰う。支度をしなさい」

浪人達、何か話していたが、一人が木太刀を持って中央に出てきた。

「では、勝負始め！」

お互い蹲踞して分かれて向き合う。荘一郎、正眼に構える。相手は荘一郎が若いので侮ってか木太刀を右肩に乗せる。しばらく動かなかったが、荘一郎が下段の構えにして右に木太刀を引いたら、浪人、素早く荘一郎の頭を打ってきた。荘一郎、木太刀を掬い上げるように、弾き返し、小手を打ちに行ったが、かわされて空を斬る、相手はすかさず荘一郎の空いている左腕を打って来た、これを打ち返し、正眼に構え直す。

こちらが寸止めで勝っても、浪人、木太刀の流れで打ってきて、飽くまでも荘一郎を怪我

させようとしている。荘一郎としても致命傷にはならずとも、かなりの痛手を負わせねばならないと、気構えを変える。

それから二合、三合と打ち合う、荘一郎、小手に打ちに行ったら、木太刀を絡め飛ばしにきた。また離れて向き合う。半刻が過ぎた。

荘一郎、誘う意味で上段に構える。浪人、それを見て、下段の構えから足斬りにきた。荘一郎、すかさず飛び跳ね空を斬らせ、浪人の右首筋を打ち据える、手応えあり、浪人、荘一郎の前に崩れ倒れる、気絶したようだ。

「勝負！　あり！」

荘一郎、浪人を半身起こし、活を入れる。浪人、むうん、と言って目を開くが、首筋が痛くて唸りながら床を転げ回る。三人の浪人達、転げ回る浪人を抱きかかえながら、道場からこそこそ出て行った。しばらく道場内、しーん、と静かだったが、誰かが拍手したら、割れんばかりの騒ぎになる、飯田主計が、

「お見事！　やはり全国制覇しただけのことはある」

師範代が、

「何！　全国制覇したと？」

「いや、済まん、こちらは私の同門、佐々倉荘一郎殿だ」

「何と！　若年寄、周防守様の嫡男か！　飯田殿、人が悪い。鈴木主水と思っていた」

「済みません、私が飯田様に頼んだのです」

「いや、今日は素晴らしい立ち合いを久し振りに見せて貰った、日程に余裕があるのならこちらの者を指導しては貰えないかな」

「はい、しかし水戸で御前が待っていますので、まずは門弟達の手合わせをお願いします」

結局、昼餉を挟んで二十歳前後の六人の対抗試合を行った、先鋒と次鋒は負けたが三本中一本は取った、中堅は甚之助と佐太郎は危なげなく二本取る、次将、大将も勝ち、四勝二敗だった。今日はこれまでとして、明るいうちに宿に帰る。


皆は浪人達が待ち伏せてはいないか、むろん、襲われても受けて立つ積もりで案内者の後に付いてきたが、それは杞憂に終わった。宿の大部屋で食事をしているとき、佐太郎が、

「義兄、あの浪人はもう刀は持てないのでは？」

「そうだな、首筋は腫れてきて、五日後にはそれも治るだろうが、刀を持てるようになるのは三ヶ月くらい掛かるかな、それとも私と同じ半年は掛かるかも」

また誰かが、

「それほどですか？　ですが指南、彼の者強かったですか」

「君はどう見たかな」

「ううん、五回戦はどうか」

「ふうん、君も高田の馬場へ行ったのか」

他の者からも皆一様に、

「あれは皆行きましたよ、指南はいないし、師範代が後学のために見ておくようにと言われましたので、皆、弁当持参で出掛けました」

「そうか、うん、あの浪人、組み合わせが良ければ五回戦に行けるかもしれん」

「荘二郎兄さんも、井伊様の屋敷では、最初にあの方と当たらなければ、八人の中に入っていたのでは」

「いや、弟は最初に黒田さんと当たって良かったのよ。他の者だと怪我をしていたかもしれない」

先鋒と次鋒が、口を揃えて、

「今日は負けて申し訳ありませんでした」

「何を言うか、今日初めて知らない者と手合わせして、一本取ったであろう、良かったではないか。今夜は一本取れたのはなぜか、二本取られたのはなぜか考えればいい」

「はい、分かりました、佐々倉指南」

そのような話をしていたら、飯田主計と大勢の佐倉藩士が旅籠に押し掛けて来て、旅籠の番頭に掛け合い、ぶち抜きの部屋を取り、そこへ移動して宴会となる。

宿に来た佐倉藩士の中で偉いのは目付で、姓を清水という。その彼が荘一郎に、

「明日、殿に会っては貰えないか」

「滅相もございませぬ、そのようなこと」

飯田主計が、

「佐々倉君、次郎右衛門師匠の便りでは多くの藩主に会っていると書かれていたが、我が殿に会っても良いのでは」

「ほほう、どこの藩主に会われたのかな」

「第一佐々倉君の婚礼の席に仲人が井伊様で、むろん水戸様、尾張様、駿府様、小田原様、掛川様の御歴々、お父上の周防守様、叔父上の上総守様、それに……」

「そのへんでいいでしょう、分かりました、丹後守様に会いましょう」

「ありがたい、しかし凄い方々と知り合いで。それなら我が殿とも、大城でいつか会っているのではないかな」

「はい、そうかもしれません」

「佐々倉君、前にも申したがここ佐倉に幾日か泊まり指導してはくれぬか」

「ええ、しかし水戸の御前が……」

「では、我が殿に頼んで水戸様のお許しが得られればよろしいか」

「むろん、御前の許しがあれば私としては、否はありません、ただ、あまり長逗留は宿代が嵩みますので、五日くらいなら……」

「おお、それはごもっとも……門弟達は道場脇に宿舎がござって、そこに泊まればいいと思う。食事なども我が藩で接待致す。ただ、佐々倉殿は私の同門弟子、我が屋敷に」

「いや、飯田殿のところは人の出入りが多かろう。その点、某《それがし》の屋敷は静かで寛げるのでは」

結局、翌日から宿を引き払い、門弟六人と馬丁、それに馬二頭も宿舎に移ることになる。

朝、荘一郎は馬丁に裃を持って来させ、宿の女中頭に手伝って貰い、裃を着込みながら思った。二年半前、両親と荘二郎を前に、裃を着て執務することは以後、できそうもないから家督を荘二郎に譲ると言ったが、あの時点ではこのように裃を着る機会がこれほど多くあるとは思いもしなかった。やはり浅草の観音様に導かれて、言問堤で瑞恵に出会ったのがそもそものの始まりで、それなら観音様は自分をあくまでも、父上のように大城に上げようとしているのか。それなら、それに身を任せようと思い、心を決める。

荘一郎、飯田主計に導かれ、お城の二の丸へと上がる。謁見の間に国家老、重役、目付も居並んでいた。別の廊下から、

「殿のおなりい！」

の声に皆平伏して待つ。

「皆の者、苦しゅうない、面を上げよ」

皆、ははあ、と言い背を反らす。

「佐々倉荘一郎、直答を許す。そなたの父、周防守とは大城で幾度か話を交わしておるが、そなたに会うのは初めてかな」

「はい、改まっては初めてかと存じます」

「そなたの上覧試合のことは聞き及んでおる。このたびは水戸への途中寄ってくれた由、清水の申すには水戸様に許しを得て我が藩士の指導をして貰いたいと言っておるが」

「はい、僭越ではありますが、御前より一筆したためて下されば、幸いに存じ上げます」

「分かった、さっそく早馬差し向けよう」

それからは荘一郎の上覧試合の話題となり、決勝で誰もが広島藩の黒田某が勝ったと思ったのに、主審の溝口新左衛門の口から佐々倉荘一郎の勝ちと言われたとき、上様はじめ皆吃驚した様子であったことなどを話し、皆、改めて荘一郎の剣の技量を認めることになった。

道場で水戸の者、佐倉藩の者と入り乱れての稽古、終わって門弟と馬丁の住まいを見定め、荘一郎は清水目付に導かれ、屋敷の離れに通された。食事前に家族の紹介があり、清水又兵衛の妻女、嫡男の右兵衛と妻女、妻女は飯田主計の次女であるから姻戚関係にあり、子は一人いるらしい。それと次女の紗代が紹介された。右兵衛は荘一郎と同い年、紗代は十八歳で今年秋に嫁ぐそうだ。ただ、右兵衛は何となく荘一郎を避けている様子。

翌日、昼に道場で稽古していたら、外の廊下が騒がしくなり、誰かが、殿のおなりである、控えなされ！　と言って入ってきた。皆板壁に寄り正座して待つ。しばらくして丹後守様が道場に入って来て見所の椅子に座り、懐から書状を取り出し、

「皆の者、面を上げよ、佐々倉荘一郎、水戸様から書状が届いた、全て佐々倉荘一郎に任せるとしたためられておる、それと佐々倉荘一郎の居合抜刀術を見せて貰えともしたためられておるが、どうだ、やってくれぬか、儂も見たい」

「拙い剣技ですが、ご所望なれば致しましょう」

荘一郎、いつも通り、ゆっくり二回試技して、本番二回、ぱちん、ぱちん、と白刃を鞘におさめる。見えたのは師範代が鞘に入る半分くらい、後は鍔元が見えたのが三人いた。丹後守が、

「儂は見えなんだ、水戸様は見えるとしたためてあるが、真なのか？」

「はい、間違いなく」

「ふうむ、それでそこの門弟達はどうなのかな」

「はい、この者四人は刀が鞘に入る五寸くらいは見えるようです」

「左様か、むろん、師匠の次郎右衛門は見えるのだな」

「はい、初手から全て」

「何！　初手から全てか……分かった、なるべく長く指導を頼む」

そのように言って丹後守は道場から帰って行った。荘一郎、佐倉藩の中にこれはという者

を稽古しながら探しているが見あたらない。

夕方清水屋敷に帰り、寝る前にいつも通り庭で素振りをしていたら、右兵衛が見ていて終わりに、

「最後のほうは惰性のように見えたが違うかな」

荘一郎、む！　ときたが、

「惰性に見えましたか、それは貴方の日常が惰性なので、そのように見えたのでは」

「何！　私の日常が惰性と申されるか！」

「いかにも……お父上が佐倉藩の剣術に苦慮しているのに貴方はどう思し召したか」

「このたびのことは藩の剣術師範が対処すべきこと、私の関わり合うことではござらぬ」

「貴方は責任転嫁するのですか」

「何！　私がなぜ、責任転嫁していると言えるか！」

「貴方は佐倉藩士でしょう、違いますか」

「それなら君は旗本だから、幕府のことは全て責任を持つのか」

「努力します、貴方には負けない積もりです」

「そうか……それなら将棋は指すか」

「いや、囲碁はやりますが、将棋は素人です」

「それなら十日以内に将棋で私に勝ったら、貴方の考えに従いましょう」

「分かりました、約束ですよ」

「武士に二言はない」

それから、右兵衛の部屋で将棋を二盤指したが、荘一郎完敗だった。部屋に将棋の書物があったので、詰め将棋、守りの型、攻めの型の書物三冊を借りる。右兵衛は荘一郎の将棋の指し方があまりにも拙いので安心したのか、気前良く貸してくれた。

それから荘一郎は毎夜素振りの後、右兵衛と将棋を二盤指す。五日目には将棋の書物を読んだ効果が現れてくる。まず守りの美濃囲い、矢倉、中住まい、金無双など、攻めも棒銀から居飛車、中飛車、向飛車等、棋譜を見ながら研鑽して右兵衛と一手指すので、負けてもその手筋を次の日に参考にする、だからそれからは右兵衛も一手指す時間が掛かり、一盤しか指せなくなった。

十日目には一盤では決着がつかず、とうとう半月で荘一郎、右兵衛の王を二晩掛かりで攻め取った。右兵衛、

「分かった、約束の十日は過ぎたが、貴方の努力を認めます」

「それなら、明日から私と剣術の稽古を朝から夜までおつき合い願います」

それからは、右兵衛、人が変わったように道場で剣の稽古に励み、最初は門弟の先鋒と立ち合う。初日は負けたが次の日は相手にならず、佐太郎と甚之助を相手にする。半月後には

甚之助から一本取るようになった。荘一郎、それを見届け師範代に水戸へ行くことを告げる。

「佐々倉殿、なぜ清水右兵衛を指導したのかな」

「清水右兵衛殿は物事に対する探求心を持っていますが、何か出し惜しみをしていたように見えましたので」

「なるほど、まだ若いが伸びますかな」

「今後の努力次第では五回戦まではいけるでしょう」

「何！　井伊様上屋敷に行けると！」

「一、二年後になるかもしれませんが、ただ本人には何も知らせないほうがいいでしょう」

清水屋敷に右兵衛と一緒に帰ってきたが、荘一郎が近々水戸へ行くことを知っているのだが、お互い黙って帰ってきた。夕食後父上の又兵衛が自分の部屋に荘一郎を呼び入れ、

「佐々倉君、かたじけない、礼を申す。藩士の剣の指導、それに倅の指導、夜、倅の部屋で何をしていたのか分からぬが、倅は変わった」

「右兵衛殿は人として素質があります、ただ自分の生きるきっかけが見付からなかったのでしょう、十年後には佐倉藩を導く重要な人物になっているのでは」

「ええ！　右兵衛が！　まさか！　佐々倉君は先が読めるのかな？」

「はい、まさかです。でも本人には知らせないほうがいいでしょう、自分で見付けますか

ら」

「分かった。何度も言うが、かたじけない」

「では、右兵衛殿に私の居合術を披露して、水戸へ出立します」

そのように言って荘一郎、右兵衛を庭に連れ出し、居合抜刀術を見せ、これから毎晩居合いを五百回素振りするように言う。

「五百回？」

「ええ、初めは百、二百と重ねて半年になれば五百はできると思います。私の弟、義弟ではなく二歳下の実の弟ですが半年で五百回素振りして、ある程度の極意を得ました」

「ある程度？」

「はい、剣の奥義は切りがありませんから、それでも上覧試合で井伊様上屋敷まで行きましたよ」

「分かりました、毎夜居合いの素振りを心がけます。ところで、水戸からの帰りには、佐倉に立ち寄りますか」

「今は分かりません、でも立ち寄りたいです」

それを聞いていた又兵衛が、

「必ず寄って下され。それと飯田殿と話をしたが、次郎右衛門殿に頼み、高弟を一人派遣して貰うよう頼むと致す」

「それは良いでしょう」

荘一郎、二日後に水戸へと旅立つ。馬丁が、

「馬一頭の世話だけで、美味いものを食べていたので太ってしまいました」

そのように荘一郎に言う。

「わはは……それで金子は足りているかな」

「ええ、今回は五両も頂きまして充分です、毎日、晩酌していましたが、高が知れています」

「そうか、水戸でも一ヶ月近く滞在するかもしれないが、足りなくなったら知らせてくれ」

成田山

とりあえず成田に向かう。なだらかな坂道を上ったり下ったりで、酒々井《しすい》宿の茶店で休息する。また誰かが、

「佐々倉指南、あの清水目付の嫡男を大分熱心に指導されていましたが、有望なのですか?」

「君はどう見たのかな」

「分かりません。でも指南より年上のように見えましたが、今から稽古しても伸びないのでは」

「君は彼と話をしたことはないから止むを得ないが、剣術だけを見て人を判断しては良くな

い。彼は多分二年後には、君はよほど頑張らないと勝てないよ」

次将が、

「彼は癖があるように見えましたが、何か裏を取ると言うか」

「しかし、最後の頃は正しくなっていただろう」

「はい、確かに」

先鋒が、

「佐々倉指南、これからどこへ向かうのですか？」

「成田山に寄ろうと思っているが」

「成田山は何の神様ですか？」

「わはは、成田山は新勝寺といって仏様を祀っているよ」

別の者から、

「何の仏様ですか？」

「真言密教の根本仏、大日如来の化身、不動明王を祀っている、右手に剣を持っているよ」

「それなら、拝めば剣術が上達しますね」

「うん、それはあるな。剣は悟りを開く、智慧を表す利剣で、心の迷いを断ち切る剣でもある、そなたはいつも迷っているからな」

「そんなに、いつも迷ってはいませんよ！」

皆一斉に、どっ、と笑う、また別の者が、

「左手は何をしているのですか」

「左手は仏教の教えに背く人を自分の膝元へ引き寄せるため、索（ひも）を持っている」

「へえ、それなら佐々倉指南は索に引き寄せられて行くのですか」

「いや、私のお婆様から御札を貰って来るように言われたのよ。しかし、よいではないか。ほら前や後ろから来る者、皆、成田山参りだ。武士がお参りしても罰は当たらないだろう」

「佐々倉指南は、神社よりお寺に興味があるのですか？」

「そうだな、幽霊を二度も見たが、いずれもお寺の御坊様に世話になったからな」

「ええ！　幽霊を見たのですか！」

「うん、見た。そのことは宿で話そう、夜遅くなってからな」

「怖そうですね。佐太郎さんは知っているのですか」

「ああ、二度程聞いた。でも怖くなくて、義兄が話すと面白いよ、今晩楽しみにするといいよ」

昼過ぎ、参道の前で厩に馬を預け、旅籠に早々と入り、身軽になって成田山新勝寺にお参りに出掛ける。七人の若侍に足軽二人の出で立ち、周りの者、物珍しそうに見ている。社務所で皆、お札を頼み、本堂で拝んで貰う、佐太郎もお札を頼んでいたようだ。

「のーまくさんまんだーばーざらだんせんだーまーからしゃーだーそわたやんたらたーかん

まん」

お札を渡されるまで、時間があったので御神籤《おみくじ》を引いたり、その辺りを散策したりして、お札を貰い受け旅籠に帰る。


夜、旅籠の大部屋で食事をしていたら、爺さんや婆さんが寄って来て、先鋒と次鋒に歳は幾つかと聞かれたので、

「十五歳と十六歳です」

「へえ、家の孫と同じだわ、それで昼は成田山にお参りしたのけ」

「はい、お婆様にお札を土産に、お払いをして貰いました」

別の婆さんが、

「偉いね、家の孫なんぞは儂らなど見向きもしないよ」

「うんだ、この人の爪の垢でも煎じて飲ませてえよなあ」

「やっぱ、お侍の子は躾が良いわな」

「この師匠が厳しいですから」

「へえ、若いのに師匠？　何の師匠だべ」

「剣術です、一昨年は将軍様の前で試合をして一番になったのですよ」

「へえ！　将軍様の前で！　褒美はたんと貰ったべ」

「いや、師匠は将軍様とは何度も会っているから、褒美は少しだったですよ」

荘一郎、黙って頷く。

「それから、幽霊にも二度も遭っているので、その話をこれから聞くのですよ」

「ひええ！　幽霊に！　俺らも聞きてえな、なあ皆！」

爺さん婆さんばかりでなく、若い男女も、また旅籠の女中まで荘一郎の膳の前に来て座ってしまう。荘一郎、仕方なく、木曽の村落の閻魔堂の話をする。

「今から四年前、私が二十歳のときでした、中山道の妻籠宿を過ぎた木曽の山中へ足を踏み入れ、そこで居合抜刀の名人に会い、雪が降り積もり凍て付く寒い夜、居合術の極意を修得しました。師匠は私に極意を授けたら、この世に未練はないと言って三日間、絶食して亡くなってしまいました。私は止むを得ず下山して里村へ来ましたが、昼過ぎ、空模様が怪しくなり、雨が降ってきました。道の脇に地蔵堂があったので、その庇に雨宿りをしましたが、雨足が激しくなり、賽銭箱に五文入れて観音開きの扉を開けて入ったら……」

「幽霊がいたのかや？」

「いいえ、昼間ですよ、そこは地蔵堂ではなくて閻魔堂でした」

「何だ、てっきり幽霊がいたのかと思ったよ、なあ、皆」

皆、頷いている。

「閻魔様は一尺半くらいの台座に右手に笏を持って、怒ったような目を私に向けて鎮座していましたが、見ようによっては、慈悲深く私には見えましたよ。そこで、閻魔様の左側の板間に荷を枕に寝てしまいました……真夜中丑三つ時、……私の寝ている右側に誰かが私を見下ろしている気配を感じ……左側に置いてある刀を引き寄せ……半身を起こし、居合抜刀の構えをしたら……その者、すーと音もなく……私の足元へ移動する気配を感じました……」

「まだ目を瞑ったままかや？」

「はい、目を開いたら……足元に白い……ふわっ、としたものが見えました……よく見ると顔の肉は削げ落ち……目は窪んでいて、鼻は穴だけ、口は長い歯だけであった……身体全体は白い着物のようだがよく分からない……両手は骨だけで……私の刀を指差し、抜かないでくれと身振りで言っている……ようだ……」

皆、固唾を呑んで荘一郎の話を聞いている。

「私が、そなたは、この世の者ではないな、と言ったら骸骨頭は何度も頷いていました。幽霊、耳は聞こえるが、歯だけの口を、ぱくぱくさせて、手振りで話せないと言っている様子、そこで私が身振り手振りで聞き出したことは、幽霊、寺で無縁仏として荼毘に付されたが、六文銭と白装束がなかったので、三途の川を渡れないということだった。翌朝、目を覚まし、昨夜のことは現実だったと確認したので、寺の和尚に頼んで、六文銭と白装束を無縁仏のお墓の前に置き、白装束を燃やしながらお経を上げて貰いました……」

「成仏できたかや？」

「はい、その夜、寺の小坊主と私がまた閻魔堂で寝ましたら、やはり真夜中に幽霊が現れまして、私に何度も骸骨頭を下げて、お礼をしているようでした。小坊主が般若心経を唱え始めました、摩訶般若波羅蜜多心経、観自在菩薩……無眼界、乃至無意識界……白い身体が段々と薄らいできた。無無明亦無無明尽、乃至無老死尽……菩提薩婆訶、般若心経……小坊主が唱え終わったら、幽霊、最後はお辞儀をしたまま消えて行った……お終いです」

「いやあ、良い話を聞かせてもらったわ、なあ、皆さん」

一人の婆さんが懐から巾着を取り出し、一文銭を荘一郎の前に出し、

「貴方さんは生き仏さんだ、よくしただ」

他の者も同じように順次、一文銭を置く。荘一郎は黙ってそれを見ている。一人の男が一文銭を置きながら、

「貴方の話は講談を聞いているようだった、一文では安いくらいだ、ありがとうございました」

荘一郎、それらの一文銭を懐紙に包み、懐にしまい、

「さあ！　いつもの素振りを始めるぞ！」

翌日朝、佐太郎が宿代を払おうとしたら、番頭に宿代は受け取れないと言われ、荘一郎のところへ来た。荘一郎、出立のしたくをして、佐太郎と帳場へ行き番頭と話す。

「九人も宿泊して宿代を取らないのはなぜですか？」

「貴方は他のお客様から生き仏と言われています、食後の半刻、他のお客に良い話を聞かせ、皆様、感銘していました、私も貴方の話を中頃から聞かせてもらいました、お若いのに般若心経を諳んじていらっしゃる」

「いや、ただ覚えただけです」

「それに、義弟様から聞きましたが、貴方は幕府の高官の嫡男だそうで、上様や水戸様にも顔を知られているとか。そのような方が当旅籠に泊まられ、こちらこそお礼がしたいくらいです」

「分かりました、それではお言葉に甘えまして、ありがとうございます。それからこれは昨夜皆さんから頂きました金子です、成田山へのお賽銭として奉納して下さい、私達は急ぎますので」

懐紙の中には一文銭の他に荘一郎が一朱金一枚を忍ばせてある。番頭、手の上で懐紙を少し開き確認した。

「はい、確かに、これは浄財として私が新勝寺に届けます」

荘一郎達は、佐原に向かって旅立つ。途中、吉岡宿で昼食してまだ日のある内に佐原に着いた。夜には昨夜は幽霊の話を一つしか話さなかったので、東海道の蒲原宿の旅籠でまた幽霊に遭った話を弟子達に聞かせる。

翌日は霞ヶ浦を左手に見ながら水戸街道、府中宿（今の石岡）に向かうが、途中、諸井の庄屋に泊めてもらい、次の日に府中宿に着き、翌日やっと水戸に着いた。

水戸から再び日光へ

夕方だったが三の丸の道場には青木師範代を始め江戸へ来た皆伝の柏木、青田も、また接待役の金山、内藤等荘一郎の顔見知りが大勢いた。むろん、秋山格之進もいて、佐太郎を引き合わせる。

江戸者達は旅の疲れも忘れ、その場で国表の者達と乱取りに入る。荘一郎は青木師範代と久闊を叙し、国表の事情を聞き出し、明日御前に会えるか確認して、接待の金山に弟子と馬丁の世話を頼み、荘一郎と佐太郎は秋山格之進に導かれて家に向かう。秋山左次郎は佐太郎を見て、

「佐太郎君、よく来たな、二年振りだな、段々兄上に似てきた、どうだ冨美代」

「それより、格之進と従兄とはいえ、感じが似ていると思いますよ」

「ああ、そうだな」

娘の美枝が、

「父上、私は佐太郎様とは初めてお目に掛かるのですよ、紹介をお願いします」

「わはは、それは悪かった、改めて申そう、これがじゃじゃ馬娘の美枝です」

「父上！　じゃじゃ馬は余計です、佐太郎様、私、薙刀を少しします、御暇のとき、お手合わせ願えますか？」

佐太郎、荘一郎を見る。

「美枝殿の薙刀は、目録並みはある、一度立ち合うといいよ」

「そうですか、では手隙のとき、お願いします」

美枝は佐太郎が、歳が一歳上なので、また本当の従兄なので好感を持ったようだ。夜は従兄同士、男達三人は格之進の部屋で寝る。

翌日、荘一郎、早々に美枝に月代を剃って貰い、髪も結い上げて貰う、それから裃を着て左次郎叔父と同道して二の丸に上がる。控え部屋でしばらく待つうち、茶坊主が呼びに来た。二人は謁見の間に通され、平伏する。

「両名、苦しゅうない、面を上げよ。二人とも近こう参れ」

「ははあ」

と言い、二人、膝行する。

「佐々倉荘一郎、佐倉には大分長逗留だったな、丹後守に頼まれたが何か成果はあったのか」

「はい、良い人材を一人見出しました」

「左様か、だが我が藩のことも忘れては困る」

「むろんです、江戸も国表も剣術は着実に伸びています」

「秋山、良い甥御が出来て良かったであろう」

「御意にござります、このたびは実の甥も連れて来てくれて家族ともども喜んでおります」

「おお、左様か。瑞恵の弟も連れてきたか」

「はい、彼の者も上達著しいので連れて参りました、治紀様もこれからのこと、安心なさるのではないかと、存じます」

「左様か、最近、治紀とは会っていないが、佐太郎は文武両道を行くか」

「は、間違いなく……御前一つお願いの儀ありますがお聞き届け下されましょうや」

「おお、何かな?」

「私、六年前、武者修行の旅に出ました時……」

「ああ、その話は聞いておるが」

「はい、初めに日光の東照宮に旅の安全と剣術の大願成就を祈願して旅立ちました、このたびそのお礼に行きたいと考えていますが、お許し願えましょうや」

「おお、左様か、それは構わぬぞ。そうだ、儂は上様と東照宮に同道するが、我が水戸藩の安寧祈願をしたことはない。荘一郎、儂に代わって祈願してくれ」

「お許しがあれば、祈願代行させて頂きます」

「さっそく行くかな」

「いえ、まずは免許皆伝の立ち切り稽古を済ませてからと、考えておりますが」

「左様か。してこのたびは何人いるのかな」

「はい、やはり二人です。国表も技量が上がって参りました」

「分かった、儂も立ち切り稽古を見てみよう」

「それでは三日後、巳の刻に道場へ来て下さりませ」

荘一郎一人はそこを引き下がり、三の丸の道場で着替え、青木師範代と年配の今井師範代と協議して、午後から進級者の検分、明日から二人の立ち切り稽古を始めることを確認する。

そのとき、治保公の側用人、中村某が来て、

「佐々倉殿、御前が、東照宮の祈願代として百両預けよ、と申されましたが、あくまでも佐々倉殿の代行祈願ですのでご家老が御前に申し上げて、三十両と致しました。どうかこれを寄進して下され」

「はい、確かにそのように致します」

「それから、秋山殿が嫡男も来ているそうだが、いつでもいいから拙宅に連れてきて下さらぬか、我が倅にも顔を合わせたいのだが」

「これは迂闊でした、将来の国表と江戸の側用人同士、東照宮に行く前に必ず伺います」

それから荘一郎、青木、今井両師範代に免許皆伝の立ち切り稽古後、日光東照宮に行くことを改めて話す。また立ち切り稽古の朝、御前も見に来ると告げる。

進級はそれぞれ二人ずつ上げる、格之進も目録前から目録に進級した。翌日から立ち切り稽古であるが、今回は二日にしたので相手をする壮年組にも参加して貰い、昼間を受け持って貰う。夜の部は本目録の者六人と江戸の者六人で対応する。青木師範代が昼、荘一郎が夜見所に居並ぶ。

二日目の朝、二人の免許皆伝者は、二日間水だけしか飲まず、厠に行く時だけ木太刀を置くが、それ以外は大勢の者から車掛かりに打ち掛かられるので、寝不足と疲労で、意識朦朧としているが、身体を清め、衣服を改め再び道場の中央に控えさせる。

しばらくして、藩主の治保公が見所の椅子に座る。青木師範と荘一郎がそれぞれ、免許皆伝者が香取神道流の型を演技する相手をする。ゆっくりと厳かに間違いなく行われる、その後、江藤目付の首座で進級と免許皆伝の認定式を行った。治保公は若者が香取神道流の型を厳かに捌くのを見て感じいったのか、終始にこにこ顔で見ておられた。

翌日、道場は一日、自由日として休みで荘一郎は秋山左次郎家で寛ぐ。佐太郎は庭で美枝の薙刀と対峙している。格之進は面白がって囃し立てている。

「佐太郎さん！　姉上を思い切りやっつけて下さい！」

「何を言います！　格之進！　これが終わったら貴方と勝負しますよ！」

「いや、姉上を負かすのは忍びないですから、立ち合うのはやめます」

と言って美枝は薙刀を袂に引き、荘一郎の前に来て、

「ええ！」

「荘一郎様、真ですか？」

「はい、このたびの進級認定で、格之進殿は目録に進級しました」

「まあ、左様でございましたか。佐太郎様、稽古はまたお願いします。これから父上に申し上げて、今夜は格之進の進級祝いを致しましょう」

その夜は秋山家久々の内祝いを家族水入らずで行う。その席で荘一郎は佐太郎に、

「佐太郎君、明日夜、中村側用人宅に行こう、向こうの嫡男と顔合わせするためだ」

左次郎叔父が、

「おお！　それは良い、それと国表の御重役にも顔を見知って貰うのが良かろう、荘一郎君、佐太郎君、江戸に帰る前に二の丸に共に行こうではないか」

「はい、東照宮からの御札を御前に納めるときにしましょう」

翌日夜、中村側用人宅へ向かう。嫡男は喜十朗と言い、歳は荘一郎と同じだった。嫡男に十朗を付けたので、下は子女ばかり三人で末の娘だけまだ家にいるという。むろん、喜十朗は結婚していて男の子をもうけていた。

「秋山君、まだ先の話だが、父上同士のように、お互い連絡は密にしようではないか」

「むろん、私に異存はございません」

そのようなわけで側用人同士の顔合わせは無事に済んだ。翌日、いよいよ日光へ旅立つ。今回は江戸者のほかに、国表接待係の内藤と金山の二人を連れて行くことにした。免許皆伝を得た二人は江戸に帰るとき、連れて帰るので、日光行きは見合わせる。若侍九人と馬丁二人、それに馬二頭である。

道は実は日光へ行くと言ったら、金山が、

「私の祖父が以前日光へ行った時、那珂川の脇を通って行ったと言っていました。佐々倉指南、どうでしょう?」

「それで宇都宮に出られるのかな?」

「はい、益子に出られれば、宇都宮はすぐです」

「では、先達は金山君に任せよう」

従って当日朝、那珂川を右手に見ながら北へと向かう。初めは、道は整備されていて幅も広かったが、だんだん狭くなり山道に入ってくる。那珂川の流れも速い。

「金山君、旅籠はあるのかな?」

「祖父の話ですと、旅籠はないが村長の家に泊めて貰えるそうです、私が掛け合います」

初日は五里近く歩き、まだ右に那珂川が見え、棚田がある村落の村長の家に泊めて貰う。

金山なかなか交渉上手である。彼の者、今回の旅の費用全員分、側用人から預かっているので会計と先達で大忙しである。

次の日は那須黒羽藩大関氏の飛び領、下之庄、そして陣屋がある益子に向かうが、金山が村長に聞いたところでは途中に増井という里村があり、そこで泊まりだなと言われた。

道は、かなり起伏の激しい山道である、むろん那珂川からは外れる。途中石の上や雑草に座り握り飯を食べ、少し歩いたら開けた村落に差し掛かったが、人がいないみたいで、ひっそりとしている、増井という里村ではなさそうだ。

山の斜面に農民の家が二十数軒ある村落だ、一行も押し黙って通り過ぎようとしている。その時一行の後ろから何者かが馬の横を通り過ぎ、馬が吃驚して前足を上げ、興奮して嘶いたが馬丁が何とか宥める。

その何者かが二列に並んで行く若者の横を駆け足で通り過ぎ、先頭を歩く荘一郎の二間くらい先で止まり、地面に両膝、両手をつき、顔が地面に付くくらい下げて無言で待つ。荘一郎、二、三、四歩でその者の前で止まる。まだ若い農家の女である。

「侍の行く手を遮れば、斬り捨て御免で打ち据えるが、良いか……」

女、わなわな、と震えていたが、頭を下げたまま、

「はい、私の命は差し上げましょうが、何卒お願いの儀、お聞き下されましょうや」

荘一郎、静かに膝を折り、地面に正座して女の両手を取り半身を起こす。顔は日に焼けているが、目鼻立ちは整っている。両目から涙が頬を濡らしている。それより鼻と額が土ぼこ

りで汚れている。荘一郎、懐紙を取り出し、顔の汚れを拭き取ってやる。

「さて、何事か話せるかな」

「……ありがとうございます……私はこの村の農民の娘で名は愛と言います」

「ほお、我が妹と同じ名である」

「右手後ろに瓦屋根が見えますが……」

「おお、甍が見えるが……お寺のようだが」

「はい、無住ですが徳宗寺と呼んでいます……三日前三人の浪人が来て、村長の奥様を人質にあの寺に立て籠もりました」

「ここは水戸藩かな？」

「いいえ、黒羽藩で益子へ役人を迎えに行っていますが、二日経っているのにまだ来ません。毎夜交替で村の女が飯を持って行かねばなりません」

「分かった、村長の奥様はどうした？」

「死んだように、何も言わず寝ています、今夜は私が行かねばなりません」

「そうか……お寺の様子を地に描いてはくれぬか」

女は地面に指でお寺の図と道順を描く。それを見て荘一郎、

「寺の裏側へは出られるかな」

「はい、山道ですが、この先に上り道があります。四半刻は掛かりません」

「分かった」

荘一郎、後ろの者に、

「本目録の者と内藤君と金山君は、この方の道案内で寺の裏手に廻ってくれ。私と馬丁は正面から立ち合う、さあ、行ってくれ」

「佐々倉指南、私達は何をしますか」

「君らは馬の手綱を持って付いて来なさい」

しばらく道脇で待つが、馬丁が、

「ご主人、私らも立ち合いますので」

「いや、見ているだけでいいと思うが……相手が倒れたら縛ってくれ」

「左様で、だが……武者ぶるいと言うか、膝が震えて止まりません。なあ、相棒」

「へい、まったくで、お若い方はどうかね」

「はい、同じです、私達も初めてですので」

時間が四半刻近くなったので、村に引き返す。やはり、どの家も戸を閉めて出てこない。村の中頃に左に上がる石段が見えた、細道なので一列になり上がる。すぐに寺の屋根が見えてきた。小さいが山門があり、それに馬を繋ぐ。本堂の前は庭になっている。右手が上へと斜面に建つお墓で、本堂左に方丈がある。間違いなく浪人達はそこにいるだろう。

立ち合いで馬が興奮するといけないので、目録二人は山門の近くに控える。墓と本堂脇に何人か、方丈脇に女と佐太郎、甚之助がいて手を振っている。荘一郎、両刀を目録に渡し、いつも使い慣れた枇杷の木太刀を腰に差し、六尺棒を持った馬丁二人を従えて方丈前に行き、中へ向かって声を掛ける。

「私は旅の者である、どなたかおりますかな」

しばらく静かだった、多分表の荘一郎を覗っているのだろう。その内、方丈の戸が開けられ三人の浪人が出てきて、荘一郎の前まで来る。若侍と足軽二人、侮ってかにやにや笑いながら歩み寄ってきた。

「儂らに何用かな」

「無住の寺を占拠している、今に天罰を受けますよ」

「何！」

正面の一人が刀を抜きざま、横に斬ってきた。荘一郎、身をかわし、空を斬らせ木太刀で右肩を打ち据える。他の二人が左右から斬り掛かってきたが、前へ駆け抜け左手の者の胴を打つ。手応えあり、二人あっけなく地に横たわる。

荘一郎、木太刀を正眼に構え、方丈のほうへ後退する。最後の一人、同じく正眼に構えて押してくる。その隙に馬丁二人が地に転がる二人を縄で縛り上げた。

最後の一人はなかなかの遣い手と見え、こちらが木太刀ではあるが、用心して無闇に斬り掛かってこない。荘一郎、誘いの意味で上段に構える。相手もすかさず上段に構え振り下ろしてきた。むろん、木太刀では受け止められないので、右に身をかわし相手の右肩を打って行ったらかわされた。またお互い正眼に構え直す。

佐太郎達は方丈から女を救い出し、荘一郎の立ち合いを見ている。荘一郎と浪人しばらく見合っていたが、浪人から仕掛けてきた。上段から振り下ろし水平斬り、また突きと間断なく白刃をさばいてくる。荘一郎、それら全て身を引いて外し、後退しながら隙をうかがう。木太刀で何回か白刃をかわすが、まともには受け止められない。

浪人、少し息が上がってきたようだ、荘一郎、正眼から右下段に構える、浪人すかさず上段から突き、それから片手水平斬りに来た、荘一郎身体をくの字に曲げ一寸弱で空を斬らす。流れで荘一郎、木太刀を浪人の首筋に打ち据える。浪人、む！　と言って倒れ込んだ、気絶したようだ。

馬丁二人が駆け寄り、浪人を縛り上げる。本堂脇で見ていた者達も駆け寄り、

「佐々倉指南！　お見事！　良い真剣試合を見せて貰いました」

「最後の浪人、なかなかの遣い手でしたね」

「いや、木太刀でも致命傷にするなら、簡単だったのでは？」

「おいおい、それより先ほどの女、愛殿はおるかな」

「はい、ここにおります、ありがとうございました、こちらは隣の母さんです」

母さんは黙って頭を下げただけだった。荘一郎が、

「母さんを連れて行き、介護しなさい。それから村長を呼んで来なさい」

本目録で一番身体の大きい者に母さんを背負わせ、愛と金山が下に降りて行った。浪人達は気がついたが、荘一郎が打ち据えられたところが痛むらしく、無言で堪えている。

そのうち、参道から、がやがや、と人が上がってくる、庭に浪人三人が縛られて転がっているので、吃驚して立ち止まったが、年配の一人が荘一郎の前に来て、

「このたびはありがとうごぜえましただ。村長は一昨日から寝込んでいますだよ」

「分かった。私は水戸藩剣術指南の佐々倉荘一郎と申す者、この者達は門弟です」

「水戸の藩士様で」

「愛殿はおるかな？」

「はい、ここに」

荘一郎、馬丁の仙蔵に馬を引いて来て貰い、

「仙蔵さん、この娘さんを乗せて益子まで行ってくれ」

「益子へ行くなら、私が役人を見知っているので、私が行きましょうか」

荘一郎、き！　とその者の顔を睨み、

「この愛さんは命を張って私どもに助けを求めた、村長より立派に役目を果たしている、最

後まで全うして貰いたいのよ……」

最後は笑いながら、

「まあ、馬も歳を取っているから軽いほうが良いのよ、仙蔵さん、行ってくれ」

とりあえず、浪人達を方丈の前にある梅の木に三人一緒に縛り付け、荘一郎達は益子からの役人が来るまで方丈に入って待つことにした、村の者達も荘一郎に脅かされたが、この若者達の集団は皆、水戸藩士と分かり、安堵したのか茶道具を持って来て接待をしてくれる。


夕方になって仙蔵と役人が馬に乗り、一緒に来た。足軽達は徒歩なので遅れてくるとのこと、役人は道々仙蔵と愛さんに聞いたらしく、方丈に入るなり、荘一郎の前に来て、

「私は黒羽藩与力の吉井と申します。遅れたことは申し訳ない、言いわけは致しません。このたびのことはかたじけなく存じ上げます」

「いや、私らはなすべきことを行ったまで、後は貴方にお任せ致す」

「これから貴方がたはどうしますかな」

「この先、増井と言う里村があるそうですが、そこで泊まろうかと思っていますが」

それを聞いたこの村を代表している男が、

「お侍様、今夜はここに泊まって下され、なあ！　皆！　今までのご無礼、謝りますだ」

荘一郎、役人の隣にいる愛の顔を見る。愛も哀願しているようだ。

「分かりました、今夜はここに泊まりましょう、ただ、明日は宇都宮に行きますから早立ちです」

「ありがとうごぜえやす、おい！　皆！　ここへ村長宅から夜具を持ってきな。女達は食事の用意を、それから手隙の者は風呂の支度をな」

なかなか手配が良い。それからやっと徒歩の捕り方達が着いた。総勢十人以上はいるようだ。唐丸籠《とうまるかご》も三挺ある。役人は浪人をそれぞれ籠に入れ、改めて荘一郎に礼をして、

「益子には早朝でもいいですから、立ち寄って下され」

と言って立ち去った。夜になって風呂が焚かれたが、皆、湯で身体を拭くだけで済ませる。女たちも大勢来て、食事の支度をしてくれている。村の者が総出で接待してくれているようだ。荘一郎達が食事をしていたら、年配者に連れられて村長の嫡男が来た。まだ二十歳にはなっていないようだ。

「このたびは……無頼の者を……取り押さえて……くれまして、まだ両親が寝たきりなので……申し訳ありませんが……どうか今夜は寛いで下さい」

「うん、立派な挨拶、明日は宇都宮まで行くので早立ちです。ところでこのお寺、無住というのは良くないが」

「はい、二年前には……お坊様は居ましたが、風邪を拗らせ……あっけなく亡くなってしまいました……それから八方手を尽くしていますが……なかなか来てくれるお坊様はいませ

ん」

「だが、無住はよくない、ここを若衆宿にすれば良いと思うが」

「若衆宿？」

「村に十五歳以上で、結婚していない者は何人いるかな」

「それなら、どうだ、皆、何人いるべえ」

愛も村長の倅も交じってがやがや話していたが、およそ分かったらしく、代表者が、

「男七人、女八人いますが」

「十四歳は？」

また、がやがや話していたが、

「男二人、女一人です」

「おお、それならちょうど良い、毎夜ここに男三人ずつ交替で寝泊まりすれば良い。女も三人ずつ男の食事を世話すれば良いのではないか。そのうち、お坊様も来ようというもの」

「分かりました、明日からそのようにします……それにしましても、この愛の話ですと、貴方様はあの三人の浪人に木太刀で立ち合ったそうで、よほど、剣の腕が立つのですか」

江戸の門弟の大将が、

「この佐々倉指南は一昨年、江戸城で将軍様の前で剣術試合をして一番になったのよ。それに佐々倉様のお父上は将軍様のお側に仕えるご重役なのだ。ご自身も我が水戸藩の剣術指南

役の他に皆に言っても分かるまいが、将軍様の書院番組頭なのだ」

「ひええ、そんな偉い方でしたか、そのような方の道を塞いだ愛は斬られてもしょうがなかったわけで」

「左様、本来なればな。しかし、浪人どもと木太刀で立ち合ったように、佐々倉指南は滅多に人を殺めない。今まで、三人は止むを得ず斬り捨てているが……」

「その辺でもうよい、明日は早いから寝るとしよう」

皆、雑魚寝で寝る。翌朝、寅の刻過ぎに寺を出る。参道の入り口に愛や若者が数人、見送りに出ていた。荘一郎が愛の前を通ったら、深々と頭を下げて見送った。


一行は増井の里村を過ぎ、昼前に益子に着いた。仙蔵の案内で立派な役宅に行く、さっそく与力の吉井が出てきて、昼餉を馳走してくれる。宇都宮へ出る道は色々あるようだが、直接日光街道へ出る道を教えて貰い、出発する。

再　訪

田畑が多く、起伏は大きくなく、また、川も渡り西に向かう。そして荘一郎には懐かしい日光街道に出た。しばらく北上して夕方に宇都宮の手前の庄屋宅に入り、玄関で荘一郎、

「頼もう！」

奥から女中らしき女が出てきた。

「私は六年前、旅芸人三益屋源平衛一座と一緒に来て一夜世話になった者で佐々倉荘一郎と申す者、今夜一晩、世話になりたいと思いますが、主人にうかがってはくれないかな」

女中は後ろにいる若者達を見渡し奥へ行った。しばらくして若い男と女中が一緒に出てきた。

「私はこの屋の総領の甚助と申します、どうぞ今夜、お泊まり下さい。馬もいるそうですが私が案内致しましょう」

そのように言い、下に降りて来て馬丁を連れて行く。荘一郎達はぞろぞろと女中に連れられて主の部屋へと案内される。

「おお、佐々倉様、よくお出で下さいました、貴方のことは三益屋源平衛さんから、江戸でのご活躍を聞いております。何でも剣術で一番になったとか」

「三益屋さんは今でも、こちらに来ますか」

「おや、聞いてはいませんか？　あと十日もしたら、今市からここに来ますよ」

「ええ！　では、今は今市で芝居を？」

「はい、いつもの芝居小屋でやっていますよ」

「それは楽しみだ、私達は東照宮にお参りに行くところですから、途中、見て行きます」

荘一郎達は一晩、この庄屋に世話になり、翌日、宇都宮を通り過ぎ、次の日に今市に入る。途中代官所の道場に寄ることにする。荘一郎、馬丁の仙蔵に、

「この先に芝居小屋がある、その後ろが旅籠でそこに三益屋源平衛一座が泊まっている。私が後ほど、伺う旨、申し伝えておいてくれ」

「誰でもよろしいので」

「聞いたところでは、新人は女が二人、男は若いのが一人入ったそうだ。だから年配の男に話せば分かるだろう」

「かしこまりました、厩は沢山ありそうなので、馬を置いてから伺います」

「そうしてくれ、頼む」

皆は馬の背の荷箱から木太刀を取り出す。それから代官所の門のところに行き、荘一郎、門番に名刺を出し、代官に取次ぎを依頼する。しばらくして代官自身が表に出てきて、荘一郎を出迎える。

「確かに……佐々倉殿、よく来てくれた。さあ、こちらに来なされ」

そのように言い、荘一郎を連れて行こうとするので、

「いや、お代官、連れの者がいますので」

「おお、そうか。いや、よい、皆も来なされ」

皆、代官の別室に案内される。

「私がここの代官になったのは昨年で、それまでは江戸にいた、だから、佐々倉殿の剣術上覧試合は瓦版を見て知っている。我々旗本にとって鼻が高かったよ」

「お代官、私は、今日は水戸藩の剣術指南として来ています」

「おお、左様か、そちらの若い衆は皆水戸藩士か」

「はい、私達はこれから日光東照宮へ藩の安寧祈願に行きますが、この今市で二、三日泊ります。午前中でもいいですから、道場で稽古をさせてもらいたいのですが、どうでしょう」

「いやあ、それは良い、前にも指導してくれたのであろう」

「ええ、六年前十日ほど、やらせてもらいました。まだ顔見知りの方がいると思います」

「それならさっそく行きなさい。同心達は以前の者達だから、皆、顔見知りではないかな」


皆、足軽の案内で道場へ向かう。道場には四人稽古をしていたが、地侍の同心達で、荘一郎を見るなり、

「いやあ、佐々倉殿、これは珍しい」

「江戸での活躍は知っていますよ、将軍様の前で一番になられたとか」

「お久し振りです。この者達は、水戸藩の者達で、私の門弟です。また今市で二、三日いますから、皆さん稽古をつけて下さい」

「いやいや、我々が稽古をつけられるのでは、わははは……」
それからは皆身支度をして、乱取りを行う。久し振りの道場での稽古、皆、張り切ってい
る。地侍達は大将や次将、佐太郎、甚之助と良い勝負をしているようだ。荘一郎も地侍達と
手合わせを行う。道場が賑やかになったので、他の地侍や与力も来て、道場がいっぱいにな
った。
日が沈む頃まで稽古をしていたので、馬丁二人と三益屋の三吉が提灯を持って迎えにきた。
「三吉さんは、芝居には出ないのかな？」
「私は最後に出ますから……一別来ですね。ご機嫌うるわしゅうて何よりです、義父がお待
ちしています」
「おお、私も早く会いたいよ」
皆ぞろぞろと芝居小屋の旅籠へ向かう。旅籠には皆、芝居小屋に出揃っていて、奈緒の母
親が子供と一緒にいた。
「これは三吉さん、いや、奈緒さんのお子ですか」
「はい、吉之丞です」
「吉之丞！　未来の座長ですか、三益屋吉之丞……良い名だ」
「さあ、どうぞ上がって寛いで下さいな、若い方がいるとのことで、部屋は別にしました。

女どもが騒ぐといけませんから」

　宿の女中に案内され、皆部屋に落ち着く。相変わらず馬丁二人は、階下の大部屋で別である。風呂に入り夕餉を済ませ、素振りも終わり、部屋で皆寛いでいたら、部屋の外が騒がしくなり、どやどやと三益屋一座の者が部屋を訪れた。若侍達は今までがやがや話していたが、男に交じって女も見えたので静かになった。さっそく三益屋源平衛が、

「佐々倉様、お久し振りです。綾さんを引き取って下さり、ありがとうございました」

「源平衛さん、弟がいますので」

「義兄上、私は綾さんに会いに行きましたよ」

「ええ！　いつのことだ！」

「辻斬り騒動が終わって間もなくで、姉に言われまして」

「何！　瑞恵が！」

「はい、でも私一人では行く勇気がありませんでしたから、荘二郎兄さんと行きました」

「荘二郎もか」

　源平衛が、

「わははは、知らぬは佐々倉様ばかりですか」

「父さん、本当は私が最初に佐々倉様の側室にして下さいと、お願いしたのですよ。断られましたけど」

「当たり前だ、お前には三吉がいたのだから」

当の三吉が、

「佐々倉様、このたびも芝居に出てくれますか？」

「いや、私は、今は皆を預かる師匠の身、あのようなことはいけません」

「左様で、奥方、いや、綾さんに叱られますか」

嘉助が、

「それではご門弟の方々はどうで」

「いや、この者達は今修行中の身ですから」

「六年前の佐々倉様も修行中の身だったのでは」

「あのときは、自由な身でしたから」

「左様ですか、確か、旗本の嫡男として東照宮に旅の安寧祈願をする、と仰っていましたが」

「それでも私はこの者達を水戸の御前から預かっていますので。それに、この者達は出たくはないだろう、なあ、大将！」

大将、若い女の顔を見てから、

「はい、修行中の身ですから」

「次将はどうか」

「私も同じです」

「後は佐太郎君だが」

「私は出てもいいですよ」

「何！　まことか！」

「はい、義兄がしたこと、私も経験したいのです」

「しかし、瑞恵に叱られそうだが」

三益屋源平衛が、

「決まりですね、佐太郎様、相手の者はこれです、名は美代と申します、歳は二十歳で、姉弟としてお願いします」

嘉助が、

「ところで佐々倉様、私達と別れてから、その後、どのように旅をしたのですか？」

他の座員も聞きたいらしく、荘一郎を見詰めている、それに旅籠の番頭や女中まで廊下に詰めているようだ。荘一郎、蝋燭の明かりで映る顔々を見詰めながら、日光から歩荷と共に山越えをして足尾へ出て深谷へ行き、甲府で一ヶ月程道場通いをして諏訪で冬を過ごしたこと、春になり、中山道を名古屋に向かうとき、諏訪の道場破りを撃退したため、恨みを買い、背後から斬られ大怪我をしたこと、それから木曽の山中で居合抜刀術の名人に会い、剣術の極意を得たところまで話し、夜も更けてきたので寝ることにする。

翌日、午前中は皆、代官所の道場へ行ったが、荘一郎は仙蔵を連れ、六年前、日光の清滝から山越えで足尾へ抜けたとき、案内してくれた歩荷の嘉蔵宅を訪れる。弥助は不在だった。

「やあ！　佐々倉様、立派なお侍になりましたね、噂は風の便りで聞いていますよ」

「あのときは、大変お世話になりました」

そのように言い、江戸からの土産を三人分渡す。

「弥助さんと与一さんにも」

嘉蔵宅で昼過ぎまで話し込み、昼餉と酒も馳走になり、旅籠に帰ってきた。門弟達も食事を終えて寛いでいる。ただ佐太郎だけは今夜の芝居の打ち合わせで、芝居小屋のほうに行っていていない。

夜、皆揃って芝居小屋に行く。小屋の中は込み合っていて、十人がやっと座れた。芝居の筋書きは以前と同じで、父親に後妻が来て、廻船問屋の三益屋が、その後妻に乗っ取られるところを、実の娘……これを美代が演じていて、手代の三吉の機転で防ぐというものである。たまたま、美代が、佐太郎扮する弟と、母親の墓参りに来たとき、後妻が手引きした無頼の輩に襲われるという場面があった。

佐太郎、舞台を広く使い、無頼の輩と本身で斬り合う。むろん本身の刃は潰してあるが、刃が、ちゃりん、ちゃりん、と当たると火花が出て、真剣そのもので迫力があり、観客も固唾を呑んで見ている。しばらくして、佐太郎、棟を返した本身で一人ずつ身体に当てて行き、三人の無頼の輩が当てられたところを手で押さえながら、覚えてやがれ、と捨て台詞を残し、舞台の袖に消えたとき、割れんばかりの拍手喝采が起こった。佐太郎の芝居は成功だった。

東照宮

翌日、荘一郎達は日光へ向かう。道は、ずっと登り道だが、しかし皆若い、馬丁二人も足に自信がある。日光へ行く旅人が多いが、それらをどんどん追い抜いて行き、午前中に日光に着いた。茶店に馬を預け、最初に輪王寺にお参りしてから、東照宮に向かう。

石畳の道を行くと、五重塔が見えてきた。社務所があり、荘一郎達は各自、自分の家の安寧祈願をする。荘一郎は特別に巫女に名刺を差し出し、自分の官姓名を名乗り、宮司に面会を求める。巫女は名刺と荘一郎を見比べていたが、奥へと消えて行った。しばらくして一人の禰宜を連れて来る。

「私は幕府若年寄、佐々倉周防守荘右衛門が嫡男、荘一郎と申す者、但し本日は水戸藩江戸上屋敷剣術指南……」

禰宜が荘一郎の言葉をさえぎり、

「佐々倉荘一郎殿、そなたのことは充分承知しております、本日はご門弟衆と参拝ですか」

「はい、但し本日は水戸藩、第六代藩主、副将軍徳川治保公の名代として水戸藩安寧祈願をしたいので、宮司殿にお願い致したく存じますが」

「ええ！　水戸様が！　分かりました、宮司は本殿におりますので、ご案内しましょう」

そのように言い、禰宜は左手出口から出てきた。皆、禰宜の後をぞろぞろとついて行く。表門から下神庫、神厩、上神庫等を見ながら水盤舎、輪蔵、鼓楼が見えたとき、前方に陽明門が日の光を受けて燦然と輝いていた。皆、わあ！　と歓声を上げ、我勝ちに駆け上がって行った。

その割には皆、上を見上げて黙っている。禰宜に催促されて陽明門をくぐって本殿へと向かう。本殿に上がって待っていたら、禰宜が宮司を連れてきた。六年前の宮司は二年前に亡くなり、今の宮司が就任したらしい。

「そなたが、佐々倉周防守が嫡男か」

「はい、しかし本日は第六代水戸藩主、副将軍、徳川治保公の名代として参上しております」

「うむ、それは聞いておる。水戸藩の安寧祈願を頼まれたようだが」

「はい。これが副将軍、徳川治保公の祈願書状です、ご引見願います」

宮司が書状を見てから、

「そなたは上様にも覚えが良いとか、それはまことか？」

「はい、上様直々に書院番組頭を仰せつかり、捨て扶持二百石を頂いております。しかし、実際は何もしてはおりませんが」

「左様か、しからば、徳川宗家の安寧祈願もするから、上様に持って行ってはくれぬか」

「上様は何回もこちらには参拝なされておるのでは」

「だが、いつも厳かに参拝なされるが、御札を依頼されたことは今まで一度もない」

「御代の持ち合わせがありませんが」

「そのようなものは不要じゃ。ただ時が掛かる。渡せるのは明日になるが」

「それでは、明後日でよろしいでしょうか」

「何か用事でもあるのか」

「はい、この者達に華厳の滝を見せたいと思いますので」

「ほほう、左様か、了解した」

「あの、お言葉に甘えて申しますが、尾張様、紀伊様のご祈願は叶いましょうや」

「おお、むろんのことじゃ、御三家全てに馴染みがあるのか?」

「尾張様は、私の婚儀にご出席下さりました。紀伊様は上様の前で何度かお会いしています」

「分かった、徳川宗家と御三家の安寧祈願をしておこう」

「それから、これは治保様が私に渡された三十両、東照宮への寄進です。それと私が六年前、前の宮司様に奥社を開けて貰い、宝蔵で剣術修行の大願成就を祈願しました。それが叶いまして、同じく十両ですが、東照宮に寄進したいと思います。どうぞお納め下さい」

「おお、水戸様のことは分かるが、そなたはまだ若いのに殊勝なことよ」

と言い、横にいる巫女に、

「これ、三方と半紙、筆を持ってきなさい」

宮司、それから半紙に副将軍、徳川治保公の寄進、幕府書院番組頭、佐々倉荘一郎の寄進と書き、三方に付け、権現様の祭壇に置かれる。


それから、皆は社務所まで陽明門などを眺めながら降りてきて、各自、自分達の家の安寧祈願の御札を受け取り、茶店に帰り、昼、腹ごしらえをしてから、清滝まで行く。距離にして一里だが、ここも登りっぱなしである。それでも皆、若い。明るいうちに清滝の茶店兼旅籠に着いた。結構込み合っていたが、早着きなので部屋は取れた。夕餉前に皆表に出て、木太刀で稽古をするが、荘一郎は本身で居合いの稽古をするので、他の客が興味あるようで大勢見物人が出てくる。

夕餉を済ませ皆色々雑談をしていたが、誰かが、

「あの東照宮の陽明門は素晴らしかった。佐々倉指南、このたびは、ありがとうございました」

「まこと、明日華厳の滝を見れば、江戸へ帰って自慢話ができるというもの」

「甚之助君は、父上に羨ましがられるかな」

「多分、しかし剣術が上達致せねば叱られます。佐太郎さんの芝居での乱取り、また、差を付けられました」

それを聞いて、大将が、

「私も芝居に出たくなりました。帰りには三益屋はまだ、今市にいますかね」

「ああ、多分、千秋楽かもしれないな。無頼との乱取り、やってみるか」

「ええ、できますれば」

「それなら中禅寺湖から早く帰ってこよう……内藤君、陽明門の下絵、上手だな」

「佐々倉指南は、絵に興味があるのですか?」

「私の友人に、京都狩野派の門人がいるよ。私の婆様の絵を描いて、五十両で売れたそうだ」

「へえ、それは吃驚ですね。この下絵で水戸に帰って仕上げをしますよ。来年、指南が水戸へ来たとき、お見せしますよ」

「それは楽しみだ、来年は誰を連れてこようかな」

別れ

翌日は天気良く、五月下旬、周りの山々は新緑になろうとしている。中禅寺湖まで二里半、女人禁制、馬も行けないので置いて行く。ほとんど登りのつづら折りの道、さすがの若者達も汗をかいている。それでもやっと、華厳の滝が見える見晴らしの良いところに来た。そこで辺りに座り昼餉を取る。内藤が食べるのももどかしく、さっそく写生し始める。

荘一郎、草むらにしゃがみ込み、六年前、ここに来たときは、霧雨で滝は見えなかった、あのときは一人旅、自然に人が荘一郎に寄ってきた。今回は大勢の旅、他人が警戒しているのか、こちらから向かわないと、親しくなれないようだ。佐倉藩の清水右兵衛、益子近くの村の者達などのことを思い出していたら、山の上の日の光を受けて頬にそよ風が当たり、うとうとと寝てしまった。

荘一郎、夢を見た。お婆様が、この華厳の滝が見える見晴らし台にいて、

「ああ、私も荘一郎と一緒に華厳の滝を見られて、この世に思い残すことはないよ」

「何を申しますか、お婆様、まだまだ私と旅をして富士山を見に行きましょうよ」

そこで荘一郎、目を覚ました。何でお婆様の夢を見たのか、そうか、内藤と話をして絵描きの孝三さんの話をして、お婆様の絵を思い出したからだと納得したが、義弟の佐太郎が、

「義兄、下から来るのは、屋敷の小川庄三朗さんではないですか」

「ああ、確かに」

「連れの者は誰でしょう」

「ああ、あれは歩荷の弥助さんだ、私を追って来たようだ」

二人は、だんだん近付いてきた。

「ご主人様、本家のお婆様が危篤です、私が江戸を発ったのは九日前です」

「そうか……そうだったのか……」

「お婆様は一ヶ月前風邪を拗らせ寝たきりになりましたが、宗順先生の薬で一時回復したのですが、また寝たきりになり、荘一郎に会いたい、荘一郎に会いたい、と申されますので、私がお迎えに参りました」

「分かった、江戸へ帰ることにする。しかし、お婆様は既に亡くなったな……」

「ええ！　どうして分かるのです！」

「危篤状態になった者が親しい者の夢枕に立つというが、お婆様はたった今、私の夢の中に出てきたよ。私と一緒に華厳の滝を見られて、この世に思い残すことはないよ、と言われた」

「ええ！　まことで！」

「皆！　私事ではあるが、速やかに江戸に帰ることにする……中禅寺湖を見せたかったが、堪えてくれ」

一同、納得する。さっそく帰り支度に掛かり、清滝で日が暮れる。翌日は東照宮に寄り、徳川宗家と御三家の永世安寧祈願の御札を貰い受ける。荘一郎、葵の紋が金色で施された桐の白箱を少し開き見る。なかなか立派な御札で、長さ三尺、幅一尺弱の黒の漆塗りで、金文字で徳川宗家、永世安寧と書かれてある。多分、裏側には一昨日の日付が書かれているだろう。紫の袱紗に包み、馬の背の荷箱におさめて出発する。

今市で三益屋が滞在する旅籠に泊まり、夜の芝居に大将が飛び入りで芝居に出る。無頼扮する三人との立ち回り、なかなか迫力があった。荘一郎は再び嘉蔵宅を訪れ、弥助や与一達と一時、談笑する。

宇都宮、小山から左に折れ、下館を通り水戸に帰り、叔父の左次郎と佐太郎、三人で御前に謁見して江戸に帰ることを告げる。

「何！　あのお婆様が危篤とな、そなたを呼んでいるならさっそく帰るがいい」

「はい、ただ私の夢枕に出ましたので、もはや亡くなられたと思います」

と言い、華厳の滝の見晴らし台での荘一郎の夢を披露する。

「何と、そなたは幽霊を二度も見たというが、そういう霊感を持ち合わせているようだな」

「今は分かりませんが、江戸へ帰ったら、日を確かめてみます。それより御前、御札はどう致しましょうか？」

「おお、安寧祈願の御札か、徳川宗家、つまり上様のもあるのだな。それなら江戸の上屋敷に置いていてくれ。上様が、いつおなりになるやもしれぬ。儂も近々、江戸表に帰るから、佐太郎！　左兵衛に渡しておいてくれ」

佐太郎は国表の安藤家老をはじめ、各ご重役に顔を見知ってもらう。荘一郎は水戸では色々しなければならないことがあったが、一泊しただけで水戸街道を上ることにした。


江戸へ着いたのは六月初め、お婆様の葬儀は既に済んでいた。荘一郎、お婆様の位牌の前で長い間、瞑目していた。

「お婆様が亡くなったのはいつですか？」

母の玲が、

「七日前だよ、お婆様は、荘一郎が飛脚で寄こした成田山の御札をしっかり胸に抱いて、荘一郎の名を何度も呼んでいたよ」

「母上、お婆様は、私の夢の中で別れに来ましたよ」

「ええ！　まことかえ！」

荘一郎、華厳の滝の見晴らし台で昼寝をしたときのことを話す。

「何かえ、夢の中で荘一郎と一緒に華厳の滝を見て、この世に思い残すことはないと申したのかえ」

「はい、そうです。そこで目を覚ましたら、小川庄三郎が山を登って来たのです」

「ほお、それならお婆様は成仏できただろうね。お婆様は何といっても、荘一郎のことはお父上が存命の時の初孫だからね。尚更荘一郎がかわいかっただろうからね」

その夜は瑞恵、静恵ともども本家に泊まってしまう。数日後、荘一郎、治保公と一緒に大城に上がり、尾張様、紀伊様居並ぶ謁見の間で上様に謁見して、日光東照宮の徳川宗家永世安寧の御札を受け取ってもらう。むろん、尾張様、紀伊様にも渡す。その後は治保公が、荘一郎が佐倉丹後守の依頼で道場破りを懲らしめたこと、水戸藩との藩境の黒羽藩の村で、無住の寺に女を人質に立て籠もった無頼の輩を取り押さえたことなどを治保公、あたかも自分が行ったように、面白おかしく話すので、上様はじめ居並ぶ列侯が笑い転げてしまう。

それからの荘一郎、気が抜けたようで、水戸藩上屋敷の道場へ行っても、ただ見ているだけで指導はしない。小野派道場でも、駿河屋、綾のところへ行っても何するでもなく、ただ一日、ぼおーと過ごしている。三年前の武者修行の旅から帰ってきたときのようである。

しかし、三年前は荘一郎は自由の身であり、半年も何もしなくて屋敷にいられたが、今は水戸藩の剣術指南の役に就いているし、将軍、吉宗様より書院番組頭として捨て扶持二百石を頂いているので、三年前のようにはいかない。

数日後、いつも通り、水戸藩上屋敷の道場で見所に座り、昼の八つ過ぎに皆の稽古を眺めていたら、義父の左兵衛が来て御前が話があるから荘一郎を呼んでこいと言われて迎えに来たと言う。左兵衛の屋敷に帰り、裃に着替えて治保公に会いに行く。

「荘一郎、明日、上様が武蔵野へ狩りに行く。そなたも従えと上様が仰せだ」

「はあ、承りました……しかし、ただ行くだけですか？」

「ああ、一応遠藤書院番頭に指示を仰げ。明け六つに大手門で会えるであろう」

「いえ、今夜、指示を受けます。では、これにて屋敷に帰り、遠藤番頭様の大城からの下がりを見計らい、屋敷に伺います、失礼つかまつります」

荘一郎、小石川の水戸藩上屋敷から湯島の屋敷に帰り、改めて裃を瑞恵に着せてもらい、小川庄三朗を先頭に荘一郎は馬で、殿は用人に挟箱を担がせ、遠藤書院番頭の屋敷に赴く。遠藤番頭様からの指示は、明日明け六つに大手門に来るようにということで、また、明日は一日中、上様の傍らにいてくれと言われた。これは上様からの直々の指示なのだとも言われた。

翌日、明け六つ前に荘一郎は大城、大手門に行く。そこには整列はしていないが、書院番衆や騎乗の顔見知りの番組頭もすでにおり、挨拶をする。そのうち、遠藤番頭の指示で整列し始める。それから三人の供侍を従え、吉宗様が立派な馬に跨がり出てきてそのまま先頭に立ち、駒を進める。遠藤番頭と荘一郎が並んで上様の後ろに従う。

新宿を通り過ぎて西へと進み、高井戸を過ぎて三鷹に来た。上様は、三鷹の田や畑を見て回り、昼過ぎに深大寺に行き、遅い昼餉をとる。今日は狩りではないのか？　荘一郎も境内の下で屋敷から持って来た握り飯を頬張っていたら、上様の供の者が来て、上様が荘一郎を呼んでこいと言われたので迎えに来たと言う。その者の案内で荘一郎、方丈から入り、畳三十畳はある立派な部屋に通される。そこには上様をはじめ遠藤番頭や目付など数人と、それに御坊が二人ほど座っていた。荘一郎、下座で平伏する。

「佐々倉番組頭、苦しゅうない、面を上げよ、直答を許す」

「ははあ……上様にあってはご機嫌麗しゅう存じ上げます」

「うむ、先ほど見てきた三鷹の田や畑は、以前は雑木林だったが、儂が田や畑にするよう奨励したところなのだ」

「はあ、左様でござりますか、存じ上げず失礼をばいたしました」

「わははは、そなたは狩りをすると思っていたか？」

「はい、その積もりで弓矢を手挟んで参りましたが」

「うむ、儂も年でな、三鷹の開墾を奨励したが、見ずにあの世に行っては拙かろうと思ってな。それに、そなたの爺様……名は……」

「荘佐衛門にござります」

「うむ、儂が将軍になって間もなくのとき、この三鷹へ狩りに来て、狼藉者に襲われたがそなたの爺様が庇ってくれたので儂の今があるのよ。周防には以前に礼を言ったが、佐々倉番組頭には言っていなかったので、ここで改めて礼を言う、ありがとう」

「上様、某《それがし》はそのときは一歳でした。お礼など」

「いや、あのときに周防は家訓を作ったのであろう。それに、それを佐々倉番組頭も踏襲するのであろう、儂を庇い、それから……」

「はい、徳川家の安寧に尽力し、その後、護身を、ですが」

「いずれ、儂の跡を家重が継ぐであろう、その家訓で家重に仕えてくれ、良いな。それと先ごろ、荘佐衛門の妻女が亡くなったと聞き及んでいる。改めて悔やみを申す」

「ははあ……ありがたくうけたまわりましてござります」


荘一郎は、大城から湯島の屋敷への帰路、馬に揺られながら考えた。吉宗様は、今日は三鷹の開墾の進捗状況を検分に来たのは確かだが、それより、この自分に徳川宗家と次期将軍、家重様を補佐してくれという暗示をすることが目的だったと考えると腑に落ちる。

それからは荘一郎、人が変わったように精力的に、水戸藩上屋敷の道場で剣術を指導し、小野派道場へも行き、また、五日に一度は剣四方木瓜の紋がついた裃を着込み、大城の躑躅《つつじ》の間に詰めて、いつ上様に声を掛けられてもいいように待っている。また、同じ番組頭達と親交を深めるが、その際には、深大寺での吉宗様と荘一郎の問答が皆に知れ、逆に他の上役から下部の者まで、挨拶に来る始末である。


（完）

著者プロフィール

鈴木 良三（すずき よしぞう）

1938年５月10日、東京都江東区に生まれる。

1943年、茨城県結城市に疎開する。

1949年の夏、小学五年生の時、再び東京都江東区に帰る。

1954年に深川第一中学校を卒業して亀戸の第二セイコー社に就職し、時計部品製造業に就く、合わせて都立本所高等学校、定時制高校に入学する。

1958年に都立本所高等学校（定時制）を卒業する。

1966年、工場が千葉県へ移設にともない住まいも千葉県へ移す。

1988年、工場が秋田県大曲へ移設にともない単身赴任する。

1993年、千葉幕張のセイコーインスツルメンツ本社へ帰任して新宿の量販店、今は無き「さくらや」でセイコー時計の店頭販売に従事する。

1998年５月、43年間在籍したセイコーインスツルメンツ社を退職する。７月よりパソコン操作を習得して少しずつ小説を打ち始める。

2013年、小説『江戸の春風』を書き上げる。

江戸の春風

2013年７月15日　初版第１刷発行

著　者　鈴木 良三
発行者　瓜谷 綱延
発行所　株式会社文芸社
〒160-0022　東京都新宿区新宿１－10－１
電話　03-5369-3060（編集）
03-5369-2299（販売）

印刷所　図書印刷株式会社

ISBN978-4-286-13859-6